古典文獻研究輯刊

初 編

曾 永 義 主編

第 11 冊

《三國演義》謀士研究

洪 至 璋 著

國家圖書館出版品預行編目資料

《三國演義》謀士研究／洪至璋 著 — 初版 — 台北縣永和市：
花木蘭文化出版社，2010〔民 99〕
序 2+ 目 4+232 面；19×26 公分
（古典文學研究輯刊 初編：第 11 冊）
ISBN：978-986-254-374-0（精裝）
1. 三國演義 2. 研究考訂
857.4523   99018482

ISBN - 978-986-2543-74-0

古典文學研究輯刊
初 編 第十一冊   ISBN：978-986-254-374-0

《三國演義》謀士研究

作　　者　洪至璋
主　　編　曾永義
總 編 輯　杜潔祥
出　　版　花木蘭文化出版社
發 行 所　花木蘭文化出版社
發 行 人　高小娟
聯 絡 地 址　台北縣永和市中正路五九五號七樓之三
　　　　　　電話：02-2923-1455／傳眞：02-2923-1452
網　　址　http://www.huamulan.tw 信箱 sut81518@ms59.hinet.net
印　　刷　普羅文化出版廣告事業
初　　版　2010 年 9 月
定　　價　初編 28 冊（精裝）新台幣 45,000 元

《三國演義》謀士研究

洪至璋　著

作者簡介

　　洪至璋，台中人也，七年三班生，身為中文系學生，因此附庸風雅取字為「臻明」，自小生長在彰化濱海小漁村，頑皮的形象跟現在的溫和完全連不起來，為何？稍長，回台中定居，越國小，接著是13年的「明道」歲月，深受其人文教育影響，加以從小就有個「名士」夢，但現實中並不想高唱「從軍樂」，所以成為一名「中文人」，悠遊於文學與謀略，後者為何？《六韜》、《孫子》、《三國演義》是也！願以切實之行動，努力成為現代之「名士」也。

提　要

　　攤開人類的歷史，其實就是一部戰爭史，有人的地方就有戰爭，從早期的車戰、古希臘羅馬的方陣步兵，到騎兵開始主宰一切的上古、中古各戰役，戰爭的進行方式隨著人們的智慧也更加多元及進步，針對己方與敵方各自的優缺點，戰爭也以不同的方式在進行，而戰場向來是千變萬化，有道是「計畫永遠趕不上變化」，在變化莫測的時候，如何臨機應變，以取得最後的勝利，也考驗著人們的智慧，而有時候統帥全軍的將領分身乏術，需要一個富有韜略的旁觀者時時協助他，而這些在戰場上富有機智的人們，便是謀士了，一個好的計策，往往左右戰局的發展，寡可以因此擊眾，弱可以因此勝強，因此注重「謀略」向來勝利的關鍵，反之，則可能失敗。

　　而《三國演義》為中國四大奇書之一，同時也是一本謀略大全，全書通篇敘述謀略，雖然有時與史實有所出入，但不會因此影響它的價值，努爾哈赤及毛澤東都嗜讀《三國演義》，然而歷來研究《三國演義》的著述，多是著重領導者，如曹操、劉備、孫權，或是關羽、張飛、趙雲等武將，而謀士中如周瑜、諸葛亮兩位的專論多如過江之鯽外，其他謀士似乎被忽略了，本論文也是因此專以「謀士」為主，探討這些智者如何發揮長才，在那個混亂的年代。

　　全書分成七章，第一章為緒論，其中包含研究動機及目的、研究方法、文獻探討及論文大綱，緒論中也說明了本篇論文的寫作規則。第二章為敘述《三國演義》的成書，也就是自《三國志》以後的三國資料，含戲曲、話本……等，如何逐漸轉變、形成羅貫中筆下的《三國演義》。第三章以宏觀綜論方式論述謀士，《三國演義》為主，史實為輔，兩者交叉論述謀士。第四章為《三國演義》謀士的「戰略設計」，以荀彧、魯肅、諸葛亮三位首席謀士的「戰略智謀」為主，因為此三人對三國局勢的發展影響甚大，第五章著重的是謀士的臨場策劃的機智，也就是「戰術智謀」的展現。第六章為《三國演義》謀士的人格特質與形象描寫。第七章為結論，總結本書，或是補充未講完的重點。

目

次

序

  從小，我就喜歡三樣事物：軍事、歷史以及文學，這也是為什麼我會如此喜歡《三國演義》的緣故，但是我既不想做馳騁沙場的將軍，也不想單純做一個書生文人，我的願望是成為一個「名士」，然而又不是漢末魏晉名士，終日清議、清談並不是我想要的生活，那我究竟要做何種「名士」呢？大丈夫不該庸庸碌碌，要為國家、社會貢獻自己的才能，因此，我願做一「謀士」也！

  謀士也是名士的一種，熟悉軍事的人都知道，有強兵猛將及精良的武器，都比不上一個設計得當的戰略，或是戰術計畫的應用，以古代中國來說，計畫的設計即是謀士的工作，在謀士面前，百萬軍隊不若掌上觀文，即如群蟻耳，一舉手皆為齏粉矣！而好的謀士不僅僅是兵家軍事上的價值，有時謀士們不但長於縱橫家之術，兼通名家之學，而悠遊於外交戰場上，憑三吋不爛之舌即可影響國際局勢，有時則儼然是個政治家，在政事上輔佐君主治理國家，這些謀士往往又老於世故，懂得何時該進何時該退，優寵一世卻又明哲保身。

  姜子牙、張良、諸葛亮、劉伯溫是中國四個最有名的謀士，他們的事蹟或多或少受到文學上的渲染而稍微被神話，但是並不影響他們做為傳統謀士的「典型」，他們的風流事蹟向來為我所傾慕，毛宗崗筆下的「其處而彈琴抱膝，居然隱士風流，出而羽扇綸巾，不改雅人深致。在草廬之中，而識三分天下…」這種生活多瀟灑愜意啊！雖然當今這個世道做謀士是不太可能了，但是我還是可以把他們的風流雅致的事蹟研究整理出來，以供世人之觀。

  我是個幸運的學生，生性愚鈍卻又能拜在胡師楚生門下，恩師的風采言行，一直深深影響著學生，恩師的細心指導，讓本篇論文得以順利完成；另

外，雖然我很少在撰寫論文的問題上請教廉師永英，但是不論在大學還是碩士班修習廉師的課，還是平時廉師帶給我的一舉一動之言行，往往令我為之動容；感謝佳蓮老師的細心指教，因為有您的提攜，學生因而跨過了不少瓶頸障礙；同門李戒剛兄，平時與你常常論辯，因此帶給我很多新思維及想法，也感謝你每次北返時都幫我蒐集文獻資料，省去我不少舟車勞頓之苦。

而在撰寫論文期間，幫助我的師長、朋友實在是太多太多了！有時您的一句建議，就能立刻點醒在五里霧中的我，你的一句問候，對慢慢長夜中，以為只有孤燈殘影陪伴的我，覺得倍感溫馨，我很遺憾不能一一列名誌謝，只好套用陳之藩語，那就謝天吧！感謝你們的支持，至璋才能完成本篇論文，最後感謝一路以來支持的家人，你們是我人生向前最大的動力。

至璋謹序。二○○九年五月二日於彰化北斗

第一章 緒 論

　　本章是交代本論文的寫作緣由及梗概的緒論，由四個方面說起，分別是「研究動機與目的」、「研究方法與步驟」、「文獻探討」、「謀士的定義」，期能一窺本文的寫作中心思想與步驟體例。

第一節　研究動機與目的

　　人類的歷史可以說就是一部「戰爭史」，在中國傳統正史很少專門討論關於戰爭或是謀略的題材，這個命題似乎較適用於兵書，而以正史《三國志》爲基礎「七實三虛」的歷史演義小說《三國演義》，與其說是討論「正統觀」還是「忠義觀」等等，還不如說它是一本紀錄上自東漢末年，下迄西晉初近一個世紀的戰爭大觀，《三國志》中記載戰爭以及謀略的運用過程往往很簡略，而《三國演義》能成爲描寫戰爭及謀略大觀，要歸功於作者羅貫中，他以《三國志》以及其他資料爲底，再運用文學筆法，描繪出一連串戰役交戰的始末，以及謀略的運用，具體形象的反應了那個時代的豪傑舉止、名士風采及戎馬生活。《三國演義》對於戰爭及謀略的描寫，當然不一定全是史實，很大的一部份是經過羅貫中的加工而成，所以本書不像是史書記載的那樣簡單的戰爭敘述，而且加入了羅貫中自己的滿腹文韜武略、生活經驗以及戰爭知識。

　　三國時代是一個「英雄造時勢，時勢造英雄」的時代。不論是統率一方的領袖，還是爲主效力的文臣、武將，滿腹韜略的大有人在，在他們之中包括高瞻遠矚的政略藍圖、明確的戰略指導，和機智反應的隨機應變能力。綜

觀歷史，很少有一個時代，能夠聚集這麼多的智謀之士，並讓這些人才盡情施展，使得這個歷史舞台迸出燦爛火花，因而如此繽紛耀眼。三國時代人才爭鳴的程度，放眼中國歷史，只有春秋戰國時代可與之相比。

　　而東漢、三國連年的戰亂，雖然說是百姓陷於水深火熱之中，但從另一方面來看，則是維繫了兩漢四百年但是已陷於死板的舊思維逐漸瓦解，束縛人們的傳統觀念也分崩離析，曹操曾經在東漢建安十五年（210）〔註1〕、建安十九年（214）〔註2〕以及建安二十二年（217）〔註3〕三下「求賢令」，內容大概是求人才，以才幹為主，可以不計較品德。東漢自開國以來，光武帝便積極獎勵氣節，只要享有道德上的清譽，便可以經薦舉而任官，所以東漢一朝為中國歷史上士風最為純美的時代，士大夫大多重視氣節，由兩次黨錮之禍〔註4〕的發生就可以略知一二，但是到了黨錮之禍之後，制度逐漸制式化，而且造假嚴重，所以曹操乾脆挑戰傳統禮教，或云魏晉時期的人倫敗壞、行為放蕩要歸罪曹操，但是另一方面，曹操此舉，不也是捨棄已經僵化的制度，為其注入新元素，讓時人的思想更為靈活嗎？

　　綜觀春秋戰國時代與三國時代，我們可以發現因為戰爭的頻繁，因而不論是列國或是軍閥，均迫切要求發展軍事理論，因此造成了這兩個時期軍事理論的繁榮發展。春秋戰國時期有《孫子》、《吳子》和《司馬法》等軍事著作，而在三國時期，也造就了一批軍事天才，以領袖人物來說，曹操的才智絕對傲視群雄，而其他如荀彧、周瑜、諸葛亮、魯肅、司馬懿、陸遜……等，都是一時風雲人物，各自在歷史上留下深刻的印記，曹操第一個注《孫子》，諸葛亮也有名作《將苑》流傳於世。

　　《三國演義》雖是文學作品，但其中所寫的戰略、戰術……等戰爭規律，基本上是合於現代已經發展非常完備的軍事理論架構及科學，扣除掉《三國

〔註1〕見《三國志・武帝紀》，見〔西晉〕陳壽著、楊家駱主編：《三國志》（台北：鼎文書局，1995年6月），頁32。
〔註2〕見《三國志・武帝紀》，見〔西晉〕陳壽著、楊家駱主編：《三國志》，頁44。
〔註3〕見裴松之引《魏書》注《三國志・武帝紀》，見〔西晉〕陳壽著、楊家駱主編：《三國志》，頁49～50。
〔註4〕東漢桓帝時，士大夫、貴族等對宦官亂政的現象不滿，與宦官發生黨爭的事件。士大夫以陳蕃等人為首，貴族的代表有竇武等，事件因宦官以「黨人」罪名誅殺禁錮士人終身而得名。前後發生兩次，分別在東漢延熙九年（166）及建寧元年（168），士大夫多被殺或遭黜，直到中平六年（189），東漢朝廷才為陳蕃、竇武等人平反。

演義》中眞正發展過的史事，其他許多虛構的故事，如「草船借箭」、「空城計」……等等，就算在同時代沒有找到眞實的記載案例，也可以在其他時代能找出與其十分相似的影子。可見這些虛構情節，是源於羅貫中所了解的戰爭知識，不是信口開河自行創造的。

明清兩代反抗軍的領袖李自成、張獻忠、洪秀全等，都曾把《三國演義》當成指導作戰的教科書，清人劉鑾在《五石瓠》中寫道：「張獻忠之狡也，日使人說《三國》、《水滸》諸書，凡埋伏攻襲成效之。〔註5〕」可見，《三國演義》不能視爲單純的文學作品，它亦能深深的影響軍事領域，因此歷來研究《三國演義》的書籍、文章均十分豐富；以它爲底本改編的影劇也多不勝數，但是在談到《三國演義》時，今人仍是多注重在文學評論、文藝欣賞、歷史考證的範圍，因此筆者希望能由《三國演義》中引述的人物，研究時勢對於他們，亦或他們對於時勢有什麼影響？期能更全面性的審視他們的言行，且有更深一層的詮釋及體會。

孫武在其作《孫子·謀攻篇》說：「上兵伐謀，其次伐交，其次伐兵，其下攻城。〔註6〕」眞正發兵作戰，是非常不智的，所謂「不戰而屈人之兵〔註7〕」，《三國演義》亦是以「謀略」描寫而見長，《史記·留侯世家》有一事證說明漢高祖劉邦平定天下後，分封功臣，其中謀士張良不曾領兵作戰，封位卻很高，劉邦的理由是「運籌帷幄之中，決勝千里之外，子房功也〔註8〕」，像張良這樣的人，就具體說明了謀略之士的重要性高於任何武將。

士兵跟將領易得，而好謀士難尋，所謂「謀士」，是指那些富於聰明才智而又善於爲其主出謀劃策的人，因爲是「爲其主」，所以他們絕對不是領導者，從前「謀士」並不單含有政治上的意味，也不能說謀士的功用純粹只相當於現代的「智囊」，應該說兩者兼有之，既要策劃政治，也要策劃軍事，古來謀士，大都「能文會武」，不單單只是個「參謀」。

一個眞正的「謀士」，必須長於大戰略的規劃，謀士所能提供給我們的，

〔註5〕見〔清〕劉鑾：《五石瓠》，轉引自王德毅等編：《叢書集成續編·文學類·215冊》（台北：新文豐出版公司，1989年7月），頁551。

〔註6〕見〔東周〕孫武著、〔東漢〕曹操註、〔清〕孫星衍校：《孫子集註》（台北：東大圖書公司，2006年4月），頁41～43。

〔註7〕見〔東周〕孫武著、〔東漢〕曹操註、〔清〕孫星衍校：《孫子集註》，頁40。

〔註8〕見〔西漢〕司馬遷著、楊家駱主編：《史記》（台北：鼎文書局，1995年10月），頁2042。

並不單純的只是一點機智花巧，而是展現一種人格典型，他們是以觀看世界之能力以及處理人與世界的關係爲後世景仰，我們可以從他們的身上學到了解、處理、運用、導引這個社會的發展，養成宏觀事局的氣宇胸襟，歷史的感悵、人格的典型、智慧的啓迪以及偉大生命格局的宿造，便是「謀士」所能帶給我們的。

歷來研究謀士的相關文章，大都著重在前後三千年的整體中國歷代謀士，或是「春秋戰國」的謀士，但是對於處於諸侯割據、軍閥爭雄、天下大亂的「三國謀士」卻鮮少人研究，雖然研究曹操、劉備、關羽、張飛、諸葛亮、周瑜……等人的相關文獻已多如過江之鯽，但是曹操是個「謀略家」，並非謀士，而劉備在正史中被認爲是梟雄之一，在《三國演義》中則是個仁君，也非謀士，關羽、張飛十足是個將領，如此說來關於三國謀士的研究，似乎都著重於諸葛亮與周瑜，而其他謀士如田豐、荀彧、龐統、陸遜……等，也是一時風雲際遇，大顯身手之人，他們留下的史蹟不可被磨滅，所以筆者願拋磚引玉，爲「《三國演義》謀士」做個專論，希望在將來大量的謀士研究出現時，一切有志之士都可從中選取他們所需要的瑰寶。

第二節　研究方法與步驟

本文在撰寫時，有幾個重要的遵循體例，關於文中提到的政權名稱方面，均以一般較廣泛使用的爲主，以西元 25～220 年的漢室爲例，雖然也有稱其爲「後漢」的，但是爲了跟西元 947 年劉知遠建立的「後漢」以示區分，所以文中一律稱其爲「東漢」，另外歷史上的「魏」、「蜀」、「吳」均是常見國號，所以文中提到三國時，以「曹魏」、「蜀漢」、「孫吳」稱之，因爲這是一般比較常見到的稱呼，而西元 316 年前的司馬家政權以「西晉」稱之，這是比較沒有問題的。

而文中提到關於時代時，以中國紀年爲主，括號輔以西元紀年對照，但是因爲中國的年號重複率高，所以會在年號前加上政權名，例如「東漢」中平元年（184）跟其他重複的年號區分。已經提過的年號若是再度出現時，政權名就不會再次提及。文中西元 25～220 年的中國紀年以「東漢」爲主，西元 220～265 年的分裂期間，若是敘述該政權的事，就會使用該政權的年號，否則一律使用曹魏年號，而在西元 265～316 年間，若不是特別提到孫吳之事，

則一律使用西晉年號。總之，本文在年號標示上，以東漢、曹魏、西晉爲主。

提及年代時，一律以香港三聯書局出版的《中國歷史年代簡表》，與北京中華書局出版，李崇智所著之《中國歷代年號考》爲準，在文中提及人地名、官職名稱……等，則一律以北京中華書局出版，沈伯俊、譚良嘯所編之《三國演義大辭典》與天津百花文藝出版社出版，孫永都、孟昭星所編《中國歷代職官知識手冊》，及鹿諧慧……等編，濟南齊魯書社出版的《中國歷代官制》爲準。

文中提到人物，一律以正名稱之，不以字或號等別稱代之，除非是別名比正名還更廣爲人知才使用別名，例如「魯迅」，以下是研究方法：

一、文本閱讀

以《三國演義》爲主要的閱讀重點。由於《三國演義》是承繼多種資料而來，所以也不能「半部《三國演義》寫論文」，要蒐集各類「三國」的底本、成書相關資料，例如陳壽《三國志》、裴松之《三國志注》、魏晉至元的有關「三國事蹟」的志怪、志人小說……等，或是稗官野史，當然官方史書也要廣泛閱讀，最後是繼《三國志》後，《三國演義》最重要的藍本之一《三國志平話》，吸收接納多方面觀點以增加閱讀文本的範疇。

二、資料蒐集、分析及歸納

現在坊間關於「三國」的專著、評論、期刊論文、學位論文均十分豐富，多方蒐集這些關於「三國」出版的圖書、評論，以及其他相關主題的資料，並在詳加分類後，擇其優良的參考資料，進一步做解析探究，最後推展出一條清晰的脈絡以歸納各類三國相關文獻的論述中心。運用前人研究成果，並加以歸納及分析，將繁瑣資料作有系統的整理，以助益研究的整齊及完善。

三、軍事理論引證與運用

由於本文的中心研究重在「謀士」，所以除了《三國演義》的文學價值外，了解軍事理論也是十分必要的，如兵學主義、戰爭史、戰略分析等相關理論，在使用有關「三國」資料時，不能只側重它的文學方面，更要重視其軍事理論的闡發，所以像《六韜》、《孫子》、《將苑》……等著名中國兵書，或是西方克勞塞維茨（Karl von Clausewitz, 1781～1831）的《戰爭論》，總之，古今中外的戰爭發展史略也要設法了解，以此做爲輔助評論關於三國謀略觀念的思想啓發。

四、精神分析

關於「三國」的各項記載中，大多數總是以淺白的故事述說，帶出令人震懾於言語之外的歷史體驗，這些體驗從戰爭、社會、階級等多元下均有發展與影響，文學本來可以是反應社會現實，讓讀者體察出那個遙遠的年代的社會、文化等現象是如何存在？這是因為外在的社會環境影響著現實文學的書寫方向，《三國演義》就是很好的例子，它是羅貫中除了參考各底本外，加上自己經歷過元末大亂的經驗改寫而成，讓非三國時代的人們依然可以感受羅貫中要表達的深層意涵，本文《三國演義》作為中心，檢視其中的形形色色的謀略思想，及各謀士人物形象面貌，由精神分析理論審視其主體性的對大時代的影響位置。

第三節　文獻探討

有關《三國演義》的研究，向來十分豐富，對於《三國演義》中曹操、劉備、孫權等領袖人物及關羽、張飛、趙雲等武將人物的特質、思想及戰役描寫均注入大量心力探究，然而對於真正引導整個三國時代走向的，則是那些謀士與他們的謀略，袁紹、劉備不聽田豐、諸葛亮建言，以致在官渡、夷陵敗北，反之，因為孫權能充分信任周瑜、陸遜，所以東吳能安然度過兩次滅國之禍，這不能不說明謀士的重要性，羅永裕的博士論文《三國演義人物形象研究》整理了眾多三國人物，但僅把幾位謀士列於〈三國名臣〉，不算謀士專篇，然而過去對三國謀士的研究，大多集中在周瑜與諸葛亮兩人身上，至於田豐、沮授等「相對冷門」的人物尚未有大量的研究資料，以下便將筆者所能搜集到之參考資料進行分析與探討。

一、版本的選擇

本文撰寫所依據的《三國演義》版本乃是由里仁書局所出版，中國人民大學中文系教授吳小林所校注的《三國演義校注》，在此之前，本來筆者打算使用老古文化所出版的《精印三國演義》為依據，《三國演義》的主要版本有明代的「嘉靖本」、「志傳本」和清代「毛本」。其中以「毛本」在藝術上較「嘉靖本」、「志傳本」成熟，且流行遠比前兩者更廣。

而《精印三國演義》是以「毛本」為底本，文中夾雜毛氏父子的批注，且在各回首均附回評，反倒是《三國演義校注》雖也是以「毛本」為底本，

但是無「毛批」及「回評」，在閱讀上不如《精印三國演義》來得方便，然而為何最後反而選定《三國演義校注》做為論文依據，這是因為《精印三國演義》在本文中，存在著一些不合邏輯處，其中有牽扯到本論文的中心探討議題，也就是「謀士」部分，例如《精印三國演義・第一○六回》中，李勝表示自己將要赴青州〔註9〕任刺史〔註10〕，而司馬懿則故意聽成「并州〔註11〕」一事，而《三國演義校注》同一部份卻記載李勝表示要上任的乃是「荊州」而非「并州」，以常理來說，李勝赴荊州上任較并州來得合理，細節部分在第五章第四節第一部份的「司馬仲達詐病瞞曹爽」有更詳細的討論，此不論述，像這種小錯誤在《精印三國演義》的確有部分是存在的，而《精印三國演義》也有使用冷門字的習慣，例如甘「甯」，現在一般都使用甘「寧」為多，「甯」此字實在是太冷僻了。最後，此書雖以「毛本」為底，但僅於書首處有南懷瑾的一篇「前介」，「前介」中並無一字交代本書的編寫依據條例，而《三國演義校注》卻恰恰相反。

吳小林於《三國演義校注》書首就很清楚的交代本書的修訂編寫體例，乃是以早期毛本作底本，參照明代「嘉靖本」和《三國志》、《後漢書》、《晉書》⋯⋯等史籍，以及《三國演義》的一些通行本，進行校勘，並作分段、標點，且對小說正文中的詞語、典故、地名、職官、服飾、武器、典章制度、文物古蹟⋯⋯等，和小說所引詩、詞、書、檄、表、箋等都作了注釋和必要的考證，因此雖然本書在閱讀毛氏父子的「批」與「回評」上不是很方便，但是筆者還是決定將其選為本書的參考底本。

二、專書部分

歷來研究《三國演義》的文獻資料多如繁星，因此在本篇論文的參考文獻選擇上，實在是要有去繁擇其更優者為依據，另外，關於《三國演義》的文獻雖多，但是關於「謀士」的研究專著就不是那麼多了，李慕如的《戰國策及其謀士研究》（1990）是筆者可以找到關於謀士研究最早的專著，但它侷限在《戰國策》一書，沒有楊天宇主編的《謀士傳》（1992）來得條理分明，

〔註9〕 東漢州名，轄郡、國六，縣六十五，治所臨淄（今山東臨淄），轄境約今山東半島、濟南以東、黃河以南、沂水、莒縣以北地區。

〔註10〕 東漢朝廷派到地方的監察官，每州設刺史一人，督察郡太守、諸王跟地方勢力。

〔註11〕 東漢州名，轄郡九、縣九十八，治所晉陽（今山西太原），轄境約今山西。

《謀士傳》是一部集合中國歷代曾運籌帷幄的「謀士」之大全，故事敘述著重於謀士們如何秉持著智慧？並審時度勢、構擬策劃出一個個獲致勝利的「計謀」於任何一個有形或無形的「戰役」中，本書逐個詳細剖析與詮釋，縱使失敗也深入的探討其緣由，追根究底，俾供參酌，並非一成不答，使讀者在正反兩面對比中得到更多收穫。

另外，本書花了很大篇幅在說明謀士的定義與重要性，其書收入了從先秦到清朝幾十餘位著名謀士，以較為通俗和輕鬆的文筆，側重為他們的「謀略」作評立傳。中國歷史上的謀士如過江之鯽，不可能一一狀敘，而只能選擇其中最具代表性、最有影響，也是最有借鑒價值的佼佼者。即使如此，中國歷史上政治、軍事、外交、司法、語言、處世……等智慧在本書中也均有集中而動人的展現，在某種意義上，本書可以說是中國古典智慧精粹式的集大成，其中所選謀士，沒有按照歷史朝代平均分配，而是突出重點。在取材上，以經史典籍的「正史」為主，亦有少量採自較為可信之稗官野史，然而坊間小說中帶有虛誇色彩和民間傳說中想像成分較多者則一概不取，是本書於史有據之處。

另外，楊天宇於 2008 年主編的《中華十大謀士》雖然人物介紹與《謀士傳》不盡相同，但依舊可以看出前者的影子，晁中辰《歷代謀士傳》（2001）、張秀楓《應對人生的大謀略》（2001），及桑榆《雄才大略的謀略家》（2002）、王振忠《應對人生的大謀略》（2003）、欣光《十大謀士》（2003）、李安石《三國奇士與國士》（2006）與《三國群英》（2007）基本上各書的體例與探討之人與事大同小異，但是他們都沒有《謀士傳》來得系統化與前瞻性，總的來說，這些文獻資料著重之處都在於史實。

三、學位論文

以學位論文來說，目前唯一找的到有關「謀士」的學位論文，只有劉雅惠《戰國策策士研究》（2001）也有旁敲側擊到「謀士」部分，因為「策士」也算是謀士，另外比較涉獵到同樣是「謀士」主題的，就是林素吟《傳統小說中軍師類型之研究──以三國演義中的諸葛亮為代表》（1993），「軍師」跟「謀士」的關係就好像「姜子牙」之於「姜尚」，相較於前述書籍的著重史實，作者此篇論文卻反其道而行，研究「傳統小說」中的軍師類型，並以《三國演義》而非《三國志》的諸葛亮為代表研究人物，並研究不同的書對諸葛亮

有什麼相同或不同的描寫，除了諸葛亮外，另外還有《水滸傳》中的吳用、公孫勝，《前漢演義》中的張良，《說唐演義》中的徐茂公，《大明英烈傳》的劉伯溫，藉以探明傳統小說中是怎麼描寫軍師形象？其所反映之傳統文化心理及對人物形象塑造的制約作用。

　　關於「三國謀士」的論文還是少之又少，而目前關於撰寫有關《三國演義》研究論文大多都會參考到的就是洪淳孝《三國演義研究》（1983），本篇著重在《三國演義》的形成、版本、取材及表現技巧、主題思想，探討問題眾多，出版時間又早，再來是以戰爭為主題的軍事研究，分別是倪振金《諸葛亮聯吳制魏戰略之研究》（1985）以及袁盛森《三國演義戰爭描寫研究》（1986），前者以戰略討論為主，後者戰爭進行的描寫為主，至於羅永裕《三國演義人物形象研究》（2003）是筆者認為最好的參考文獻之一，本篇論文篇幅宏大，取材有據，為研究三國演義人物形象不可多得的好作品，作者以美學角度來分析《三國演義》，兼採前人研究成果，探討《三國演義》塑造人物的得失及其影響。本篇對於《三國演義》的取材依據，較其他三國故事小說透解得當，且具體分析《三國演義》人物刻劃技巧與語言藝術，美中不足的是，或許是三國人物太多了！他只能很粗淺的把人物分成「東漢末年割據群雄」、「三國鼎立的領袖人物」、「三國名臣」、「階段性人物」四類，不過，拋開分類的問題，作者在描寫單人形象研究時，則是新穎獨到，耐人尋味。

第四節　謀士的定義

一、什麼是謀士？

　　「謀士」簡單來說，就是富有聰明機智，懂得審時度勢，適時為所服侍的君主劃謀獻策，以助其建功立業之人，《墨子・號令》說道：「縣各上其縣中豪傑，若謀士、居大夫。重厚口數多少。〔註12〕」《史記・李斯列傳》也說道：「秦王乃拜斯為長史，聽其計，陰遣謀士齎持金玉以遊說諸侯。〔註13〕」由此可見，謀士必須是服侍著某個君主，為人臣下，否則就不是謀士，而是「謀略家」了。不然如此一來，作為領導者的曹操也算是個謀略家，但是因

〔註12〕見張純一：《墨子集解》（台北：文史哲出版社，1982 年 2 月），頁 705～706。
〔註13〕見〔西漢〕司馬遷著、楊家駱主編：《史記》（台北：鼎文書局，1995 年 10月），頁 2540。

爲本論文的研究重點在研究「爲主獻策」的「謀士」上，所以富有謀略的「領導者」，並不在本論文的討論範圍之內，所以「爲人臣下」這一點是很重要的。

　　謀士應服侍何種地位的君主也不一定，大如皇帝，像爲清朝立下汗馬功勞的范文程等；小到兵力數千人，僅是個微弱軍閥的首領，例如赤壁戰前的劉備與徐庶、諸葛亮等；謀士也可以只是君主個人的家臣，如東漢末年曹操控制漢室，其麾下多名臣子同時間也擔任漢朝官職，名義上是漢臣，實際上他們的一切行動都是盡忠於曹操，漢室只是空殼子，這一點也適用於後來司馬家之於曹魏的相同情況。

　　「謀士」並不是一種官職名稱，它的作用性質類似現在的「參謀」、「幕僚」或是「諮政官」，但是以上三者都是確切的官職，他們有確切的負責職務，謀士則不然，不論擔任何種官職，只要善於出謀獻策，並爲君主所親近，或是在非常時期，君主也會主動徵詢他的意見，那廣義上來說，他就是一個謀士。

　　在《三國演義》中，諸葛亮爲劉備的「軍師」，那「軍師」是否就是謀士呢？可以說是，也可以說不是，怎麼說呢？因爲謀士可能是擔任任何官職的人，而「軍師」是確切的官職名稱〔註 14〕，軍師是謀士的一種，而謀士卻不一定是軍師。

二、謀士的特點

　　如上所述，謀士可能是任何官職的人，所以他們當中不乏軍事家、政治家、經濟家、外交家……等，所以說他們所謀劃的事情，也不一定全然是軍事建議，也有涉及到國家的政治、經濟、外交甚至是文化……等事。

　　一般人對於謀士的印象不外乎運籌帷幄，決勝千里，當然「參謀」還是他們最主要的工作，運奇謀，出奇兵，規劃戰術，統攝全局，協助君主節制將領，並戰勝敵人，一個謀士在決策前，一定對於眼下的情勢已經深刻掌握，透過這些了解，他們才能做出精闢的分析策劃。其次，除了對情勢的精準分析，謀士也要提出對於這個情勢的因應之策與解決辦法，否則就淪爲空頭支票。第三，好的謀士往往不按牌理出牌，自己能料到，對方難道想不到嗎？

〔註14〕軍師，三國時三公及常設將軍等所置屬官，第五品，職掌爲參謀軍事，類似幕僚，非統兵大臣，曹魏有中軍師、前軍師、後軍師、左軍師、右軍師等五品，均是參謀人員，蜀漢也有中軍師、前軍師、後軍師等屬官，東吳張悌曾經以丞相身份兼軍師之職，但非主流。

只有出奇制勝，不拘泥於墨規，才能贏得最後的勝利。最後，謀士也是有遊戲規則〔註 15〕的，一旦違反了規則，就容易惹禍上身，遵守規則並懂得明哲保身，才是一個識時務的好謀士。

〔註15〕王少農、先威在其著《三國幕僚爭勝術》曾經提出「謀士十戒說」，茲列於下：一、謀士不可跟錯人。二、謀士不可貪富貴。三、謀士不可窺權。四、謀士不可自居功。五、謀士不可以與將軍相爭。六、謀士不可文人相輕。七、謀士不可輕泄其謀。八、謀士不可一人包攬所有謀略。九、謀士不可無所事事，養尊處優。十、謀士不可不知天時，應有進退。轉引自王少農、先威：《三國幕僚爭勝術》，頁 30～31。

第二章　《三國演義》的成書

　　三國的人事，在唐朝或許就已經成爲通俗並廣爲流傳的故事，唐道宣律祖的《四分律刪繁補闕行事鈔》〔註1〕與劉知幾的《史通》〔註2〕均已提到諸葛亮的相關事蹟，李商隱的〈驕兒詩〉中有云：「或謔張飛胡，或笑鄧艾吃。〔註3〕」可見當時在民間已對三國人物的形象有初步的架構與認識，而《三國演義》最大的依據乃是西晉陳壽所著的《三國志》，陳景雲的《三國志辨誤》〔註4〕稱《三國志》：「簡質有法，古稱良史，而牴牾亦所不免。〔註5〕」既然是「簡質」，所以難免給讀者相當大的想像空間，後來劉宋裴松之爲其作注，裴松之注的內容較《三國志》原書爲多，而且大多不是死板的純歷史記載，

〔註1〕見〔唐〕道宣律祖：《四分律刪繁補闕行事鈔》（台北：福智之聲出版社，2006年11月），頁662。

〔註2〕《史通‧採撰》寫道：「諸葛猶存　《蜀志‧魏延傳》：亮出北谷口，病。延密與楊儀、姜維作身歿之後退軍節度。亮適卒。秘不發喪。〈亮傳注〉：楊儀等整軍而出，宣王追焉。姜維令反旗鳴鼓。宣王退，不敢逼。百姓爲之諺曰：『死諸葛走生仲達。』宣王曰：『吾能料生，不便料死也。』」見〔唐〕劉知幾著、〔清〕浦起龍釋、呂思勉評：《史通釋評》（台北：華世出版社，1981年11月），頁143。

〔註3〕見劉學鍇、余恕誠：《李商隱詩歌集解》（北京：中華書局，2004年11月），頁947。

〔註4〕《三國志辨誤》作者本爲佚名，根據余嘉錫《四庫提要辨證》所言：「李慈銘《越縵堂日記》第二十冊云：『《三國志辨誤》三卷，四庫目錄不著名氏。今案錢氏《廿二史考異》、《清史拾遺》所引陳氏景雲說，皆與之合，文句亦同。』」可知《三國志辨誤》的作者乃是清人陳景雲。見余嘉錫：《四庫提要辨證》（北京：中華書局，2007年11月），頁128。

〔註5〕見〔清〕紀昀等：《四庫全書總目》（台北：藝文出版社，1964年10月），頁974。

是頗富戲劇性的，到了北宋說書人的眼中，這些注均是可以廣爲取材的珍貴寶庫，根據南宋孟元老的《東京夢華錄》所記，北宋時期已有「說三分」的專家霍四究﹝註6﹞，高承的《事物紀原·卷九·影戲》也提到：「市人有能談三國事者。﹝註7﹞」蘇軾的《東坡志林》亦云：

> 王彭嘗云：「涂巷中小兒薄劣，其家所厭苦，輒與錢，令聚坐聽說古話。至說三國事，聞劉玄德敗，頻蹙有出涕者。聞曹操敗，即喜唱快。以是知君子小人之澤，百世不斬。」﹝註8﹞

可見在北宋時代，三國故事已經是極爲流行的講史故事了，在北宋以後，金人院本、元人雜劇搬演的三國劇本根據《錄鬼簿》、《涵虛子》所記就有近二十種﹝註9﹞，直到元代至治﹝註10﹞年間刊刻了《三國志平話》，《三國志平話》可以視爲元代中葉以前對三國故事的整理與總結，再來直到羅貫中《三國演義》的登場。

第一節　關於《三國演義》作者

現今提到《三國演義》的作者，一般公認爲羅貫中，關於羅貫中的生平記載非常的少。明代賈仲明的《錄鬼簿續編》說：

> 羅貫中，太原人，號湖海散人，與人寡合，樂府、隱語，極爲清新。與余爲忘年交，遭時多故，天各一方，至正甲辰復會。別來又六十餘年，竟不知其所終。﹝註11﹞

羅貫中，名本，一說名貫，字貫中，自從鄭振鐸將《錄鬼簿續編》發掘出來後，大多數人認爲這是對羅貫中此人僅有的一丁點信史，由此可知對於羅貫中的了解，人們知道的可是非常的少。以下約略分成時代、籍貫、師承、思

﹝註6﹞　《東京夢華錄·卷五·京瓦伎藝》記載道：「霍四究說三分。尹常賣五代史。」見〔南宋〕孟元老著、鄧之誠注：《東京夢華錄注》（台北：漢京文化公司，1984年3月），頁133。

﹝註7﹞　見〔北宋〕高承：《事物紀原集類》（台北：新興書局，1969年11月），頁658。

﹝註8﹞　見〔北宋〕蘇軾著、王松齡點校：《東坡志林》（北京：中華書局，1997年12月），頁7。

﹝註9﹞　見劉大杰：《中國文學發展史》（台北：華正書局，2003年9月），頁1134。

﹝註10﹞　「至治」爲元英宗年號，期間爲西元1321～1323年。

﹝註11﹞　見〔明〕賈仲明《錄鬼簿續編》，轉引自朱一玄、劉毓忱：《三國演義資料彙編》（天津：南開大學出版社，2005年2月），頁201。

想與著作四點扼要的述說羅貫中此人。

一、時代

羅貫中身處在哪一個時代？目前較廣爲接受的說法是元末明初人，另外還有南宋、元人兩說，茲列於下：

（一）南宋人

明代田汝成的《浙江省西湖遊覽志餘・卷二十五・委巷叢談》記載到羅貫中事：

> 錢塘羅貫中本者，南宋時人，編撰小說數十種，而《水滸傳》敘宋江等事，姦盜脫騙機械甚詳，然變詐百端，壞人心術。其子孫三代皆啞，天道好還之報如此。〔註12〕

隨後王圻的《續文獻通考》沿用田汝成的說法，但是未標明羅貫中的年代，倒是王圻的另一著作《稗史彙編・卷一○三》云：

> 文至院本、說書，其變極矣。然非絕世軼材。自不妄作。如宗秀羅貫中、國初葛可久，皆有志圖王者……〔註13〕

劉友竹在〈《三國志通俗演義》是元代作品〉一文中認爲「宗秀」乃是「宋季」之誤〔註14〕，「宋季」就是「宋末」的意思，劉友竹如此費心幫王圻訂正，似乎他也認爲王圻認同田汝成的「南宋時人說」。

但是田汝成所謂羅貫中乃「南宋時人」此說，一沒有佐證依據，二看下文之「其子孫三代皆啞」等句云云，充斥因果報應之說，不是很切實的學術用語，筆者認爲，實在是無法說服讀者相信羅貫中的確爲南宋人。

（二）元人

上文提及劉友竹以爲王圻是認同羅貫中是「南宋時人」的說法，但是劉友竹本人卻不這麼認爲，在其文〈《三國志通俗演義》是元代作品〉中提

〔註12〕見〔明〕田汝成：《浙江省西湖遊覽志餘》（台北：成文出版社，1983 年 3 月），頁 1134。

〔註13〕見〔明〕王圻：《稗史彙編》（台北：新興書局，1969 年 2 月），頁 1558。

〔註14〕劉友竹：〈《三國志通俗演義》是元代作品〉，原文載於《三國演義研究集》頁 296～305，見《社會科學研究叢刊》編輯部、四川省社會科學院文學研究所編：《三國演義研究集》（成都：四川省社會科學院出版社，1983 年 12 月），頁 301。

及：

> 《三國志通俗演義》大約寫成於十四世紀四十年代，即至正元年
> （1341）至十一年（1351）之間，這一段時間，羅貫中大約為四十
> 歲至五十歲，這是一個作家精力最充沛、創作慾望最旺盛的時期。
>
> 〔註15〕

筆者以至正元年該年，羅貫中為 50 歲這個最保守的數字推算，那羅貫中當生
於元至元二十九年（1292），此時元代方立國不久，所以劉友竹認為羅貫中當
是元人無疑。

（三）元末明初人

羅貫中為元末明初人，是目前較廣為人接受的說法，《三國志平話》為元
至治年間所刊刻，至治為元中葉時期，從小說發展的歷程來看，取材自《三
國志平話》的《三國演義》不可能早於元代中葉就被創作出來，《三國演義》
另外還接受了大量宋代「講史」與金、元三國戲曲的成分，層層加工改寫而
成，最快也是元末才有可能產生，而羅貫中為何平白無故去創作一部達 75 萬
字，處處宣揚「揚蜀漢，抑魏吳」的「正統觀」長篇巨著《三國演義》呢？
他一定是經歷過元末的大戰亂，了解到異族統治奴役漢人的悲哀，元末動亂
較之東漢末年，實在是非常的相似，他基於情感的觸發與理智的需要而寫成。

另外，魯迅在《中國小說史略》說他生於西元 1330 年 〔註16〕，卒於明建
文二年（1400），享年 71 歲 〔註17〕。筆者以為，羅貫中為元末明初人應是可
信的。另外還有羅貫中是明代人之說法 〔註18〕，但是相關資料甚少。

二、籍貫

羅貫中因為《三國演義》一書而成了家喻戶曉之人，但是人們對他的生

〔註15〕 見《社會科學研究叢刊》編輯部、四川省社會科學院文學研究所編：《三國演
    義研究集》，頁 303。
〔註16〕 根據李崇智《中國歷代年號考》，該年五月以前為元天曆三年，五月以後為改
    元為至順，而羅貫中生於該年何時並不可考，因此此處以西元紀年代替中國
    紀年。
〔註17〕 見魯迅：《中國小說史略》，轉引自魯迅：《魯迅中國小說史論文集——中國小
    說史略及其他》（台北：里仁書局，2003 年 2 月），頁 113。
〔註18〕 見李殿元、李紹先：《關羽紅臉之謎》（台北：翌耕圖書事業有限公司，1994
    年 4 月），頁 14～15。

平並不熟悉，除了生卒年尚無定論外，連他的籍貫所在都有三種說法，分別是：一、東原（今山東東原）人；二、太原（今山西太原）人；三、錢塘（今浙江杭州）人。

「東原」說的主要依據，為明弘治七年（1494）蔣大器所撰寫的〈三國志通俗演義序〉，文中云：「若東原羅貫中……〔註 19〕」大多數明代刻本都認定羅貫中是東原人〔註 20〕，而「太原」說的主要依據就是上文曾提及賈仲明的《錄鬼簿續編》所言：「羅貫中，太原人」，而「錢塘」說則是來自於明代田汝成的《浙江省西湖遊覽志餘》，但學術界對於羅貫中籍貫為何的討論，主要集中在「東原」與「太原」兩說。對此，劉知漸云：

> 嘉靖本《三國志通俗演義》……文中稱羅貫中為東原人。這個刻本很早，刻工又很精整，致誤的可能性較小。賈仲明是淄川人，自稱與羅貫中「為忘年交」，那麼，羅是東原人的可能性似乎更大一些。《錄鬼簿續編》出於俗手所抄，「太」字有可能是「東」字草書之誤。〔註 21〕

王利器、葉維四、冒炘、刁雲展等亦主「東原」說，另外主張「太原」說的也是大有人在，因為這些學者把《錄鬼簿續編》所言視為理所當然，但是《錄鬼簿續編》本身確實存在一些錯誤，也難保「太原人」說鐵定無誤。

在「東原」說與「太原」說僵持不下之餘，劉穎提出了一個折衷解釋，他的解釋是《錄鬼簿續編》中所言「太原」是東晉、劉宋時設置的「東太原」，即今山東太原，「東太原」這一建制已經廢置，但是因為賈仲明有用古地名與地方別名的習好，所以「東太原」也就是「東原」，當然跟「太原」為同一地，這個解釋很有意思，但總結來說，羅貫中究竟是「東原」人還是「太原」人，至今仍是值得商榷的議題。

〔註 19〕 見〔明〕蔣大器《三國志通俗演義序》，轉引自朱一玄、劉毓忱：《三國演義資料彙編》（天津：南開大學出版社，2005 年 2 月），頁 232。

〔註 20〕 沈伯俊在其著《神遊三國》提到：「嘉靖元年（公元一五二二年）本《三國志通俗演義》、嘉靖二十七年（公元一五四八年）葉逢春刊本《通俗演義三國志史傳》、萬曆十九年（公元一五九一年）周曰校刊本《三國志通俗演義》、萬曆三十三年（公元一六〇五）聯輝堂刊本《三國志傳》，以及夏振宇本、《英雄譜》本、種德堂本、湯賓尹本等明代《三國演義》刻本的署名均為『東原羅貫中』……」見沈伯俊：《神遊三國》（台北：遠流出版公司，2006 年 12 月），頁 12～13。

〔註 21〕 見劉知漸〈重新評價《三國演義》〉一文，轉引自沈伯俊：《神遊三國》，頁 13。

三、師承

羅貫中號「湖海散人」，這個稱號本身就有浪跡天涯，寄遇湖海的意思，元代理學家趙偕的《趙寶峰先生文集》中有一篇〈門人祭寶峰先生文〉，門人名單中，有一位叫「羅本」的，排列第 11 位，這個「羅本」是否就是羅貫中，當然缺乏最直接的證據，但是根據明代郎瑛的《七修類稿・卷二十三・辯證類》所云：「《三國》、《宋江》二書，乃杭人羅本貫中所編。予意舊必有本，故曰編。〔註22〕」胡應麟的《少室山房筆叢・卷四十一・莊岳委談下》云：

> 元人武林施某所編《水滸傳》，特為盛行；世率以其鑿空無據，要不
> 盡爾也。余偶閱一小說序，稱施某嘗入市肆，細閱故書，於敞楮中得
> 宋張叔夜《擒賊招語》一通，備悉其一百八人所由起，因潤飾成此篇。
> 其門人羅本，亦效之為《三國志演義》，絕淺陋可嗤也。〔註23〕

田汝成在《浙江省西湖遊覽志餘・卷二十五・委巷叢談》亦云：「錢塘羅貫中本者」，這些篇章都清楚的紀錄羅貫中本名「本」，以趙偕身為南宋遺民，配合羅貫中的身處年代，趙偕身為羅貫中的老師可能性是很大的，然而這個線索本身還是存在著一些問題，趙偕為理學家，而羅貫中卻是以通俗小說和雜劇的編寫而名聞於世，羅貫中是否曾經跟隨趙偕學習過理學，我們並不清楚，但至少到現在為止，在同時代還沒有找到另一個同名同姓的「羅本」。另外，明清以來還流傳羅貫中是《水滸傳》作者施耐庵門人的說法〔註 24〕，但是此說未有最確實的證據能加以佐證。

四、思想與著作

上文提及的王圻《稗史彙編・卷一○三》曾云：「宗秀羅貫中、國初葛可久，皆有志圖王者……」，「有志圖王者」是什麼意思？學者分成兩派說法，劉知漸認為羅貫中身處元末大亂，各地農民揭竿而起，他不會不受影響，此時正是韓山童、劉福通建立漢人政權，倡義舉兵，恢復中原的時代，羅貫中

〔註22〕見〔明〕郎瑛著、楊家駱主編：《七修類稿》（台北：世界書局，1963 年 4 月），頁 352。

〔註23〕見〔明〕胡應麟著、楊家駱主編：《少室山房筆叢》（台北：世界書局，1963年 4 月），頁 571。

〔註24〕歐陽健：〈試論《三國志通俗演義》的成書年代〉，原文載於《三國演義研究集》頁 280～295，見《社會科學研究叢刊》編輯部、四川省社會科學院文學研究所編：《三國演義研究集》，頁 292～295。

在《三國演義》中所寄託的蜀漢正統政權是這種心態下的反射。丘振聲更認為羅貫中與元末起義的農民有緊密關係，所以對其有很大的認識，為此他也變成一個善於描寫戰爭的能手，這也直接反應在他所創作的《三國演義》上。

持不同意見的李靈年認為羅貫中是反對農民起義的，在「有志圖王」上與羅貫中並稱的葛可久是為了元廷服務，他接受元廷的徵召，準備鎮壓農民起義軍，羅貫中既然列名於葛可久前，肯定也是反對元末農民起義的。〔註25〕

羅貫中有何著作，根據《錄鬼簿續編》的著錄雜劇三種，分別是《宋太祖龍虎風雲會》、《三平章死哭蜚虎子》與《忠正孝子連環諫》，可惜後兩者已經散佚；小說則有五部，這五部中還可以分成三種情形，一是學術界公認是出於羅貫中之手所創作的，《三國演義》、《三遂平妖傳》，其次就是著作權有爭議的，乃是《水滸傳》一書，現在比較公認的說法是，羅貫中有參與一部份《水滸傳》的創作，對其有部分的著作權。最後，非羅貫中所作乃是後人託名的，有《隋唐志傳》與《殘唐五代史演義傳》兩書。

第二節　《三國演義》取材依據

眾所周知《三國演義》是一部歷史演義小說，既然是歷史演義小說，劇情跟人物的安排都不能離開史實太遠，正所謂「七實三虛」也總還有七分是真實的，所以此類小說需要相當大的歷史依據，但是它本質上還是一部小說，過份依賴歷史，少了文學創作的滋潤，頂多讓它變成一部「稗官野史」，劉大杰在《中國文學發展史》中認為：

> 《三國演義》絕非一人一代之作，是一部幾百年來由正史入於民間，
> 再由話本回到文人手裏的集體創作，但主要的創作勞作，不得不歸
> 於羅貫中。〔註26〕

劉大杰此話為《三國演義》的成書做了一個適當的解釋，然而筆者以為《三國演義》的成書不止歷經幾百年，陳壽的《三國志》為魏晉之際所作，而《三國演義》約成於元末明初，這兩個時間差距千年以上，在這千年之中，每一個史實、故事、傳說都可能是《三國演義》重要的素材來源，到了元代中葉《三國志平話》的刊刻，總結了在此之前的三國故事，而《三國志平話》也

〔註25〕見李殿元、李紹先：《關羽紅臉之謎》，頁 29～30。
〔註26〕見劉大杰：《中國文學發展史》，頁 1138。

成了《三國演義》最重要的取材依據之一，以下以史書與非史書兩大方面闡
釋《三國演義》的取材所據。

一、史書方面

明弘治七年蔣大器所撰寫的〈三國志通俗演義序〉，文中云：

> 前代嘗以野史作爲評話，令瞽者演說，其間言辭鄙謬又失之於野，
> 士君子多厭之。若東原羅貫中，以平陽陳壽傳，考諸國史，自漢靈
> 帝中平元年，終於晉太康元年之事，留心損益，目之曰《三國志通
> 俗演義》……〔註27〕

明代高儒的《百川書志·卷六》也提到《三國演義》是「據正史，採小說〔註
28〕」而《三國演義》之所以爲歷史演義小說，也正是羅貫中以正史爲主編寫
而成，而羅貫中對於正史的取材約爲以下八本書：

（一）陳壽《三國志》

陳壽的《三國志》是最早有系統的記載三國時事的一部正史，也是《三
國演義》最重要的參考底本，陳壽字承祚，巴西安漢（今四川南充）人，根
據《晉書·陳壽傳》的記載，他卒於西晉元康七年（297），年65歲〔註29〕，
推算生年當在蜀漢建興十一年（233），陳壽父親是馬謖的參軍〔註30〕，馬謖
兵敗街亭（今甘肅莊浪東南）爲諸葛亮所誅時，其父亦被懲罰。

陳壽師事譙周，曾任蜀漢之官，但是因不曲迎宦人黃皓所以屢遭譴黜，
此後蜀漢滅亡入西晉，當時的司空〔註31〕張華很欣賞他，先後把他推舉爲孝
廉〔註32〕、著作郎〔註33〕、平陽侯相〔註34〕等，西晉泰始十年（274）陳壽撰

〔註27〕 見〔明〕蔣大器〈三國志通俗演義序〉，轉引自朱一玄、劉毓忱：《三國演義
資料彙編》，頁232。

〔註28〕 見〔明〕高儒：《百川書志》（上海：古典文學出版社，1957年6月），頁82。

〔註29〕 見〔唐〕房玄齡等著、楊家駱主編：《晉書》（台北：鼎文書局，1995年6月），
頁2138。

〔註30〕 三國時，太尉、丞相、常設將軍等所置屬官，職掌參謀軍事。

〔註31〕 司空爲三公之一，掌監察、執法，兼掌重要文書圖籍。

〔註32〕 孝廉，漢代選舉官吏的主要科目之一，一年中由各郡國在境內推舉一到二人
清廉孝順之人去京師考試，經過一定程序後可爲官。

〔註33〕 著作郎，爲負責撰寫史書的官吏。

〔註34〕 平陽侯爲列侯中的縣侯，食邑平陽（今山西臨汾）。平陽侯相爲平陽侯國內最
高行政長官，由中央指派，職責、權位與郡太守相同，三國時爲第五品。

寫了《蜀相諸葛亮集》，而他約在西晉太康十年（289）左右寫成《三國志》一書，《晉書‧陳壽傳》記載道：

> （陳壽）撰《魏吳蜀三國志》，凡六十五篇。時人稱其善敘事，有良史之才。夏侯湛時著《魏書》，見壽所作，便壞己書而罷。張華深善之，謂壽曰：「當以《晉書》相付耳。」其為時所重如此。〔註35〕

《三國志》是繼《史記》、《漢書》之後第三部記傳體的正史，體例以《魏書》、《蜀書》、《吳書》並列，因為以曹魏為正統，所以僅有《魏書》中有4「紀」，另有26傳，而劉備、孫權等蜀、吳統治者稱為「主」而列「傳」不列「紀」，因此《蜀書》有15傳，《吳書》20傳，共65卷，其實在陳壽之前，未嘗無人修三國史，在曹魏方面，曹丕曾詔令王沈等人寫成《魏書》44卷，而民間則有魚豢私修的《魏略》；蜀漢覆亡後遺民王崇私修了《蜀書》；孫權也曾命丁孚、項竣撰寫《吳書》，至孫皓時又命韋昭、薛瑩續修完成《吳書》，這些都是陳壽撰寫《三國志》時很重要的資料來源，太康元年（280）晉滅吳，三國時代結束，陳壽開始著手收集資料並撰寫《三國志》，書成後在當時受到了很高的評價，同時代的夏侯湛見了《三國志》此書，竟然就把自己著作的《魏書》毀壞了，陳壽死後，范頵等人上表給晉惠帝：

> 昔漢武帝詔曰：「司馬相如病甚，可遣悉取其書。」使者得其遺書，言封禪事，天子異焉。臣等案：故治書侍御史陳壽作《三國志》，辭多勸誡，明乎得失，有益風化。雖文豔不若相如，而質直過之，願垂採錄。〔註36〕

陳壽在當時擁有很高的名譽，可惜卻有爭議之處，據《晉書‧陳壽傳》的記載，傳聞陳壽曾向曹魏名人丁儀、丁廙的兒子索取立傳費遭到拒絕，所以《三國志》中無兩人之傳，而因其父受到諸葛亮的懲罰，又受到亮子諸葛瞻輕薄，因此在《三國志》中稱諸葛亮「將略非長，無應敵之才」，又稱諸葛瞻「惟工書，名過其實。」〔註37〕這是引人非議之處。然而瑕不掩瑜，南朝劉勰在《文心雕龍‧史傳》稱其「文、質辨洽。荀、張比之於遷、固，非妄譽也。」〔註38〕

〔註35〕見〔唐〕房玄齡等著、楊家駱主編：《晉書》，頁2137。

〔註36〕見〔唐〕房玄齡等著、楊家駱主編：《晉書》，頁2138。

〔註37〕見〔唐〕房玄齡等著、楊家駱主編：《晉書》，頁2137～2138。

〔註38〕見〔南朝〕劉勰著、陳拱本義：《文心雕龍本義》（臺北：臺灣商務印書館，1999年9月），頁368。

事實上《三國志》一出，成於之前有關三國時事的著作也就多半亡佚了，由此可見《三國志》必有其出眾之處。

陳壽雖為蜀漢遺民，但身為晉臣，西晉又是由司馬炎從曹魏禪讓而來，為了維護西晉的正統性，因此陳壽在編寫《三國志》時也以曹魏為正統，然而曹魏這個「正統」乃是形式上的，除了劉備、孫權等人無法列於「紀」外，陳壽並沒有刻意貶低蜀、吳兩國，因為《三國志》是由《魏書》、《蜀書》、《吳書》三書並列而成，從字面上看，並沒有誰高誰低的區分，如果陳壽有心要貶低蜀、吳兩國，那首先書名就不應該叫《三國志》，而應該單純的命名為《魏書》即可，其中當然也沒有《蜀書》、《吳書》的編制，然後可能會出現兩種寫法，一是本書中沒有〈先主備傳〉、〈後主禪傳〉或是〈吳主權傳〉等篇目，而是直接叫〈劉備傳〉、〈孫權傳〉，而劉禪之事可能淪為〈劉備傳〉的附記；二是貶的更徹底的寫法，蜀吳兩國事蹟參照《漢書》的〈匈奴傳〉、〈西南夷兩粵朝鮮傳〉、〈西域傳〉寫法，變成〈蜀夷傳〉、〈吳蠻傳〉之類的。但是陳壽並沒有這樣做，他對三國的歷史秉筆直書，客觀公正，這也是他為何享有「良史」之名的原因，而《三國志》也得以和《史記》、《漢書》、《後漢書》並稱為「前四史」的緣故。

然而《三國志》還是存在不少缺點，最主要的還是記事過於簡略，例如想要了解「赤壁之戰」的全貌，必須一一對照〈武帝紀〉、〈先主備傳〉、〈諸葛亮傳〉、〈吳主權傳〉、〈周瑜傳〉與〈魯肅傳〉……等篇才行，而有時《三國志》甚至出現自相矛盾之處，例如〈武帝紀〉記載曹操在赤壁之戰是自行撤軍的，與〈先主備傳〉、〈吳主權傳〉等篇所書敗於劉、孫聯軍的記載不同，這些都是《三國志》的缺點。

但對羅貫中來說，《三國演義》之所以成為知名歷史演義小說，是基於有《三國志》的緣故，我們可以說沒有《三國志》，就沒有《三國演義》。

（二）裴松之《三國志注》

上文曾言《三國志》的缺點之一便是記載太過簡略，也因此到了劉宋元嘉三年（426）時，宋文帝命裴松之為《三國志》作注，《三國志注》書成於元嘉六年（429），宋文帝看了之後嘆道「此為不朽矣。〔註39〕」，清代《四庫全書總目》將裴松之為《三國志》作注所用的方法分為六類：

〔註39〕見《宋書・裴松之傳》，轉引自〔梁〕沈約著、楊家駱主編：《宋書》（台北：鼎文書局，1993年10月），頁1701。

一曰引諸家之論，以辯是非；一曰參諸書之說，以核譌異；一曰傳
所有之事，詳其委屈；一曰傳所無之事，補其闕佚；一曰傳所有之
人，詳其生平；一曰傳所無之人，附以同類。〔註40〕

裴松之爲《三國志》作注所徵引的資料可能多達兩百餘種〔註41〕，《三國志注》
的篇幅幾乎是《三國志》的三倍，裴松之廣泛的收集資料，大大的彌補了《三
國志》的不足，補充缺漏之處，並矯正錯誤記載異說，辨別是非，《三國志》
也因此更加完整及生動活潑，另外，這些資料大多不存於今日，若不是被裴
松之引用進《三國志注》，今人可能極難一窺這些史料，由於這些資料的富涵
的生動性，也被大量的援用至《三國演義》中，胡師楚生有云：

《三國演義》的故事情節，取材自裴松之《三國志注》者，較重要
的，有十二件事項，較次要的，有二十七件事項，再其次的，有五
十八件事項，三類合計，共有九十七件事項，數量不爲不多，因此，
裴氏之注，與《三國演義》之間，關係可謂極其密切。〔註42〕

自《三國志注》一出，它就與《三國志》成爲一體，成爲後人了解三國的史
實，以及《三國演義》的取材重要的依據。

（三）范曄《後漢書》、常璩《華陽國志》、習鑿齒《漢晉春秋》

《後漢書》的作者爲范曄，字蔚宗，順陽（今河南淅川東南）人，生於
東晉隆安二年（398），卒於劉宋元嘉二十二年（445），他參考東晉袁宏的《後
漢紀》，並在當時已經流傳的幾部東漢史書上，綜合加工而成《後漢書》，其
中對《東觀漢記》吸取尤多，爲記載東漢一代的斷代史記傳體史書，以廣義
的「三國時代」來說，其實也包含著東漢末年，而有關東漢末年的記載，此
書比《三國志》詳盡，以董卓、公孫瓚、陶謙、袁紹、袁術、袁譚、劉表、

〔註40〕見〔清〕紀昀等：《四庫全書總目》，頁973。

〔註41〕羅永裕在《三國演義人物形象》中提到：「清人錢大昕《二十二史考異》及趙
翼《二十二史箚記》都曾對裴注所引書目作過統計，大約有一百四、五十種。
楊家駱〈三國志述要〉則指出裴注引用書目達一百五十六種，大陸學者楊翼
驤據諸家統計的結果相互參校，得到的結論是：『以裴注所引書目全部而言，
爲二百一十餘種；若除去關於詮釋文字及評論方面的，則爲一百五十餘種。』」
見羅永裕：《三國演義人物形象研究》（台北：中國文化大學中文所，博士論
文，2003年6月），頁16。

〔註42〕見胡師楚生：〈略論《三國演義》與裴松之《三國志注》的關係〉，（台北：《古
典文學》第3卷，1981年12月），頁288。

劉焉、呂布、華陀……等人來說，在《三國志》與《後漢書》均有本傳，但是後者的記載往往較前者詳盡，另外，在《三國志》中無立傳的楊彪、盧植、許劭、楊脩、何進、孔融、皇甫嵩……等《三國演義》重要人物，《後漢書》也為其立傳，可見羅貫中必定取材於此，關於東漢末年史事，本書與《三國志》及《三國志注》可以互相參照，對《三國演義》一定有某種程度的影響。

《華陽國志》的作者為常璩，字道將，蜀郡江原（今四川成都崇州西南）人，生卒年不詳，約為兩晉之際時人，仕官於成漢〔註43〕。《華陽國志》是中國最早的方志，主要記載自開天闢地以來至成漢政權覆滅（347）為止的巴蜀一地（今四川、重慶）之事，全書共 12 卷，對於四川、雲貴一帶的史事有非常豐富記述，當然也包含了東漢末劉焉父子與劉備父子治蜀的事蹟，《三國志注》與《後漢書》對曾大量的採用《華陽國志》的資料。

《漢晉春秋》的作者為習鑿齒，字彥威，襄陽（今湖北襄樊）人，生年不詳，卒於東晉太元九年（384），《漢晉春秋》是一部編年體史書，記載東漢至西晉間的史事，可惜已經亡佚了，本書在論述三國時，以蜀漢為正統，西晉承繼著蜀漢而非曹魏，本書也有多條資料為裴松之所徵引，以補《三國志》的不足。

（四）司馬光《資治通鑑》、朱熹《資治通鑑綱目》

《資治通鑑》為北宋司馬光所著，司馬光字君實，號迂叟，世稱涑水先生，陝州夏縣（今山西夏縣）人，生於北宋天禧三年（1019），卒於北宋元祐元年（1086），享年 68 歲，《資治通鑑》為編年體史書，起於戰國迄於後周，《資治通鑑綱目》則為南宋朱熹依據《資治通鑑》的骨幹改編而成，朱熹字元晦，一字仲晦，號晦庵，晚稱晦翁，徽州婺源（今江西婺源）人，生於南宋建炎四年（1130），卒於南宋慶元六年（1200），享年 71 歲，南宋理學大家，被尊稱為「朱子」。

《資治通鑑》在論述三國史事時，使用曹魏年號，由於體例是編年體，相較於記傳體的《三國志》，《資治通鑑》更便於了解史事的前後發展，而《資治通鑑綱目》是由於朱熹不滿意司馬光的正統觀，而著手改寫《資治通鑑》，但是他生前未能定稿，由門人趙師淵完成，以規模來看，《資治通鑑綱目》自

〔註43〕 「成漢」為李雄於西元 306 年所建於四川的割據政權，初時國號為「成」，都成都（今四川成都），西元 338 年李壽改國號為「漢」，因而稱為「成漢」，於西元 347 年被東晉所滅。

然不如《資治通鑑》，而且《資治通鑑綱目》全書 59 卷中，僅有 4 卷記載三國事蹟，但因為本書內容注重綱常倫理，並使用春秋筆法評論史事與人物，加上以蜀漢為正統，對於《三國演義》的影響，《資治通鑑綱目》恐怕不遜於《資治通鑑》。

（五）房玄齡等《晉書》

唐太宗注重修史，《晉書》於唐貞觀二十年（646）由太宗下詔撰修，是唐代設館修史的第一部，由房玄齡等人監修，記載由東漢末年的司馬懿事蹟為始，迄至東晉滅亡，共 130 卷，在唐代以前，記載晉朝歷史的書籍很多，舊版《晉書》就至少五種，另外還有《晉紀》、《晉中興書》、《晉陽秋》、《續晉陽秋》……等，但是記載都不是很詳盡，有的只有記西晉一代之事，有的僅有記東晉一代之事，有的兼含兩晉之事，但是對於東晉時事卻未寫完，只有齊代臧榮緒的《晉書》堪稱完備，但是唐太宗依然認為不夠，所以命房玄齡等人監修新版《晉書》，以臧榮緒版《晉書》為底，並參考其他晉史，於貞觀二十二年（648）修成，此書一出，其餘晉史就漸被棄置，可見其價值。

《三國演義》的年代迄於西晉太康元年，此時西晉已建國 16 年，因此《三國演義》登場的人物，也包含西晉初期時人在內，例如司馬炎、羊祜、杜預……等，如果把時間再提早一些來到漢魏時期，司馬懿、司馬師、司馬昭都是《三國演義》的要角，其中司馬懿因為與諸葛亮對抗而成為曹魏的權臣，是《三國演義》中相當重要的角色，因此我們知道在羅貫中若要描寫三國時代逐漸接近尾聲，而邁入西晉的這段期間出場的人物或是事蹟，非得借重房玄齡等人修的《晉書》不可。

二、野史軼文

在史書外，三國故事對通俗文學來說，一直是個大熱門，在陳壽完成《三國志》的兩晉時期，其實就已經出現不少關於三國的野史軼文，這些記載有不少被裴松之拿去注《三國志》，而當時有名的志怪、志人小說，如東晉干寶的《搜神記》、劉宋劉義慶的《世說新語》均有大量的三國事蹟，以《搜神記》中記載糜竺之事為例：

> 糜竺字子仲，東海朐人也。祖世貨殖，家貲巨萬。常從洛歸，未至家數十里，見路次有一好新婦，從竺求寄載。行可二十餘里，新婦謝去，謂竺曰：「我天使也。當往燒東海糜竺家。感君見載，故以相

語。」竺因私請之。婦曰：「不可得不燒。如此，君可快去，我當緩
行。日中必火發。」竺乃急行歸，達家，便移出財物。日中而火大
發。〔註44〕

我們再由上述引文來對照《三國演義》的糜竺之事：

東海朐縣人，姓糜，名竺，字子仲。此人家世富豪。嘗往洛陽買賣，
乘車而回，路遇一美婦人，來求同載，竺乃下車步行，讓車與婦人
坐。婦人請竺同載。竺上車端坐，目不邪視。行及數里，婦人辭去；
臨別對竺曰：「我乃南方火德星君也，奉上帝敕，往燒汝家。感君相
待以禮，故明告君。君可速歸，搬出財物。吾當夜來。」言訖不見。
竺大驚，飛奔到家，將家中所有，疾忙搬出。是晚果然廚中火起，
盡燒其屋。竺因此廣捨家財，濟貧拔苦。後陶謙聘為別駕從事。（第
十一回）〔註45〕

參照《三國志·蜀書·糜竺傳》，並無有關此事的片言記載，可見《三國演義》
中糜竺此事，必是參考《搜神記》改寫而成，而《三國演義》記載高平陵之
變後魏將夏侯霸逃至蜀漢，並向姜維述說鍾毓與鍾會兄弟見曹丕一事，文字
記載與《世說新語》幾乎相同。魏晉六朝時期，除了《搜神記》與《世說新
語》外，東晉裴啟的《裴啟語林》，劉義慶的另一著作《幽明錄》，梁代殷芸
的《小說》及任昉的《述異記》都記有大量的三國人、事。隋唐時，三國故
事就已經是通俗文學重要的素材，例如唐代顏師古的《大業拾遺記》就記載
隋煬帝觀看〈曹操譙溪擊蛟〉，以及〈劉備躍馬過檀溪〉的雜戲，唐人對三國
時事，亦多提及，例如唐詩中不乏有關於三國的題材。

　　至宋代，城市經濟跟市民階層的發展，讓通俗文學得到很大的發展，不
論是戲曲院本、影戲以及「說話」藝術，「說三國」已是重要的題材，元雜劇
的三國戲也相當豐富，關漢卿、王實甫、鄭光祖、高文秀、武漢臣、王仲文……
等都創作過三國戲，這些通俗文學長久以來的發展，直到元代中葉時出現了
《三國志平話》一書為止。

　　三、《三國志平話》

〔註44〕見〔東晉〕干寶：《搜神記》（台北：里仁書局，1981年12月），頁54。
〔註45〕見〔明〕羅貫中著、吳小林校注：《三國演義校注》（台北：里仁書局，2006
　　　　年3月），頁129。

　　《三國志平話》是目前可以見到的三國故事最早的整理本，也可以說是陳壽《三國志》後至元代中葉所有三國故事的總結，為民初在日本內閣文庫所發現，出於何人之手已不可考，全書為元代至治年間建安虞氏新刊刻的，全書分上、中、下三卷，首頁下有「新全相三國志平話」等字，既然是「新刊」，又是「新全相」，在其之前應該有舊本，此點尚待新資料佐證，「全相」就是插圖的意思，顧名思義，這是一本有插圖的三國故事集，全書約有 5 萬 5 千字。

　　《三國志平話》跟《三分事略》兩書的內容風格相近，應該實為同一本書，只是在不同的時間刊刻，《三國志平話》的正文始於司馬仲相陰間斷獄，終於十六國期間劉淵滅西晉為止，跟《三國志平話》約略同時刊刻的《五代史平話》也有類似「司馬仲相陰間斷獄」情節，難道是這兩書本有抄襲的情形嗎？應該沒這麼簡單，我們知道在宋代時，三國的講史故事就已經廣泛流傳，因此可以推測兩本元代刻本關於「陰間斷獄」，應該是源自於同一個故事來源，然後各自發展，這個故事橋段可能在宋代就已經存在，如此看來，《三國志平話》不應該單純的視為元代的三國故事彙集，也是經過長久的流傳與加工而成。

　　《三國志平話》的主角有二，前半著重描寫張飛的武勇，後半則是注重諸葛亮的機智，大體來說，此書劇情安排有時不甚合理，文筆粗糙，人名跟地名有常有錯誤，情節誇張到荒誕不經，先前提過的「司馬仲相陰間斷獄」即是，大意是劉邦定鼎天下後，誅殺了功臣韓信、彭越、英布，有一書生名曰「司馬仲相」，一日正唸秦史，閱至秦始皇奴役人民時破口大罵，有怨天之心，因此玉皇令司馬仲相至陰間決斷韓信、彭越、英布狀告劉邦、呂稚冤殺一案，斷得好即讓司馬仲相在陽間當天子，反之則永不為人，最後玉皇依據司馬仲相的判決，令韓信為曹操，分得中原之地；彭越為劉備，分得蜀地；英布為孫權，分得江東長沙，三人一起平分劉邦的漢家天下，而劉邦生為漢獻帝，呂稚為伏后，讓曹操因獻帝殺伏后報仇，而蒯通則化身為諸葛亮幫助劉備，而司馬仲相判決得當，化為司馬仲達（司馬懿），最後併收三國獨霸天下。書末將五胡十六國時前趙建國者劉淵假託為劉禪外孫，在蜀漢滅亡時北逃，最後稱「漢王」，反過來滅了西晉，天下終歸回到劉漢一家。

　　《三國志平話》充斥的因果報應之說，由此可知本書畢竟是故事集，跟《三國志》等史書不同，《三國志平話》中不少精彩的情節都為羅貫中所引用並改寫，並捨去極不合理之處，當然像「司馬仲相陰間斷獄」這類情節羅貫中當然不予採納，《三國演義》跟《三國志平話》雖然均奉「漢正統」，但是

後者積極改寫成劉家重掌天下，而前者卻是類似一個旁觀者的身份，如同書末詩云：

> 紛紛世事無窮盡，天數茫茫不可逃；鼎足三分已成夢，後人憑弔空牢騷。（第一二〇回）〔註46〕

由此看來，取材自《三國志平話》的《三國演義》，劇情結構均較前者合理，羅貫中在尊重「漢正統」的觀念外，也不誇張的隨意穿鑿附會，違背歷史。

四、三國戲曲

「三國故事」在中國戲曲中始終是一個重要的題材來源，金院本中的三國戲就有《赤壁鏖兵》、《刺董卓》、《蔡伯喈》、《襄陽會》、《大劉備》、《罵呂布》……等，而現存的 700 多種元雜劇劇目中，關於三國題材的就有 50 多種，宋元南戲中的三國戲也不少，這些戲曲大多歌頌劉備代表的蜀漢集團，而貶低曹操與孫權雙方，已經不侷限在史實的表演，而是在藝術上擴大了三國故事的影響，比《三國志平話》更為成熟，這些戲曲無疑在羅貫中創作《三國演義》上起了關鍵性的重用。

第三節　《三國演義》版本探討

羅貫中寫完《三國演義》後，根據明代蔣大器所撰寫的〈三國志通俗演義序〉，文中云：「士君子之好事者，爭相謄錄，以便觀覽……〔註47〕」，以致出現多種刻本，現在所存的明代刻本，就有二十幾種。最早的版本是出於嘉靖元年（1522）刻本，簡稱「嘉靖本」，卷首有蔣大器的〈三國志通俗演義序〉與張尚德的〈三國志通俗演義引〉，共 24 卷，240 回，〈三國志通俗演義序〉署名「弘治甲寅仲春幾望庸愚子拜書〔註48〕」，「庸愚子」即蔣大器，弘治甲寅為西元 1494年，如此看來「嘉靖本」出現之前，至少在明代弘治〔註49〕年間，《三國演義》就已經廣為士人爭相傳抄，因此「嘉靖本」才有蔣大器寫於弘治年間的序文。

〔註46〕見〔明〕羅貫中著、吳小林校注：《三國演義校注》，頁 1352。
〔註47〕見〔明〕蔣大器《三國志通俗演義序》，轉引自朱一玄、劉毓忱：《三國演義資料彙編》，頁 233。
〔註48〕見〔明〕蔣大器《三國志通俗演義序》，轉引自朱一玄、劉毓忱：《三國演義資料彙編》，頁 233。
〔註49〕弘治，明孝宗年號，西元 1488～1505 年。

一、嘉靖本《三國志通俗演義》與《三國志傳》本

　　現在一般認為「嘉靖本」是《三國演義》最早的刻本，根據沈伯俊的看法，《三國演義》的版本可大致分為「《三國志通俗演義》系統」、「《三國志傳》系統」、毛宗崗父子評改本《三國志演義》系統」三類〔註50〕，此外還有《李卓吾先生批評三國志》，簡稱為「李卓吾評本」，此本源於「周曰校本」或「夏振宇本」，亦是毛本的基礎，頗為重要。

　　《三國志通俗演義》系統的來源即是「嘉靖本」，「嘉靖本」雖是現存最早的刻本，但並非所有明代刻本均是以「嘉靖本」為底本，另有諸本《三國志傳》是別於「嘉靖本」而自成體系的，「志傳本」跟「嘉靖本」不同之處在於，第一，「嘉靖本」的回目均是極為整齊的七字句，「志傳本」的回目則是參差不齊。第二，「嘉靖本」為 24 卷，每卷 10 回，而「志傳本」多為 20 卷，每卷 20 回。第三，「志傳本」有部分寫到關於關索的事蹟，而「嘉靖本」對於關索之事則是一字也無。第四，「志傳本」與「嘉靖本」在文字上有很大的出入。綜合以上四點，若是「志傳本」以「嘉靖本」為底本，那撰寫、刊印「志傳本」之人又何必無端刪改「嘉靖本」原有之系統呢？而且「志傳本」之品質明顯遜於「嘉靖本」，這不像是一個後出之書該有的現象，因此諸本「志傳本」應當另有一個底本，而且這個底本時間應是比「嘉靖本」為早，所以在品質上劣於「嘉靖本」，而這個「不成熟」也因此被諸「志傳本」所傳承，根據沈伯俊的看法，「志傳本」的底本很可能接近或就是羅貫中的原作，「嘉

〔註50〕沈伯俊在其著《神遊三國》提到：「《三國演義》的版本大致可以分為這樣三個系統：一、《三國志通俗演義》系統。除了上面提到的嘉靖元年刻本《三國志通俗演義》（簡稱『嘉靖元年本』）之外，還包括萬曆十九年（公元一五九一年）金陵周曰校刊本《新刊校正古本大字音釋三國志通俗演義》（簡稱『周曰校本』）和夏振宇刊本《新刊校正古本大字音釋三國志傳通俗演義》（簡稱『夏振宇本』）等等。二、《三國志傳》系統。包括嘉靖二十七年（公元一五四八年）建陽葉逢春刊本《三國志傳》（簡稱『葉逢春本』）、萬曆二十年（公元一五九二年）余象斗刊本《新刻按鑑全像批評三國志傳》（簡稱『余象斗本』）、萬曆三十三年（公元一六〇五年）聯輝堂刊本《新鍥京本校正通俗演義按鑑三國志傳》（簡稱『聯輝堂本』）、萬曆三十八年（公元一六一〇年）楊春元刊本《重刻京本通俗演義按鑑三國志傳》(簡稱『楊春元本』)、《新刻湯學士校正古本按鑑演義全像通俗三國志傳》（簡稱『湯賓尹本』）等等。三、毛宗崗父子評改本《三國志演義》（簡稱『毛本』）系統。毛本原名《四大奇書第一種》，後來又被稱為《第一才子書》。現存的七十多種清代《三國》刻本，絕大部分屬於毛本系統。」見沈伯俊：《神遊三國》，頁 17～18。

靖本」反而是後來經過修改及加工後的版本〔註51〕。

　　然而《三國演義》在今日所見到最爲流行於世的，非「嘉靖本」也不是「志傳本」，而是清代毛宗崗父子評改過的版本，簡稱「毛本」。

二、毛宗崗父子評改本《三國志演義》

　　毛宗崗，字序始，號子庵，長洲（今江蘇蘇州）人，其父毛綸，字德音，號聲山，窮困不仕但頗有文名，評《琵琶記》、《三國演義》自娛，毛綸在評《琵琶記》時曾云：

> 羅貫中先生作《通俗三國志》，共一百二十卷，其記事之妙不讓史遷，
> 却被村學究改壞，予甚惜之。前歲得讀其原本，因爲校正，復不揣
> 愚陋，爲之條分節解；而每卷之前，又各綴以總評數段，且許兒輩
> 亦得參附末論，共贊其成……〔註52〕

由此可見毛綸評改《三國演義》之因，「兒輩」即是指毛宗崗，毛宗崗亦是文采聞於當世而不仕之人，隨其父改評《三國演義》，加工、校訂並最後定稿，所以「毛本」雖出於毛氏父子之手，但後人多歸功於毛宗崗。

　　毛本的《三國演義》在中國文學史上佔有非常重要的地位，此本一出，立即壓倒其他版本的《三國演義》，獨領風騷至今，毛氏父子在「李卓吾評本」的基礎上，作了大幅度的修正，大約可分爲三點，第一，就文辭方面，修改原先艱澀難懂，或是不通順的文辭，例如《三國演義》各回回目，原本對仗極爲不工整，毛氏父子統一整齊並對偶的句子，另外還加了凡例、讀法、回評、夾評，讓全書更便於一般大眾閱讀。第二，就情節來說，將原本一些比較不合理的情節安排有所增刪，使情節更合理、生動。第三，通過加工，讓人物的藝術形象更加鮮明。然而還是有美中不足之處，寧希元指出：

> 拿嘉靖本和毛本比勘，毛氏父子所改，固然有其可取之處，但在很
> 多情況下，往往改錯。〔註53〕

寧希元認爲「毛本」的幾個毛病，例如對人物形象往往拔高或貶低，或是不

〔註51〕見沈伯俊：《羅貫中與三國演義》（台北：遠流出版公司，2007 年 11 月），頁26～27。
〔註52〕轉引自勞舒：《三國說林》（南昌：江西教育出版社，1999 年 1 月），頁 67。
〔註53〕見寧希元：〈毛本《三國演義》指謬〉，原文載於《三國演義研究論文集》頁117～127，見河南省社會科學院文學研究所編：《三國演義研究論文集》（北京：中華書局，1991 年 8 月），頁 117～118。

明元人的語彙而加以修改，損害原書語言的時代性。還有將本來合於歷史發展的情節，因不明就裡，反倒改成不合於史實。

　　另外，因為毛本《三國演義》的風行，還讓羅貫中平白無故備受爭議，原本的《三國演義》在創作時，注重「忠義觀」的比例是大於「正統觀」的，而經毛氏父子一改，發揚光大了「正統觀」，「忠義觀」反倒退居次要，因此後來關於《三國演義》宣傳「正統觀」的得失討論，卻往往卻落在羅貫中頭上，對此，徐中偉云：

> 嘉靖本與毛本在擁劉反曹的指導思想上是存在差別的，然而，令人遺憾的是，由於無差別論的長期流行和廣泛影響，在關於「三國」的研究中，把毛本和嘉靖本的思想內容相提並論，等量齊觀的現象至今仍是相當嚴重的……我認為很有必要對嘉靖本和毛本進行認真的分析和比較，弄清楚毛本的哪些思想是羅貫中的，可以從元末明初的社會背景上來研究，哪些不是或不完全是羅貫中的，應該到毛宗崗本人及其時代去尋找，以期使研究立於準確、科學的基礎之上。
>
> 〔註 54〕

在「接近原本」的方面，「嘉靖本」可能不如「志傳本」，但與「毛本」相比，還是更為接近羅貫中的原文，而今日純粹閱讀《三國演義》的人們，大多選擇「毛本」，但是在品評書中思想得失的同時，也要注意羅貫中與毛氏父子的觀點是有所不同的，然而綜觀「毛本」，相較於其他本子是更為進步、完善的，所以魯迅在《中國小說史略》中說自從「毛本」問世後「一切舊本乃不復行〔註 55〕」。

第四節　小　結

　　晉初，關於三國的時事就被人所記載與討論，直到陳壽的《三國志》一出，裴松之再加以作注，《三國志》因此成為為人稱頌的「前四史」之一，由晉至元，越來越多的三國事蹟被記述或改編下來，宋、元時代三國故事更被

〔註 54〕見徐中偉：〈不可等量齊觀的兩部「三國」——嘉靖本與毛本「擁劉反曹」之不同〉，原文載於《三國演義研究論文集》頁 224～243，見河南省社會科學院文學研究所編：《三國演義研究論文集》，頁 242～243。
〔註 55〕見魯迅：《中國小說史略》，轉引自魯迅：《魯迅中國小說史論文集——中國小說史略及其他》（台北：里仁書局，2003 年 2 月），頁 116。

大量地搬舞台，加上宋代時「講史」發達，深入一般市民百姓的階層，如此一來便利大眾廣爲流傳，至元代《三國志平話》問世，此書可視爲西晉至元中葉三國故事的總結，也可以說是羅貫中著《三國演義》的跳板，羅貫中使用陳壽《三國志》和裴松之注的正史爲材料，又參考民間的各種三國傳說與藝人創作的話本、戲曲，結合羅貫中生於元末明初那個動盪不安的時代生活經驗，寫成了這部《三國演義》，誠如胡適在〈三國志演義序〉中所言：「《三國志演義》不是一個人做的，乃是五百年間的演義家的共同作品。〔註56〕」

〔註56〕見胡適〈三國志演義序〉，轉引自胡適：《中國章回小說考證》（台北：雲風書局，1976年2月），頁382。

第三章 《三國演義》中謀士的析論

　　中國在四千多年的歷史長河中，只要遭遇亂世，往往是人才輩出。東周列國之兼併固然精彩，夫秦本西陲小國，一躍爲列強，最後至秦始皇終蕩平天下，但那是經過幾百年及幾代人的共同經營所成，不應爲秦始皇一代人之功；劉邦雖得蕭何、張良、韓信之助，但他能取得天下，還是因對手項羽的剛愎自用，不採范增之言，因而自毀大好前程的關係；隋唐時群雄逐鹿天下，但是放眼望去，似乎無人能敵得過不世英才李世民；至五代，後周的孤兒寡母，能阻止「陳橋兵變」的發生嗎？元末大亂，與其說是劉伯溫的神機妙算，還不如說是陳友諒太妄自尊大，將大好江山讓朱元璋取了去！

　　清人趙翼在《廿二史劄記‧卷七》中說道：

> 人才莫盛於三國，亦惟三國之主，各能用人。故得眾力相扶，以成
> 鼎足之勢。〔註1〕

綜觀中國的亂世，只有在三國時代，曹操、劉備、孫權各自盡力網羅、使用人才，才使得三方勢力鼎足而立，雖說曹魏是強盛一些，但始終旗鼓相當，僵持不下，直到蜀漢後期，劉禪昏庸無能，於是不久後就滅亡了，這是因爲劉禪聽信黃皓讒言，疏遠人才的關係，可見人才的運用對於一個勢力或是國家的發展來說，是多麼重要！

　　而作爲歷史小說的《三國演義》，在正史的基礎上，將漢末三國人才的舉止言行，改寫或增加的更爲鮮明，正因爲如此，漢末三國才比其他時期的亂世，更令世人印象深刻。而《三國演義》中描寫的各型人才何其多？有政治、軍事、

〔註1〕見〔清〕趙翼：《廿二史劄記》（台北：鼎文書局，1975年3月），頁137。

謀略、經濟……等，配合本論文篇旨，本文專以「謀士」之才加以論述，在本章中除了綜論各謀士外，像〈隆中對〉、〈吳中對〉等「戰略」智謀表現統一於第四章討論，至於謀士的臨場「戰術」智謀的展現，則另於第五章論述。

第一節　東漢末年群雄的謀士

　　《三國演義》描寫的年代起於東漢中平元年（184），到了東漢建安二十年（215）曹操消滅最後一個漢末群雄張魯，整個中原大地自黃巾之亂以來，形成的各地割據勢力至此僅剩曹操、劉備、孫權三股，雖說此時三個勢力均未稱帝，但東漢早已名存實亡，天下一分為三，形成「三國」。本節所要討論的是西元184～215年間《三國演義》中不隸屬於曹操、劉備、孫權的東漢末年其他群雄的優秀謀士。

一、助紂為虐的謀士──李儒

　　《三國演義》裡面描寫的眾多群雄中，唯一會讓人立即留下「暴虐」印象的，無疑是董卓了，曹操固然是奸雄，但是他同時也被認為是政治家、文學家，毛宗崗評論曹操時，也不止一次說曹操奸的「可愛」，可見曹操是一個正反兩面評價皆有之人，而劉備是仁君，孫策、孫權是英主，其他君主則傾向較為普通，但是沒有一個君主像董卓一樣被冠上「惡棍」之名，他們能發跡，除了自身能力外，就是那些甘願助紂為虐的部屬為其效力，李儒就是一個典型的例子。

　　李儒，《後漢書》及《三國志》均無本傳，生卒年與籍貫均不詳，如果根據《三國演義》所敘述，李儒在董卓死後也隨即被王允殺了，那卒年當在東漢初平三年（192）。根據東漢《曹全碑》所刻，李儒字文優，可能是陝西人，但此點待考〔註2〕，在《三國演義》中，李儒是首位出現的謀士，他是董卓的女婿，效力於董卓，綜觀董卓的興起與敗亡，無一不與李儒息息相關。

　　《三國演義》寫到何進欲盡除宦官，可惜為何太后所不允，於是袁紹進

〔註2〕《曹全碑》，全稱《郃陽令曹全碑》，又稱《曹景完碑》，見「附錄三」，刻於東漢中平二年（185）十月，明萬曆初在陝西省郃陽縣舊城出土，清康熙十一年（1672）後，中有斷裂，今則缺減之字更多，現在西安碑林。內容為王敞記述曹全生平。此碑是漢碑代表作品之一，碑陰刻有立碑者的題名，當中有「徵傳士李儒文優五百」等句，此李儒是否就是漢末郎中令李儒，尚不可知。見西川寧、神田喜一郎監修：《書跡名品叢刊・4》（東京：二玄社株式會社，2001年1月），頁484～485。

言曰：「可召四方英雄之士，勒兵來京，盡誅閹豎。此時事急，不容太后不從。〔註3〕」這本是壞事的計謀，然而愚昧的何進居然應允，不顧陳琳、曹操的諫阻，秘密派人通知各鎮兵馬進京，就此引來豺狼一般的董卓，董卓此時的官職是前將軍、鰲鄉侯、西涼刺史〔註4〕，統領西州二十萬大軍，接到何進詔書大喜，立即率兵向洛陽（今河南洛陽）進發，此時李儒建議董卓：「今雖奉詔，中間多有暗昧。何不差人上表，名正言順，大事可圖。〔註5〕」

此時要先了解一下當時的情勢，《三國演義》於首回即寫道：

> 桓帝禁錮善類，崇信宦官。及桓帝崩，靈帝即位，大將軍竇武、太傅陳蕃，共相輔佐；時有宦官曹節等弄權，竇武、陳蕃謀誅之，作事不密，反為所害，中涓〔註6〕自此愈橫。（第一回）〔註7〕

東漢傳至桓、靈時，因兩帝的昏庸不堪，造成宦官當權的局面，當朝最有權勢的十個宦官張讓、趙忠、封諝、段珪、曹節、侯覽、蹇碩、程曠、夏惲、郭勝，號稱「十常侍」，當中的張讓，連靈帝也要稱其「阿父」，如此荒誕，朝政豈會清明？〔註8〕

既然宦官經營已久，何進若要翦除他們的勢力，一方面要從長計議，另一方面又要隱密，因為一旦計畫曝光，宦官豈會坐以待斃？於是雖然何進選擇召集外兵這個不明智的決定，但終究怕打草驚蛇，所以以秘密傳達方式通知，但是李儒卻建議將此計畫曝光了出來，因為只要董卓公開上表朝廷，控制朝政的宦官自然知道董卓等外兵是何進召來針對自己的，在嚴峻的情勢勢必狗急跳牆，反咬何進一口，等到兩敗俱傷，董卓就可以坐收漁翁之利，其

〔註3〕　見《三國演義・第二回》。
〔註4〕　刺史，東漢朝廷派到地方的監察官，每州設刺史一人，督察郡太守、諸王跟地方勢力。
〔註5〕　見《三國演義・第三回》。
〔註6〕　中涓，皇帝的侍從，此指宦官。
〔註7〕　見〔明〕羅貫中著、吳小林校注：《三國演義校注》（台北：里仁書局，2006年3月），頁1。
〔註8〕　《後漢書・孝靈帝紀》載中平元年（184）：「侍中向栩、張鈞坐言宦者，下獄死。」〔唐〕李善注曰：「時鈞上書曰：『今斬常侍，懸其首於南郊以謝天下，其兵自消也。』帝以章示常侍，故下獄也。」時值黃巾之亂爆發，向栩、張鈞提出這個方法妄想平變，雖是天真了些，但終究是看出宦官當權是這場民變爆發的最大因素，沒想到靈帝卻告訴了宦官，兩人因而遭下獄而死，宦官之權勢可見一斑。見〔劉宋〕范曄著、楊家駱主編：《後漢書》（台北：鼎文書局，1994年3月），頁348～349。

計雖奸險，卻是高招，毛宗崗於此評道：「何進暗發密詔，李儒乃欲顯上表章，明明要激成內亂。〔註9〕」上表之後，董卓就按兵不動，靜觀其變。

後張讓、段珪殺了何進，袁紹、袁術、曹操以報仇之名率軍殺進宮中，盡屠宦官，宮中大亂，張讓、段珪挾持少帝與陳留王出逃，後二宦俱死，董卓趁機護送少帝與陳留王返回宮中，逐漸掌握權勢，如此混水摸魚之功，全得力於李儒。

董卓在接應少帝與陳留王時，心中已有廢少帝改立陳留王的心意，於是他詢問李儒的意見，李儒回答：

> 今朝廷無主，不就此時行事，遲則有變矣。來日於溫明園中，召集
> 百官，諭以廢立；有不從者斬之，則威權之行，正在今日。（第三回）
> 〔註10〕

董卓在進京後立即收編何進的部隊，加上原來已有的二十萬兵馬，朝中諸大臣均懼董卓，宴會誰敢不來？然而朝中也不是真的「無主」的，少帝已經登基，只是尚年幼，朝中又逢大變，不具有影響力，李儒的算盤是趁此變故，人心未附時行事，因此時大臣們均六神無主，要不然等到日子一久，夜長夢多事就不好辦了。

在宴會上，對於董卓欲廢帝改立的建議，諸大臣均不敢言，只有荊州〔註11〕刺史丁原與盧植表示反對，董卓大怒，拔劍欲砍丁原，此時李儒注意到丁原：「背後一人，生得器宇軒昂，威風凜凜，手執方天畫戟，怒目而視。〔註12〕」李儒一眼看出這個名曰呂布的人不好惹，於是為雙方緩頰，請董卓避其鋒芒，董卓欲招攬呂布，此時麾下李肅願為說客，只是需得董卓愛馬「赤兔」贈與呂布才行，董卓詢問李儒意見，李儒答曰：「主公欲取天下，何惜一馬！〔註13〕」明人李漁評道：「欲取天下四字在李儒口中道出，可見教董卓無道者，皆李儒也。〔註14〕」因為扯到自己愛馬，董卓一時間也無法決定，但李儒一

〔註9〕見〔明〕羅貫中著、〔明〕金聖嘆鑑定、〔清〕毛宗崗批：《精印三國演義》（台北：老古文化事業公司，2006年5月），頁32。

〔註10〕見〔明〕羅貫中著、吳小林校注：《三國演義校注》，頁37。

〔註11〕荊州，東漢州名，約轄今日湖北、湖南，劉表任荊州牧時，治所在襄陽（今湖北襄樊）。

〔註12〕見《三國演義·第三回》。

〔註13〕見《三國演義·第三回》。

〔註14〕見鐘宇：《三國演義：名家彙評本》（北京：北京圖書館出版社，2007年7月），

回答董卓就欣然與之了，可見董卓對李儒的信任。

在呂布弒丁原來降後，董卓便毫無所忌的廢少帝改立陳留王爲帝，將少帝與何太后、唐妃囚困於永安宮中，不久後派李儒弒帝，《三國演義》寫道：

> 李儒帶武士十人，入宮弒帝。帝與后、妃正在樓上，宮女報李儒至，帝大驚。儒以鴆酒奉帝，帝問何故。儒曰：「春日融和，董相國特上壽酒。」太后曰：「既云壽酒，汝可先飲。」儒怒曰：「汝不飲耶？」呼左右持短刀白練於前曰：「壽酒不飲，可領此二物！」唐妃跪告曰：「妾身代帝飲酒，願公存母子性命。」儒叱曰：「汝何人，可代王死？」乃舉與何太后曰：「汝可先飲！」后大罵何進無謀，引賊入京，致有今日之禍。儒催逼帝，帝曰：「容我與太后作別。」乃大慟而作歌……歌罷，相抱而哭。李儒叱曰：「相國立等回報，汝等俄延，望誰救耶？」太后大罵：「董賊逼我母子，皇天不佑！汝等助惡，必當滅族！」儒大怒，雙手扯住太后，直攛下樓；叱武士絞死唐妃；以鴆酒灌殺少帝。（第四回）〔註15〕

董卓因爲李儒的輔佐，已經位極人臣，李儒何以至此？《三國演義》中李儒共出現在七個回數，其中不乏奇智妙招，一步步將董卓扶起，唯有此件事是醜態盡出，人神共憤，爲虎作倀，明人李贄亦評道：「李儒亦盡聰明，何助卓爲虐至此？所云『聰明誤人』也。〔註16〕」

董卓在洛陽倒行逆施，引得天怒人怨，曹操行刺董卓不成後回到陳留（今河南開封）舉兵，聯絡十七鎮諸侯共同討伐董卓，初時董卓佔上風，然而後來呂布敗於虎牢關（今河南滎陽），鑑於部隊無戰心，於是李儒向董卓建議遷都長安（今陝西西安）以避聯軍鋒芒，董卓採納了他的建議，罷黜了反對遷都的司徒〔註17〕楊彪、荀爽與太尉〔註18〕黃琬爲庶民，並斬尚書〔註19〕周毖、城門校尉〔註20〕伍瓊，強行遷都，此時李儒再度建議董卓：

頁18。
〔註15〕見〔明〕羅貫中著、吳小林校注：《三國演義校注》，頁49～50。
〔註16〕見鐘宇：《三國演義：名家彙評本》，頁21。
〔註17〕司徒，三公之一，主教化，以有聲望的大臣擔任，第一品。
〔註18〕太尉，三公之一，全國最高軍事長官，執掌四方兵權，第一品。
〔註19〕皇帝身邊掌管詔令文書之官，東漢時成爲代表皇帝意志的近臣，有官署稱「尚書台」。
〔註20〕東漢設置的五校尉之一，統中央禁軍一營，負責守衛京城的十二道城門，三

今錢糧缺少，洛陽富戶極多，可籍沒入官。但是袁紹等門下，殺其宗黨而抄其家貲，必得巨萬。（第六回）〔註21〕

董卓從之，於是《三國演義》記載接下來的慘況：

李傕、郭汜盡驅洛陽之民數百萬口，前赴長安。每百姓一隊，間軍一隊，互相拖押；死於溝壑者，不可勝數。又縱軍士淫人妻女，奪人糧食；啼哭之聲，震動天地。如有行得遲者，背後三千軍催督，軍士執白刃，於路殺人。卓臨行，教諸門放火，焚燒居民房屋，並放火燒宗廟宮府。南北兩宮，火焰相接；長樂宮庭，盡為焦土。又差呂布發掘先皇及后妃陵寢，取其金寶。軍士乘勢掘官民墳塚殆盡。董卓裝載金珠緞匹好物數千餘車，劫了天子並后妃等，竟望長安去了。（第六回）〔註22〕

對此，毛宗崗評道：「富民死，貧民徙，所得何罪。〔註23〕」又說「黃巾賊反不如此之甚。〔註24〕」，虎牢關一役，呂布雖敗，但整體來看，於董軍並無巨大損失，且虎牢關仍在董卓控制之下，占盡地利，李儒應該設法挑起關東諸軍的矛盾，然後堅守不出，日子一久，遠道而來的關東諸軍必糧盡兵疲，因為關東軍盟主袁紹只是臨時性與名義上的，並不真的具備所有部隊的統帥之權，如果有的部隊糧盡先行撤退，袁紹也無可奈何，而且一旦撤軍情形發生，聯軍士氣必定大為打擊，此時董卓要選擇繼續堅守或是出關追擊關東軍都很容易，何必下達這個焚城遷民的指令呢？說起來董卓敢如此做，還是因為得到李儒的贊同所致，李儒之助豺狼董卓為禍天下，實是令人髮指！

董卓到長安後，築塢於離長安城外二百五十里處的郿，並儲糧二十年，廣積金銀美女，虐殺降卒，儼然以天子自居，心態轉為被動防守。董卓諸舉引起天怒民怨，司徒王允與其府中歌妓貂蟬共謀，以「連環計」挑撥董卓與呂布的不和，王允先允諾許以貂蟬與呂布，又將貂蟬獻於董卓，又對呂布謊稱董卓接走貂蟬是為了賜予他，以安呂布之心，後呂布又見董卓實已自納貂

國時為第四品。

〔註21〕見〔明〕羅貫中著、吳小林校注：《三國演義校注》，頁74。

〔註22〕見〔明〕羅貫中著、吳小林校注：《三國演義校注》，頁74～75。

〔註23〕見〔明〕羅貫中著、〔明〕金聖嘆鑑定、〔清〕毛宗崗批：《精印三國演義》，頁76。

〔註24〕見〔明〕羅貫中著、〔明〕金聖嘆鑑定、〔清〕毛宗崗批：《精印三國演義》，頁77。

蟬,於是對董卓怨懟之心日甚,加上貂蟬與王允的推波助瀾,令本以父子相稱的二人產生嫌隙,當董卓與呂布的矛盾逐漸檯面化時,李儒已看出事情的不對勁,《三國演義》寫道:

> 儒急入見卓曰:「太師欲取天下,何故以小過見責溫侯?倘彼心變,大事去矣。」卓曰:「奈何?」儒曰:「來朝喚入,賜以金帛,好言慰之,自然無事。」卓依言。(第八回)〔註25〕

李儒知道呂布為董卓麾下第一勇將,又隨侍在董卓身旁,性格見利忘義,難保哪天不會變心反咬一口,所以急諫董卓安呂布之心,以防巨變,此時董卓對李儒還是言聽計從的,於是從之,但是呂布對貂蟬眷戀之心日甚,與董卓更陷入進一步的激烈矛盾,於是李儒建議董卓將貂蟬賜予呂布,《三國演義》寫道:

> 卓曰:「叵耐逆賊!戲吾愛姬,誓必殺之!」儒曰:「恩相差矣,昔楚莊王『絕纓』之會,不究戲愛姬之蔣雄,後為秦兵所困,得其死力相救。今貂蟬不過一女子,而呂布乃太師心腹猛將也。太師若就此機會,以蟬賜布,布感大恩,必以死報太師。太師請自三思。」卓沈吟良久曰:「汝言亦是,我當思之。」儒謝而出。(第九回)〔註26〕

李儒這個建議是董卓一生事業的轉折點,在這個時候,他跟呂布仍有父子之誼,雖有矛盾,但也不到不能控制的地步,而且董卓著實是一方豪傑,也信任李儒,當李儒曉以事業等大義時,董卓沉吟良久,也覺得有道理,雖萬般不捨,但還是決定將貂蟬賜予呂布,雖然說以呂布的個性,以死相報是不太可能的,但對董卓必定十分感激,所以毛宗崗評道:「李儒幾破連環計。〔註27〕」

但是李儒不能控制的是,董卓畢竟是好色之徒,而貂蟬也不是普通歌妓,而是王允派來離間董卓與呂布的,當董卓將李儒之意告知貂蟬時,貂蟬只要又哭又鬧又撒嬌,又譖李儒,董卓一下子就把李儒的話當耳邊風了,當李儒知道董卓無意賜予貂蟬與呂布時,也只能仰天嘆曰:「吾等皆死於婦人之手矣!〔註28〕」後來呂布果然倒戈與王允合作,刺殺董卓,李儒隨後也被王允所殺,結束了助紂為虐的一生。

〔註25〕見〔明〕羅貫中著、吳小林校注:《三國演義校注》,頁100。
〔註26〕見〔明〕羅貫中著、吳小林校注:《三國演義校注》,頁107。
〔註27〕見〔明〕羅貫中著、〔明〕金聖嘆鑑定、〔清〕毛宗崗批:《精印三國演義》,頁108。
〔註28〕見《三國演義‧第九回》。

正史關於李儒此人的記載非常的少，《三國演義》雖把他描寫成董卓的首席謀士，且是董卓的女婿，但正史中找不到資料佐證此兩點，《三國志》中更無片字記載，正史中唯二提到李儒之事，一是他奉董卓之命將被廢爲弘農王的少帝劉辯酖殺的，《後漢書‧皇后紀下》記載：

> 明年，山東義兵大起，討董卓之亂。卓乃置弘農王於閣上，使郎中令〔註29〕李儒進酖，曰：「服此藥，可以辟惡。」王曰：「我無疾，是欲殺我耳！」不肯飲，強飲之，不得已，乃與妻唐姬及宮人飲讌別……遂飲藥而死。時年十八。〔註30〕

李儒酖殺劉辯之事也見於《資治通鑑‧卷五十九》：「癸酉，董卓使郎中令李儒酖殺弘農王辯。〔註31〕」董卓於漢末亂世能首先躍起稱霸於世，靠的是自己的聰明才智，非李儒之功也，《三國志平話》率先將李儒改寫成董卓麾下謀士，但著墨甚少，無多大影響力〔註32〕，羅貫中將一個《三國志》無一字記載，《後漢書》與《資治通鑑》也只有隻字片語，且在《三國志平話》中對董卓一點也不重要的李儒，改手塑造成董卓麾下最有智，也是最冷血、兇狠的鬼才，筆者論可能的原因，是因爲李儒冒犯了羅貫中撰寫《三國演義》最中心的「尊漢」正統思想，凡是犯漢者，都會被改寫成壞人，李儒在歷史上記載不多，但這一件「毒死少帝」是切切實實的於史有據，少帝劉辯是靈帝長子，依法理比劉協更適合繼承大統，卻死於李儒之手，於是被羅貫中由一個郎中令變身爲窮凶極惡，助董卓爲虐的謀士。

李儒酖殺少帝之事發生在東漢初平元年（190），相隔 70 年後直到曹魏甘露五年（260），又發生臣弑君的慘案，魏主曹髦被成濟刺死，此事裴松之注《三國志》引《漢晉春秋》、《晉紀》、《魏氏春秋》、《魏末傳》均有記載〔註33〕，但是羅貫中在《三國演義》中處理此事便淡得多，因爲他弑的是曹髦，

〔註29〕秦官名，漢代沿用，爲統領郎中的長官，兼守衛宮殿門戶。

〔註30〕見〔劉宋〕范曄著、楊家駱主編：《後漢書》（台北：鼎文書局，1994 年 3 月），頁 450～451。

〔註31〕見〔北宋〕司馬光編、〔元〕胡三省註：《資治通鑑》（台北：宏業書局，1978 年），頁 530。

〔註32〕《三國志平話》寫道：「董卓問李儒：『今四大寇離了西涼府，誰可把西涼府？』李儒言：『有太師女婿牛信可去。』太師叫牛信，將十萬軍往西涼府鎮守去訖。」見〔元〕佚名：《三國志平話》（台北：文化圖書公司，1997 年 3 月），頁 22。

〔註33〕見〔西晉〕陳壽著、楊家駱主編：《三國志》（台北：鼎文書局，1995 年 6 月），頁 144～145。

曹髦爲逆臣曹操之後，非漢家天子，所以成濟此人除了被安上被過河拆橋的「棄卒」印象外，也不特別引人注意。

二、所託非人的智者

　　在《三國演義》中，陳宮、田豐、沮授三個人會放在一起論述，是因爲他們的特質跟際遇都很接近，都是忠心爲主，慧眼獨到，才略不下於周瑜、諸葛亮，但是都所仕非主，計終不見用，最後赴死時，三人均慷慨赴義，著實有骨氣！

（一）陳宮

　　陳宮，字公臺，東郡（今河南濮陽西南）人，生年不詳，卒於東漢建安三年（198），《後漢書》及《三國志》無其本傳，他的事蹟散見於《三國志》的〈武帝紀〉、〈呂布傳〉，其中裴松之於〈呂布傳〉引《典略》對陳宮的記載，亦爲詳盡，後文會提及。陳宮在《三國演義》中是一個令人同情的人物，他甚有才，輔佐呂布與曹操對抗，幾番弄得曹操損兵折將，根據地兗州〔註34〕還一度爲呂布所奪，但呂布少用其謀，等到呂布被俘時，也是陳宮人生落幕之時。

　　陳宮眞的視人不明嗎？其實他還是很有眼光的，陳宮任中牟（今河南中牟）縣令時，一眼就看出這個被守關軍士綁來的人，就是被董卓通緝的曹操，《三國演義》寫道：

> 至夜分，縣令喚親隨人暗地取出曹操，直至後院中審究：問曰：「我聞丞相待汝不薄，何故自取其禍？」操曰：「『燕雀安知鴻鵠之志哉！』汝既擎住我，便當解去請賞。何必多問！」縣令屛退左右，謂操曰：「汝休小覷我。我非俗吏，奈未遇其主耳。」操曰：「吾祖宗世食漢祿，若不思報國，與禽獸何異？吾屈身事卓者，欲乘間圖之，爲國除害耳。今事不成，乃天意也！」縣令曰：「孟德此行，將欲何往？」操曰：「吾將歸鄉里，發矯詔，召天下諸侯興兵共誅董卓，吾之願也。」縣令聞言，乃親釋其縛，扶之上坐。再拜曰：「公眞天下忠義之士也！」
>
> （第四回）〔註35〕

這位縣令就是陳宮，這是陳宮與曹操第一次見面，他經過不斷的試探、審辨，

〔註34〕爲東漢州名，轄郡、國八。縣八十，約轄今山東西南、河南東部，治所在昌邑（今山東金鄉）。

〔註35〕見〔明〕羅貫中著、吳小林校注：《三國演義校注》，頁52～53。

覺得曹操是一位「忠義之士」，陳宮自詡非「俗吏」，只是「未遇其主」，今晚與曹操一晤，他甘心棄官追隨曹操，試想這需要多大勇氣？董卓當時控制朝政，爲了全國通緝曹操，曾發佈一道命令：

> 令遍行文書，畫影圖形，捉拏曹操。擒獻者，賞千金，封萬戶侯；窩藏者，同罪。（第四回）〔註36〕

陳宮大可將曹操押赴京城請賞，但他沒有；他也可以暗自私放曹操，自己仍做縣令，於大家都無損，他也沒有；最後他選擇與曹操同去，如此一來，跟曹操一樣淪爲通緝犯，光憑此點就可認定，陳宮果非凡人俗吏，眼光也著實不凡，因爲此時的曹操，全身散發著一股忠君愛國之氣。

　　但是緊接而來的「呂伯奢事件」，讓陳宮對曹操的高度期望瞬間破滅，此時面對曹操，陳宮有三種選擇，一、殺了曹操。二、繼續跟隨曹操。三、棄曹操而去。如果選擇第一個方法，說明陳宮只是個俠士，要爲無辜的呂伯奢全家仗義；選擇第二種方法，那代表在陳宮的心中有著「一將功成萬骨枯」的念頭，爲成大事，犧牲幾條性命不算什麼。最終，陳宮卻選擇的是第三種方法，也就是「棄曹操而去」，這一個選擇代表陳宮只是個道德正義感很強烈的「儒生」。

　　陳宮的這種個性也可見於後來曹操攻打徐州〔註37〕的事件，曹操爲報父仇，進兵徐州，沿途屠殺百姓，血流成河，當時陳宮任東郡從事〔註38〕，亦與陶謙熟識，於是他前往會見曹操，《三國演義》寫道：

> 宮曰：「今聞明公以大兵臨徐州，報尊父之仇，所到欲盡殺百姓，某因此特來進言。陶謙乃仁人君子，非好利忘義之輩，尊父遇害；乃張闓之惡，非謙罪也。且州縣之民，與明公何仇？殺之不祥。望三思而行。」操怒曰：「公昔棄我而去，今有何面目復來相見？陶謙殺吾一家，誓當摘膽剜心，以雪吾恨！公雖爲陶謙游說，其如吾不聽何！」陳宮辭出，嘆曰：「吾亦無面目見陶謙也！」遂馳馬投陳留太守張邈去了。（第十回）〔註39〕

由此可見陳宮富有正義感卻近乎天眞的個性，牽扯到殺父之仇，曹操不但聽

〔註36〕見〔明〕羅貫中著、吳小林校注：《三國演義校注》，頁52。

〔註37〕爲東漢州名，轄郡、國五。縣六十二，約轄今江蘇的長江以北部分、安徽泗縣、嘉山、天長等縣及山東南部，漢末治所在下邳（今江蘇邳縣）。

〔註38〕又稱「從事史」，東漢州牧、刺史的屬官。

〔註39〕見〔明〕羅貫中著、吳小林校注：《三國演義校注》，頁124〜125。

不進去陳宮勸告，還反譏了陳宮一頓，陳宮沒達成任務，遂至陳留投張邈去了，明人李贄於此亦評道：「陳宮是個仁人。〔註40〕」可惜卻近乎迂腐。

時值呂布也投靠張邈，陳宮建議張邈：

> 今天下分崩，英雄並起；君以千里之眾，而反受制於人，不亦鄙乎！
> 今曹操征東，兗州空虛；而呂布乃當世勇士，若與之共取兗州，霸
> 業可圖也。（第十一回）〔註41〕

張邈大喜，令呂布襲破兗州，據濮陽（今河南濮陽），曹操領地中只有鄄城（今山東鄄城）、東阿（今山東東阿）、范縣（今山東范縣）未丟，陳宮也從此成了呂布的謀士，為呂布效力，但是呂布是一個剛愎自用、見利忘義、有勇無謀的人，偶而採用一下陳宮的計謀，總是能獲勝，但更多的時間他相信的是自己，如《三國演義·第十二回》寫到在濮陽時，呂布採納了他的建議利用田氏詐降，差點燒死曹操，但隨後不聽陳宮之勸逕自出兵，果然丟失濮陽，在呂布於荒野中流浪時，勸呂布投靠劉備，果然成功襲取徐州，他勸呂布除掉劉備，呂布反而不採用，後來劉備果然與曹操聯合起來對付呂布。

在徐州時，陳宮曾經勸說呂布與袁術聯姻，確保強大外援，呂布先是答應後又後悔，惹惱了袁術，他又提醒呂布注意陳珪、陳登父子，沒想到卻遭到呂布的喝叱，於是陳宮心灰意冷，《三國演義》寫道：

> 宮出嘆曰：「忠言不入，吾輩必受殃矣！」意欲棄布他往，卻又不忍；
> 又恐被人嗤笑。乃終日悶悶不樂。（第十八回）〔註42〕

這裡透露陳宮矛盾複雜的心情，而且好不容易從劉備手中搶來的徐州此時正遭受曹操的攻擊，呂軍一敗再敗，最後被曹操圍困於下邳（今江蘇邳縣），陳宮最後向呂布提出「犄角之勢」與「斷曹操糧道」的優異戰術，好不容易呂布終於同意了，臨時前卻為其妻所阻，所以也就作罷。這一次計謀未能運用的結果是下邳城被攻破，陳宮與呂布均被曹操俘虜，《三國演義》寫到陳宮被俘虜後與曹操的對話：

> 操曰：「公臺別來無恙！」宮曰：「汝心術不正，吾故棄汝！」操曰：
> 「吾心不正，公又奈何獨事呂布？」宮曰：「布雖無謀，不似你詭詐

〔註40〕見鐘宇：《三國演義：名家彙評本》，頁60。
〔註41〕見〔明〕羅貫中著、吳小林校注：《三國演義校注》，頁134。
〔註42〕見〔明〕羅貫中著、吳小林校注：《三國演義校注》，頁222。

奸險。」操曰：「公自謂足智多謀，今竟何如？」宮顧呂布曰：「恨此人不從吾言！若從吾言，未必被擒也。」操曰：「今日之事當如何？」宮大聲曰：「今日有死而已！」操曰：「公如是，奈公之老母妻子何？」宮曰：「吾聞以孝治天下者，不害人之親；施仁政於天下者，不絕人之祀。老母妻子之存亡，亦在于明公耳。吾身既被擒，請即就戮，並無挂念。」操有留戀之意。宮逕步下樓，左右牽之不住。操起，泣而送之。宮並不回顧。操謂從者曰：「即送公臺老母妻子回許都養老。怠慢者斬。」宮聞言，亦不開口，伸頸就刑。眾皆下淚。操以棺槨盛其屍，葬於許都。（第十九回）〔註43〕

筆者以爲陳宮一生中有三大失誤，第一個失誤，陳宮棄曹操對他來說並不是個明智的決定，誠然前文論述過，「呂伯奢事件」時，陳宮若是選擇了第二個方法，若是在陳留舉兵時就已跟隨曹操，那以陳宮的才能及資歷，在後來的曹魏陣營中都是首屈一指的，至少高過大多數現在我們所熟知的曹魏名臣；跟隨呂布是第二個失誤，以陳宮的能力，明知道呂布終會失敗，爲何偏要立於危牆之下？或許僅是因爲「布雖無謀，不似你詭詐奸險」吧？第三個失誤，大概是所謂的「愛面子」，知道計策不爲呂布所用，又不忍棄之，恐被人嘲笑，而最後的結果是與呂布俱亡。

換個角度想，正因爲陳宮是個仁義的儒生，所以他不選擇奸詐詭譎的曹操，選擇呂布，終究表示陳宮除了高道德要求外，只是感情用事。但是陳宮畢竟是英雄，他最後選擇了慷慨赴義，筆者以爲他是認命了，不後悔，求仁得仁，比起呂布又要投降曹操，顯得有氣節多了。

《三國演義》中陳宮「捉放曹」一直是家喻戶曉，膾炙人口的片段之一，歷史上確有「捉放曹」一事，但情節與《三國演義》敘述有很大出入，主角也非陳宮，《三國志・魏書・武帝紀》寫道：

卓表太祖爲驍騎校尉，欲與計事。太祖乃變易姓名，間行東歸。出關，過中牟，爲亭長所疑，執詣縣，邑中或竊識之，爲請得解。〔註44〕

《三國演義》中寫到曹操向王允借刀謀刺董卓不成而逃亡，爲陳宮所獲，這其實是虛構的，董卓很器重曹操，但曹操不願意與之共事而離去，過中牟時

〔註43〕見〔明〕羅貫中著、吳小林校注：《三國演義校注》，頁237～238。
〔註44〕見〔西晉〕陳壽著、楊家駱主編：《三國志》，頁5。

的確被捕，但很快就獲釋了，所以「捉放曹」的，是那位不知名的中牟縣令，另外，裴松之注引《世語》也寫道：

> 中牟疑是亡人，見拘于縣。時掾亦已被卓書；唯功曹心知是太祖，
> 以世方亂，不宜拘天下雄儁，因白令釋之。〔註45〕

在這裡另一說是釋放曹操的是某位不知名的功曹〔註46〕，不過不論是縣令還是功曹，都跟陳宮沒有關係，因爲陳宮從未擔任此二職。事實上陳宮是因爲天下大亂，自行跟隨曹操的，裴松之注《三國志・魏書・呂布傳》引《典略》注曰：

> 陳宮字公臺，東郡人也。剛直烈壯，少與海内知名之士皆相連結。
> 及天下亂，始隨太祖，後自疑，乃從呂布，爲布畫策，布每不從其
> 計。下邳敗，軍士執布及宮，太祖皆見之，與語平生，故布有求活
> 之言。太祖謂宮曰：「公臺，卿平常自謂智計有餘，今竟何如？」宮
> 顧指布曰：「但坐此人不從宮言，以至于此。若其見從，亦未必爲禽
> 也。」太祖笑曰：「今日之事當云何？」宮曰：「爲臣不忠，爲子不
> 孝，死自分也。」太祖曰：「卿如是，奈卿老母何？」宮曰：「宮聞
> 將以孝治天下者不害人之親，老母之存否，在明公也。」太祖曰：「若
> 卿妻子何？」宮曰：「宮聞將施仁政於天下者不絕人之祀，妻子之存
> 否，亦在明公也。」太祖未復言。宮曰：「請出就戮，以明軍法。」
> 遂趨出，不可止。太祖泣而送之，宮不還顧。宮死後，太祖待其家
> 皆厚於初。」〔註47〕

《三國演義》寫到陳宮的結局時，基本上實錄此文，僅作些微改寫。歷史上陳宮對曹操做出重大貢獻，曹操也對陳宮很信任，讓兩人決裂的原因在東漢興平元年（194）曹操殺了前九江（今安徽壽縣）太守〔註48〕邊讓，《資治通鑑・卷六十一》記載道：

> 讓素有才名，由是兗州士大夫皆恐懼，陳宮性剛直烈壯，内亦自疑，
> 乃與從事中郎許汜、王楷及邈弟超共謀叛操。〔註49〕

〔註45〕見〔西晉〕陳壽著、楊家駱主編：《三國志》，頁5～6。

〔註46〕漢有功曹史，爲郡屬吏。掌管考查記錄功勞。北齊後稱功曹參軍。唐時在府叫功曹參軍，在州叫司功參軍。

〔註47〕見〔西晉〕陳壽著、楊家駱主編：《三國志》，頁229。

〔註48〕一郡之最高行政長官。

〔註49〕見〔北宋〕司馬光編、〔元〕胡三省註：《資治通鑑》，頁541。

曹操殺了邊讓，連陳宮都開始擔心曹操疑己，曹操出征討伐陶謙時，駐守兗州的陳宮趁機聯合張邈，迎呂布來兗州，從此曹、陳兩人一直是處於對立的，直到陳宮敗死。

（二）田豐、沮授

把田豐、沮授放在一起論述，是因為他們同仕袁紹，身為河北棟梁，均身懷謀略，卻又都一籌莫展，只因袁紹外寬內忌，兩人所仕非主，最後也都落得悲慘的下場。

田豐，字元皓，鉅鹿（今河北寧普）人，另一說是勃海（今河北南皮）人，生年不詳，卒於東漢建安五年（200），《後漢書》與《三國志》均無本傳，事蹟可見《三國志》的〈袁紹傳〉、〈荀彧傳〉與《資治通鑑‧卷五十二》。對於其生平有較詳細的記載的是裴松之注《三國志‧魏書‧袁紹傳》所引的《先賢行狀》〔註50〕。

沮授，廣平（今河北雞澤東南）人，字跟生年均不詳，與田豐同卒於東漢建安五年官渡戰後，《後漢書》與《三國志》均無本傳，生平事蹟可見《三國志》的〈袁紹傳〉〔註51〕。

在《三國演義》中，田豐跟沮授很早就登場，《三國演義‧第七回》寫到袁紹奪得冀州〔註52〕後「以田豐、沮授、許攸、逢紀分掌州事，盡奪韓馥之權。〔註53〕」但綜觀《三國演義》全書中，對兩人著墨甚少，雖是如此，但

〔註50〕 裴松之注《三國志‧魏書‧袁紹傳》引《先賢行狀》曰：「豐字元皓，鉅鹿人，或云勃海人。豐天姿瑰傑，權略多奇，少喪親，居喪盡哀，日月雖過，笑不至矧。博覽多識，名重州黨。初辟太尉府，舉茂才，遷侍御史。閹宦擅朝，英賢被害，豐乃棄官歸家。袁紹起義，卑辭厚幣以招致豐，豐以王室多難，志存匡救，乃應紹命，以為別駕。勸紹迎天子，紹不納。紹後用豐謀，以平公孫瓚。逢紀憚豐亮直，數讒之於紹，紹遂忌豐。紹軍之敗也，土崩奔北，師徒略盡，軍皆拊膺而泣曰：『向令田豐在此，不至於是也。』紹謂逢紀曰：『冀州人聞吾軍敗，皆當念吾，惟田別駕前諫止吾，與眾不同，吾亦慚見之。』紀復曰：『豐聞將軍之退，拊手大笑，喜其言之中也。』紹於是有害豐之意。初，太祖聞豐不從戎，喜曰：『紹必敗矣。』及紹奔遁，復曰：『向使紹用田別駕計，尚未可知也。』」見〔西晉〕陳壽著、楊家駱主編：《三國志》，頁201。

〔註51〕 裴松之注《三國志‧魏書‧袁紹傳》引《獻帝紀》曰：「沮授，廣平人，少有大志，多權略。州仕別駕，舉茂才，歷二縣令，又為韓馥別駕，表拜騎都尉。袁紹得冀州，又辟焉。」見〔西晉〕陳壽著、楊家駱主編：《三國志》，頁192。

〔註52〕 冀州，東漢州名，轄郡、國九，縣百，轄境約今河北中南、山東西北、河南黃河以北地區，治所在鄴縣（今河北臨漳）。

〔註53〕 見《三國演義‧第七回》。

卻給人留下印象深刻。歷史上的沮授曾經向袁紹提出大方向的戰略規劃〔註54〕，而《三國演義》就未提及，不過在《三國演義》中，仍可看出田豐跟沮授對於袁紹事業的建立，幫助有多麼大，《三國演義》寫到劉備因殺了車冑，唯恐曹操見罪，於是託鄭玄寫信求救於袁紹，袁紹乃以此事問眾文武是否就此伐曹？《三國演義》寫到此段：

> 謀士田豐曰：「兵起連年，百姓疲弊，倉廩無積，不可復興大軍。宜先遣人獻捷天子，若不得通，乃表稱曹操隔我王路，然後提兵屯黎陽；更於河內增益舟楫，繕置軍器，分遣精兵，屯紮邊鄙。三年之中，大事可定也。」謀士審配曰：「不然。以明公之神武，撫河朔之強盛，興兵討曹賊，易如反掌，何必遷延日月？」謀士沮授曰：「制勝之策，不在強盛。曹操法令既行，士卒精練，比公孫瓚坐受困者不同。今棄獻捷良策，而興無名之兵，竊為明公不取。」謀士郭圖曰：「非也。兵加曹操，豈曰無名？公正當及時早定大業。願從鄭尚書之言，與劉備共仗大義，剿滅曹賊，上合天意，下合民情。實為幸甚！」四人爭論未定，紹躊躇不決。忽許攸、荀諶自外而入……二人齊聲應曰：「明公以眾克寡，以強攻弱，討漢賊以扶王室：起兵是也！」紹曰：「二人所見，正合我心。」便商議興兵。（第二十二回）〔註55〕

此段事亦見於裴松之注《三國志·魏書·袁紹傳》所之引《獻帝傳》〔註56〕，

〔註54〕《三國志·魏書·袁紹傳》記載：「從事沮授說紹曰：『將軍弱冠登朝，則播名海內；值廢立之際，則忠義奮發；單騎出奔，則董卓懷怖；濟河而北，則勃海稽首。振一郡之卒，撮冀州之眾，威震河朔，名重天下。雖黃巾猾亂，黑山跋扈，舉軍東向，則青州可定；還討黑山，則張燕可滅；回眾北首，則公孫必喪；震脅戎狄，則匈奴必從。橫大河之北，合四州之地，收英雄之才，擁百萬之眾，迎大駕於西京，復宗廟於洛邑，號令天下，以討未復，以此爭鋒，誰能敵之？比及數年，此功不難。』紹喜曰：『此吾心也。』即表授為監軍、奮威將軍。」見〔西晉〕陳壽著、楊家駱主編：《三國志》，頁192。

〔註55〕見〔明〕羅貫中著、吳小林校注：《三國演義校注》，頁264。

〔註56〕裴松之注《三國志·魏書·袁紹傳》引《獻帝傳》注曰：「紹將南師，沮授、田豐諫曰：『師出歷年，百姓疲弊，倉庾無積，賦役方殷，此國之深憂也。宜先遣使獻捷天子，務農逸民；若不得通，及表曹氏隔我王路。然後進屯黎陽，漸營河南，益作舟船，繕治器械，分遣精騎，鈔其邊鄙，令彼不得安，我取其逸。三年之中，事可坐定也。』審配、郭圖曰：『兵書之法，十圍五攻，敵則能戰。今以明公之神武，跨河朔之疆眾，以伐曹氏。譬若覆手，今不時取，後難圖也。』授曰：『蓋救亂誅暴，謂之義兵；恃眾憑彊，謂之驕兵。兵義無敵，驕者先滅。曹氏迎天子安宮許都，今舉兵南向，於義則違。且廟勝之策，

田豐、沮授反對出兵的原因有二，第一點是袁紹方消滅公孫瓚的勢力，百姓跟士兵都很疲累了，也無甚積糧。第二點是因曹操奉天子，法令出之必行，部隊經過嚴格訓練，要攻打曹操，要緩圖不是不圖，先建置軍備，然後以精兵慢慢進駐，在三年中就可以辦到了，但是審配、郭圖一方面吹捧袁紹，另一方面高估己軍之能，田豐、沮授意在緩戰；審配、郭圖意在速戰，四人爭執不下，後來許攸、荀諶進來表示支持速戰，因此袁紹決定發兵，事後證明，田豐跟沮授的看法是對的。

　　東漢建安五年，曹操親率大軍攻打徐州，劉備再次向袁紹求救，田豐得知此事，立刻會見袁紹，《三國演義》寫到此段：

> 只見紹形容憔悴，衣冠不整。豐曰：「今日主公何故如此？」紹曰：「我將死矣！」豐曰：「主公何出此言？」紹曰：「吾生五子，惟最幼者極快吾意；今患疥瘡，命已垂絕。吾有何心更論他事乎？」豐曰：「今曹操東征劉玄德，許昌空虛，若以義兵乘虛而入，上可以保天子，下可以救萬民。此不易得之機會也，惟明公裁之。」紹曰：「吾亦知此最好，奈我心中恍惚，恐有不利。」豐曰：「何恍惚之有？」紹曰：「五子中惟此子生得最異，倘有疏虞，吾命休矣。」遂決意不肯發兵……田豐以杖擊地曰：「遭此難遇之時，乃以嬰兒之病，失此機會！大事去矣，可痛惜哉！」跌足長嘆而出。（第二十四回）〔註57〕

此處可以看出田豐的視時權變，前言緩戰，是因為曹操安住許（今河南許昌），銳不可當，所以以慢打快，現在是曹操正率軍討伐徐州，正可謂「大人不在家」也，而且許昌發生董承等因「衣帶詔」被滅族事件，人心不穩，而曹操也因此失去擁戴獻帝的公信力，此時趁虛而入再好不過，但是袁紹目光短淺，僅僅是嬰孩之病就拒絕發兵，所以田豐也只能憤怒且無奈的以杖擊地而出。

　　後曹操擊破劉備，取得徐州，錯失良機的袁紹卻偏偏選擇在此時對意氣風發的曹操出兵，田豐諫道：

不在彊弱。曹氏法令既行，士卒精練，非公孫瓚坐受圍者也。今棄萬安之術，而興無名之兵，竊為公懼之！』圖等曰：『武王伐紂，不曰不義，況兵加曹氏而云無名！且公師武臣竭力，將士憤怒，人思自騁，而不及時早定大業，愍之失也。夫天與弗取，反受其咎，此越之所以霸，吳之所以亡也。監軍之計，計在持牢，而非見時知機之變也。』紹從之。」見〔西晉〕陳壽著、楊家駱主編：《三國志》，頁196～197。

〔註57〕見〔明〕羅貫中著、吳小林校注：《三國演義校注》，頁297。

前操攻徐州，許都空虛，不及此時進兵；今徐州已破，操兵方銳，未可輕敵。不如以久持之，待其有隙而後可動也。（第二十五回）〔註58〕

而袁紹在聽了劉備的話後，還是決定起兵，田豐屢勸，袁紹大怒將其下獄，沮授見到田豐下獄，將隨軍出發前會其宗族曰：「吾隨軍而去，勝則威無不加，敗則一身不保矣！〔註59〕」沮授最後還是選擇了散盡家財，是他早已預見袁紹會兵敗吧！

白馬戰役時，袁紹先是派顏良爲先鋒，又輕率的派文醜過河，沮授諫阻，袁紹不聽，果然損失二員大將，後在獄中的田豐向前往官渡袁紹上書諫曰：「今且宜靜守以待天時，不可妄興大兵。恐有不利。〔註60〕」沒想到爲逢紀所譖，差點被斬，沮授隨後也因勸阻袁紹而遭致下獄，《三國演義》寫道：

沮授曰：「我軍雖眾，而勇猛不如彼軍；彼軍雖精，而糧草不如我軍。彼軍無糧，利在急戰；我軍有糧，宜且緩守。若能曠以日月，則彼軍不戰自敗矣。」紹怒曰：「田豐慢我軍心，吾回日必斬之。汝安敢又如此！」叱左右：「將沮授鎖禁軍中，待我破曹之後，與田豐一體治罪！」（第三十回）〔註61〕

田豐與沮授死命拉住一步步走往懸崖的袁紹，可固執的袁紹就是拉不住，田豐的建議是打整體國力的，將自身的實力一步步增加以維持優勢，同時緩圖敵人，靜待敵人之變，時機到時出兵可一戰而勝，當然有時候也可權變不拘泥；沮授雖然已經跟隨袁紹上了前線，但是此時袁軍依然有辦法擊破曹軍，因曹軍雖缺糧，但較袁軍來的訓練有素，所以沮授認爲避免以己之短攻敵之長，讓缺糧之苦自行拖垮曹軍，所以建議袁紹堅守，沒想到被鎖禁軍中，等到袁紹軍中可以提出正確意見的人都被袁紹關起來了，袁紹也隨之被曹操打敗了。

官渡戰敗後，曹軍俘虜了沮授，《三國演義》寫道：

袁紹兵敗而奔，沮授因被囚禁，急走不脫，爲曹軍所獲，擒見曹操。操素與授相識。授見操，大呼曰：「授不降也！」操曰：「本初無謀，不用君言，君何尚執迷耶？吾若早得足下，天下不足慮也。」因厚待

〔註58〕見〔明〕羅貫中著、吳小林校注：《三國演義校注》，頁308。
〔註59〕見《三國演義·第二十五回》。
〔註60〕見《三國演義·第三十回》。
〔註61〕見〔明〕羅貫中著、吳小林校注：《三國演義校注》，頁357。

之，留於軍中。授乃於營中盜馬，欲歸袁氏。操怒，乃殺之。授至死神色不變。操嘆曰：「吾誤殺忠義之士也！」命厚禮殯殮，為建墳安葬於黃河渡口，題其墓曰：「忠烈沮君之墓」。（第三十回）〔註62〕

沮授為何寧死也要效忠袁紹，不投靠曹操？筆者以為有兩點，第一點是他有氣節，誓死效忠袁家，比臨陣倒戈的許攸更令人敬佩；第二點就是沮授家族俱在河北，他一人降曹操，家族難保不被袁紹屠殺，像如夷陵戰後劉備還能體諒投降曹魏的黃權那個情形，實在是太少了，所以他選擇慷慨赴義。

袁紹返回河北後，也很後悔沒有聽田豐的話，《三國演義》接下來寫道：

却說田豐在獄中。一日，獄吏來見豐曰：「與別駕賀喜！」豐曰：「何喜可賀？」獄吏曰：「袁將軍大敗而回，君必見重矣。」豐笑曰：「吾今死矣！」獄吏問曰：「人皆為君喜，君何言死也？」豐曰：「袁將軍外寬而內忌，不念忠誠。若勝而喜，猶能赦我；今戰敗則羞，吾不望生矣。」獄吏未信。忽使者齎劍至，傳袁紹命，欲取田豐之首，獄吏方驚。豐曰：「吾固知必死也。」獄吏皆流淚。豐曰：「大丈夫生於天地間，不識其主而事之，是無智也！今日受死，夫何足惜！」乃自刎於獄中。（第三十一回）〔註63〕

田豐因逢紀之譖，自刎於獄中，眾人均以為袁紹敗，必定重新啟用田豐，只有田豐自己料定必死，裴松之注《三國志‧魏書‧呂布傳》引晉人孫盛的話曰：

觀田豐、沮授之謀，雖良、平何以過之？故君貴審才，臣尚量主；君用忠良，則伯王之業隆，臣奉闇后，則覆亡之禍至：存亡榮辱，常必由茲。豐知紹將敗，敗則己必死，甘冒虎口以盡忠規，烈士之於所事，慮不存己。夫諸侯之臣，義有去就，況豐與紹非純臣乎！詩云「逝將去汝，適彼樂土」，言去亂邦，就有道可也。〔註64〕

孫盛認為田豐跟沮授的才能，不在張良、陳平之下，這是很高的評價，說明田豐跟沮授何等聰明，只是他們能善於綜觀全局，為什麼就不能挑選明主呢？以致自己的才能被埋沒，命也沒有了！

陳宮、田豐、沮授三人均何等高才卻所託非人，但是陳宮較之後兩人幸

〔註62〕見〔明〕羅貫中著、吳小林校注：《三國演義校注》，頁366。

〔註63〕見〔明〕羅貫中著、吳小林校注：《三國演義校注》，頁369～370。

〔註64〕見〔西晉〕陳壽著、楊家駱主編：《三國志》，頁201。

運之處，是因爲袁紹比呂布更可惡，呂布只是不採納陳宮的意見而已，但他不會亂關，亂殺部屬，而陳宮最後也只是不忍棄呂布而去，令人不勝欷歔！

第二節　曹魏的謀士

所謂「曹魏的謀士」，不是說西元 220 年曹丕建立曹魏政權時，麾下有的謀士，而是自東漢中平六年（189），或是《三國演義・第五回》曹操「陳留起兵」以後爲曹家效力的謀士，共選出七位謀士，依照類型或特質分成三類論述，當中賈詡雖前後爲李傕、郭汜、張繡效力過，在張繡麾下時，更是出過不少絕妙計策，但是他最後選擇勸張繡投降曹操，從此出仕曹魏直到終老，所以他算是曹魏的謀士。徐庶雖身在曹營，也曾擔任曹操勸降劉備的使者，但是他因劉備知遇之恩，以及其母是間接死於程昱之手的，所以他終生不爲曹操獻其一策，所以徐庶不列入曹魏的謀士討論，而列入劉備所代表的蜀漢集團。

而司馬懿在曹叡死後政變獨攬大權，其子欺凌曹氏宗族，其孫篡奪曹魏，但他畢竟在曹操時就被付以重任，且是曹丕、曹叡臨終時的託孤大臣，觀其一生，除了誅殺曹爽一事引人非議外，他爲曹魏可是盡心盡力，沒有司馬懿率軍抵抗蜀軍，隴右地區早已被諸葛亮奪去；而鍾會大體來看，身爲司馬家家臣的色彩是多過曹魏臣子的色彩的，但魏能滅蜀，牽制住姜維的鍾會居功至偉，只是他跟其主司馬昭互不信任，君臣各懷鬼胎，所以將其列入曹魏謀士的範疇內論述。

一、曹氏中流砥柱

陳壽將賈詡與荀彧、荀攸合傳，裴松之注《三國志》時就已提出異議〔註65〕，而綜觀《三國演義》中的荀彧、荀攸、賈詡三人，會發現賈詡雖二度易主，但最後與張繡一同投降曹操以後，對曹操出謀劃策不遺餘力，最後助曹丕登上皇位，位高權重且明哲保身，而荀彧、荀攸卻在「擁護漢室」此點上跟曹操鬧翻了，最後荀彧被逼自殺，荀攸抑鬱而終，筆者以爲就此方面來看，

〔註65〕裴松之注《三國志・魏書・荀彧荀攸賈詡傳》曰：「臣松之以爲列傳之體，以事類相從。張子房青雲之士，誠非陳平之倫。然漢之謀臣，良、平而已。若不共列，則餘無所附，故前史合之，蓋其宜也。魏氏如詡之儔，其比幸多，詡不編程、郭之篇，而與二荀並列：失其類矣。且攸、詡之爲人，其猶夜光之與蒸燭乎！其照雖均，質則異焉。今荀、賈之評，共同一稱，尤失區別之宜也。」見〔西晉〕陳壽著、楊家駱主編：《三國志》，頁 332。

應從裴松之的意見，將賈詡與程昱、郭嘉一起論述爲好。

（一）賈詡

賈詡，字文和，武威姑臧（今甘肅武威）人，生於東漢建和元年（147），卒於曹魏黃初四年（223），享年 77 歲，《三國志》有其本傳。賈詡在《三國演義》中並不是個吃重的角色，但是卻讓人印象深刻，一個人在一生中要做一件聰明事不難，難的是一生中只會做聰明事，賈詡就是一個很好的例子，他於《三國演義·第九回》登場，初仕董卓部將李傕、郭汜，董卓死後勸李傕、郭汜反攻長安成功，李傕、郭汜鬧翻後，賈詡每每從中調停，亦維護漢室，後不容於李傕而去，改仕張繡後，勸張繡投降曹操，張繡從之後又反，詡助其大敗曹操，官渡戰役前夕，研判了當時的形勢，復勸繡棄袁降曹，與繡改仕曹操，爲操所重，曹操能敗馬超、韓遂，平漢中張魯，他的貢獻甚大，同時暗助曹丕，使其成爲曹操之繼承人，操死後，更助丕篡漢建魏，被封爲太尉，後卒。

賈詡一計可危邦，片言可亂國，他對曹家貢獻甚大，綜觀《三國演義》有四個字可以評價賈詡，即「自保爲上」是也，賈詡這一生所做的事，都是在「自保」，《三國演義》中可以由三件事看出，第一件事就是賈詡爲人最爲詬病之處，向李傕、郭汜進言反攻長安，在董卓死後，部將李傕、郭汜、張濟、樊稠逃居陝西，在請求王允赦免不准後，四人商議解散部隊後逃亡，《三國演義》寫道：

> 謀士賈詡曰：「諸君若棄軍單行，則一亭長能縛君矣。不若誘集陝人，並本部軍馬，殺入長安，與董卓報仇。事濟，奉朝廷以正天下；若其不勝，走亦未遲。」傕等然其說，遂流言於西涼州曰：「王允將欲洗蕩此方之人矣！」眾皆驚惶。乃復揚言曰：「徒死無益，能從我反乎？」眾皆願從。於是聚眾十餘萬，分作四路，殺奔長安來。路逢董卓女婿中郎將牛輔，引軍五千人，欲去與丈人報仇，李傕便與合兵，使爲前驅。四人陸續進發。（第九回）〔註66〕

結果，長安淪陷了，呂布逃走，李傕、郭汜逃過了此劫，但漢朝跟王允逃不了此劫。王允被殺死了，李傕跟郭汜挾持獻帝，後來兩人反目互攻，長安城生靈塗炭，殘破不已，賈詡當初爲李傕、郭汜出主意只是自保，雖然後來的

〔註66〕見〔明〕羅貫中著、吳小林校注：《三國演義校注》，頁113。

亂局不是他的本意，但他多少應該也應負一些責任。

第二件事時，賈詡已經改仕張繡，他勸張繡投降曹操，張繡同意了，但是曹操因勾搭上其嬸鄒氏，張繡怒而復叛，用賈詡之謀，殺的曹操損失長子曹昂及大將典韋，連坐騎也被射死了，第二次發生在官渡之戰前，賈詡向張繡分析了袁紹、曹操的優劣〔註 67〕，斷然的建議張繡投降曹操，而張繡對賈詡真的是言聽計從，兩人在投靠曹操後，都有不錯的發展，這也是賈詡第二次改仕，賈詡看出曹操在這亂世中，才是能建功立業的人，使張繡投降曹操，或許可以看成為主（張繡）也為己的自保之策吧！

第三件事，在曹操的繼承人之爭中，賈詡看出廢長立幼是不可行的，但是他知道自己不是曹魏集團嫡系，又聰明絕頂恐惹曹操猜忌，所以盡可能不讓自己捲入此事中，當曹丕來問計時，賈詡勸曹丕不要有太大動作，只有表現出孝道即可，然而最後促使曹操下定決心立曹丕為繼承人的原因，還是在賈詡的一段話，《三國演義》寫道：

> 操欲立後嗣，躊躇不定，乃問賈詡曰：「孤欲立後嗣，當立誰？」賈詡不答，操問其故。詡曰：「正有所思，故不能即答耳。」操曰：「何有思？」詡對曰：「思袁本初，劉景升父子也。」操大笑，遂立長子曹丕為王世子。（第六十八回）〔註68〕

有時轉個彎勸人，會讓人容易聽的進去，如果賈詡直言：「廢長立幼於禮不合……」當下還是甚愛曹植的曹操能聽的進去嗎？而且曹操多疑，曾因楊脩助曹植爭位而殺了楊脩，賈詡若發言不當的話，難保不會被打入曹丕一黨，因此他以最輕描淡寫，也是最直入心髓的言語，來暗勸曹操立曹丕為嗣，即是：「難道忘記了袁紹跟劉表，都是在諸子相爭下敗亡的嗎？」曹操是聰明人，一聽就明白，哈哈一笑，立了曹丕為嗣，也為曹魏免除了一場爭位風暴。

賈詡從一開始，就沒有很明確的政治立場，從李傕、郭汜、張繡到曹操，在這個亂世中，換主這麼頻繁，卻始終都能明哲保身，不能不說是賈詡的過人之處，而賈詡不被重視，筆者以為因為他所服侍的君主大多為庸才，李傕、郭汜當然是負面人物，張繡充其量只是草包，沒有賈詡，他什麼也辦不到，可能早就被曹操滅了，最後曹操算是「明主」，但是猜忌心之強，賈詡也不得不韜光養晦，而且在《三國演義》「漢正統」論下，賈詡很難出頭，不過同時

〔註67〕請參見本書第五章第四節。
〔註68〕見〔明〕羅貫中著、吳小林校注：《三國演義校注》，頁778。

代的其他為人臣者，能跟賈詡一樣從小小謀士幹起，先後服侍多位君主，均算無遺策，最後以曹魏太尉致仕，無一禍上身外，還恩及子孫，賈詡也算是絕無僅有了。

（二）程昱

程昱，本名程立〔註69〕，字仲德，東郡東阿人，生於東漢永和六年（141），卒於曹魏黃初元年〔註70〕，享年80歲，《三國志》有其本傳，在《三國演義》中，程昱給讀者的印象，是一個以機智見長，且忠於曹操的謀士。

程昱於《三國演義‧第十回》經由荀彧的推薦而登場，當時他正在山中讀書，出仕曹操後，他就展現了敏銳的觀察力和極富韜略的面貌，程昱生平功勞最大的一件事，是在陳宮諫議張邈趁曹操東征時襲取兗州之時，《三國演義》寫道：

> 張邈大喜，便令呂布襲破兗州，隨據濮陽。止有鄄城、東阿、范縣三處，被荀彧、程昱設計死守得全，其餘俱破。曹仁屢戰，皆不能勝，特此告急。操聞報大驚曰：「兗州有失，使吾無家可歸矣，不可不亟圖之！」……却說曹操回軍，曹仁接著，言呂布勢大，更有陳宮為輔，兗州、濮陽已失，其鄄城、東阿、范縣三處，賴荀彧、程昱二人設計相連，死守城郭。（第十一回）〔註71〕

《三國演義》很可惜的對於程昱此功未仔細描述，僅輕描淡寫，要知道曹操領軍東征，空群而出，根據地兗州防守空虛被呂布趁虛而入，大半陷落，在這種情況下程昱跟荀彧還能堅守剩下的三城，讓曹操還有三城做為根據地反攻呂布，否則老巢被端，縱使強如曹操也很難翻身，《三國志‧魏書‧程昱傳》記載程昱防守三城的經過：

〔註69〕裴松之注《三國志‧魏書‧程昱傳》引《魏書》曰：「昱少時常夢上泰山，兩手捧日。昱私異之，以語荀彧。及兗州反，賴昱得完三城。於是彧以昱夢白太祖。太祖曰：「卿當終為吾腹心。」昱本名立，太祖乃加其上「日」，更名昱也。」見〔西晉〕陳壽著、楊家駱主編：《三國志》，頁427。

〔註70〕根據《三國志‧魏書‧程昱傳》記載道：「文帝踐阼，（程昱）復為衛尉，進封安鄉侯，增邑三百戶，并前八百戶。分封少子延及孫曉列侯。方欲以為公，會薨，帝為流涕，追贈車騎將軍，諡曰肅侯。」由此可以看出程昱卒於曹丕篡位後不久，也就是曹魏黃初元年當年，而裴松之引《魏書》注曰：「昱時年八十。」由此推知，程昱當生於東漢永和六年（141）。見〔西晉〕陳壽著、楊家駱主編：《三國志》，頁429。

〔註71〕見〔明〕羅貫中著、吳小林校注：《三國演義校注》，頁134～136。

昱乃歸，過范，說其令靳允曰：「聞呂布執君母弟妻子，孝子誠不可
爲心！今天下大亂，英雄並起，必有命世，能息天下之亂者，此智
者所詳擇也。得主者昌，失主者亡。陳宮叛迎呂布而百城皆應，似
能有爲，然以君觀之，布何如人哉！夫布，麤中少親，剛而無禮，
匹夫之雄耳。宮等以勢假合，不能相君也。兵雖眾，終必無成。曹
使君智略不世出，殆天所授！君必固范，我守東阿，則田單之功可
立也。孰與違忠從惡而母子俱亡乎？唯君詳慮之！」允流涕曰：「不
敢有二心。」……昱又遣別騎絕倉亭津，陳宮至，不得渡。昱至東
阿，東阿令棗祗已率屬吏民，拒城堅守。又兗州從事薛悌與昱協謀，
卒完三城，以待太祖。太祖還，執昱手曰：「微子之力，吾無所歸矣。」
乃表昱爲東平相，屯范。〔註72〕

程昱跟荀彧商議，荀彧留守甄城，而程昱至范縣，以大義說服靳允堅守，並
派兵擋住陳宮過河，後至東阿守城，協調剩下來的三城共同抵禦呂布，使曹
操有家可歸，筆者以爲，羅貫中略寫此功，對程昱極不公平。

　　而劉備投奔曹操時，程昱就一再建議曹操殺了劉備，以除後患，可惜曹
操不聽，事後證明曹操若聽下程昱的建議殺劉備，三國歷史雖會黯淡許多，
但是對曹操來說，是從此除去一大憂患。在隨軍攻打呂布時，又建議曹操切
斷呂布跟袁術的聯絡，使呂布被孤立終至被滅。而在曹操攻打徐州時，以「調
虎離山」之計騙出守城的關羽，不但使曹軍兵不血刃的取得下邳，更使曹操
獲得關羽的投降。倉亭之戰時，面對亟欲報官渡之仇的袁軍，他向曹操獻了
「十面埋伏」之計，因而打敗袁紹最後反攻的希望，袁紹在兵敗後不久就死
了，而稍後他就請曹操南征，並拔除徐庶對劉備的影響，一次次的獻計，屢
獲成功，說明程昱對時局的洞察力均常人也，有精準的分析及掌握。他每次
話都不多，但都一針見血，指出問題的核心。

　　或許是破袁紹、併河北、奪荊州均獲得成功，曹操南征之時，意氣風發，
料定必能粉碎劉、孫聯軍，加上龐統獻上連船計，使曹軍解決不慣乘船的問
題，所以程昱幾次提醒曹操需防火攻，曹操也是認爲他多心了，《三國演義》
寫道：

操升帳謂眾謀士曰：「若非天命助吾，安得鳳雛妙計？鐵索連舟，果

────────────

〔註72〕見〔西晉〕陳壽著、楊家駱主編：《三國志》，頁 426～427。

然渡江如履平地。」程昱曰:「船皆連鎖,固是平穩;但彼若用火攻,難以迴避,不可不防。」操大笑曰:「程仲德雖有遠慮,却還有見不到處。」荀攸曰:「仲德之言甚是。丞相何故笑之?」操曰:「凡用火攻,必藉風力。方今隆冬之際,但有西風北風,安有東風南風耶?吾居於西北之上,彼兵皆在南岸。彼若用火,是燒自己之兵也,吾何懼哉?若是十月小春之時,吾早已提備矣。」(第四十八回)〔註73〕

程昱是赤壁之戰中,第一個提醒曹操需防「火攻」的人,此時的他,還沒有發現周瑜、諸葛亮的計謀,他只是萬事小心,根據現在的情形設想任何的意外,事先做出防備,而此時的曹操早已被勝利沖昏頭,認爲他多心了,程昱也無可奈何,但是他心中始終放不下,等到東南風起,他再一次提醒曹操,而曹操仍然是認爲「何足爲怪?」沒有放在心上,等到黃蓋船到了,程昱意識到不對勁,《三國演義》寫道:

程昱觀望良久,謂操曰:「來船必詐。且休教近寨。」操曰:「何以知之?」程昱曰:「糧在船中,船必穩重;今觀來船,輕而且浮。更兼今夜東南風甚緊,倘有詐謀,何以當之?」操省悟……(第四十九回)〔註74〕

「觀望良久」說明程昱在對黃蓋船隻的意圖做出分析及判斷,相較於早已信任黃蓋今晚來降的曹操,程昱一直是不放心的,等到黃蓋船隻來了,他也一定要一觀其意圖,他急勸曹操注意,此時的程昱基本上已看破周瑜跟諸葛亮的「火攻」之計,只是爲時已晚,曹船被盡燒,曹操逃回北方,途中在華容道(今湖北監利)時還靠程昱分析關羽的性格,阻止曹操與之硬拼,而使曹操安全回到南郡(今湖北江陵)。

在曹操久攻不下濡須口(今安徽無爲東)時,程昱也率先勸曹操退兵,曹操雖當下沒有答應,而後果然不得不退,若早聽程昱之謀,就不必曠日廢時卻無寸土之功了,這也證明了程昱確實是洞察先機。

程昱是一個典型的謀士,聰明、機智,一心爲主卻又明哲保身,程昱是經由荀彧舉薦的,也與荀攸交好,荀氏叔姪對曹操自然忠誠,但是當曹操侵犯到他們心中最核心的「擁漢」價值觀時,他們對曹操即提出反對,而隨之

〔註73〕見〔明〕羅貫中著、吳小林校注:《三國演義校注》,頁556～557。
〔註74〕見〔明〕羅貫中著、吳小林校注:《三國演義校注》,頁570。

遭受曹操的迫害，程昱跟他們不同，他自始至終都是支持曹操的，當議郎〔註75〕趙彥因彈劾曹操而被殺，造成百官悚懼，程昱即建議曹操：「今明公威名日盛，何不乘此時行王霸之事？〔註76〕」但是此時時機尚未成熟，所以曹操也只能回答：「朝廷股肱尚多，未可輕動。〔註77〕」雖然曹操拒絕了程昱的提議，但是此時已可很明確看出他的政治立場，即是「忠於曹操」。

後來曹操發現了董承「衣帶詔」事件，大怒的曹操與眾謀士商議廢掉獻帝，讓有德者繼任，程昱當下即表示反對：

> 程昱諫曰：「明公所以能威震四方，號令天下者，以奉漢家名號故也。今諸侯未平，遽行廢立之事，必起兵端矣。」操乃止。（第二十四回）〔註78〕

當下讀者可能會覺得很奇怪，第一次程昱勸曹操行王霸之事，何以第二次卻拒絕呢？如果說第二次是怕「起兵端」，那第一次難道就不會嗎？筆者認為程昱在第一次是失算了，以為曹操已控制了局面，但是第一次曹操比程昱清醒，所以拒絕了，等到第二次，程昱算是把局面看透徹了，這次反而是曹操不清醒了，所以他跳出來勸阻，但是不管是哪一次，都說明程昱的立場一心只為曹操。

程昱無疑是很有才的，但是身為曹操的謀士最辛苦的一點，要讓曹操肯定，又不能受曹操猜疑，程昱當然也明白曹操的個性，所以說程昱善自保，而為了自保，造成他有時有話不能說，赤壁之戰時，劉馥僅是提醒曹操所歌不吉，曹操就殺了劉馥，而看破火攻的程昱，若堅持對曹操力爭防火攻，難保曹操不會變臉，不然程昱若能暢所欲言，讓曹操深刻了解需防火攻，赤壁之戰吳軍能獲勝嗎？

赤壁戰敗後曹操逃至南郡，席上痛哭郭嘉，眾謀士皆自慚，筆者以為程昱不必自慚，他已經盡了他的本分，仁至義盡，是曹操自己不予採納。

（三）郭嘉

郭嘉，字奉孝，潁川陽翟（今河南禹州）人，生於東漢建寧三年（170），卒於東漢建安十二年（207），享年 38 歲，《三國志》有其本傳，在《三國演義》中，郭嘉是一顆燦爛的流星，他年輕卻富有才略，為眾謀士中曹操最重

〔註75〕皇帝身邊諫議得失的一種近臣，第七品。

〔註76〕見《三國演義‧第二十回》。

〔註77〕見《三國演義‧第二十回》。

〔註78〕見〔明〕羅貫中著、吳小林校注：《三國演義校注》，頁295。

視者，相較於劉備跟諸葛亮，曹操得到郭嘉也算是如魚得水了。郭嘉不羈且不拘常理的個性及謀略讓讀者印象深刻，他登場回數雖不多且英年早逝，但對於曹操貢獻相當多良策，連死後都能讓曹操不發一兵一卒即滅掉袁家統一華北，赤壁戰敗後，曹操也只能在席上痛哭郭嘉早逝了！

　　郭嘉於《三國演義・第十回》經由程昱的推薦而登場，隨即推薦劉曄出仕曹操，劉備投靠曹操後，荀彧勸曹操除掉劉備，以免有後患，郭嘉認為不可：

> 操曰：「荀彧勸我殺玄德，當如何？」嘉曰：「不可。主公興義兵，為百姓除暴，惟仗信義以招俊傑，猶懼其不來也；今玄德素有英雄之名，以困窮而來投，若殺之，是害賢也。天下智謀之士，聞而自疑，將裹足不前，主公誰與定天下乎？夫除一人之患，以阻四海之望：安危之機，不可不察。」操大喜曰：「君言正合吾心。」次日，即表薦劉備領豫州牧。程昱諫曰：「劉備終不為人之下，不如早圖之。」操曰：「方今正用英雄之時，不可殺一人而失天下之心。此郭奉孝與吾有同見也。」（第十六回）〔註79〕

荀彧跟程昱都勸曹操除掉劉備，前文已提過，若曹操就此除掉劉備，那可能無後來三國之事而早已一統天下了，但是郭嘉看的是現在，劉備乃天下英雄，世所知之，若殺了劉備，恐怕會引發「寒蟬效應」，就像陳宮見到曹操殺邊讓因而自疑一樣，從此無人敢投靠曹操，而失去人才的陣營，往後將很難發展，荀彧、郭嘉、程昱三人，都是為了曹操著想，只是荀彧、程昱二人看的是以後，郭嘉則是注重當下，沒當下自然無以後，筆者認為這是郭嘉勝荀彧、程昱二人處，而且郭嘉意見一人抵過荀彧、程昱二人的意見，可見曹操對他是十分信任。

　　曹操在征伐張繡時，在行軍途中曾下令士兵踐踏麥田者處斬，沒想到自己的馬卻踐踏了麥田，《三國演義》寫道：

> 操隨呼行軍主簿，擬議自己踐麥之罪。主簿曰：「丞相豈可議罪？」操曰：「吾自制法，吾自犯之，何以服眾？」即掣所佩之劍欲自刎。眾急救住。郭嘉曰：「古者《春秋》之義：法不加於尊。丞相總統大軍，豈可自戕？」操沉吟良久，乃曰：「既《春秋》有『法不加於尊』

〔註79〕見〔明〕羅貫中著、吳小林校注：《三國演義校注》，頁203。

之義，吾姑免死。」乃以劍割自己之髮，擲於地曰：「割髮權代首。」
使人以髮傳示三軍曰：「丞相踐麥，本當斬首號令，今割髮以代。」
於是三軍悚然，無不懍遵軍令。（第十七回）〔註80〕

曹操自然不會眞的自刎，只是做樣子給軍隊看，藉以明示自己號令言出必行，
但是也要有人跳出來配合曹操演戲，給曹操一個台階下，讓他不必眞的自刎，
於是郭嘉言道：「法不加於尊」，曹操也自然順水推舟割髮代首藉以服眾，只
能說曹操、郭嘉兩人有默契，這齣雙簧唱得好！只是「法不加於尊」不是這
樣解釋的，郭嘉是由字面上直接解釋，「法」指法律，而所謂「尊」，也就是
領導者，是不用受到法律制裁的，而此句實際意思其實「尊」一樣是指是領
導者，而「法」是受刑、犯法之意，而「法不加於尊」的意思是「曾受刑犯
法之人，不能成爲領導者」，相信聰明的郭嘉也知道此句本意，但他轉個彎解
釋，就能讓曹操免於自刎了。

郭嘉曾對曹操提出「十勝論」，時值曹操對於驕縱的袁紹十分不滿，想討
伐袁紹，但實力懸殊唯恐力不從心，於是郭嘉說道：

劉、項之不敵，公所知也。高祖惟智勝，項羽雖強，終爲所擒。今
紹有十敗，公有十勝。紹兵雖盛，不足懼也：紹繁禮多儀，公體任
自然，此道勝也；紹以逆動，公以順率，此義勝也；桓、靈以來，
政失於寬，紹以寬濟，公以猛糾，此治勝也；紹外寬內忌，所任多
親戚，公外簡內明，用人惟才，此度勝也；紹多謀少決，公得策輒
行，此謀勝也；紹專收名譽，公以至誠待人，此德勝也；紹恤近忽
遠，公慮無不周，此仁勝也；紹聽讒惑亂，公浸潤不行，此明勝也；
紹是非混淆，公法度嚴明，此文勝也；紹好爲虛勢，不知兵要，公
以少克眾，用兵如神，此武勝也。公此有十勝，於以敗紹無難矣。（第
十八回）〔註81〕

郭嘉的「十勝論」，筆者以爲可以跟赤壁時，周瑜爲安孫權之心而針對曹軍隱
憂而發的議論前後輝映，兩者都是在君主面對強大敵人，感到自身實力的不
足時，跳出來安定君主之心，後終能謀動而破敵，郭嘉所指出曹操這十個勝
過袁紹的地方，其中包含曹、袁兩人的內在，如思想、修養、氣量、性格、

〔註80〕見〔明〕羅貫中著、吳小林校注：《三國演義校注》，頁217。
〔註81〕見〔明〕羅貫中著、吳小林校注：《三國演義校注》，頁222。

文韜武略，以及外在如政治措施等多種因素，此「十勝」曹操並非實際每樣具備，有些是郭嘉對曹操的溢美之辭，可能是對曹操的鼓勵及要求，郭嘉巧妙的把曹操不具備的優點一併列入，雖然略嫌誇飾卻又不過份，成功長曹操之心，滅袁紹威風，說明郭嘉不僅僅是一個臨陣獻策的謀士，還是從心理上安曹操之心，洞察袁紹的缺點。

此後郭嘉於曹操在屢攻不下下邳時，建議決沂、泗兩河灌城，因而擊破呂布。後來在許昌時，勸曹操不要放走劉備，比較之前荀彧、程昱建議殺劉備的意見，郭嘉「軟禁劉備」這個似乎是個兩全其美的方法，可惜為時已晚，劉備最後還是得以逃脫。在曹操跟袁紹準備交鋒的時候，郭嘉預測孫策「不足懼也：輕而無備，性急少謀，乃匹夫之勇耳，他日必死於小人之手。〔註82〕」後孫策果然遭遇刺客襲擊，不久後即逝世，隨曹操征討袁紹時，曾獻「隔岸觀火」之計使袁家兄弟相爭，大大削弱抵抗曹操的實力，但是此時郭嘉因水土不服染病而死，死後仍有書予曹操，讓曹操不費一兵一卒就讓公孫康殺二袁獻頭來降，難怪曹操對郭嘉的英年早逝，感到莫名痛心！後來曹操於赤壁戰敗後逃至南郡，《三國演義》寫道：

> 曹仁置酒與操解悶。眾謀士俱在座。操忽仰天大慟。眾謀士曰：「丞相於虎窟中逃難之時，全無懼怯；今到城中，人已得食，馬已得料，正須整頓軍馬復仇，何反痛哭？」操曰：「吾哭郭奉孝耳！若奉孝在，決不使吾有此大失也！」遂捶胸大哭曰：「哀哉，奉孝！痛哉，奉孝！惜哉，奉孝！」眾謀士皆默然自慚。（第五十回）〔註83〕

曹操於赤壁戰敗後會懷念郭嘉，是由於郭嘉早逝，他算無遺策給曹操的印象又太美好，值此大敗，曹操不由得懷念起郭嘉，眾謀士見曹操如此傷心，也不由得自慚起來，筆者卻以為正因為郭嘉早逝，曹操才要懷念他給大家看，如果郭嘉在世，能拉的住自驕已極的曹操嗎？到時曹操可能只能懷念戲志才〔註84〕給大家看了。

〔註82〕見《三國演義‧第二十九回》。

〔註83〕見〔明〕羅貫中著、吳小林校注：《三國演義校注》，頁580。

〔註84〕戲志才，字不詳，東漢延熹五年（162）生，卒年不詳，潁川郡人，是曹操早期所器重的謀士，但早死，《三國志‧魏書‧郭嘉傳》說道曹操對荀彧說：「自志才亡後，莫可與計事者。汝、潁固多奇士，誰可以繼之？」見〔西晉〕陳壽著、楊家駱主編：《三國志》，頁431。

二、居曹營思漢室

荀彧跟荀攸這對叔姪，歷來的讀者的印象，除了雍容大度，才智超群外，就是因護漢而雙雙導致悲慘的下場，在曹操幕下的謀士中，郭嘉沒有明確表示出自己的政治傾向，但他義無反顧的支持曹操顯而易見。程昱跟賈詡早早就表明自己是支持曹家的，賈詡還是曹丕篡漢時的大推手之一，而發動政變的的司馬懿是多麼「不臣」更不在話下，曹操的謀士中，既效忠曹操又維護漢室的，只有荀彧跟荀攸兩人，只是到了最後抉擇，他們終究還是選擇身為漢臣。

（一）荀彧

荀彧，字文若，潁川潁陰（今河南許昌）人，生於東漢延熹六年（163），卒於東漢建安十七年（212），享年50歲，《後漢書》跟《三國志》都有本傳，在《三國演義》中，荀彧無疑是曹操的首席謀士，他不常參與戰術討論，通常是以發表戰略建議為主，而也不常隨軍出征，大部分的時間是留守許都，曹操將自己根據地長時間交給荀彧，可見極為信任他。

荀彧在少時就表現出極有謀略，《三國演義・第十回》寫到曹操在兗州招賢納士，荀彧與荀攸舊事袁紹，棄紹來投曹操，曹操會見荀彧，喜曰：「此吾之子房也！」這是荀彧與荀攸在《三國演義》第一次登場，但對於荀彧為何棄紹投曹並無多加說明，《後漢書・荀彧傳》寫道：

> 彧謂父老曰：「潁川，四戰之地也。天下有變，常為兵衝。密雖小固，不足以扞大難，宜亟避之。」鄉人多懷土不能去。會冀州牧同郡韓馥遣騎迎之，彧乃獨將宗族從馥，留者後多為董卓將李傕所殺略焉。彧比至冀州，而袁紹已奪馥位，紹待彧以上賓之禮。彧明有意數，見漢室崩亂，每懷匡佐之義。時曹操在東郡，彧聞操有雄略，而度紹終不能定大業。初平二年，乃去紹從操。操與語大悅，曰：「吾子房也。」以為奮武司馬，時年二十九。明年，又為操鎮東司馬。〔註85〕

荀彧很早就看出家鄉遲早要遭遇兵革之禍，後果真應驗，在冀州時袁紹待荀彧之以上賓之禮，這是很尊敬的榮譽，但荀彧也看出袁紹不足以成大事，由此可見，荀彧是真正的智謀之士，他善於擇主觀人，又有遠大的志向，勝過田豐跟沮授不知道幾倍？當時袁紹遠強於曹操，但他知道曹操必是明主，所以前往投靠。

〔註85〕見〔劉宋〕范曄著、楊家駱主編：《後漢書》，頁2281～2282。

荀彧多次在曹操出征時，負責留守後方，並調配糧草軍需支援前線的曹操，曹操攻擊徐州時，呂布趁虛而入，荀彧與程昱兩人聯手死守甄城、東阿、范縣，讓曹操有最後三城作爲根據地進行反攻，《三國演義》對此描述甚少，筆者甚爲荀彧不平，茲引《三國志》資料說明當日荀彧如何守城：

> 彧知邈爲亂，即勒兵設備，馳召東郡太守夏侯惇，而兗州諸城皆應布矣。時太祖悉軍攻謙，留守兵少，而督將大吏多與邈、宮通謀。惇至，其夜誅謀叛者數十人，眾乃定。豫州刺史郭貢帥眾數萬來至城下，或言與呂布同謀，眾甚懼。貢求見彧，彧將往。惇等曰：「君，一州鎮也，往必危，不可。」彧曰：「貢與邈等，分非素結也，今來速，計必未定；及其未定說之，縱不爲用，可使中立，若先疑之，彼將怒而成計。」貢見彧無懼意，謂鄄城未易攻，遂引兵去。又與程昱計，使說范、東阿，卒全三城，以待太祖。太祖自徐州還擊布濮陽，布東走。〔註86〕

在《三國演義》中，陳宮跟呂布是從外攻打兗州，在史實中，是曹操最信任的部下張邈、陳宮於內叛變，勾結呂布，曹操在正史中的情況比《三國演義》中嚴峻的多，而張邈更是曹操極爲信任之人，出征前還交代家人如果回不來，可以投靠張邈〔註87〕，結果連張邈也背叛曹操，當時身在徐州的曹操必定有「誰才是可信任的人？」之嘆，在這種情況下，荀彧迅速做出決定，召夏侯惇前來共穩局面，後隻身見郭貢，展現大無畏的性格，讓郭貢打消攻打鄄城的念頭，並讓程昱穩住范縣跟東阿，就此讓曹操保存一線生機，反擊呂布。

不久之後曹操聽到劉備取得徐州，大怒要攻打劉備，此時曹操仍未完全擊敗呂布，荀彧勸阻曹操，《三國演義》寫道：

> 荀彧入諫曰：「昔高祖保關中，光武據河內，皆深根固本以制天下，進足以勝敵，退足以堅守，故雖有困，終濟大業。明公本首事兗州，且河、濟乃天下之要地，是亦昔之關中、河內也。今若取徐州，多留兵則不足用，少留兵則呂布乘虛寇之，是無兗州也。若徐州不得，明公安所歸乎？今陶謙雖死，已有劉備守之，徐州之民，既已服備，

〔註86〕見〔西晉〕陳壽著、楊家駱主編：《三國志》，頁308。

〔註87〕《三國志·魏書·張邈傳》寫道：「太祖之征陶謙，敕家曰：『我若不還，往依孟卓（張邈）。』後還，見邈，垂泣相對。其親如此。」見〔西晉〕陳壽著、楊家駱主編：《三國志》，頁221。

> 必助備死戰。明公棄兗州而取徐州，是棄大而就小，去本而求末，
> 以安而易危也，願熟思之。」操曰：「今歲荒乏糧，軍士坐守於此，
> 終非良策。」或曰：「不如東略陳地，使軍就食汝南、潁川，黃巾餘
> 黨何儀、黃劭等，劫掠州郡，多有金帛、糧食，此等賊徒，又容易
> 破；破而取其糧，以養三軍，朝廷喜，百姓悅，乃順天之事也。」
> （第十二回）〔註88〕

荀彧這個建議是讓曹操固守根本，掌握一個能攻能守不能輕易拋棄的根據地，有了兗州，才能虎視中原，大業可圖，不能因一時憤怒攻打徐州，而讓兗州都被呂布奪去。荀彧更建議曹操征伐黃巾餘黨，一來平定亂事，讓朝廷百姓都喜悅，曹操因而威望也會升高；二來取得匪徒糧草，也可度過糧荒之時，一石二鳥，何樂不為？曹操很快採用，然後不久後就打敗呂布，奪回整個兗州了。

荀彧跟諸葛亮、魯肅一樣，為當時都在徬徨無頭緒的君主，提出了明確的戰略思維方向，劉備因諸葛亮〈隆中對〉而迅速發展，補齊三國中最後一塊拼圖；孫權因魯肅〈吳中對〉得以鼎足江東，放眼中原；荀彧則向當時四面強敵環伺，羽翼未豐的曹操提出迎立獻帝的建議，他要曹操效法晉文公、漢高祖，以勤王護駕的名義讓天下歸順〔註89〕，細節見第四章第一節，此不論述。曹操非常高興的採納，率軍前往洛陽迎接獻帝，並打敗李傕、郭汜，又逼走楊奉，並接受董昭的意見，將獻帝遷往許，從此名正言順的「挾天子以令諸侯」，控制整個漢室，誰跟曹操過不去，就是跟漢室過不去，儘管漢室已經衰敗，但還是存在的一塊招牌，荀彧這個建議使曹操從地方性小軍閥一躍成代表中國唯一合法的組織，以後曹操得以藉此縱橫天下。

荀彧給人的印象多為戰略性謀士，但也有傾戰術性的建言，曹操迎獻帝時，徐州有呂布跟劉備兩個既互存又互不信任的勢力，淮南則有袁術伺機而動，為了挑起這個個勢力互相鬥爭，荀彧曾經向曹操獻「二虎競食」之計，劉備雖治理徐州，但是非正式任命，曹操以朝廷名義讓劉備正式就任，但條件是殺呂布，藉以讓劉備、呂布互相殘殺，但是此計被劉備識破，於是荀彧再向曹操提出「驅虎吞狼」之計，即一方面通知袁術「劉備即將入寇」，另一方面以朝廷正式命令令劉備攻打袁術，荀彧知道在劉備與袁術戰爭時，呂布必起異心，果然呂布襲取徐州，但是最終劉備跟呂布還是和解了，筆者認為此兩條計策用於他人必定

〔註88〕見〔明〕羅貫中著、吳小林校注：《三國演義校注》，頁144～145。
〔註89〕荀彧向曹操提出迎擁獻帝的事蹟，第五章第四節會詳述，此從簡。

成功，但是在《三國演義》中，劉備的性格是荀彧無法料到的。

在《三國演義》中，荀彧對曹操有四件大功，第一是成功守備甄城、東阿、范縣，第二是說服曹操先攻打呂布鞏固根據地，第三是建議曹操迎獻帝，第四就是官渡之戰前，為曹操分析了袁紹陣營的情形，荀彧認為袁紹陣營內看起來人才濟濟且忠心仕主，但是各人不睦，沒什麼好怕的，讓原先心猿意馬的曹操下定決心破袁，而當曹操面對袁軍的強大攻勢，軍力漸乏糧草又不濟，心灰意冷的想撤回許昌，因此詢問荀彧意見，荀彧作書回答道：

> 承尊命，使決進退之疑。愚以袁紹悉眾聚於官渡，欲與明公決勝負，公以至弱當至強，若不能制，必為所乘：是天下之大機也。紹軍雖眾，而不能用；以公之神武明哲，何向而不濟！今軍實雖少，未若楚、漢在滎陽、成皋間也。公今畫地而守，扼其喉而使不能進，情見勢竭，必將有變。此用奇之時，斷不可失。惟明公裁察焉。（第三十回）〔註90〕

毛宗崗於此評道「此袁、曹成敗關頭」又說「曹操此時進則勝，退則敗。文若一書關係非小。〔註91〕」毛氏此言甚是，曹軍從官渡撤退，能退到哪裡去？許昌離官渡並不遠，曹軍一退袁軍必長驅直入，曹操會敗的非常徹底，荀彧當然不會讓這種情況發生，他勉勵曹操撐下去，待袁軍之變，而後許攸反叛袁紹改投曹操，獻策燒烏巢（今河南延津南），讓曹軍最後贏得了官渡之戰。若是荀彧沒適時拉曹操一把，那誰勝誰負就很難說了。

荀彧最後因遭曹操猜忌而自殺，誠為可惜！以荀彧之智，在「許田會獵」時應該就可以看出曹操是不能匡復漢室的，荀彧沒有離開曹操，筆者認為是因為曹操是當時唯一能穩定混亂局勢的人，他雖挾持獻帝，但獻帝若不在他手上，恐怕會更加流離失所，基於此，荀彧才願意留在曹操身邊，所以陳壽對荀彧如此評道：「荀彧清秀通雅，有王佐之風，然機鑒先識，未能充其志也。〔註92〕」，到了最後關頭，荀彧還是以死來明身為漢臣之志，令人欽佩！

（二）荀攸

荀攸，字公達，潁川潁陰人，卒於東漢建安十九年（214），根據裴松之

〔註90〕 見〔明〕羅貫中著、吳小林校注：《三國演義校注》，頁359。
〔註91〕 見〔明〕羅貫中著、〔明〕金聖嘆鑑定、〔清〕毛宗崗批：《精印三國演義》，頁416。
〔註92〕 見〔西晉〕陳壽著、楊家駱主編：《三國志》，頁332。

注《三國志・魏書・荀攸傳》引《魏書》曰:「時建安十九年,攸年五十八。計其年大或六歲。〔註93〕」來推,荀攸當生於東漢永壽三年(157)。荀攸是荀彧的姪子,有趣的是,這個姪子的年紀比叔叔還大。

　　比起其叔荀彧高瞻遠矚的戰略性思維,荀攸更善於臨陣決策,史實跟《三國演義》中均是如此,在《三國演義》中,荀攸與荀彧一起投靠曹操,僅敘述荀攸是「海內名士,曾拜黃門侍郎,後棄官歸鄉,今與其叔同投曹操,操以為行軍教授。〔註94〕」在此之前的荀攸的情形不提一字,筆者以為這是小覷了荀攸,荀攸在孩提時就很有智慧,裴松之注《三國志・魏書・荀攸傳》引《魏書》曰:

> 攸年七八歲,衢曾醉,誤傷攸耳,而攸出入遊戲,常避護不欲令衢
> 見。衢後聞之,乃驚其夙智如此。〔註95〕

荀衢是荀攸的叔父,曾因酒醉傷了荀攸的耳朵,而後荀攸就盡量避免與荀衢見面,筆者認為荀衢在得知後會驚訝荀攸之「智」,荀攸必不是因此事嫌恨叔父,孩童哪有如此機心,想必是荀攸以避開荀衢來避免自己再次受傷,另一方面是不欲荀衢因此自責,故而不見為好。荀攸在少時之智,還可以見於另一件事,《三國志・魏書・荀攸傳》寫道:

> 曇卒,故吏張權求守曇墓。攸年十三,疑之,謂叔父衢曰:「此吏有
> 非常之色,殆將有姦!」衢寤,乃推問,果殺人亡命。由是異之。
> 〔註96〕

荀曇是荀攸的祖父,荀攸在荀曇去世時年方十三,就可以由張權臉色看出他願意為荀曇守墓的動機不單純,由此兩件事,可以看出荀攸真的是年少英才。荀攸本為黃門侍郎〔註97〕,《三國演義》並沒有交代他為何棄官歸鄉,而《三國志・魏書・荀攸傳》寫道:

> 董卓之亂,關東兵起,卓徙都長安。攸與議郎鄭泰、何顒、侍中种
> 輯、越騎校尉伍瓊等謀曰:「董卓無道,甚於桀紂,天下皆怨之,雖

〔註93〕見〔西晉〕陳壽著、楊家駱主編:《三國志》,頁325。

〔註94〕見《三國演義・第十回》。

〔註95〕見〔西晉〕陳壽著、楊家駱主編:《三國志》,頁321。

〔註96〕見〔西晉〕陳壽著、楊家駱主編:《三國志》,頁321。

〔註97〕又稱給事黃門侍郎、黃門郎,皇帝身邊的侍從,出入宮廷外通報,在諸王朝見天子時,引諸王就座,第五品。

資彊兵，實一匹夫耳。今直刺殺之以謝百姓，然後據殽、函，輔王命，以號令天下，此桓文之舉也。」事垂就而覺，收顒、攸繫獄，顒憂懼自殺，攸言語飲食自若，會卓死得免。〔註98〕

由此可知，荀攸是因爲欲刺殺董卓而遭致下獄的，他見董卓無道，與鄭泰、何顒、种輯、伍瓊合謀，欲除董卓而匡復漢室，沒想到事洩被關起來，何顒因害怕而自殺了，荀攸卻神色自若，後來會見董卓，董卓畢竟也是一方豪傑，筆者認爲董卓的內心也是佩服荀攸的，英雄惜英雄，因此董卓才免他一死，然而裴松之注《三國志·魏書·荀攸傳》引《魏書》記載了另一說：「攸使人說卓得免，與此不同。〔註99〕」此說不免沖淡了荀攸視死如歸的精神，但是對於其欲除董卓匡復漢室之心，是不可抹滅的。

歷史上荀攸也不是與荀彧一同投靠曹操的，是東漢建安元年（196）曹操迎獻帝後，寫信徵荀攸爲汝南（今河南平輿）太守〔註100〕的，在《三國演義》中荀攸投靠曹操後，被任命爲行軍教授〔註101〕，雖然僅出現在十三回數，但是在陣前對於曹操的分析及建言，往往一矢中的，曹操欲伐呂布，但是憂慮劉表、張繡攻擊背後，荀攸於是說道：「二人新破，未敢輕動。呂布驍勇，若更結連袁術，縱橫淮、泗，急難圖矣。〔註102〕」曹操同意他的建議，拋開對劉表、張繡的疑慮，於是出兵討伐呂布，屢戰屢勝，最後將呂布圍在下邳，但是此時卻久攻不下，時間一長，士兵都疲累不堪，而且曹操憂慮袁紹、劉表、張繡會趁虛而入，所以意欲撤兵，荀攸又勸阻道：

不可。呂布屢敗，銳氣已墮。軍以將爲主，將衰則軍無戰心。彼陳宮雖有謀而遲。今布之氣未復，宮之謀未定，作速攻之，布可擒也。

（第十九回）〔註103〕

荀攸了解到，此時退兵不但不能使袁紹、劉表、張繡對曹操的威脅減少，還讓這陣子打敗呂布的戰果化爲烏有，曹操聽從他的意見，放棄了退兵的打算，加緊攻打下邳，加上荀彧和郭嘉提出決沂、泗兩河灌下邳城，最後活捉了呂布。

〔註98〕見〔西晉〕陳壽著、楊家駱主編：《三國志》，頁321。
〔註99〕見〔西晉〕陳壽著、楊家駱主編：《三國志》，頁322。
〔註100〕一郡的最高行政長官，職掌全郡的民政和軍事，第五品。
〔註101〕東漢、三國無此官名，爲《三國演義》所誤用。
〔註102〕見《三國演義·第十八回》。
〔註103〕見〔明〕羅貫中著、吳小林校注：《三國演義校注》，頁235～236。

　　東漢建安五年（200），袁紹領兵攻打曹操，來勢洶洶，初期曹軍不能抵擋，曹操更有退兵的念頭，後來袁紹麾下謀士許攸來投靠曹操，獻計焚袁軍烏巢之糧，此時袁軍雖陷入混亂，但是軍勢仍大，曹軍仍不能與之正面硬拼，於是荀攸獻「聲東擊西」之計，讓袁軍疲於奔命，主力分散，曹軍趁機攻入袁軍大營，徹底打敗袁紹，官渡之戰曹操能獲勝，歸於「二攸」之功，一是許攸，另一個就是荀攸。

　　華北平定後，荀攸隨曹操南征，先併荊州，並欲圖江東，此時荀攸建議曹操：

> 我今大振兵威，遣使馳檄江東，請孫權會獵於江夏，共擒劉備，分荊州之地，永結盟好。孫權必驚疑而來降，則吾事濟矣。（第四十二回）〔註104〕

此計毛宗崗評道：「此李左軍所謂『先聲而後實』者也。〔註105〕」當時曹操已併荊州，江東孫權也為之震動，而所謂「先聲而後實」，乃是先聞聲，然後實也，荀攸建議曹操馳檄江東，名義上是請孫權幫忙抓住劉備，實際上是暗示孫權，在劉備之後，下一個就輪到孫權你了！這本是很好的計謀，成功的話江東將跟荊州一樣，將兵不刃血的取得，而東吳君臣也著實被嚇到了，若不是周瑜出來穩定孫權之心，江東恐怕就此投降曹操，然而就算東吳決定抵抗，雙方實力還是相差懸殊，只可惜荀攸跟程昱一再提醒志得意滿的曹操需防東吳火攻，曹操終不見用，而導致大軍兵敗於赤壁。

　　《三國演義》中，荀攸跟荀彧一樣，均是在反對曹操稱公稱王後遭猜忌，荀彧自殺，荀攸則是憂憤而死，叔姪兩人雖身在曹營，最後都盡了身為漢臣的志節，令人動容，然而史實上荀攸卻從未反對曹操稱王，《三國志‧魏書‧荀攸傳》寫道：「攸從征孫權，道薨。太祖言則流涕。〔註106〕」這說明荀攸是死在跟隨曹操征伐孫權的路上，不是憂憤而死，史書上也找不到他反對曹操稱王的記載，他死後曹操「言則流涕」，裴松之注《三國志‧魏書‧荀攸傳》引《魏書》曰：

> 太祖令曰：「孤與荀公達周遊二十餘年，無毫毛可非者。」又曰：「荀

〔註104〕見〔明〕羅貫中著、吳小林校注：《三國演義校注》，頁493。
〔註105〕見〔明〕羅貫中著、〔明〕金聖嘆鑑定、〔清〕毛宗崗批：《精印三國演義》，頁601。
〔註106〕見〔西晉〕陳壽著、楊家駱主編：《三國志》，頁325。

公達眞賢人也，所謂『溫良恭儉讓以得之』。孔子稱『晏平仲善與人交，久而敬之』，公達即其人也。」〔註107〕

可見曹操對他極爲敬重，並無以荀彧之死事刺激他，荀攸也未曾反對曹操稱王，《三國演義》將荀攸改寫成公開反對曹操稱王，筆者認爲是因爲荀彧、荀攸叔姪是當世所公認的正人君子，荀彧既然死於反對曹操稱公，羅貫中索性在曹操稱王時，讓荀攸跳出來反對，二荀前後呼應，讓後人傳爲美談。

三、敏權變謀自立

司馬懿跟鍾會歸爲一類，是因爲他倆都有「權變自立」的信念，司馬懿早期爲曹操、曹丕之謀士，後相繼被曹丕、曹叡臨終時託付重任，被曹爽架空後，發動「高平陵之變」誅殺曹爽一族，並架空皇帝曹芳，其子司馬師與司馬昭對待曹魏政權一如當年的曹操對待東漢政權，最後至孫司馬炎時篡魏；而鍾會初登場時乃是司馬家的謀士，等到獨攬兵權，就意欲謀反，兩個人唯一不同處在於司馬懿是被動的，而鍾會卻是主動的，司馬懿位高權重遭人忌憚，如不圖人人將圖己，而鍾會則是野心太大，如果他安安分分的滅蜀後交出兵權，不做非份妄想，那自然平安，只是他不願，落的一個謀反失敗被殺的下場。

（一）司馬懿

司馬懿，字仲達，河內溫縣（今河南溫縣西）人，生於東漢光和二年（179），卒於曹魏嘉平三年（251），享年 73 歲，即晉宣帝，有本紀在《晉書》，司馬懿之所以列入本節，是因爲他早期確實是「曹魏的謀士」，爲曹操、曹丕、曹叡鞍前馬後出謀畫策，並領軍對抗諸葛亮，直到「高平陵之變」後才掌握曹魏實權。

與其說是劉禪昏庸，使蜀漢衰落，還不如說是司馬懿在隴西成功抵抗諸葛亮的入侵，抑制了蜀漢唯一的發展，在諸葛亮死後蜀漢轉爲內縮型的國家，最後只能等待滅亡，就遠因來看，實在是司馬懿的關係，而司馬懿跟曹操在《三國演義》中可謂並列爲兩大奸雄，既是「奸雄」，即說明司馬懿性格中既有「奸」又有「雄」，「奸」是個性，「雄」是雄才偉略，連曹操都稱其：「司馬懿鷹視狼顧，不可付以兵權；久必爲國家大禍。〔註108〕」

在《三國演義》中，諸葛亮能將曹操、周瑜……等玩弄於手，但唯獨對

〔註107〕見〔西晉〕陳壽著、楊家駱主編：《三國志》，頁 325。
〔註108〕見《三國演義‧第九十一回》。

司馬懿從來不敢大意，曹叡即位時諸葛亮曾對馬謖說道：

> 曹丕已死，孺子曹叡即位，餘皆不足慮：司馬懿深有謀略，今督雍、
> 涼兵馬，倘訓練成時，深爲蜀中之大患。不如先起兵伐之。（第九十
> 一回）〔註109〕

在諸葛亮眼中，曹魏滿朝文武都瞧不上眼，唯獨司馬懿，他深爲忌憚，甚至
想搶先起兵攻之，直到馬謖建議用反間計成功讓司馬懿遭貶官，諸葛亮這才
高興的說：「吾又何憂？」後來司馬懿復職，諸葛亮知道後大驚說道：「吾豈
懼曹叡耶？所患者惟司馬懿一人而已。〔註110〕」能做爲在《三國演義》中，
天才諸葛亮的唯一對手，可見司馬懿是十分睿智聰明的。

司馬懿在《三國演義》中，雖在〈第三十九回〉時就以文學掾〔註111〕的
身份登場，但是第二次登場時已是〈第六十七回〉，職位則是主簿〔註112〕，是
因爲他當時作爲一個年輕人，已經開始受到曹操的賞識，但是曹操又提防著
他，司馬懿一直戒愼恐懼，小心翼翼，而曹操經過長期觀察後認定司馬懿沒
有異心，所以到了曹操晚年後司馬懿才逐步受到重用，曹操在東漢建安二十
年平定張魯時，司馬懿曾建議曹操：

> 劉備以詐力取劉璋，蜀人尚未歸心。今主公已得漢中，益州震動。
> 可速進兵攻之，勢必瓦解。智者貴於乘時，時不可失也。（第六十七
> 回）〔註113〕

當時劉備剛剛擊敗劉璋取得蜀地，但是過程並不順利，還折損龐統，而諸葛
亮入蜀後也斬了一些蜀將，雙方交鋒也不可能沒有損失，若說蜀人已經完全
歸附劉備那是不可能的，於是司馬懿建議曹操趁蜀人尚未完全歸附，劉備立
足仍不穩時趕緊出兵討伐，這本是一招妙招，但曹操拒絕了，筆者認爲曹操
雖言：「『人苦不知足，既得隴，復望蜀』耶？〔註114〕」但是眞正原因有二，
一是先別說劉備立足未穩，曹操在才剛佔領漢中，在漢中的統治就穩了嗎？
以統治不穩的漢中當作前進基地伐蜀，曹操也不想冒險；二是蜀地險要，就

〔註109〕見〔明〕羅貫中著、吳小林校注：《三國演義校注》，頁1028。
〔註110〕見《三國演義‧第九十四回》。
〔註111〕丞相的屬官，管理學校和教授經學，第七品。
〔註112〕主管文書簿籍及印鑑，協助處理事務，第七品。
〔註113〕見〔明〕羅貫中著、吳小林校注：《三國演義校注》，頁767。
〔註114〕見《三國演義‧第六十七回》。

算曹操鞏固在漢中的統治，蜀國仍是不易攻取的。筆者認爲曹操跟司馬懿的考量都沒有錯，一是穩扎穩打，一是兵貴神速罷了。

司馬懿在劉備取得蜀地後，就看出劉備跟孫權因爲「荊州問題」而衝突逐漸檯面化，司馬懿知道吳、蜀聯盟針對的就是魏，要破壞這個聯盟就要善加利用劉備跟孫權的矛盾，他建議曹操：

> 江東孫權，以妹嫁劉備，而又乘間竊取回去；劉備又據占荊州不還：彼此俱有切齒之恨。今可差一舌辯之士，齎書往說孫權，使興兵取荊州；劉備必發兩州之兵以救荊州。那時大王興兵去取漢川，令劉備首尾不能相救，勢必危矣。（第七十三回）〔註115〕

曹操依其言，立刻派滿寵去見孫權，吳、魏立刻一拍即合。後來關羽北伐，攻打襄陽圍樊城（今湖北襄樊），敗曹仁、擒于禁、斬龐德，水淹七軍，曹操在許都也爲之震動，欲遷都以避之，司馬懿勸阻道：

> 不可。于禁等被水所淹，非戰之故；於國家大計，本無所損。今孫、劉失好。雲長得志，孫權必不喜；大王可遣使去東吳陳說利害，令孫權暗暗起兵躡雲長之後。許事平之日，割江南之地以封孫權：則樊城之危自解矣。（第七十五回）〔註116〕

司馬懿再次建議曹操善用劉備跟孫權的矛盾，以坐收漁翁之利，結果孫權派呂蒙襲取荊州，曹操也派軍應援，關羽退兵不得，腹背受敵，最後敗死在麥城（今湖北當陽東南），而從此劉備跟孫權的矛盾越來越大，劉備甚至大舉領軍伐吳復仇，直至劉禪與諸葛亮主政，與東吳和解，兩國才和好如初，但是蜀漢早就因此國力大減，威脅不了曹魏，不能不說是司馬懿的高瞻遠矚，此後曹操越來越重視司馬懿，在曹操臨終時司馬懿甚至是四個託付大臣之一，曹操死後，司馬懿受到曹丕的重用，在劉備死後爲曹丕設計一個「五路伐蜀」的建議，最後五路軍馬都被諸葛亮退了，從此開始司馬懿跟諸葛亮宿命的對決，便慢慢展開。

也差不多是從此時開始，司馬懿給人的印象就是「忍」，他前後服侍過曹家四代君主，即曹操、曹丕、曹叡、曹芳，當中只有曹丕是眞心信任他，曹操自是懷疑他，而曹叡更是猜忌司馬懿，諸葛亮用馬謖謀略至魏實行反間，

〔註115〕見〔明〕羅貫中著、吳小林校注：《三國演義校注》，頁829～830。
〔註116〕見〔明〕羅貫中著、吳小林校注：《三國演義校注》，頁851。

曹叡對此事的處理態度是不加細察就把司馬懿貶職為民，要不是曹真接連被諸葛亮打敗，隴西戰事危急，曹叡不得以重新啓用，不然司馬懿不知道還要被冰凍多久？曹芳是小孩子，談不上猜不猜忌司馬懿，眞正猜忌司馬懿的是大將軍〔註117〕曹爽，司馬懿也是一直隱忍，裝病到曹爽放下戒心時才發動政變，雖然從此掌握大權，但是也可以看出在大部分的時間裡，司馬懿都是受到曹家猜疑的。

　　這也不是司馬懿第一次裝病，《晉書・宣帝紀》就記載一則司馬懿詐病騙過曹操的事：

> 漢建安六年，郡舉上計掾。魏武帝爲司空，聞而辟之。帝知漢運方
> 微，不欲屈節曹氏，辭以風痹，不能起居。魏武使人夜往密刺之，
> 帝堅臥不動。及魏武爲丞相，又辟爲文學掾，敕行者曰：「若複盤桓，
> 便收之。」帝懼而就職。〔註118〕

當曹操徵召司馬懿，而司馬懿以「風痹」爲由不來時，曹操就懷疑司馬懿是裝病，派人秘密的在晚上觀察司馬懿，而司馬懿裝病也裝的真到家，就躺著不動，曹操也沒辦法，直到曹操爲丞相〔註119〕，也懶得調查司馬懿眞病還是裝病，直接跟從人說若是司馬懿有猶疑就抓起來，司馬懿這才懼而就職。

　　司馬懿不止在曹家面前要忍，在戰場上也要忍，在跟諸葛亮幾次交鋒後，他知道不如諸葛亮，但是又知道自己優勢在緩戰，於是對於諸葛亮各種污辱挑釁，包含送婦人的衣服給他，他都泰然處之，終於忍到諸葛亮病死，贏得最後的勝利。

　　司馬懿生平唯一一次可以完全發揮他的軍事才華，不用有所顧忌的一場戰役，就是征討遼東公孫淵，曹魏太和二年（228），向來臣服於曹魏的公孫淵自立爲「燕王」，公開反抗曹魏，曹叡詔司馬懿問之：

> 懿奏曰：「臣部下馬步官軍四萬，足可破賊。」叡曰：「卿兵少路遠，
> 恐難收復。」懿曰：「兵不在多，在能設奇用智耳。臣託陛下洪福，
> 必擒公孫淵以獻陛下。」叡曰：「卿料公孫淵作何舉動？」懿曰：「淵
> 若棄城預走，是上計也；守遼東拒大軍，是中計也；坐守襄平，是爲

〔註117〕將軍的最高稱號，權勢極大，職掌統兵征伐，第一品。
〔註118〕見〔唐〕房玄齡等著、楊家駱主編：《晉書》（台北：鼎文書局，1995 年 6 月），頁 2。
〔註119〕朝廷中最高政務長官，輔佐皇帝治理國家，無所不統，第一品。

下計，必被臣所擒矣。」叡曰：「此去往復幾時？」懿曰：「四千里之
地，往百日，攻百日，還百日，休息六十日，大約一年足矣。」叡曰：
「倘吳、蜀入寇，如之奈何？」懿曰：「臣已定下守禦之策，陛下勿
憂。」叡大喜，即命司馬懿興師往討公孫淵。（第一○六回）〔註120〕

司馬懿若調動大軍出擊，等到大軍徵調、集結、糧草都準備完畢就不知道要
多久，而且僅四萬人行軍至遼東就要百日，部隊人數若是更多，那行軍速度
將會更慢，等到遼東時，公孫淵的防禦工事都不知道蓋幾層了？所以司馬懿
堅持以精兵速行，殺的公孫淵措手不及！

　　由於公孫家在遼東經營已久，到公孫淵已是第四代，面對魏軍遠道而來，
最好的方法是實行堅壁清野，帶走所有物資，棄城並退入鄉野，不跟魏軍交
鋒，魏軍遠道而來，糧草一來補給不易，二來又無法就地徵收，此時公孫軍
再以游擊方式騷擾魏軍，司馬懿必定坐困遼東，不戰自敗，十九世紀初俄國
就是以此方法成功打敗入侵的拿破崙（Napoléon Bonaparte, 1769～1821），這
就是司馬懿所謂的「上計」；「中計」就是在遼東各處廣設防禦工事，魏軍要
類似以過關的方式征討，每碰到一個防禦工事就算碰到一關，要破了才能到
下一關，而守關的公孫軍當然要堅守不退，此招不論是設關的公孫軍還是闖
關的魏軍，都會兵疲馬乏，所以是「中計」，二次大戰時德國攻打蘇聯，紅軍
就是以廣設據點方式讓德軍陷入極度疲困，但是紅軍也為此傷亡慘重；「下計」
公孫軍是什麼也不做，在襄平（今遼寧遼陽）等待魏軍來襲，再全力守城，
但是城破就什麼也沒了，所以是「下計」。

　　而司馬懿算準以公孫淵才智只能選「下計」，後以慢打快，魏軍團團圍住
襄平，而公孫軍多達十五萬人待在城中，城中糧食早已消耗完畢，又自度擋
不住魏軍攻城，於是軍心思變，公孫淵之大勢已去，遣使欲投降，使者被司
馬懿所殺，《三國演義》寫道：

從人回報，公孫淵大驚，又遣侍中衛演來到魏營。司馬懿升帳，聚
眾將立於兩邊。演膝行而進，跪於帳下，告曰：「願太尉息雷霆之怒。
剋日先送世子公孫修為質當，然後君臣自縛來降。」懿曰：「軍事大
要有五：能戰當戰，不能戰當守，不能守當走，不能走當降，不能
降當死耳！何必送子為質當？」叱衛演回報公孫淵。演抱頭鼠竄而

〔註120〕見〔明〕羅貫中著、吳小林校注：《三國演義校注》，頁1202。

去，歸告公孫淵。（第一○六回）〔註121〕

公孫淵見投降不成，跟其子公孫修逃走，逃不到十里就被俘，被司馬懿斬首。綜觀遼東之役，司馬懿可謂是「知己知彼」，公孫淵完全照著司馬懿擬定的劇本走，只是筆者對司馬懿拒絕公孫淵的投降，深表不以爲然，要知道司馬懿早已掌控戰局，公孫軍已無戰志，這時不納敵降，到時公孫軍反而狗急跳牆，難保不會橫生事端嗎？因爲戰後曹魏仍然要治理遼東，此時對遼東軍民殺戮太多，對日後治理也不方便，筆者認爲司馬懿之所以如此，可能是把對蜀戰爭不順的所受之氣出在公孫軍上，公孫淵有罪，但遼東人民何其無辜？可見司馬懿終究是一個心狠手辣之人。

司馬懿善於隱忍跟示弱，筆者認爲並非他的個性，他其實是不得不如此，在廟堂之上，他受到猜忌，他不忍，就是死；在戰場上打不過對手，他不忍，就是敗，這只是司馬懿一生的自處之道，直到「高平陵之變」後，他才終於脫離隱忍的生活，這反應了司馬懿高明的生存智慧。

（二）鍾會

鍾會，字士季，潁川長社（今河南長葛東）人，卒於曹魏景元五年（264），根據裴松之注《三國志・魏書・鍾會傳》所記：「會時年四十……〔註122〕」來推，鍾會當生於曹魏黃初六年（225），他是曹魏太傅〔註123〕鍾繇的次子。鍾會是三國時期最聰明的人之一，可惜他把聰明都用在算計別人上，他前期爲司馬家的謀士，後期統領大軍卻意欲造反，最後落的一個聰明反被聰明誤的下場。

鍾會所處的時代，魏祚已衰，司馬家掌握大權，因此他雖名爲魏臣，實際上是司馬家的謀士，司馬昭很欣賞他，鍾會在《三國演義》首次登場，是曹魏正元二年（255），揚州〔註124〕刺史鎭東將軍〔註125〕毋丘儉在壽春（今安徽壽縣）起兵反抗司馬師專權，鍾會時任中書侍郎〔註126〕，進言曰：「淮楚兵

〔註121〕見〔明〕羅貫中著、吳小林校注：《三國演義校注》，頁1204。
〔註122〕見〔西晉〕陳壽著、楊家駱主編：《三國志》，頁793。
〔註123〕皇帝近臣，職責爲善導皇帝，無具體政務，爲優遇大臣的一種榮典，通常以德高望重者擔任。
〔註124〕東漢州名，轄郡、國六，縣九十二。約轄今安徽淮河和江蘇江南部分及江西、浙江、福建、湖北東部、河南東南，漢末治所在壽春（今安徽壽縣）。
〔註125〕漢末所設四鎭將軍之一，職掌征戰討伐，第二品。
〔註126〕亦稱中書郎，中書省的屬官，負責起草詔令誥命等文書，第五品。

強，其鋒甚銳；若遣人領兵去退，多是不利。倘有疏虞，則大事廢矣。〔註127〕」
毋丘儉打的是「擁護曹家，反司馬家」的旗號，鍾會此言，爲的是司馬家，
由此可知他早已看出曹魏已無復興的可能，甘願爲司馬家做事，其實鍾會未
登場之前，早在《三國演義・第一〇七回》因爲司馬懿發動政變，而逃到蜀
漢的曹魏將領夏侯霸就已經提醒姜維要小心鍾會，夏侯霸說道：

> ……現爲秘書郎，乃潁川長社人，姓鍾，名會，字士季，太傅鍾繇
> 之子，幼有膽智。繇嘗率二子見文帝，會時年七歲，其兄毓年八歲。
> 毓見帝惶懼，汗流滿面。帝問毓曰：「卿何以汗？」毓對曰：「戰戰
> 惶惶，汗出如漿。」帝問會曰：「卿何以不汗？」會對曰：「戰戰慄
> 慄，汗不敢出。」帝獨奇之。及稍長，喜讀兵書，深明韜略；司馬
> 懿與蔣濟皆奇其才。（第一〇七回）〔註128〕

鍾會自幼聰明，七歲孩童面對皇帝仍能侃侃而談，可見其膽識，司馬師在聽
從鍾會的建言後決定親征淮南，但是亂平後不久就病死了，臨終時將大權託
付給其弟司馬昭，此時司馬昭猶如孫策新死時的孫權一樣，徬徨無措，猶豫
未決，於是鍾會再向司馬昭建言：「大將軍新亡，人心未定，將軍若留守於此，
萬一朝廷有變，悔之何及？〔註129〕」司馬昭聽從了他的意見，於是撤軍屯於
洛水之南，藉以施壓皇帝曹髦，曹髦無可奈何，封司馬昭爲大將軍、錄尚書
事〔註130〕，司馬師死後，曹髦可能藉此重新掌握大權，而下令剪除司馬家的
勢力，但因爲鍾會適時的建議，司馬昭果決的威逼曹髦，於是曹髦無能爲力，
司馬家依然掌握曹魏大權，作爲魏臣，鍾會這是一個叛逆的舉動，但作爲司
馬家家臣，鍾會對司馬師來說，可以說是張良再世，對司馬師幫助不小。

　　曹魏甘露二年（257），諸葛誕在淮南起兵反抗司馬昭，司馬昭親自領兵
征討，由於諸葛誕與孫吳合作，其軍勢不小，因此司馬昭請教鍾會破敵之策，
鍾會於此時開始展現他的軍事才華，他說道：「吳兵之助諸葛誕，實爲利也；
以利誘之，則必勝矣。〔註131〕」鍾會知道諸葛誕打的是「擁魏」的旗號，可
是孫吳爲何要幫諸葛誕「擁魏」？所以說孫吳之所以幫助諸葛誕，不外乎是

〔註127〕見《三國演義・第一一〇回》。
〔註128〕見〔明〕羅貫中著、吳小林校注：《三國演義校注》，頁1218～1219。
〔註129〕見《三國演義・第一一〇回》。
〔註130〕又稱領尚書侍、平尚書侍，即總領尚書台事務之意，是當時最高的文職稱號。
〔註131〕見《三國演義・第一一二回》。

想混水摸魚分一杯羹，鍾會看透了這點，向司馬昭進言，司馬昭於是在交戰中詐退，並丟棄牛馬、驢騾等物資，諸葛誕的部隊繼續追擊，而吳軍卻爭著搶奪物資，無心戀戰，此時司馬昭伏兵盡出，殺的諸葛誕與吳軍大敗，諸葛誕只好退入壽春城中。此時鍾會又建議道：

> 今諸葛誕雖敗，壽春城中糧草尚多，更有吳兵屯安豐以為犄角之勢；
> 今吾兵四面攻圍，彼緩則堅守，急則死戰；吳兵或乘勢夾攻：吾軍
> 無益。不如三面攻之，留南門大路，容賊自走；走而擊之，可全勝
> 也。吳兵遠來，糧必不繼；我引輕騎抄在其後，可不戰而自破矣。（第
> 一一二回）〔註132〕

俗話說狗急也會跳牆，諸葛誕雖新敗，但因為在壽春經營已久，可以支持，如果強行猛攻，逼的諸葛誕奮力反撲，司馬昭也為未必討到便宜，而在攻擊中若是留條生路，敵軍或許還會因有生機還無心戀戰，等到收拾了諸葛誕，吳軍就不難對付了，這是一條好計，難怪司馬昭聽了後要撫摸鍾會的背說道：「君真吾之子房也！〔註133〕」不久之後，壽春就被攻破，吳軍也被擊敗了。

在平定諸葛誕時，俘虜了相當多吳兵，裴秀建議司馬昭將這些吳兵都坑殺了，鍾會諫阻道：

> 古之用兵者，全國為上，戮其元惡而已。若盡坑之，是不仁也。不
> 如放歸江南，以顯中國之寬大。（第一一二回）〔註134〕

裴秀實在不應作如此建議，因為以後跟司馬昭為敵的人，如果知道戰敗要被坑殺，勢必戰鬥到底，最後他聽進鍾會的意見，將吳兵放歸江南。

蜀漢景耀五年（262），姜維前往沓中（今甘肅舟曲西北）屯田，此舉本為避黃皓弄權之禍，但司馬昭得知後大怒，以為姜維欲進犯，意欲伐蜀，《三國演義》寫道：

> （司馬昭）召鍾會入而問曰：「吾欲令汝為大將，去伐東吳，可乎？」
> 會曰：「主公之意，本不欲伐吳，實欲伐蜀也。」昭大笑曰：「子誠識
> 吾心也。但卿往伐蜀，當用何策？」會曰：「某料主公欲伐蜀，已畫
> 圖樣在此。」昭展開視之，圖中細載一路安營下寨屯糧積草之處，從

〔註132〕見〔明〕羅貫中著、吳小林校注：《三國演義校注》，頁1261。

〔註133〕見《三國演義・第一一二回》。

〔註134〕見〔明〕羅貫中著、吳小林校注：《三國演義校注》，頁1264。

何而進，從何而退，一一皆有法度。昭看了大喜曰：「真良將也！卿
與鄧艾合兵取蜀，何如？」會曰：「蜀川道廣，非一路可進；當使鄧
艾分兵各進，可也。」昭遂拜鍾會爲鎮西將軍，假節鉞，都督關中人
馬，調遣青、徐、兗、豫、荊、揚等處……（第一一五回）〔註135〕

鍾會真可謂難得之將才，而且深知司馬昭的心理，司馬昭意欲伐蜀，鍾會早已
準備好精細伐蜀的圖本了，司馬昭一樂，馬上任命他伐蜀，與鄧艾兩軍並進，
但是鍾會卻在接到命令後，令青〔註136〕、兗、豫〔註137〕、荊、揚五處造大船，
並召集海船，大張旗鼓的打出伐吳之姿態，司馬昭感到奇怪，《三國演義》寫道：

司馬昭不知其意，遂召鍾會問之曰：「子從旱路收川，何用造船耶？」
會曰：「蜀若聞我兵大進，必求救於東吳也。故先布聲勢，作伐吳之
狀，吳必不敢妄動。一年之內，蜀已破，船已成，而伐吳，豈不順
乎？」（第一一五回）〔註138〕

筆者認爲這是《三國演義》中鍾會最高明的謀略，可謂「一石二鳥」之計，
鍾會做出伐吳之姿態，吳、蜀兩國都會感到疑惑，孫吳有感於自身難保，並
不出兵助蜀，而蜀漢既滅，到時船早已造好，正好順勢沿江而下伐吳，吳勢
必不能抵擋，天下將一統矣！

但是司馬昭既重用鍾會，同時也防著他，在鍾會出師時，司馬昭就將鍾
會的命運算定，他知道鍾會跟鄧艾向來不合，兩軍進擊，雖屬犄角之勢，但
司馬昭真正用意乃是讓鄧艾跟鍾會互相牽制，而稍後鍾會就領兵十萬伐蜀，
奪陽平關（今陝西勉縣老城鄉）、取漢中，並把姜維牽制在劍閣（今四川劍閣
北），其實自出兵後，鄧艾跟鍾會的衝突就逐漸檯面化，而當鄧艾跟鍾會提出
偷度陰平（今甘肅文縣）的計畫時，鍾會立刻表現出輕蔑的態度，而當鄧艾
成功偷度陰平兵鋒直抵成都（今四川成都）滅掉蜀漢時，尚被姜維擋在劍閣
之外的鍾會聞知著實憤恨，加上姜維投降後從中挑撥離間，鍾會乾脆誣告鄧
艾父子謀反，但是鍾會沒想到的是除去鄧艾後，司馬昭更能專心來對付自己。

〔註135〕見〔明〕羅貫中著、吳小林校注：《三國演義校注》，頁1296。
〔註136〕東漢州名，約轄今山東半島，及濟南以東、黃河以南、沂水莒縣以北，治所
在臨淄（今山東淄博臨淄）。
〔註137〕東漢州名，約轄今淮河以北、伏牛山以東的河南東部、安徽北部，治所在譙
（今安徽亳州）。
〔註138〕見〔明〕羅貫中著、吳小林校注：《三國演義校注》，頁1297。

成功了除去了鄧艾，加上姜維的煽風點火，鍾會這回是眞的反了，夢想做皇帝，並認爲就算不成也能像劉備一樣統治蜀國，最後因密謀殺盡不服的將士，引起士兵嘩變而被殺，死的很不值得。王夫之在《讀通鑑論‧獻帝》時說道：「有詭譎鷙悍之才，在下位而速覬非望者，其滅亡必速。〔註139〕」所指的，大概就是鍾會這樣的人吧。

第三節　蜀漢的謀士

　　歷史上的「蜀漢」，爲劉備於西元 221 年在益州〔註140〕所建立，至西元 263 年劉禪當政時爲鄧艾所滅，但是本文所謂「蜀漢的謀士」，只要是曾經在劉備跟劉禪之下效力就可以了，並對劉備跟劉禪立有一定功績之人，爲此列了徐庶、龐統、諸葛亮、法正四名謀士，其中後來到曹操處的徐庶，在第三節曹魏的謀士前言已經說明他爲何歸在本節討論了，不再重複贅述，而龐統是比較沒問題的，諸葛亮倒是可以以劉備去世爲界，前期的諸葛亮徹徹底底是一名謀士，後期的諸葛亮，卻是統兵大將的色彩濃厚，最後，法正雖先仕於劉璋，但他爲劉備入蜀做出重大貢獻，極得劉備信任，因此他算是蜀漢的謀士之一。

一、才華掩空嗟嘆

　　徐庶、龐統兩個人併在一起論述，是因爲兩個人都才智超群卻無法充分發展，徐庶爲劉備的第一個謀士，他的出謀獻策也讓當時困守在小小新野（今河南新野）的劉備看到發展的希望，但他不久後不得不離開劉備進入曹營，從此滿身才華盡掩；龐統於劉備在荊州時入仕，不久後隨劉備入蜀，正要助劉備打敗劉璋時卻死於落鳳坡。兩個人就像流星，在《三國演義》中忽現燦爛的光芒，然後就消失了，留給劉備與讀者無限的嘆息。

（一）徐庶

　　徐庶，字元直，穎川（今河南禹州）人，生卒年不詳，《三國志》也無本傳，他的事蹟散見於《三國志》的〈先主傳〉與〈諸葛亮傳〉，對其生平較爲詳

〔註139〕見〔清〕王夫之：《讀通鑑論》（台北：里仁書局，1982 年 3 月），頁 268。
〔註140〕東漢州名，轄郡、國十二，縣一百一十八，約轄今四川、雲南、貴州大部分，
　　　　及陝西、甘肅、湖北、越南的一小部分，漢末治所在成都（今四川成都）。

盡的是在〈諸葛亮傳〉中裴松之所引的一篇《魏略》〔註141〕，而《三國演義》中說他：「爲因逃難，更名單福。〔註142〕」其實正好相反，裴松之注《三國志》引《魏略》說道：「庶先名福，本單家子……〔註143〕」，可見「福」反而是他的本名，然而「單家子」卻不是說徐庶本姓「單」，「單家」一詞是指出身寒微，非名門望族的意思，裴松之注《三國志・魏書・王肅傳》引《魏略》提到：

> 薛夏字宣聲，天水人也。博學有才。天水舊有姜、閣、任、趙四姓，
> 常推於郡中，而夏爲單家，不爲降屈。〔註144〕

而《晉書・孫峻傳》也說：「峻本以單家聚眾於擾攘之際……〔註145〕」由這兩段引文可見，「單家」就是指孤寒微賤的家世，所以徐庶本名爲「徐福」，而非「單福」。

徐庶爲劉備第一個軍師，他與劉備相遇於新野城中，《三國演義》寫道：

> 玄德回馬入城，忽見市上一人，葛巾布袍，皂絛烏履，長歌而來。
> 歌曰：「天地反覆兮，火欲殂；大廈將崩兮，一木難扶。山谷有賢兮，
> 欲投明主；明主求賢兮，卻不知吾。」玄德聞歌，暗思：「此人莫非
> 水鏡所言伏龍、鳳雛乎？」遂下馬相見，邀入縣衙；問其姓名，答
> 曰：「某乃潁上人也，姓單，名福。久聞使君納士招賢，欲來投託，
> 未敢輒造，故行歌於市，以動尊聽耳。」玄德大喜，待爲上賓。（第
> 三十五回）〔註146〕

〔註141〕裴松之注《三國志・諸葛亮傳》引《魏略》曰：「庶先名福，本單家子，少好任俠擊劍。中平末，嘗爲人報讎，白堊突面，被髮而走，爲吏所得，問其姓字，閉口不言。吏乃於車上立柱維磔之，擊鼓以令於市鄽，莫敢識者，而其黨伍共篡解之，得脫。於是感激，棄其刀戟，更疎巾單衣，折節學問。始詣精舍，諸生聞其前作賊，不肯與共止。福乃卑躬早起，常獨掃除，動靜先意，聽習經業，義理精熟。遂與同郡石韜相親愛。初平中，中州兵起，乃與韜南客荊州，到，又與諸葛亮特相善。及荊州內附，孔明與劉備相隨去，福與韜俱來北。至黃初中，韜仕歷郡守、典農校尉，福至右中郎將、御史中丞。逮大和中，諸葛亮出隴右，聞元直、廣元仕財如此，歎曰：『魏殊多士邪！何彼二人不見用乎？』庶後數年病卒，有碑在彭城，今猶存焉。」見〔西晉〕陳壽著、楊家駱主編：《三國志》，頁914。
〔註142〕見《三國演義・第三十六回》。
〔註143〕見〔西晉〕陳壽著、楊家駱主編：《三國志》，頁914。
〔註144〕見〔西晉〕陳壽著、楊家駱主編：《三國志》，頁421。
〔註145〕見〔唐〕房玄齡等著、楊家駱主編：《晉書》，頁2629。
〔註146〕見〔明〕羅貫中著、吳小林校注：《三國演義校注》，頁417。

當時劉備因被曹操打敗，逃往荊州依附劉表，因為意外捲入劉表的立嗣問題，因而被蔡瑁追殺，遇見了司馬徽，而司馬徽點醒劉備，需要有謀士相助才能完成大業，而不久後劉備就遇見了徐庶，徐庶只出一手，就讓劉備留下深刻印象，而兩人相遇後，徐庶隨即以試馬之事試劉備的心，觀察劉備的反應，而仁德的劉備通過了徐庶的考驗，兩人情投意合，劉備於是拜徐庶為軍師，訓練兵馬。不久後，在徐庶指揮下，劉備打敗了呂曠、呂翔率領的五千兵馬，駐守樊城（今湖北襄樊北岸）〔註147〕的曹仁知道後又驚又怒，親自率領二萬五千軍馬攻打新野。

　　此時在新野的徐庶已經料到曹仁必定親自領兵來襲，在他的運籌帷幄下，劉備軍先破曹軍的「八門金鎖陣」，並縱火燒劫寨的曹軍，曹仁大敗而逃，先後被趙雲、張飛劫殺一陣，等回到樊城時，才發現樊城已被關羽奪了，曹仁只好逃回許昌，並探得是單福為劉備軍師。當時劉備僅有兩千軍馬，而曹仁軍馬超過劉備十倍以上，徐庶充分利用曹仁的輕敵之心，在曹軍士氣旺時，不正面交鋒，等到連連戰敗，才盡出部隊打擊曹軍，同時在新野吸引住曹仁軍主力，以便派關羽趁機取城。

　　《三國演義》再來寫到程昱以徐母偽信成功騙得徐庶前來，而徐庶與劉備分別時候的場景，是全書最動人的篇章之一，《三國演義》寫道：

> 玄德不忍相離，送了一程，又送一程。庶辭曰：「不勞使君遠送，庶就此告別。」玄德就馬上執庶之手曰：「先生此去，天各一方，未知相會却在何日！」說罷，淚如雨下，庶亦涕泣而別。玄德立馬於林畔，看徐庶乘馬與從者匆匆而去。玄德哭曰：「元直去矣！吾將奈何？」凝淚而望，却被一樹林隔斷。玄德以鞭指曰：「吾欲盡伐此處樹木。」眾問何故，玄德曰：「因阻吾望徐元直之目也。」（第三十六回）〔註148〕

〔註147〕《三國演義・第二十五回》描寫曹仁屯兵樊城，虎視荊襄，似為地理上陳述的錯誤，曹仁若真的屯兵樊城，而劉備所在的新野位於距離較遠的北邊，而劉表轄下的荊州治所襄陽與樊城僅有一水之隔，曹仁如何捨近求遠北上攻打劉備所在的新野，而不直接渡過漢水攻取襄陽，樊城當時應為劉表所治，非曹軍駐地，就算是曹軍所有，也被劉備、劉表夾擊而處於劣勢，不過此戰役正史中並未出現，對此地理考證問題不必太認真，只能說是羅貫中處理地理問題不甚即可。

〔註148〕見〔明〕羅貫中著、吳小林校注：《三國演義校注》，頁428。

劉備與徐庶的相知之感，是多麼深切、感人，短短數語描述，就把劉備對於失去徐庶的哀傷、絕望之感躍然紙上，這樣的君臣之恩，恐怕後來劉備對諸葛亮也不曾如此。徐庶臨走之時，割捨不下對劉備的擔憂，於是向劉備推薦了諸葛亮，後至許昌，徐母知道兒子被騙了，乃自盡而死，傷心的徐庶從此陷在曹營，發誓不爲曹操出一計謀，直到赤壁之戰，徐庶聽從龐統的建議，以防守馬騰、韓遂之名脫離戰區，從此在《三國演義》不見人影，而徐庶的聰明才智，也就不曾再出現了，誠爲可惜！

在羅貫中筆下，徐庶被描寫成事母至孝，又值得同情的人物，雖才智超群，但未盡其才，依照《三國演義》所言，徐庶是在離開劉備時，向劉備推薦諸葛亮的，史實卻非如此，徐庶是在劉備屯新野時去投靠的，但是他隨即推薦了諸葛亮〔註149〕，並不是在離開劉備時才推薦，徐庶去許昌投曹也不是在新野時，而是劉備因曹軍征討而棄城南走時，當時徐母已被曹操俘虜了，而諸葛亮早已出山，所以說徐庶曾經跟諸葛亮共事過一陣子，而徐庶投靠曹操後，也不是眞的「一言不發」，他官至右中郎將〔註150〕、御史中丞〔註151〕，諸葛亮知道了徐庶跟另一位故友石韜在曹魏的際遇，還感嘆說：「魏殊多士邪！何彼二人不見用乎？〔註152〕」

（二）龐統

龐統，字士元，襄陽（今湖北襄樊南岸）人，卒於東漢建安十九年（214），根據《三國志‧蜀書‧龐統傳》所記：「進圍雒縣，統率眾攻城，爲流矢所中，卒，時年三十六。〔註153〕」來推，龐統當生於東漢光和二年（179）。

在《三國演義》中，龐統號爲「鳳雛」，是相對於諸葛亮的「伏龍」的，相較於謙下的諸葛亮，龐統可謂十分自負，他的智謀絕不亞於諸葛亮，但死的太早，對劉備來說是極大損失，劉備戰略架構是龐統隨自己入蜀治蜀，諸葛亮鎮守荊州，然而損失龐統後，不得不將治理荊州之責轉交給關羽，召諸

〔註149〕《三國志‧蜀書‧諸葛亮傳》寫道：「時先主屯新野。徐庶見先主，先主器之，謂先主曰：『諸葛孔明者，臥龍也，將軍豈願見之乎？』先主曰：「君與俱來。」庶曰：「此人可就見，不可屈致也。將軍宜枉駕顧之。」由是先主遂詣亮，凡三往，乃見。」見〔西晉〕陳壽著、楊家駱主編：《三國志》，頁912。
〔註150〕統領右署郎，下有司馬、中郎、侍郎、郎中等郎官，第四品。
〔註151〕最高監察官，官署稱御史台，第四品。
〔註152〕見〔西晉〕陳壽著、楊家駱主編：《三國志》，頁914。
〔註153〕見〔西晉〕陳壽著、楊家駱主編：《三國志》，頁956。

葛亮入蜀相助，而驕盈的關羽無沉著的諸葛亮輔佐導致丟失荊州，可見龐統之死，對蜀漢實有重大影響，否則龍、鳳相輔，蜀漢說不定早已問鼎中原。

　　這麼一位超群之才，在《三國演義》中也僅登場七回，加上出於牧童、司馬徽、徐庶、諸葛亮之口的三回，也才十回，劉備依附劉表時，被劉表立嗣問題上發言不當，被蔡瑁追殺，逃出襄陽後流浪在荒野間，途中遇一牧童，劉備疑惑鄉野小童居然識得他，問其故，牧童答是其師告知，《三國演義》寫道：

> 玄德曰：「汝師何人也？」牧童曰：「吾師覆姓司馬，名徽，字德操，潁川人也。道號『水鏡先生』。」玄德曰：「汝師與誰為友？」小童曰：「與襄陽龐德公、龐統為友。」玄德曰：「龐德公乃龐統何人？」童子曰：「叔姪也。龐德公字山民，長俺師父十歲；龐統字士元，少俺師父五歲。一日，我師父在樹上採桑，適龐統來相訪，坐於樹下，共相議論，終日不倦。吾師甚愛龐統，呼之為弟。」（第三十五回）〔註154〕

這是龐統名字第一次在《三國演義》出現，然而人卻未實際登場，不久之後徐庶擔任劉備謀士，走馬薦諸葛，劉備三顧茅廬請出諸葛亮，而龐統卻好像被忽略了，所以說龐統之名在《三國演義》很早就出現了，但是人卻出現的比較晚，等到龐統實際登場，已經是赤壁之戰前夕，周瑜使黃蓋跟甘寧詐降，但曹操畢竟心細，疑惑不定，遣蔣幹打聽虛實，《三國演義》寫道：

> 周瑜聽得幹又到，大喜曰：「吾之成功，只在此人身上！」遂囑付魯肅：「請龐士元來，為我如此如此。」原來襄陽龐統，字士元，因避亂寓居江東，魯肅曾薦之於周瑜，統未及往見。瑜先使肅問計於統曰：「破曹當用何策？」統密謂肅曰：「欲破曹兵，須用火攻；但大江面上，一船著火，餘船四散；除非獻『連環計』，教他釘作一處，然後功可成也。」肅以告瑜。瑜深服其論。因謂肅曰：「為我行此計者，非龐士元不可。」（第四十七回）〔註155〕

龐統的第一次登場，就已先聲奪人，在此之前龐統跟周瑜、諸葛亮從未在一起針對赤壁戰情做出商議，但英雄所見略同，三人都是看出欲打敗曹操，非用火攻不可，但是龐統考慮的比周瑜、諸葛亮更透徹，他知道曹船分散，火

〔註154〕見〔明〕羅貫中著、吳小林校注：《三國演義校注》，頁414。

〔註155〕見〔明〕羅貫中著、吳小林校注：《三國演義校注》，頁548。

攻無太大用處，唯有用計讓曹操鎖船，才能一次燒盡，周瑜佩服他的高見並採納之，用計讓蔣幹帶龐統詐投曹操，並讓曹操鎖船，或再假以諸葛亮所借之東風，終於順利大破曹軍，可見在赤壁之戰中，龐統功勞是很大的。

　　龐統的求仕之路並不順利，孫權跟劉備都是一代英主，也確實注重人才的網羅及使用，兩個人也都有禮賢下士的名聲，但是兩個人竟然不約而同排斥起龐統，周瑜死後，魯肅覺得自己的才能不足以擔當大任，於是向孫權推薦龐統，《三國演義》寫道：

> 魯肅曰：「肅碌碌庸才，誤蒙公瑾重薦，其實不稱所職。願舉一人以助主公。此人上通天文，下曉地理；謀略不減於管、樂，樞機可並於孫、吳。往日周公瑾多用其言，孔明亦深服其智。見在江南，何不重用？」權聞言大喜，便問此人姓名。肅曰：「此人乃襄陽人，姓龐，名統，字士元，道號鳳雛先生。」權曰：「孤亦聞其名久矣。今既來此，可即請來相見。」於是魯肅邀請龐統入見孫權。（第五十七回）〔註156〕

諸葛亮常自比管仲、樂毅，而魯肅也以管仲、樂毅比喻龐統之才，可見魯肅極為看重龐統的，認為他可以媲美諸葛亮，然而龐統是真才實學，孫權知道後，很高興與龐統相見，但他見龐統「濃眉掀鼻，黑面短髯，形容古怪〔註157〕」，又自恃其才，雖然龐統未必有看輕周瑜之心，然而孫權卻認為他有此意，如此也不想錄用了，魯肅也很不好意思，推薦他去荊州投劉備，《三國演義》寫道：

> 門吏傳報：「江東名士龐統，特來相投。」玄德久聞統名，便教請入相見。統見玄德，長揖不拜。玄德見統貌陋，心中亦不悅，乃問統曰：「足下遠來不易？」統不拏出魯肅、孔明書投呈，但答曰：「聞皇叔招賢納士，特來相投。」玄德曰：「荊楚稍定，苦無閒職。此去東北一百三十里，有一縣名耒陽縣，缺一縣宰，屈公任之。如後有缺，卻當重用。」統思：「玄德待我何薄！」欲以才學動之，見孔明不在，只得勉強相辭而去。（第五十七回）〔註158〕

由此可知，劉備跟孫權都是以貌取人，而曹操極為敬重龐統，所以曹操比劉

〔註156〕見〔明〕羅貫中著、吳小林校注：《三國演義校注》，頁648。
〔註157〕見《三國演義・第五十七回》。
〔註158〕見〔明〕羅貫中著、吳小林校注：《三國演義校注》，頁649。

備、孫權更加禮賢下士嗎？似乎不是這樣，不久之後，劉備刻意結交劉璋手下張松，張松生得「額鑢頭尖，鼻偃齒露，身短不滿五尺，言語有若銅鐘。〔註159〕」而此時張松卻是剛被曹操趕走，難道是劉備跟曹操審美觀又對調了嗎？其實答案很明顯，龐統投靠曹操時，曹操正想借其才取得江南，當然待之以重，而龐統投靠孫權、劉備時，前者剛剛贏得赤壁之戰，無外患之擾；後者方取得荊州，養精蓄銳，故對龐統無及時需求，而張松被曹操趕走，是因為曹操剛打敗馬超、韓遂，覺得張松沒什麼用，而劉備志在入蜀，所以傾心結交張松，可見曹操、劉備、孫權三人都是以「任人唯用」而非「任人唯才」。然而劉備比孫權好的一點，他並非拒龐統於千里之外，仍給龐統縣令之職，所以龐統仍然可以在縣令任上，讓張飛驚豔，也讓劉備知道自己屈待大賢，拜龐統為副軍師中郎將，與諸葛亮共同輔佐他。

　　龐統出仕劉備後，即對劉備入蜀做出重大貢獻，面對奪取同宗的劉璋領地的問題上，劉備顯得猶豫不決，於是龐統勸諫劉備：

> 荊州東有孫權，北有曹操，難以得志。益州戶口百萬，土廣財富，可資大業。今幸張松、法正為內助，此天賜也。何必疑哉？（第六十回）〔註160〕

當劉備還在唯恐失大義於天下時，龐統認真的向劉備分析，若是不取，遲早有一天被他人取去，到時悔之晚矣，只要事成之後不虧待劉璋即可，劉備接受了龐統的建議，帶領黃忠、魏延以「助劉璋防範張魯」的名義起兵入蜀，龐統則擔任軍師，諸葛亮等則留守荊州，龐統相較於諸葛亮的謹慎，他是比較膽大心細的，在劉備宴請劉璋時，他就與法正商議命魏延除掉劉璋，以便快速取得蜀國，然而此事為劉備所阻，龐統知道這樣下去不行，必須立刻讓劉備下定決心跟劉璋對抗，此時接到諸葛亮的文書，說明曹操、孫權即將交戰，他想出一條計策：

> 龐統曰：「主公勿憂。有孔明在彼，料想東吳不敢犯荊州。主公可馳書去劉璋處，只推：『曹操攻擊孫權，權求救於荊州。吾與孫權脣齒之邦，不容不相援。張魯自守之賊，決不敢來犯界。吾今欲勒兵回荊州，與孫權會同破曹操，奈兵少糧缺。望推同宗之誼，速發精兵

〔註159〕見《三國演義・第六十回》。
〔註160〕見〔明〕羅貫中著、吳小林校注：《三國演義校注》，頁689。

三、四萬，行糧十萬斛相助，請勿有誤。』若得軍馬錢糧，却另作商議。」（第六十二回）〔註161〕

龐統知道劉璋手下並非無人，早已有人看出劉備之所以相助必有所圖，所以龐統建議劉備向劉璋提出要求，事成則劉備實力增強，事不成，則劉備必惱怒劉璋，果然劉璋手下極力勸阻，劉璋勉強派「老弱軍四千，米一萬斛」相助，劉備知道後震怒道：「吾爲汝禦敵，費力勞心。汝今積財吝賞，何以使士卒效命乎？〔註162〕」於是跟劉璋決裂，龐統於是獻計：

> 只今便選精兵，晝夜兼道逕襲成都：此爲上計。楊懷、高沛乃蜀中名將，各仗強兵拒守關隘；今主公佯以回荊州爲名，二將聞知，必來相送；就送行處，擒而殺之，奪了關隘，先取涪城，然後却向成都：此中計也。退還白帝，連夜回荊州，徐圖進取：此爲下計。（第六十二回）〔註163〕

三計中，下計僅爲陪襯上、中兩計，龐統也知道劉備不至於選下計，而龐統的戰術一向是以快打慢，之所以一直勸劉備殺劉璋，就是要趁劉璋驟死，蜀國上下必定慌亂，到時輕騎奔襲成都，一舉平蜀，事半功倍，然而忠厚的劉備還是選了中計，誘殺了楊懷、高沛，取得涪水關（今四川平武東南），但不幸在攻打雒城（今四川廣漢）於落鳳坡〔註164〕遇襲而死，一代大才，才剛要助劉備取得蜀國，就在才能未充分發揮下意外戰死，然而龐統戰死，實在是因爲大意，他見劉備極爲信任諸葛亮，內心不免疑慮，欲速建大功而急於進攻，於是才中伏而死。

二、劉備左臂右膀

讓諸葛亮跟法正並列，是因爲兩個人都是劉備最信任的人，自從劉備把諸葛亮請出山後，對其言聽計從，諸葛亮也把劉備從居無定所，顛沛流離的狀況發展到稱霸西南，鼎足一方。而法正却是在劉備入蜀前夕，又是在背離主子劉璋的情況下才投靠的，雖在劉備取蜀，治蜀的行動上也效力不少，但把他與諸葛亮並列，似乎是高抬了法正身價，但是我們可從劉備

〔註161〕見〔明〕羅貫中著、吳小林校注：《三國演義校注》，頁707。
〔註162〕見《三國演義‧第六十二回》。
〔註163〕見〔明〕羅貫中著、吳小林校注：《三國演義校注》，頁708。
〔註164〕《三國演義》誤用的地名，東漢三國無此地名，龐統戰死在雒城外，而非落鳳坡。

征討吳國前，對諸葛亮的勸諫置若罔聞，諸葛亮怏怏不樂的對眾官說道：「法孝直若在，必能制主上東行也。〔註165〕」難道是劉備對法正的勸諫較諸葛亮的還容易聽進去嗎？未也，劉備當然相當信任此二人，但欲報關羽、張飛之仇，任何勸諫都不聽，然諸葛亮既有此說，因為他知道法正一定有辦法阻止劉備東征。

（一）諸葛亮

諸葛亮，字孔明，琅邪陽都（今山東沂南南）人，卒於蜀漢建興十二年（234），根據《三國志・蜀書・諸葛亮傳》所載：「（建興）十二年春……其年八月，亮疾病，卒于軍，時年五十四。〔註166〕」來推算，諸葛亮當生於東漢光和四年（181）。

諸葛亮號為「臥龍」，為東漢、三國的政治軍、軍事家，他在《三國演義》中的形象已經被人們認為是智慧的化身及一代完人，諸葛亮在《三國演義》中直到〈第三十六回〉登場，在〈第三十八回〉才正式出仕劉備，但他一出現，整本書就圍著他轉，在〈第三十六回〉以前羅貫中為諸葛亮出場所做的種種鋪陳，直到〈第一○四回〉諸葛亮逝世這期間，他都是《三國演義》的中心，而他死後，或出於對他的敬重、忌憚，及以顯靈方式勸鍾會勿妄殺蜀民，都可說明諸葛亮其實才是《三國演義》的主角。

諸葛亮不僅是劉備的首席謀士，也是三國時代，或是整個中國歷史，人們一提到「軍師」、「謀士」，腦海中就會浮現這位仙風道骨、神機妙算、無所不能的「諸葛軍師」，在諸葛亮出山以前，司馬徽跟徐庶就已經幫他做足了廣告，而劉備為了請諸葛亮出山，不惜委身三顧茅廬請出諸葛亮，而諸葛亮之所以能讓劉備逐漸飛上枝頭做鳳凰，就不得不提到名垂千古的〈隆中對〉，關於〈隆中對〉的詳細說明另述於第四章第三節。諸葛亮出仕劉備後，馬上貫徹執行〈隆中對〉，而〈隆中對〉第一個要素是聯合東吳，劉備在曹操南征，劉琮投降後舉眾南逃至江夏（今湖北武昌），《三國演義》寫道：

> 人報江東孫權差魯肅來弔喪，船已傍岸。孔明笑曰：「大事濟矣！」
> 遂問劉琦曰：「往日孫策亡時，襄陽曾遣人去弔喪否？」琦曰：「江
> 東與我家有殺父之仇，安得通慶弔之禮！」孔明曰：「然則魯肅之來，

〔註165〕見《三國演義・第八十一回》。
〔註166〕見〔西晉〕陳壽著、楊家駱主編：《三國志》，頁925。

　　非爲弔喪，乃來探聽軍情也。」（第四十二回）〔註167〕

當時劉表剛死，派魯肅來弔喪，諸葛亮聽到魯肅前來，立刻做出判斷，首先劉表曾經擊死孫權之父孫堅，與江東有不共戴天之仇，江東方面遣人弔喪殺人仇人，焉是有理？再來既然弔喪一事存在矛盾，那魯肅顯然以弔喪之名是前來探聽軍情的，最後江東之所以派魯肅前來刺探軍情，那必然是有聯合劉備對抗曹操之意，知道跨出了〈隆中對〉第一步，所以諸葛亮很高興的說「大事濟矣！」

　　其後諸葛亮隨魯肅至江東，舌戰群儒，先後說服孫權、周瑜力主抗曹，在大局爲重的考量下又要避免被周瑜加害，在「草船借箭」與「借東風」兩件事上，可以充分看出諸葛亮不僅觀察人文局勢，也觀察大自然等天文地理，周瑜在東風之助下，成功大破曹操。

　　破曹操之後就是要取得荊州，此點與東吳利益重疊，所以兩方矛盾漸起，然而諸葛亮跟魯肅均能使這個矛盾不擴大，在爭奪荊州中，周瑜被諸葛亮氣死了，聽到這個消息，諸葛亮向劉備說：

　　代瑜領兵者，必魯肅也。亮觀天象，將星聚於東方。亮當以弔喪爲由，往江東走一遭，就尋賢士佐助主公。（第五十七回）〔註168〕

諸葛亮弔周瑜，比魯肅弔劉表更加不可思議，因爲周瑜是被諸葛亮氣死的，然而諸葛亮早看出「代瑜領兵者，必魯肅也」，有魯肅在，自己不會被加害，魯肅向來是支持劉備、孫權合作，而此行反而主要目的是「就尋賢士佐助主公。」這一訪，訪出了龐統，而劉備方也因雙子星相互輝映，在中原大地上更加閃耀。

　　諸葛亮在龐統死後輔佐劉備成功取蜀與漢中，這裡本是劉備方勢力的顛峰，諸葛亮已經成功實現了〈隆中對〉的第一步，取得荊州、益州，沒想到魯肅死後，東吳奪取荊州的聲音高漲，於背後襲殺關羽，劉備爲了報仇又兵敗夷陵（今湖北宜昌），次年託孤予諸葛亮而逝世，與吳不和又丟失荊州，致使〈隆中對〉出現了重大變數，此時的諸葛亮，已經不是謀士了，他統攝全局，首先安居平五路，再遣使與東吳和好，盡力彌補〈隆中對〉的變數，爲了實現劉備遺志，他先安定蜀漢的大後方，率軍南征南蠻，以諸葛亮的智慧，

〔註167〕見〔明〕羅貫中著、吳小林校注：《三國演義校注》，頁494。
〔註168〕見〔明〕羅貫中著、吳小林校注：《三國演義校注》，頁646。

要平定南蠻是輕而易舉的，但是他為了南方永遠的安寧，選擇了「攻心為上」，七擒七縱孟獲，終於使南蠻心服口服，永遠歸順。

　　平定南方以後，諸葛亮隨即親率大軍北伐，臨行前向劉禪呈上著名的〈出師表〉，六出祁山（今甘肅禮縣東北），或許是天命使然，在一次次的獲勝之後，總有意想不到的挫敗出現，第一次北伐時，連奪三郡，勢如破竹，但是他向來看重的馬謖卻自作主張以致丟失街亭（今甘肅莊浪東南），在撤回漢中時在西城（今甘肅天水、禮縣之間）遭遇司馬懿的十五萬魏軍，他知道司馬懿了解自己，基於此他成功運用了「空城計」免於被俘，由於他治軍嚴謹與軍法如山，所以揮淚下令斬馬謖，諸葛亮錯用馬謖，是他生平中少見的失誤之一，回到漢中後，他跟劉禪自請貶職，可見諸葛亮嚴於律己。

　　第二次北伐時，屢攻不下陳倉（今陝西寶雞），第三次北伐雖連取陳倉、建威（今甘肅西和北）、散關（今陝西寶雞大散嶺）、武都（今甘肅西和）、陰平，屢敗司馬懿，並復丞相職，形勢大好之際卻突然聽到張苞死訊，因而染疾，不得不撤軍。第四次是因四十萬魏軍來襲而被動北伐，不久後氣死曹真，屢敗魏軍，然而司馬懿派苟安至成都散播謠言，劉禪因而召回諸葛亮，諸葛亮雖以「增灶計」成功撤退，但已再度前功盡棄。

　　諸葛亮第五次北伐前，楊儀建議：

> 前數興兵，軍力罷敝，糧又不繼；今不如分兵兩班，以三個月為期：且如二十萬之兵，只領十萬出祁山，住了三個月，卻教這十萬替回，循環相轉。若此則兵力不乏，然後徐徐而進，中原可圖矣。（第一○一回）〔註169〕

諸葛亮覺得這個方法可行，下令實施，隨即第五次北伐，然而到了換班的時刻，魏將孫禮率領二十萬人幫助司馬懿，而司馬懿也親自攻打諸葛亮所在的鹵城（今甘肅天水西南），消息傳來，蜀軍無不驚駭，於是楊儀建議諸葛亮暫時停止換班，以現有兵力迎敵，諸葛亮說道：

> 不可。吾用兵命將，以信為本：既有令在先，豈可失信？且蜀兵應去者，皆準備歸計，其父母妻子倚扉而望：吾今便有大難，決不留他。（第一○一回）〔註170〕

〔註169〕見〔明〕羅貫中著、吳小林校注：《三國演義校注》，頁1139。

〔註170〕見〔明〕羅貫中著、吳小林校注：《三國演義校注》，頁1144。

到了換班之日，人人歸心似箭，然而丞相在大難臨頭之時，居然還這麼爲諸軍著想，於是個個奮勇出擊，殺的魏軍大敗，此處諸葛亮可謂熟知蜀軍心理，當然他想要部隊留下來，卻不能明講，只好以退爲進，創造一個爲士兵感恩於己的機會，讓士兵主動迎擊，比自己直接下令停止換班好用的多，自己博得一個守信及愛兵如子的名聲，又擊敗魏軍，實是一石二鳥。然而李嚴因糧草督運不力，以吳犯境的僞信騙之，諸葛亮不得不再次撤軍。

由一到五次的北伐可知，諸葛亮每一次勝利，幾乎都會伴隨一次失敗，讓之前的勝利化爲烏有，第一次是馬謖丟街亭，第二次是攻陳倉不利，第三次是聽聞張苞死訊，傷心成疾而班師，第四次因苟安散播謠言而撤，第五次因李嚴僞信而返，莫非天意如此？諸葛亮的對手司馬懿，熟知自己不如諸葛亮，在幾次戰敗後決心不出戰，諸葛亮也莫可奈何，加上長期事必躬親積勞成疾，終於在第六次北伐時病死五丈原（今陝西岐山南），留下千古的遺憾。

（二）法正

法正，字孝直，扶風郿（今陝西郿縣）人，卒於東漢建安二十五年（220），根據《三國志・蜀書・法正傳》所記：「先主立爲漢中王，以正爲尚書令、護國將軍。明年卒，時年四十五。〔註171〕」來推，法正當生於東漢熹平五年（176）。在《三國演義》中劉備能取蜀，有三大功臣，龐統跟諸葛亮一前一後爲劉備策劃入蜀，但是如果沒有張松、法正作內應的話，也沒辦法順利成功，張松之功在獻圖，但是也僅於此，加上劉備跟劉璋甫翻臉時他就被殺了，而法正一路追隨劉備奇畫策算，在平蜀、治蜀上出力不少，雖然法正在《三國演義》份量不重，著墨亦不多，但是極得劉備信任。

法正登場於《三國演義・第六十回》，張松決心將益州交付給劉備，在獻圖後張松跟劉備說道友人法正、孟達能相助，二人到荊州時可共議，然後就回益州了，《三國演義》寫道：

> 張松回益州，先見友人法正。正字孝直，右扶風郿人也，賢士法真之子。松見正，備說：「曹操輕賢傲士，只可同憂，不可同樂。吾已將益州許劉皇叔矣。專欲與兄共議。」法正曰：「吾料劉璋無能，已有心見劉皇叔久矣。此心相同，又何疑焉？」少頃，孟達至……三

〔註171〕見〔西晉〕陳壽著、楊家駱主編：《三國志》，頁 961。

人撫掌大笑。法正謂松曰：「兄明日見劉璋，當若何？」松曰：「吾薦二公爲使，可往荊州。」二人應允。（第六十回）〔註172〕

張松、法正、孟達三人，在談笑間就把益州給賣了，這也是後人非議法正的地方。而次日在張松推薦下，劉璋修書一封，派法正赴荊州，懇請劉備應援，法正到了荊州後，向劉備呈上劉璋之信，劉備看畢大喜，並設宴招待法正，《三國演義》寫道：

酒過數巡，玄德屏退左右，密謂正曰：「久仰孝直英名，張別駕多談盛德。今獲聽教，甚慰平生。」法正謝曰：「蜀中小吏，何足道哉！蓋聞馬逢伯樂而嘶，人遇知己而死。張別駕昔日之言，將軍復有意乎？」玄德曰：「備一身寄客，未嘗不傷感而嘆息。常思鷦鷯尚存一枝，狡兔猶藏三窟。何況人乎？蜀中豐餘之地，非不欲取；奈劉季玉係備同宗，不忍相圖。」法正曰：「益州天府之國，非治亂之主，不可居也。今劉季玉不能用賢，此業不久必屬他人。今日自付與將軍，不可錯失。豈不聞『逐兔先得』之語乎？將軍欲取，某當效死。」

（第六十回）〔註173〕

劉備跟法正可謂一拍即合也。兩人相會，法正即坦白的跟劉備說明自己的思慕之情，並勸劉備取蜀，否則終將讓他人取去，而自己當爲劉備效死，而也是從此刻開始，法正投入劉備麾下，助劉備鼎足西南。

法正倒戈之後，即幫助劉備取蜀，並多次設局欲害故主劉璋，這是法正爲人爭議處，取蜀方法可能不只一種，但是殺害劉璋是最快，卻也是最失人心的辦法，龐統建議劉備殺劉璋，趁蜀國混亂時速取成都，這本來無可非議，但是法正也同意此建議，就很有問題了，法正說道：

明公差矣。若不如此，張魯與蜀有殺母之仇，必來攻取。明公遠涉山川，馳驅士馬。既到此地，進則有功，退則無益。若執狐疑之心，遷延日久，大爲失計。且恐機謀一泄，反爲他人所算。不若乘此天與人歸之時，出其不意，早立基業，實爲上策。」（第六十回）〔註174〕

此時劉備與劉璋仍未公開翻臉，劉璋此時還是法正名義上的主子，雖然他「不

〔註172〕見〔明〕羅貫中著、吳小林校注：《三國演義校注》，頁687。
〔註173〕見〔明〕羅貫中著、吳小林校注：《三國演義校注》，頁688～689。
〔註174〕見〔明〕羅貫中著、吳小林校注：《三國演義校注》，頁692。

能用賢」，但也罪不致死，法正以此舉對故主實在太陰損，然而拋開法正的人品不談，法正此時效命劉備取蜀，而殺劉璋立取成都，是取蜀最有效率也最容易成功的一招，所以也可以說法正是甘願效命劉備的，不顧個人毀譽，如此說來，他可以說是劉備取蜀一事上的「黑臉」。

在劉璋跟劉備翻臉以後，法正繼續追在取蜀之事上效力，後來龐統戰死，劉備陷入孤立，諸葛亮入蜀相助，隨即解劉備之危，攻陷雒城，並商議進攻綿竹（今四川德陽黃許鎮），此時法正說道：

> 雒城既破，蜀中危矣。主公欲以仁義服眾，且勿進兵。某作一書上
> 劉璋，陳說利害，璋自然降矣。」（第六十四回）〔註175〕

結果是劉璋大怒！扯毀其書，大罵法正是賣主，求榮忘恩背義之賊！把使者逐出城，派妻弟費觀前去把守綿竹，並改向張魯求援，張魯派馬超赴援，後馬超也被劉備降服，因有感於劉備，自願領兵取蜀，逕至成都，劉璋見最後一支援軍也倒向劉備，才開城投降。

如此說來，法正似乎取蜀上貢獻不大，筆者以為這是羅貫中小覷了法正功勞，或許是因為法正畢竟還是個「賣國賊」吧！在《三國演義》中，向劉備獻圖，使劉備知道益州虛實的是張松，而實際上應是法正，《三國演義》獻圖一事，可能是出於裴松之注《三國志·蜀書·先主傳》引《吳書》的一段話：

> 備前見張松，後得法正，皆厚以恩意接納，盡其殷勤之歡。因問蜀
> 中闊狹，兵器府庫人馬眾寡，及諸要害道里遠近。松等具言之，又
> 畫地圖山川處所，由是盡知益州虛實也。〔註176〕

但是根據《三國志·蜀書·劉璋傳》記載到，劉璋派張松東行是在赤壁之戰前夕，那時的劉備尚自身難保，哪有能力謀蜀？而張松始終未見過劉備，遍覽《三國志》與《資治通鑑》，也無張松與劉備的會面記錄，於是《資治通鑑考異·卷三·漢紀下》說道：「按劉璋、劉備傳，松未嘗先見備，《吳書》誤也。〔註177〕」而張松在曹操赤壁戰敗後回到益州，疵毀曹操，又勸劉璋與劉備互通，所以劉璋才兩次派法正會見劉備，《三國志·蜀書·法正傳》寫到法正第二次會見劉備的情況：

〔註175〕見〔明〕羅貫中著、吳小林校注：《三國演義校注》，頁735。
〔註176〕見〔西晉〕陳壽著、楊家駱主編：《三國志》，頁881。
〔註177〕見〔北宋〕司馬光：《資治通鑑考異》（北京：北京國家圖書館出版社，2003年6月），頁6。

陰獻策於先主曰：「以明將軍之英才，乘劉牧之懦弱；張松，州之股肱，以回應於內；然後資益州之殷富，馮天府之險阻，以此成業，猶反掌也。」先主然之，泝江而西，與璋會涪。北至葭萌，南還取璋。〔註178〕

《三國演義》所說，是張松歸蜀後聯合法正、孟達，而事實上是法正才是劉備入蜀的主導，雖未必有「獻圖」一事，但是讓劉備「盡知益州虛實」，法正之所為也。

在《三國演義》中，法正對劉備第二個貢獻是建議劉備取漢中，當曹操知道劉備取得蜀國，立刻派兵剿滅漢中張魯，漢中乃是蜀國的北邊屏障，曹操雖不聽司馬懿的意見而停止繼續進攻蜀國，但是也足夠壓迫劉備在蜀國的統治，法正說道：

昔曹操降張魯，定漢中，不因此勢以圖巴、蜀，乃留夏侯淵、張郃二將屯守，而自引軍北還：此失計也。今張郃新敗，天蕩失守，主公若乘此時，舉大兵親往征之，漢中可定也。既定漢中，然後練兵積粟，觀釁伺隙，進可討賊，退可自守。此天與之時，不可失也。（第七十回）〔註179〕

以地勢來說，漢中之於蜀國，就好像燕雲十六州〔註180〕之於北宋，因為遼國據有燕雲十六州，進犯中原易如反掌，而北宋屢次奪回不果，形成宋、遼兩國軍事上的不平衡。而從關中過漢中而下，就是四川盆地，如果漢中為曹魏所控制，魏軍幾乎可以自由進出蜀國，如此就在成都的劉備晚上也怕是不安寢，所以法正建議奪取漢中，以安蜀國，劉備從之，諸葛亮並派法正幫助黃忠，斬殺夏侯淵，在成功取得漢中後，法正與諸葛亮商議讓劉備進位漢中王，而法正也因功被封為尚書令，而在劉備取得漢中後，劉備終於完成在西南的霸業，成功了執行了〈隆中對〉的第一步：與曹操、孫權三分天下。

東晉常璩的《華陽國志》記載一則曹操對法正的評語，在夏侯淵被黃忠殺死後，《華陽國志・劉先主志》寫道：

〔註178〕見〔西晉〕陳壽著、楊家駱主編：《三國志》，頁957。

〔註179〕見〔明〕羅貫中著、吳小林校注：《三國演義校注》，頁804。

〔註180〕又稱「幽薊十六州」，是指後晉天福三年（938）石敬瑭割讓給契丹的位於今天北京、天津以及山西、河北北部的十六個州，所處的地勢居高臨下，易守難攻。

（曹操）聞法正策，曰：「固知玄德不辨此。」又曰：「吾收奸雄略
盡，獨不得正邪？」〔註181〕

曹操對於法正能力的肯定，可見一斑。

劉備對法正是極爲信任的，蜀漢章武元年（221），爲了報關羽之仇，劉
備甫稱帝，就率軍七十五萬攻打東吳，諸葛亮與百官苦諫數次不聽，在劉備
即將出發前，《三國演義》寫道：

學士秦宓奏曰：「陛下捨萬乘之軀，而徇小義。古人所不取也。願陛
下思之。」先主曰：「雲長與朕，猶一體也。大義尚在，豈可忘耶？」
宓伏地不起曰：「陛下不從臣言，誠恐有失。」先主大怒曰：「朕欲
興兵，爾何出此不利之言！」叱武士推出斬之。宓面不改色，回顧
先主而笑曰：「臣死無恨。但可惜新創之業，又將顛覆耳！」眾官皆
爲秦宓告免。先主曰：「暫且囚下，待朕報仇回時發落。」孔明聞知，
即上表救秦宓。其略曰……先主看畢，擲表於地曰：「朕意已決，無
得再諫！」（第八十一回）〔註182〕

劉備向來對諸葛亮言聽計從，也是基於此，劉備才能從居無定所的小小軍閥，
逐漸變成統治西南的皇帝，然而關羽之死，觸動了劉備心中最看中的結義之
情，爲了關羽，萬里江山也不要，可以說此時對劉備來說，除了關羽、張飛，
包含諸葛亮的其他人都是外人，所以他不聽群臣諫阻，連諸葛亮上表，也被
他擲在地上，諸葛亮只好送劉備出師，回到成都後，快快不樂的對眾官說道：
「法孝直若在，必能制主上東行也。〔註183〕」諸葛亮此二語，雖只十三個字，
但是透露出兩個訊息，一是劉備對法正的信任；二是諸葛亮知道法正必定有
辦法阻止劉備東征。

法正會如何阻止劉備東征並不清楚，但是在裴松之注《三國志・蜀書・
法正傳》說道一則法正阻止劉備立於險境的事蹟：

先主與曹公爭，勢有不便，宜退，而先主大怒不肯退，無敢諫者。
矢下如雨，正乃往當先主前，先主云：「孝直避箭。」正曰：「明公
親當矢石，況小人乎？」先主乃曰：「孝直，吾與汝俱去。」遂退。

〔註181〕見〔東晉〕常璩著、顧廣圻校：《華陽國志》（台北：臺灣商務印書館，1976
年4月），頁84。

〔註182〕見〔明〕羅貫中著、吳小林校注：《三國演義校注》，頁914～915。

〔註183〕見《三國演義・第八十一回》。

〔註184〕

劉備必然極爲重視法正，不顧自己深處危險之中，倒是替法正擔心，法正也知道此點，也讓自己陷入險境，來讓劉備不得不後退，劉備與法正的君臣相知，由此可知。

　　法正的性格是有恩、有仇，必報之，《三國演義》寫道：

> 法正爲蜀郡太守，凡平日一餐之德，睚眦之怨，無不報復。或告孔明曰：「孝直太橫，宜稍斥之。」孔明曰：「昔主公困守荊州，北畏曹操，東憚孫權，賴孝直爲之輔翼，遂翻然翱翔，不可復制。今奈何禁止孝直，使不得少行其意耶？」因竟不問。法正聞之，亦自歛戢。（第六十五回）〔註185〕

法正在政治上春風得意，但是在施政上卻似乎倒行逆施，大失人望，上述引文，完全是一副小人得志的嘴臉，法正固是有才，但卻無德，但是因爲極得劉備信任劉備對他也極爲寬容，蜀人看不下去，才向諸葛亮進言，這裡諸葛亮展現了他的風度，因爲他理解劉備爲何信任依重法正，此段《三國演義》大體上實錄《三國志》，可見歷史上的法正性格就是如此，唯一不同的是，法正並沒有因此「亦自歛戢」，這完全是羅貫中的美化之詞。

第四節　孫吳的謀士

　　「孫吳」政權始於西元 229 年孫權稱帝，但是江東孫家以「吳」爲勢力名稱，應要追溯自東漢建安三年（198）孫權之兄孫策被封爲「吳侯」開始〔註186〕，同一件事也見於《三國演義》：

> 操還許都，表奏孫策有功，封爲討逆將軍，賜爵吳侯。遣使齎詔江東，諭令防剿劉表。（第十八回）〔註187〕

孫權繼承了孫策的位子，孫策又是繼承了其父孫堅，孫堅早於東漢初平三年

〔註184〕見〔西晉〕陳壽著、楊家駱主編：《三國志》，頁962。
〔註185〕見〔明〕羅貫中著、吳小林校注：《三國演義校注》，頁749。
〔註186〕「吳侯」屬列侯中的縣侯，食邑吳縣（今江蘇蘇州），故名。裴松之注《三國志・吳書・孫策傳》引《江表傳》說道：「建安三年，策又遣使貢方物，倍於元年所獻。其年，制書轉拜討逆將軍，改封吳侯。」見〔西晉〕陳壽著、楊家駱主編：《三國志》，頁1108。
〔註187〕見〔明〕羅貫中著、吳小林校注：《三國演義校注》，頁221。

（192）征討劉表時戰死，勢力基本瓦解，孫策更一度投靠袁術，最後在借得袁術兵馬後，後逐步平定江東，建立自己的勢力，雖說孫策能立足江東，跟孫堅似乎沒多大關係，但是一來孫堅為孫策、孫權之父，二來孫策能逐步控制江東，除了袁術的幫忙，孫家族人及舊仕孫堅的老臣也出力甚大，所以東吳的源頭，應該從孫堅算起，以後一直到孫吳天紀四年（280）孫皓降晉為止，在這段期間為東吳效力的謀士。

一、壞外之士

把周瑜、陸遜這兩個人選進「孫吳的謀士」討論，其實是可議的，根據前文，所謂「謀士」並不是一種官職名稱，它的作用性質類似現在的「參謀」、「幕僚」或是「諮政官」，簡單來說就是在幕後出謀畫策的人，然而周瑜、陸遜兩人「統兵將帥」的色彩卻大過「謀士」的色彩，而魯肅雖然在周瑜死後接替其都督〔註188〕的位子，但是他曾經向孫權提出〈吳中對〉，建立東吳立國戰略，而一生中也鮮少帶兵出征，因此魯肅是比較沒有疑問的，在《三國演義》中，周瑜為大都督〔註189〕，而陸遜除了也是大都督，後更被封為輔國大將軍〔註190〕、平北都元帥〔註191〕，周瑜、陸遜先後幫東吳打贏了傾國之禍的赤壁跟夷陵兩戰，更多次領兵出征，但是他們在為東吳抵禦外侮時，不是一味的蠻幹，是以統兵將領之尊親自籌畫很多計策並成功執行，藉此打敗敵軍，加上他們畢竟還是東吳的臣屬，在外雖為「大將」，在內則視為孫家的「謀士」也是可以的。

（一）周瑜

周瑜，字公瑾，廬江舒（今安徽廬江西南）人，卒於東漢建安十五年（210），根據《三國志·吳書·周瑜傳》所記：「瑜還江陵，為行裝，而道於巴丘病卒，時年三十六。〔註192〕」來推，周瑜當生於東漢熹平四年（175）。不論在《三國志》還是《三國演義》，周瑜都是第一流的人物，不但文武雙全，

〔註188〕有兩種，一是在東漢時為太尉、將軍的屬官，統領一支軍隊，第七品；另一種為三國時因軍事需要，以統軍將領或地方軍政長官任之，領督十軍、二十軍才能成為「都督」，第三品。

〔註189〕高級軍職名，為「都督」之權加重者，總領內外軍事，第一品，而周瑜從未擔任過此職。

〔註190〕曹魏所置高級將軍名，第二品，然陸遜實際上從未擔任過此職，此為《三國演義》誤植。

〔註191〕《三國演義》誤用的官名，東漢三國無此官職。

〔註192〕見〔西晉〕陳壽著、楊家駱主編：《三國志》，頁1264。

懂音律，所謂「故曲周郎」也，還是歷史上著名的美男子，宋人蘇軾流傳千古的〈念奴嬌〉，筆下寫的就是周瑜。

周瑜在《三國演義》中，是在孫策於袁術處借兵出征後來投靠孫策的，他在年少時就與孫策交好，並結爲義兄弟，《三國演義》寫道：

> 瑜與孫策同年，交情甚密，因結爲昆仲，策長瑜兩月，瑜以兄事策。
> 瑜叔周尚，爲丹陽太守；今往省親，到此與策相遇。策見瑜大喜，
> 訴以衷情。瑜曰：「某願效犬馬之力，共圖大事。」策喜曰：「吾得
> 公瑾，大事諧矣！」（第十五回）〔註193〕

毛宗崗曾經如此評品孫策與周瑜的關係：「孫策是小霸王，此人亦是小范增也。〔註194〕」然而毛氏此論只對一半，項羽之於范增，後者既是父又是臣，儘管范增真有謀略，但爲此項羽有時並不樂見范增的倚老賣老；而孫策之於周瑜，後者亦臣亦弟，坦率真誠，相知相惜，兩者關係豈是項羽與范增所能比？

周瑜在投靠孫策後，對孫策逐步掌握、立足江東貢獻甚大，周瑜因此漸漸成爲東吳中心之臣，在孫策臨終之時，向其母吳太夫人交代到：

> 弟才勝兒十倍，足當大任。倘内事不決，可問張昭；外事不決，可
> 問周瑜。——恨周瑜不在此，不得面囑之也！（第二十九回）〔註195〕

孫策把孫權託付給周瑜和張昭，張昭老成持重，而周瑜卻是年輕人，託孤給一個年輕人，這說明孫策是多麼信任周瑜，也知道周瑜能力是可以勝任的，然而此時周瑜正在駐守地巴丘（今江西峽江）趕回，無法當面交代周瑜，孫策也只好帶著遺憾而逝世。

周瑜在孫權繼位後，全心全力輔佐孫權，首先先向孫權推薦了魯肅，而魯肅的出仕及提出〈吳中對〉，也讓新立的孫權吃了定心丸。東漢建安七年（202），曹操在破了袁紹後遣使到江東，希望孫權將兒子送到許都隨駕，名爲「隨駕」其實是當作人質，然而曹操勢大，孫權因而猶豫不決，周瑜建議孫權：

> 將軍承父兄遺業，兼六郡之衆，兵精糧足，將士用命，有何逼迫而
> 欲送質於人？質一入，不得不與曹氏連和：彼有命召，不得不往：
> 如此，則見制於人也。不如勿遣，徐觀其變，別以良策禦之。（第三

〔註193〕見〔明〕羅貫中著、吳小林校注：《三國演義校注》，頁183。
〔註194〕見〔明〕羅貫中著、〔明〕金聖嘆鑑定、〔清〕毛宗崗批：《精印三國演義》，
　　　　頁189。
〔註195〕見〔明〕羅貫中著、吳小林校注：《三國演義校注》，頁350。

十八回）〔註196〕

周瑜知道，孫權一旦送兒子到曹操那邊去，那孫權也只好跟曹操聯盟，但是這種聯盟是不平等的，曹操要孫權幹什麼，孫權只好照辦，而孫權無法要求曹操什麼，只好一直被挾持下去，如此被曹操吃定，那孫權還有什麼作爲？唯有不送兒子爲人質，靜待其變，才是最好的方法，孫權聽了周瑜的意見後，也就遵從了。

「赤壁之戰」是周瑜一生事業的顛峰，曹操在孫權拒絕送兒子爲人質後，就有下江南之心，直到完全平定袁家殘留勢力後，兵鋒隨即向南，進逼荊州，劉備棄城南避，劉琮懼而投降，曹操不費力就取得荊州，後曹操知道劉備往投江夏，唯恐他聯合東吳，於是一方面下書威嚇孫權，另一方面結合荊州之兵共八十三萬，詐稱百萬人水陸並進進逼江東，前者是軟，後前是硬，此時對東吳來說，眞的是危急存亡之秋，情勢嚴峻極了！東吳群臣分爲「主戰」跟「主降」，爭論不休，孫權爲此也疑惑不決，把周瑜請回來商議，主戰跟主降兩派人知道周瑜回來了，紛紛到周府上詢問周瑜意圖，面對眾官，周瑜也只是順水推舟的含糊回答，孫權爲此事把周瑜請回來，而眾官急切想要知道周瑜的表態，說明周瑜一人之意志已經完全左右東吳的戰降決定，可見周瑜當時在東吳已經是多麼的有影響力，任何一方都指望周瑜表態靠攏。

次日孫權召集文武商議，周瑜先請主降張昭發言欲降之因，然後周瑜就表態抗曹之意，《三國演義》寫道：

> 瑜曰：「此迂儒之論也！江東自開國以來，今歷三世。安忍一旦廢棄！」權曰：「若此，計將安出？」瑜曰：「操雖託名漢相，實爲漢賊。將軍以神武雄才，仗父兄餘業，據有江東，兵精糧足，正當橫行天下，爲國家除殘去暴。奈何降賊耶？且操今此來，多犯兵家之忌：北土未平，馬騰、韓遂爲其後患，而操久於南征，一忌也；北軍不熟水戰，操捨鞍馬，仗舟楫，與東吳爭衡，二忌也；又時值隆冬盛寒，馬無藳草，三忌也；驅中國士卒，遠涉江湖，不服水土，多生疾病，四忌也。操兵犯此數忌，雖多必敗。將軍擒操，正在今日。瑜請得精兵數萬人，進屯夏口，爲將軍破之！」（第四十四回）〔註197〕

〔註196〕見〔明〕羅貫中著、吳小林校注：《三國演義校注》，頁449。
〔註197〕見〔明〕羅貫中著、吳小林校注：《三國演義校注》，頁513～514。

周瑜一席話壓倒了主降派，讓孫權拔劍砍案，決意抗曹，他封周瑜爲大都督，程普爲副都督，魯肅爲贊軍校尉〔註198〕率軍破曹，正當周瑜準備與諸葛亮商議軍情時，諸葛亮告訴周瑜，孫權仍在猶疑，周瑜爲此再次面見孫權，說道：

> 瑜特爲此來開解主公。主公因見操檄文，言水陸大軍百萬，故懷疑懼，不復料其虛實。今以實較之：彼將中國之兵，不過十五六萬，且已久疲；所得袁氏之眾，亦止七八萬耳，尚多懷疑未服。夫以久疲之卒，御狐疑之眾，其數雖多，不足畏也。瑜得五萬兵，自足破之。願主公勿以爲慮。（第四十四回）〔註199〕

曹軍進逼，聲勢浩大，然而在周瑜眼中，曹軍有四點致命傷：第一點周瑜說道「北土未平，馬騰、韓遂爲其後患」，也就是「腹背受敵」；第二點周瑜說道「北軍不熟水戰，操捨鞍馬，仗舟楫，與東吳爭衡」也就是「捨長取短」；第三點周瑜說道「時值隆冬盛寒，馬無薰草」也就是「後勤不足」；第四點周瑜說道「驅中國士卒，遠涉江湖，不服水土，多生疾病」也就是「水土不服」，然而曹軍畢竟有八十三萬人，他向孫權分析曹操的直屬部隊不過十五、六萬人，而且長久征戰下來都很累了，平定袁家後收編之兵有七、八萬，但是畢竟是後來收編的與直屬部隊不同，所以仍然懷疑未服，以疲累的部隊去驅使狐疑的部隊，實在是不足慮，如此二十多萬的部隊，周瑜只要五萬人就可以擊敗了！能如此清晰的分析曹軍的戰力，這需要很高的軍事水平。

　　周瑜在安定了孫權之心後，著手準備抗曹，他在戰略、戰術的運用上，可以說是出神入化，然而實際上並沒有表面上看起來那麼瀟灑自如，周瑜每走一步都是戰戰兢兢，常常因焦慮過度而暈倒或吐血，但是這證明這每一步都是經過周瑜的深思熟慮，或者是心力交瘁下而執行的，《三國演義》描寫這一段時期周瑜、魯肅、諸葛亮這三個人的互動，可以看出周瑜的決策過程，他知道江面作戰弓箭是最好的武器，所以引出了諸葛亮「草船借箭」的橋段；而爲了讓曹軍之短更短，吳軍之長更長，他設計僞信讓蔣幹帶回，因而使曹操殺了蔡瑁、張允，從此曹軍在水戰更不能與吳軍爭衡；他知道曹軍畢竟眾多，要打敗曹操，最好的辦法是一把火全燒掉，爲了能成功火攻曹軍，遣龐統的「連船計」與打黃蓋的「苦肉計」就這麼出現了，雖然在《三國演義》中周瑜凡事都被諸葛亮看破，而周瑜對諸葛亮之才也深爲忌憚，常找機會害

〔註198〕吳國臨時因事設置的武職名，僅魯肅擔任過。
〔註199〕見〔明〕羅貫中著、吳小林校注：《三國演義校注》，頁514。

之，而最後也是靠諸葛亮借來的東風才能順利火攻，但不能抹煞周瑜在整場赤壁之戰中，處於決策核心的重要作用，一個34歲的青年，因而一舉擊敗北方之雄曹操，名垂千古！

在《三國演義》中，周瑜氣量狹小的性格讓讀者印象深刻，在赤壁之戰中他數次謀害諸葛亮不成，戰後雙方開始爭奪荊州，他在攻打南郡時受了箭傷，這個傷在諸葛亮三次氣他時都發作，最後一次甚至要了他的命，《三國演義》寫道：

> （周瑜）乃聚眾將曰：「吾非不欲盡忠報國，奈天命已絕矣。汝等善事吳侯，共成大業。」言訖，昏絕。徐徐又醒，仰天長嘆曰：「既生瑜，何生亮！」連叫數聲而亡。壽三十六歲。（第五十七回）〔註200〕

從這一段引文來看，周瑜想必是非常鬱悶、憤慨及痛苦的，他認為是諸葛亮的關係，諸葛亮讓他中道殞滅，功敗垂成，因為《三國演義》的關係，周瑜一直被認為是個才高，但是氣量卻極其狹小的人，但是這對周瑜是個千古奇冤，極不公平。羅貫中之所以改寫周瑜的個性，這是因為小說創作的需要，《三國演義》主角是諸葛亮，為了陪襯諸葛亮的無所不知、無所不能，只好犧牲周瑜。

《三國志・吳書・周瑜傳》所記：「性度恢廓，大率為得人〔註201〕」看起來周瑜並非氣量狹小之人，裴松之引《江表傳》注曰：

> 普頗以年長，數陵侮瑜。瑜折節容下，終不與校。普後自敬服而親重之，乃告人曰：「與周公瑾交，若飲醇醪，不覺自醉。」時人以其謙讓服人如此。〔註202〕

程普是自孫堅時代就追隨的老部將，對於周瑜自然不會信服，而周瑜也沒有新官上任時慣用的高壓手段逼迫程普，來鞏固領導權，而是謙下不與程普計較，久了程普也心服口服了，《江表傳》也講了一則軼事，曹操聽聞周瑜年輕有才，想說服他投靠，於是派蔣幹前去，《江表傳》說道：

> （周瑜）因謂幹曰：「丈夫處世，遇知己之主，外託君臣之義，內結骨肉之恩，言行計從，禍福共之，假使蘇張更生，酈叟復出，猶撫

〔註200〕見〔明〕羅貫中著、吳小林校注：《三國演義校注》，頁645～646。
〔註201〕見〔西晉〕陳壽著、楊家駱主編：《三國志》，頁1264。
〔註202〕見〔西晉〕陳壽著、楊家駱主編：《三國志》，頁1265。

> 其背而折其辭，豈足下幼生所能移乎？」幹但笑，終無所言。幹還，
>
> 稱瑜雅量高致，非言辭所間。中州之士，亦以此多之。〔註203〕

從周瑜與蔣幹的互動中，很難想像周瑜是一個心胸狹窄、刻薄妒賢之人，以才辯爲長的蔣幹，回來跟曹操說：「瑜雅量高致，非言辭所間。」《三國志·吳書·周瑜傳》還講了另一則軼事：「是時權位爲將軍，諸將賓客爲禮尚簡，而瑜獨先盡敬，便執臣節。〔註204〕」孫權剛剛繼承孫策位子時，還很年輕，威望不足，部下跟孫權盡的禮節很簡單，而周瑜率先以臣禮致敬孫權，樹立了孫權的權威。

除此之外，周瑜還精通音樂，《三國志·吳書·周瑜傳》寫道：

> 瑜少精意於音樂，雖三爵之後，其有闕誤，瑜必知之，知之必顧，
>
> 故時人謠曰：「曲有誤，周郎顧。」〔註205〕

周瑜聽人演奏的時候，即使多喝了幾杯酒，有些醉意了，如果演奏稍有一點兒錯誤，也一定瞞不過他的耳朵。每當發現錯誤，他就要向演奏者望一眼，向演奏者示意「彈錯了」，後來通曉音律的人，就稱爲「顧曲周郎」，這麼一位全才之人，他的早逝是魏蜀之幸，吳之大不幸，羅貫中因小說需要而詆毀他，周瑜地下有知，也只能搖頭苦笑了。

（二）魯肅

魯肅，字子敬，臨淮東城（今安徽定遠東南）人，生於西元 172 年〔註206〕，卒於東漢建安二十二年（217），享年 73 歲，有本傳在《三國志》，一般讀者提到魯肅，總是直覺是一個呆頭呆腦又憨厚的好好先生，然而扣除羅貫中爲魯肅所賦予的形象後，魯肅其實是東吳第一大戰略家，一點也不糊塗，雖然在武功比不上周瑜、陸遜；文治也比不上張昭，但是他對孫權提出的〈吳中對〉，讓當時新立徬徨的孫權立了東吳建國的大戰略，一點也不亞於諸葛亮爲劉備提出的〈隆中對〉。

孫策死，孫權登基不久後，周瑜向孫權推薦魯肅，孫權大喜，派周瑜禮聘魯肅前來，兩人相見，孫權很敬重魯肅，而此時魯肅也向孫權提出〈吳中

〔註203〕見〔西晉〕陳壽著、楊家駱主編：《三國志》，頁 1265。

〔註204〕見〔西晉〕陳壽著、楊家駱主編：《三國志》，頁 1264。

〔註205〕見〔西晉〕陳壽著、楊家駱主編：《三國志》，頁 1265。

〔註206〕魯肅生於西元 172 年，根據李崇智《中國歷代年號考》，該年五月以前爲東漢建寧五年，五月以後爲改元爲熹平，而魯肅生於該年何時並不可考，因此此處以西元紀年代替中國紀年。

對〉，亦稱〈榻上對〉，這是魯肅向孫權提出孫吳的建國大戰略，對此毛宗崗評到：「天下大勢，已了然胸中，其識見不在孔明之下。〔註207〕」關於〈吳中對〉的詳細說明，另述於第四章第二節。

不過再怎麼周密規劃的計畫也有「出乎意料」的狀況，〈隆中對〉因諸葛亮阻止不了劉備伐吳而遭到破壞，而〈吳中對〉中魯肅建議孫權攻打荊州，雖然順利攻滅黃祖，但是沒想到曹操先發制人，在劉表死後沒多久就佔據荊州，曹操可不是劉表，荊州在曹操手中要奪取沒那麼容易，於是魯肅到江夏去會盟劉備，此時，聯合劉備打擊曹操，避免被曹操各自擊破。

孫權與劉備結盟對抗曹操一事為諸葛亮與魯肅所促成，兩個三國時期的大戰略家終其一生都在維持這個聯盟的穩定，因為他們知道一旦孫權與劉備翻臉，那不論哪一方都會迅速被曹操併吞，而曹操併吞荊州後，諸葛亮為了會盟而隨魯肅前往江東，此時的江東，也因曹操兵臨城下而驚慌失措，分裂成主戰跟主降兩派，孫權因曹軍勢大，加上張昭等主降派力勸，也猶豫不決，《三國演義》寫到主戰的魯肅力勸孫權：

> （孫權）執肅手而言曰：「卿欲如何？」肅曰：「恰纔眾人所言，深誤將軍。眾人皆可降曹操，惟將軍不可降曹操。」權曰：「何以言之？」肅曰：「如肅等降操，當以肅還鄉黨，累官故不失州郡也；將軍降操，欲安所歸乎？位不過封侯，車不過一乘，騎不過一匹，從不過數人。豈得南面稱孤哉！眾人之意，各自為己，不可聽也。將軍宜早定大計。」（第四十三回）〔註208〕

由此段引文可知魯肅也知道「心理學」，他先讓孫權好奇為何僅有他不可降曹，再以眾人降曹與孫權降曹後的大不相同的待遇回答，眾人降曹是為自己打算，而在大家都為自己打算時，只有我魯肅為您孫權打算，這麼貼心的一招就讓孫權站到了主戰這邊，而此時荊州方降，主降的蔡瑁、張允，曹操雖不喜但仍獲得重用，更別說曹操喜歡的蒯越了，而荊州之主劉琮反倒是沒多久就被曹操殺了，魯肅正是在提醒孫權，荊州之事殷鑑不遠。

然而孫權的疑慮直到周瑜回來，為其釋疑後才得以釋懷，他命周瑜為大都督後決心抗曹，在赤壁之戰前夕，魯肅主要是協助周瑜總理內外軍事以便

〔註207〕見〔明〕羅貫中著、〔明〕金聖嘆鑑定、〔清〕毛宗崗批：《精印三國演義》，頁408。

〔註208〕見〔明〕羅貫中著、吳小林校注：《三國演義校注》，頁498。

抗曹，他身處周瑜與諸葛亮兩個人之間，雖然看起來好像是被兩人玩弄調侃，但是他其實在盡一切努力避免兩個人起衝突，也保護諸葛亮不被周瑜加害，可見魯肅實在是一個心地善良的長者，不久之後，周瑜打敗曹操，這是孫、劉聯盟的一大勝利。

赤壁之戰後，孫權、劉備雙方都想奪取荊州，然而在周瑜與曹仁混戰之際，劉備趁機取得南郡、荊州、襄陽〔註209〕，趁周瑜撤軍後，又逐步奪取零陵（今湖南零陵）、桂陽（今湖南郴州）、武陵（今湖南常德）、長沙（今湖南長沙），幾乎控制荊州全境，東吳方認爲荊州應該是東吳的，魯肅爲此在劉備方取得南郡、荊州、襄陽時就去會見劉備、諸葛亮，《三國演義》寫道：

> 肅曰：「吾主吳侯，與都督公瑾，教某再三申意皇叔：前者，操引百
> 萬之眾，名下江南，實欲來圖皇叔；幸得東吳殺退曹兵，救了皇叔。
> 所有荊州九郡，合當歸於東吳。今皇叔用詭計，奪占荊襄，使江東空
> 費錢糧軍馬，而皇叔安受其利。恐於理未順。」（第五十二回）〔註210〕

從此處可以看出〈吳中對〉與〈隆中對〉的矛盾處，雙方都是在計畫中要取得荊州才行，當曹操北返，而孫權跟劉備可能就爲了爭奪荊州而反目，在《三國演義》中魯肅爲孫權討了三次荊州都討不回來，還想挾持關羽換取荊州，但是均未成功，但是終魯肅一生，他將孫權跟劉備雙方關係都維持得很好，這一點連諸葛亮都不及魯肅，然而等到魯肅一死，東吳跟鎮守荊州的關羽矛盾加大，最後呂蒙襲取荊州，徹底破壞孫、劉聯盟，等到夷陵之戰後雙方都元氣大傷，讓曹魏高枕無憂。

歷史上的「借荊州」一事，在赤壁戰後，吳軍跟曹軍在江陵（今湖北江陵）展開一年多的攻防戰，後來曹軍棄守，周瑜取得江陵，《三國志・吳書・魯肅傳》記載：

> 後備詣京見權，求都督荊州，惟肅勸權借之，共拒曹公。曹公聞權
> 以土地業備，方作書，落筆於地。〔註211〕

魯肅建議孫權借荊州給劉備，這是一種長遠佈局，劉備當時仍是弱小勢力，把江陵借給劉備，讓劉備自行發展成東吳堅定的抗曹盟友，裴松之注《三國

〔註209〕此處「荊州」指荊州城，爲當時荊州治所襄陽（今湖北襄樊），而後又提到一次襄陽，此爲羅貫中的地理誤用。
〔註210〕見〔明〕羅貫中著、吳小林校注：《三國演義校注》，頁591～592。
〔註211〕見〔西晉〕陳壽著、楊家駱主編：《三國志》，頁1270～1271。

志·吳書·魯肅傳》引《漢晉春秋》說道：

> 呂範勸留備，肅曰：「不可。將軍雖神武命世，然曹公威力實重，初
> 臨荊州，恩信未洽，宜以借備，使撫安之。多操之敵，而自為樹黨，
> 計之上也。」權即從之。〔註212〕

這當中「多操之敵」就是魯肅的中心想法，這當然不是原先〈吳中對〉的計
畫，而是因應赤壁戰後魯肅對〈吳中對〉的一種權變，寧可壯大劉備，也不
要肥了曹操，曹操在聽到孫權借地給劉備後，驚訝到連筆都掉了。雖然〈吳
中對〉跟〈隆中對〉或許在荊州問題上有矛盾，但是魯肅跟諸葛亮都知道孫
權跟劉備的合作關係比誰占荊州更為重要，然而這個重要性只有魯肅跟諸葛
亮兩個人懂，《三國演義》在魯肅死後，孫權曾經評價過魯肅：

> 子敬初見孤時，便及帝王大略，此一快也；曹操東下，諸人皆勸孤
> 降，子敬獨勸孤召公瑾逆而擊之，此二快也；惟勸吾借荊州與劉備，
> 是其一短。（第七十七回）〔註213〕

在筆者看來「借荊州與劉備」不但非短，還是長處，不借荊州，劉備羽翼終
究不成，而等曹操復元後，東吳有能力再一次抵擋曹軍嗎？孫權眼光終究沒
魯肅來的廣、深，一意孤執的奪取荊州，造成劉備、孫權自相殘殺，結果是
孫吳終究是侷限江南的偏安政權。然而孫權與魯肅還是極為君臣相知的，周
瑜自荊州撤兵後，回柴桑（今江西九江）養病，程普跟魯肅等帶部隊前往合
淝（今安徽合肥）幫助孫權，《三國演義》寫道：

> 人報魯子敬先至，權乃下馬立待之。肅慌忙滾鞍下馬施禮。眾將見
> 權如此待肅，皆大驚異。權請肅上馬，並轡而行。密謂曰：「孤下馬
> 相迎，足顯公否？」肅曰：「未也。」權曰：「然則何如而後為顯耶？」
> 肅曰：「願明公威德加於四海，總括九州，克成帝業。使肅名書竹帛，
> 始為顯矣。」權撫掌大笑！（第五十三回）〔註214〕

由此可見，孫權跟魯肅必定是極為真誠互信的，也不太分什麼君臣之禮，並
不是說魯肅僭越，當孫權問魯肅「足顯公否？」魯肅跟孫權說「未也。」只
有孫權帝業終成那一天來「顯」魯肅，那魯肅才是真光榮，此話孫權聽了不

〔註212〕見〔西晉〕陳壽著、楊家駱主編：《三國志》，頁1271。
〔註213〕見〔明〕羅貫中著、吳小林校注：《三國演義校注》，頁870～871。
〔註214〕見〔明〕羅貫中著、吳小林校注：《三國演義校注》，頁605。

但不覺得僭越，還很順耳，因為他知道魯肅是真心待他，輔佐他的。

（三）陸遜

陸遜，本名議，字伯言，吳郡吳（今江蘇蘇州）人，卒於孫吳赤烏八年（245），根據《三國志・吳書・陸遜傳》所記：「權累遣中使責讓遜，遜憤恚致卒，時年六十三。家無餘財。〔註215〕」來推，陸遜當生於東漢光和六年（183）。陸遜是孫策的女婿，他同時也是一位智勇雙全的風雅儒將，陸遜歷來給眾人的印象就是「白面書生」的樣貌，他的登場與功業在當時及後世都讓人一樣驚嘆！在周瑜、魯肅、呂蒙相繼去世後，孫權時代的東吳可以說是陸遜一個人撐起來的，沒有他，東吳不是在夷陵之戰時覆滅於劉備，就是覆滅於曹魏後來的多次南征，《三國演義》成功地刻劃了陸遜這麼一位思慮縝密、見識高遠、力挽狂瀾的政治家和軍事家的形象，讓後人拍案不已。

在《三國演義》中，陸遜21歲的時候〔註216〕，因為孫權開賓館於吳會〔註217〕，廣納賢士而前去投靠，赤壁之戰時曾經受命攻擊曹軍，但無太多著墨，合淝之戰時與董襲救出重傷的太史慈，也曾參與濡須口之戰，在這段期間由於周瑜跟魯肅表現出色，所以陸遜的才能可能因此被掩蓋，所以都沒有令人留下深刻印象，而陸遜逐漸受人注目，是他幫助呂蒙取得荊州開始。

東漢建安二十四年（219），駐守荊州的關羽率軍北伐，攻打襄陽圍樊城，打敗曹仁，降服于禁，擒斬龐德，威震華夏，連在許都的曹操也為之震動，想要遷都以避關羽，為司馬懿所勸阻，司馬懿建議曹操聯合孫權，讓孫權攻打荊州，關羽自然撤軍，曹操同意，馬上派使者到東吳，而孫權也不樂見關羽坐大，欣然同意，於是派呂蒙去取荊州，呂蒙受命後，馬上調查荊州的防備，哨馬回來報告呂蒙：

> 「沿江上下，或二十里，或三十里，高阜處各有烽火臺。」又聞荊
> 州軍馬整肅，預有準備……（第七十五回）〔註218〕

呂蒙一聽到荊州防備如此周密森嚴，本來想要出奇不意的攻打荊州，可是人家

〔註215〕見〔西晉〕陳壽著、楊家駱主編：《三國志》，頁1354。
〔註216〕《三國演義》並未明言陸遜幾歲投靠孫權，此乃據《三國志・吳書・陸遜傳》所記：「孫權為將軍，遜年二十一。始仕幕府……」見〔西晉〕陳壽著、楊家駱主編：《三國志》，頁1343。
〔註217〕泛指吳郡跟會稽郡。
〔註218〕見〔明〕羅貫中著、吳小林校注：《三國演義校注》，頁851～852。

已有防備，驚慌間也沒了主意，又不好向孫權交代，所以託病不出，並派人向孫權報告，孫權一聽也怏怏不樂，此時陸遜跟孫權說：「呂子明之病，乃詐耳，非真病也。〔註219〕」於是孫權派陸遜前去探望呂蒙，陸遜一見到呂蒙就說：

> 子明之疾，不過因荊州兵馬整肅，沿江有烽火臺之備耳。予有一計，令沿江守吏，不能舉火；荊州之兵，束手歸降，可乎？（第七十五回）〔註220〕

呂蒙此時正處於一籌莫展，由於在這之前的陸遜，並不是很引人注意，所以呂蒙大概對陸遜也不怎麼了解，而此番陸遜前來，不但一口就揭破他的病因，還說明有治此病的解方，呂蒙當然大為驚訝，趕緊請教陸遜，於是陸遜回答道：

> 雲長倚恃英雄，自料無敵。所慮者惟將軍耳。將軍乘此機會，託疾辭職，以陸口之任讓之他人，使他人卑辭讚美關公，以驕其心，彼必盡撤荊州之兵，以向樊城。若荊州無備，用一旅之師，別出奇計以襲之，則荊州在掌握之中矣。（第七十五回）〔註221〕

陸遜這一計，是建立在他對關羽性格的深刻了解上，陳壽在《三國志・蜀書・關張馬黃趙傳》曾經如此評過關羽：「羽善待卒伍而驕於士大夫〔註222〕」又在傳末說：「羽剛而自矜〔註223〕」這都是說明關羽是很驕傲的，而此時正值北伐節節勝利，事業的成功肯定讓關羽驕傲已極，陸遜建議呂蒙充分利用關羽驕傲的個性，呂蒙是明白人，於是真的託病不起，陸遜先回去向孫權稟告此計，於是孫權把呂蒙召回建業（今江蘇南京），當孫權問呂蒙陸口（今湖北赤壁西北）之任要由誰擔任，呂蒙即推薦陸遜，理由是：

> 若用望重之人，雲長必然防備。陸遜意思深長，而未有遠名，非雲長所忌；若即用以代臣之任，必有所濟。（第七十五回）〔註224〕

呂蒙或許之前忽略了陸遜的才能，但經由兩人一商議，呂蒙就知道陸遜非常人也，而依陸遜之計要驕關羽之心，那由陸遜本人去是最合適不過了！因為陸遜此時名氣不大，資歷也不高，關羽可能連陸遜之名都沒聽過，孫權當下

〔註219〕見《三國演義・第七十五回》。
〔註220〕見〔明〕羅貫中著、吳小林校注：《三國演義校注》，頁852。
〔註221〕見〔明〕羅貫中著、吳小林校注：《三國演義校注》，頁852。
〔註222〕見〔西晉〕陳壽著、楊家駱主編：《三國志》，頁944。
〔註223〕見〔西晉〕陳壽著、楊家駱主編：《三國志》，頁951。
〔註224〕見〔明〕羅貫中著、吳小林校注：《三國演義校注》，頁852。

立刻由陸遜代替呂蒙，陸遜一上任，立即「修書一封，具名馬、異錦、酒禮等物，遣使齎赴樊城見關公。〔註225〕」關羽一聽到這個消息，說道「仲謀見識短淺，用此孺子爲將！〔註226〕」又見書信言詞卑謹，仰面大笑，甚是輕視陸遜，於是調走大半荊州之兵到樊城協助北伐，正中陸遜之計，不久後呂蒙白衣渡江，成功摧毀烽火臺而奪取荊州，關羽由事業顛峰墜落，敗死麥城，不世英雄就這麼敗於沒沒無名的書生之手。

孫權把取得荊州之功全歸到呂蒙頭上，這對陸遜來說很不公平，而機會之神卻未放棄他，很快的在劉備接連敗吳之時，又給了一次讓陸遜嶄露頭角的機會。

劉備爲了報關羽之仇，傾國之兵順江東下，勢如破竹，把孫桓圍困在夷陵，打敗孫權派來的的韓當、周泰，射死甘寧，而東吳軍事上接連失利，又無法講和，舉國震動，此時呂蒙已死，孫權驚慌失措，此時闞澤說道：

> 昔日東吳大事，全任周郎；後魯子敬代之；子敬亡後，決於呂子明；
> 今子明雖喪，現有陸伯言在荊州。此人名雖儒生，實有雄才大略，
> 以臣論之，不在周郎之下；前破關公，其謀皆出於伯言。主上若能
> 用之，破蜀必矣。如或有失，臣願與同罪。（第八十三回）〔註227〕

闞澤提醒孫權，能奪取荊州，陸遜之功甚大，孫權此時猛然醒悟，雖然張昭、顧雍、步騭擔心陸遜年輕與才能，孫權還是毅然決然決定拜陸遜爲大都督，受命拒蜀，當消息傳到前線猇亭（今湖北枝江西），韓當、周泰等一般從孫堅時代就效命的老將驚呼：「主上如何以一書生總兵耶？〔註228〕」所以陸遜到任後，眾皆不服，當周泰問陸遜如何營救孫桓時，陸遜回答孫桓自會堅守，不必營救，引起眾將暗自訕笑，韓當跟周泰說：「命此孺子爲將，東吳休矣！〔註229〕」面對老將們的倚老賣老，陸遜顯得一點也不稚嫩，他對眾將說道：

> 主上命吾爲大將，督軍破蜀。軍有常法，公等各宜遵守。違者王法
> 無親。勿致後悔。（第八十三回）〔註230〕

〔註225〕見《三國演義・第七十五回》。
〔註226〕見《三國演義・第七十五回》。
〔註227〕見〔明〕羅貫中著、吳小林校注：《三國演義校注》，頁936。
〔註228〕見《三國演義・第八十三回》。
〔註229〕見《三國演義・第八十三回》。
〔註230〕見〔明〕羅貫中著、吳小林校注：《三國演義校注》，頁938。

陸遜知道自己威望不足，在出征前就跟孫權請示，孫權取佩劍予他，並告訴他：「如有不聽號令者，先斬後奏。〔註231〕」因此他先跟老將們樹立軍法的嚴肅性，當韓當帶頭挑戰陸遜時，他持孫權佩劍在手，壓住了眾將銳氣，在對內鞏固領導權時，陸遜在對蜀軍的軍事策略研擬也沒閒著，劉備趁移防時留了之不滿萬的老弱殘兵引誘吳軍，另外埋伏了伏兵，吳軍見了，皆欲擊之，陸遜壓下了欲出戰的將領，過了三天，劉備見吳軍沒動靜，於是把伏兵撤出，當初欲出戰的將領見了才不得不開始相信陸遜之能，陸遜此時才說出打敗劉備的辦法：

> 備乃世之梟雄，更多智謀。其兵始集，法度精專；今守之久矣，不
> 得我便，兵疲意阻。取之正在今日。（第八十四回）〔註232〕

陸遜自到任為止，花了很大的功夫在禁止吳軍出戰，是因為他知道蜀軍接連獲勝，銳氣高漲，勉強出戰也是失利的，所以他以「拖」來應對蜀軍，而蜀軍遠道而來，長時間欲戰不得，失去了原先的銳氣，而陸遜經過了幾個月的等待及觀察，終於等到劉備受不了酷暑而移營，縱橫七百餘里傍山林下寨，等到一切安排妥當，陸遜隨即轉守為攻，一把火燒盡七百里連營，大破蜀軍，兵敗的劉備逃入白帝城（今重慶奉節東），不久病逝。

　　陸遜大破蜀軍後，並沒有被勝利沖昏頭，在夷陵之戰當劉備重新調防的消息傳到洛陽，曹丕也料知劉備必敗，因此欲趁陸遜追擊劉備舉兵伐吳，戰後眾將皆勸陸遜追擊劉備，陸遜拒絕了，他說：

> 吾料魏主曹丕，其奸詐與父無異，今知吾追趕蜀兵，必乘虛來襲。
> 吾若深入西川，急難退矣。（第八十四回）〔註233〕

在陸遜退兵後不到兩天，果然就傳來魏軍分三路前來進犯的消息，可見陸遜的料事如神。

　　陸遜在夷陵擊敗劉備後，從沒沒無名的書生，一舉成為東吳的擎天之柱，孫權拜他為輔國將軍〔註234〕、江陵侯〔註235〕、領荊州牧〔註236〕，吳國軍權

〔註231〕見《三國演義・第八十三回》。
〔註232〕見〔明〕羅貫中著、吳小林校注：《三國演義校注》，頁943～944。
〔註233〕見〔明〕羅貫中著、吳小林校注：《三國演義校注》，頁951。
〔註234〕三國時所置將軍名，不常設，第三品。
〔註235〕列侯中的縣侯，食邑江陵（今湖北江陵）。
〔註236〕「牧」為一州之長，掌一州軍政大權，「荊州牧」即荊州的長官。

全歸陸遜，在魏、蜀問題上，陸遜總是堅持靜待魏、蜀自相殘殺，再來坐收漁翁之利，曹丕欲五路伐蜀，其中一路要孫權幫忙，陸遜對孫權說道：

> 曹丕坐鎮中原，急不可圖；今若不從，必為仇矣。臣料魏與吳皆無諸葛亮之敵手。今且勉強應允，整軍預備，只探聽四路如何。若四路兵勝，川中危急，諸葛亮首尾不能救，主上則發兵以應之，先取成都，此為上策；如四路兵敗，別作商議。（第八十六回）〔註237〕

這也不是陸遜唯一一次建議孫權作壁上觀，孫吳黃龍元年（229）孫權稱帝，諸葛亮聽到這個消息後，建議劉禪派人入賀，並請求孫權遣陸遜伐魏，以利諸葛亮再出祁山，孫權告知陸遜，陸遜說道：

> 此乃孔明懼司馬懿之謀也。既與同謀，不得不從。今却虛作起兵之勢，遙與西蜀為應。待孔明攻魏急，吾可乘虛取中原也。（第九十八回）〔註238〕

陸遜這兩次建言，兩次都發生在魏、蜀互攻之際，第一次是欲趁魏伐蜀得利之際，攻成都分一杯羹；第二次是趁蜀伐魏時，再趁機取中原，陸遜看似立場前後不一，但是都是站在對吳最有利的立場，在曹休直接進攻東吳時，陸遜受命抵禦，幫助詐降的周魴成功擊敗曹軍，在東吳嘉禾二年（233），孫權配合諸葛亮的進攻，也起兵三十萬伐魏，曹叡聽到這個消息，親自率兵迎擊，但是這次吳軍極為不利，接連被魏軍打敗，諸葛瑾率敗軍逃走，陸遜在危難之餘，從容指揮，讓吳軍安全的撤退。

陸遜卒於孫吳赤烏八年，《三國演義》對陸遜之死輕描淡寫，但是根據《三國志》，陸遜則是被孫權氣死的，在孫權在位晚期，失去了早期的英明睿智，為了太子問題而猜忌陸遜，致使陸遜憂憤而死，嗚呼！沒有陸遜，東吳早亡於劉備或是曹丕，居然因此而功高震主，死的不值得。

二、安內之臣——張昭

提到孫吳的「主內基石」，一般人就會想到「江東二張」，在《三國演義》中張昭、張紘之所以出仕孫家，是因為周瑜的一句話，周瑜在投靠孫策時，立刻向孫策舉薦人才，《三國演義》寫道：

〔註237〕見〔明〕羅貫中著、吳小林校注：《三國演義校注》，頁967。
〔註238〕見〔明〕羅貫中著、吳小林校注：《三國演義校注》，頁1112。

> 瑜謂策曰：「吾兄欲濟大事，亦知江東有『二張』乎？」策曰：「何
> 爲『二張』？」瑜曰：「一人乃彭城張昭，字子布；一人乃廣陵張紘，
> 字子綱。二人皆有經天緯地之才，因避亂隱居於此。吾兄何不聘之？」
> 策喜，即便令人齎禮往聘，俱辭不至。策乃親到其家，與語大悅，
> 力聘之，二人許允。策遂拜張昭爲長史，兼撫軍中郎將；張紘爲參
> 謀正議校尉；商議攻擊劉繇。（第十五回）〔註239〕

史實上似乎不見「江東二張」的說法，裴松之注《三國志・吳書・張紘傳》
引《吳書》說道張紘在投靠孫策後：「紘與昭並與參謀，常令一人居守，一人
從征討。〔註240〕」，另引《江表傳》說道：「初，權於群臣多呼其字，惟呼張
昭曰張公，紘曰東部，所以重二人也。〔註241〕」張昭和張紘是否同時投靠孫
策也不得而知，但《三國演義》將兩人列名，可能是因爲兩人均是江東名士，
能力相當，而由周瑜來一次舉薦兩人，是省筆之法，然而張紘在《三國演義》
中影響力遠不及張昭，故於此不論之。

張昭，字子布，彭城（今江蘇徐州）人，卒於孫吳嘉禾五年（236），根
據《三國志・吳書・張昭傳》所記：「年八十一，嘉禾五年卒。〔註242〕」來推，
張昭當生於東漢永壽二年（156）。張昭在《三國演義》中，向來不是一個討
人喜愛的角色，因爲他曾經在赤壁之戰前，勸孫權投降，在《三國演義》其
他處，也常常給孫權出餿主意，這當中雖然有一些史實的成分在，而張昭也
不像書中那麼老而滑稽，但是在「尊正統」的大旨下創作的《三國演義》，自
然會變相醜化張昭了。

在《三國演義》中，張昭給孫權出的餿主意真不少，曹操派人來要孫權
送兒子過去作人質時。如此牽制己方的行爲，他傾向贊成；當孫權、周瑜商
議攻打黃祖時，他表示反對。又同意周瑜用「溫柔鄉」之計變相扣留劉備，
到了劉備跟孫夫人回荊州後，還設計騙孫夫人帶劉禪回來，欲以劉禪換荊州。
再屢次要不回荊州時，還建議孫權扣留諸葛瑾家小，讓諸葛瑾去諸葛亮處求
情歸還荊州，又勸孫權跟曹操和解，埋下呂蒙取荊州的近因與劉備伐吳的遠
因。在孫權面前譖諸葛瑾，又在夷陵戰後建議孫權以油鼎來威嚇蜀漢派來的

〔註239〕見〔明〕羅貫中著、吳小林校注：《三國演義校注》，頁183～184。
〔註240〕見〔西晉〕陳壽著、楊家駱主編：《三國志》，頁1243。
〔註241〕見〔西晉〕陳壽著、楊家駱主編：《三國志》，頁1244。
〔註242〕見〔西晉〕陳壽著、楊家駱主編：《三國志》，頁1223。

使者鄧芝，這麼多荒唐事，如此看來張昭該是個老糊塗囉。

　　然而後人對張昭評價不好一事，大多還是赤壁戰前勸孫權投降一事，在曹操用荀攸之計，傳檄文與孫權時，張昭就建議孫權投降，《三國演義》寫道：

> 張昭曰：「曹操擁百萬之眾，借天子之名，以征四方，拒之不順。且主公大勢可以拒操者，長江也。今操既得荊州，長江之險，已與我共之矣，勢不可敵。以愚之計，不如納降，爲萬安之策。」眾謀士皆曰：「子布之言，正合天意。」孫權沉吟不語。張昭又曰：「主公不必多疑。如降操，則東吳民安，江南六郡可保矣。」（第四十三回）〔註243〕

在聽聞孫權因諸葛亮之見而決意抗曹時，張昭馬上第三次勸孫權降曹，在周瑜回來後，張昭隨即跟顧雍、張紘、步騭會見周瑜，欲讓周瑜站在主降一派齊勸孫權投降，而張昭這麼不顧國體，急於投降，看在《三國演義》的讀者眼中，可謂醜態百出，可是張昭爲何這麼堅持投降呢？

　　根據《三國志‧吳書‧張昭傳》所記：「（張昭）在里宅無事，乃著《春秋左氏傳》及《論語注》〔註244〕」可見張昭是一個儒者，儒者談論臨場上的軍事，難免南轅北轍，而身爲儒者，張昭心中必然有「君君」、「臣臣」之類的正統觀念，在張昭眼中，當時曹操雖挾天子以令諸侯，但他身爲東漢丞相〔註245〕，曹軍即是漢軍，以漢軍討伐割據東南的孫家，是師出有名，當時東吳群臣大多陷入一種是孫家臣還是漢家臣的困擾，周瑜在壓倒主降派的言論時，也說：「操雖託名漢相，其實漢賊也。〔註246〕」這句話來破除大家對曹操等於漢朝此點上的疑慮，再來是張昭受孫策與吳國太臨終所託，而曹操當時統一北方，張昭自認孫權難以匹敵，戰敗後難保不會滅族，如此他將有負孫策與吳國太，因爲在此之前的荊州劉琮，及之後的漢中張魯，他們在降曹後都得到很好的保護跟發展〔註247〕，依張昭的想法，投降對孫權來說是最好的，而且如果以整個歷史來說，如果當時孫權投降，曹操取得江南，勢單力孤的劉

〔註243〕見〔明〕羅貫中著、吳小林校注：《三國演義校注》，頁497～498。
〔註244〕見〔西晉〕陳壽著、楊家駱主編：《三國志》，頁1221。
〔註245〕即「相國」，古代朝廷中最高政務長官，百官之長，輔佐皇帝治理國政。
〔註246〕見〔西晉〕陳壽著、楊家駱主編：《三國志》，頁1261。
〔註247〕《三國演義》說劉琮降曹後被殺死，乃是虛構，事實上根據《三國志‧魏書‧劉表傳》，劉琮投降後被封爲青州刺史及列侯，曹操待之可謂不薄。

備勢必也不能維持，而剩下的馬超、韓遂、劉璋及遼東公孫家被曹操輕易收拾是顯而易見，拋開《三國演義》的「尊漢統」理念，曹操統一中國，少了三國甚至後來南北朝的紛爭，這對人民來說一定是好事，只是在穩定平和下的歷史，勢必不比群雄逐鹿的歷史精彩。

在《三國演義》中，張昭最爲人稱頌的，就是曹魏黃初二年（221）曹丕派邢貞出使東吳，傲慢無禮，而張昭適時維護了國格一事，《三國演義》寫道：

> 邢貞自恃上國天使，入門不下車。張昭大怒，屬聲曰：「禮無不敬，
> 法無不肅，而君敢自尊大，豈以江南無方寸之刃耶？」邢貞慌忙下
> 車，與孫權相見，並車入城。（第八十二回）〔註248〕

當時孫權因劉備來襲，有求於魏，也因此魏使邢貞一副高高在上之貌，因此張昭對邢貞義正辭嚴，嚇得邢貞趕緊下車，張昭維護了孫權的尊嚴，對魏使如此，張昭對孫權亦是如此，在正史中，張昭就數次對孫權的荒誕不經，提出了嚴厲的批評，孫權騎馬出去打獵射老虎，老虎常常突然就攀持孫權的馬鞍，對於孫權這麼常讓自己處於險境，張昭勸道：

> 將軍何有當爾？夫爲人君者，謂能駕御英雄，驅使群賢，豈謂馳逐
> 於原野，校勇於猛獸者乎？如有一旦之患，奈天下笑何？〔註249〕

孫權聽了，對張昭表示慚愧，但是後來猶不能已，張昭因此時常勸諫。又有一次孫權在武昌（今湖北武昌）大宴群臣，孫權喝的大醉，用水灑群臣，並說道：「今日酣飲，惟醉墮臺中，乃當止耳。〔註250〕」張昭聽了很不高興，走了出去坐在車上，孫權馬上派人請張昭回來，跟張昭說只是一起飲酒作樂，先生何必生氣？張昭對孫權說：「昔紂爲糟丘酒池長夜之飲，當時亦以爲樂，不以爲惡也。〔註251〕」孫權聽了，慚愧的把席散了。

張昭數次衝撞孫權，孫權很不高興，曾經因此禁止張昭晉見，後來蜀漢派使者前來，公然在吳廷中稱讚蜀主劉禪之德美，而吳國臣下沒有一個人能應對，孫權因此感嘆張昭此時不在，不然哪容蜀使張狂？後來到了孫吳嘉禾

〔註248〕見〔明〕羅貫中著、吳小林校注：《三國演義校注》，頁923～924。
〔註249〕引自《三國志・吳書・張昭傳》，見〔西晉〕陳壽著、楊家駱主編：《三國志》，頁1220。
〔註250〕引自《三國志・吳書・張昭傳》，見〔西晉〕陳壽著、楊家駱主編：《三國志》，頁1221。
〔註251〕引自《三國志・吳書・張昭傳》，見〔西晉〕陳壽著、楊家駱主編：《三國志》，頁1221。

元年（232），遼東公孫淵遣使稱藩，孫權大為高興，準備派張彌、許晏到遼東封公孫淵為燕王，張昭極力反對，並據理力爭，《三國志‧吳書‧張昭傳》記載道：

> 權不能堪，案刀而怒曰：「吳國士人入宮則拜孤，出宮則拜君，孤之敬君，亦為至矣，而數於眾中折孤，孤嘗恐失計。」昭熟視權曰：「臣雖知言不用，每竭愚忠者，誠以太后臨崩，呼老臣於牀下，遺詔顧命之言故在耳。」因涕泣橫流。權擲刀致地，與昭對泣。〔註252〕

根據《三國志‧魏書‧公孫淵傳》，當時公孫淵的身份是魏明帝所封的揚烈將軍、遼東太守〔註253〕，雖然做的是曹魏的官，但是遼東公孫家向來是自成一個體系，不同於魏、蜀、吳，名義上臣服曹魏，實際上統治整個遼東地區，不受曹魏管轄，但是他畢竟稱臣於曹魏，而孫權知道公孫淵改稱臣於自己，心中當然萬分高興，馬上要派人前去封他為燕王，但是張昭知道公孫家向來首鼠兩端，不可信也，因此極力勸阻，弄到孫權差點連刀都要拔出來了，最後因張昭一席話，孫權才擲刀於地，與張昭對泣。

然而孫權最後仍未採納張昭的勸諫，還是派張彌、許晏到遼東去，而張昭心中生氣言不見用，於是託病不出，孫權也很火大，用土把張昭家門口堵住，張昭也是直性子，也在家門內用土堵住，雙方就這樣鬧僵了，過了不久，公孫淵果然殺了張彌、許晏，將兩個人的頭送到洛陽向魏明帝請功，孫權很後悔，《三國志‧魏書‧張昭傳》寫道：

> 權數慰謝昭，昭固不起，權因出過其門呼昭，昭辭疾篤。權燒其門，欲以恐之，昭更閉戶。權使人滅火，住門良久，昭諸子共扶昭起，權載以還宮，深自克責。昭不得已，然後朝會。〔註254〕

由此可見，張昭的脾氣也是很大的，而且凡事據理力爭絕不妥協，為人剛直不阿，寧折不彎，東吳舉國上下包含孫權，都對張昭心存敬畏，孫權常說道：「孤與張公言，不敢妄也。〔註255〕」孫權是三國時代的英主之一，但是這只限於前期，後期的孫權，逐漸變的昏庸無道，輕易猜忌誅殺大臣，其中一個

〔註252〕見〔西晉〕陳壽著、楊家駱主編：《三國志》，頁1223。
〔註253〕見〔西晉〕陳壽著、楊家駱主編：《三國志》，頁253。
〔註254〕見〔西晉〕陳壽著、楊家駱主編：《三國志》，頁1223。
〔註255〕引自《三國志‧吳書‧張昭傳》，見〔西晉〕陳壽著、楊家駱主編：《三國志》，頁1223。

可能的原因是因爲張昭已死，張昭比孫權早死 15 年，這期間沒有張昭的直顏
犯諫，而孫權就腐化了，雖然說張昭建議投降曹操一事引人非議，但就大體
上來看，他真不愧爲孫權的汲黯啊！一點也不是個老糊塗。

第五節　小　結

　　《三國演義》中的謀士誠然不僅僅是上述幾位，只是他們確實相較於其
他謀士來說，在那個紛亂的時代各領風騷，重要性及影響力均更大，以漢末
群雄來說，謀士的優劣可影響自身勢力的發展與存亡，公孫瓚跟袁術，前者
在河北與袁紹爭衡，後者擁有富庶的淮南，曾經一度稱帝，勢力強盛，但是
他們都沒有一個好的謀士來作大戰略或臨陣上的策劃，而是一意孤執的行
動，公孫瓚本來雄據幽州〔註256〕，勢力與袁紹不相上下，但是幾場戰爭下來
彼長我消，最後被袁紹所滅，讓袁紹統一河北成爲當時最大勢力；袁術曾經
也很強盛，但是並沒有一個謀士來成功規勸他不可盲目稱帝，《明史·朱升傳》
曾經提到朱元璋在元末時，親自拜訪儒者朱升，朱升建議他：「高築牆，廣積
糧，緩稱王。〔註257〕」前兩句是勸朱元璋要擴充兵力，鞏固後方，發展生產，
儲備糧食，也就是廣積實力，後一句「緩稱王」是重點，朱元璋要逐鹿天下，
自身的實力才是重點，而不是頭銜，稱王稱帝看起來好像很威風，其實全然
不是那麼一回事，只不過是虛名罷了，樹大招風，增加受攻擊的機會，事實
證明元廷在反擊叛軍時，專挑已經稱王稱帝的勢力先行攻擊，而無名無份的
朱元璋秋毫無損，慢慢培養勢力，終究統一天下。

　　而回過來看袁術，他的確有稱帝的本錢，領土廣大肥沃，手握重兵及玉
璽，但是他的四鄰有在徐州的呂布、劉備，在許都擁帝的曹操，以及江東的
孫策，其中他早與呂布、劉備處不好，稱帝後第一件事就是攻打徐州，而袁
術一旦稱帝了，立刻又與擁立獻帝的曹操，及玉璽原主孫策爲敵，可以說是
甫一稱帝就四面受敵，最後呂布、劉備、曹操、孫策聯合起來攻打他，他勢
力大爲衰弱，在投靠袁紹途中去世。而如果袁術有一位聰明的謀士，也願意
聽他的建言，筆者認爲他還是有實力爭雄於天下的。

〔註256〕幽州，東漢州名，轄郡、國十一，縣九十。轄境約今北京市、天津市海河以
　　　　北、河北北部、遼寧南部、朝鮮半島西北，治所在薊縣（今北京大興）。
〔註257〕見〔清〕張廷玉等著、楊家駱主編：《明史》（台北：鼎文書局，1982 年 11
　　　　月），頁 3929。

　　另外，張魯的謀士楊松與劉璋的謀士張松、法正，都是賣國賊，楊松未必有眞才實學，但是卻極受張魯信任，馬超爲張魯取蜀，本是一大助力，但楊松受到劉備方面的賄賂，弄到馬超叛離張魯，助將劉備奪取益州，後來曹操來襲，又受曹操賄賂，爲了金銀財寶連張魯也賣了，雖然最後受到曹操的厭惡而被殺，但是做爲張魯首席謀士的楊松「另一種影響力」也顯而易見了，而劉璋之於張松、法正是另一種情形，張松、法正是有眞才實學的也極受劉璋信任，而蜀國也被他們輕易賣掉了，可見謀士對於一個勢力的存續，眞的是有舉足輕重的作用。

　　劉表統治荊州，身爲當時大勢力之一，劉表的首席謀士是蒯良、蒯越兄弟，蒯良曾經勸劉表在孫堅死時，捨黃祖取江東，如果劉表採納他的意見，那江東、荊州的廣大領土將爲劉表所控制，雖然魯肅的〈吳中對〉非向劉表提議，但劉表也因此可以做到魯肅〈吳中對〉中提出的「竟長江所極而據守之；然後建號帝王，以圖天下〔註258〕」，而劉備則可能永遠不能出頭；蒯越則是跟張昭一樣，在曹操來襲時，輕易的就勸君主投降，後被封爲江陵太守後也無甚更大作爲。

　　袁紹麾下謀士甚多，不乏眞才實學者，但是彼此之間不甚和睦，在袁紹繼承人爭奪的派系鬥爭上，往往可以看見逢紀、審配、郭圖這三個人的影子，逢紀、審配支持袁尙，郭圖支持袁譚，此三人中逢紀爲最不入流者，向袁紹提的幾乎都是錯誤建議，又譖田豐，以致田豐自殺。而審配最後死守冀州城抵抗曹操，城破時依然寧死不降，不愧爲一代豪傑，然而他違背禮法支持袁尙爲其短處。郭圖是支持長子袁譚的，這可以說是正確的，但是他進讒言逼反張郃、高覽，間接造成官渡兵敗。綜觀袁紹謀士中，除了田豐、沮授，其他人往往見不得人好而進讒言，而袁紹也眞信任這些小人，最後導致敗亡。

　　以袁紹另一個謀士許攸來說，他是有才的，他背叛袁紹投靠曹操，是無可厚非的，因爲袁紹對他言不聽計不從，又猜忌他，許攸離開是必然的事，而曹操得到許攸後，立刻用其謀打勝官渡與冀州攻防兩戰，然而許攸卻是無德的，謀士十戒中，他就犯了「四、謀士不可自居功」、「五、謀士不可以與將軍相爭」〔註259〕兩條，他因爲自衿其功爲許褚所殺，可謂不智之至。

　　曹操的其他謀士劉曄、董昭，在《三國演義》中並無多大著墨，劉曄較

〔註258〕見〔明〕羅貫中著、吳小林校注：《三國演義校注》，頁352。
〔註259〕見王少農、先威：《三國幕僚爭勝術》，頁30～31。

大的貢獻是發明發石車，讓曹軍在官渡逐漸扭轉劣勢，而董昭最讓人詬病的就是他先爲獻帝使臣見曹操，後又上表逼獻帝封曹操爲魏公，對於曹操爵位的晉升有莫大幫助，但是對於曹操勢力的發展卻幫助有限。而張紘身爲「江東二張」之一，但重要性遠遠不如張昭，唯有去世時上表孫權建議以秣陵（今江蘇南京）爲據點此一事件爲人所知，然而定都秣陵的好處劉備跟諸葛亮也看得出來，不能算是張紘獨見，至於呂蒙、姜維，他們的統兵色彩太強烈了，不會讓讀者覺得他們是謀士，呂蒙在《三國演義》中唯一讓人覺得有表現的就是「白衣渡江襲荊州」，但是這能成功，陸遜的幫助甚大，其實應該歸功於陸遜，而姜維較有謀士的影子時，是爲諸葛亮效力時，諸葛亮死後，姜維獨撐蜀漢大局，繼承諸葛亮遺志北伐，一點也不像是個謀士。

第四章 《三國演義》中謀士的戰略設計

　　如果說在《三國演義》的三大陣營中各選一個「首席」謀士，筆者以爲曹操的首席謀士乃是荀彧，而劉備的首席謀士則是諸葛亮，對孫權來說，首席謀士應爲魯肅。曹操幕下人才濟濟，其中算無遺策的郭嘉，鬼才賈詡，或是荀彧之姪荀攸，都是聰明絕頂之人，但是他們都比不上荀彧的重要性；劉備在三顧茅廬前，顚沛流離，第一個謀士徐庶未充分發揮才能前就離開了，而在諸葛亮出山相佐後，事業立刻一飛沖天，所以諸葛亮爲劉備首席謀士，這是較無疑問的；而以孫權來說，縱有風流倜儻的美周郎，或是冷靜沉穩的書生大將陸伯言，但是他們都比不上魯肅對東吳的重要性。

　　荀彧、諸葛亮、魯肅爲何能凌駕《三國演義》其他謀士呢？因爲其他謀士們聰明歸聰明，但是那僅限於「戰術智謀」而已，而他們三個卻都是具有正確而獨到的「戰略」眼光，在軍事上來說，「戰略」跟「戰術」是都很重要，差別在於戰略是大計畫，而戰術則是「執行的方法」，曹操在得到荀彧之前，勢力僅在兗州﹝註1﹞一帶，得到荀彧後，有計畫的東征西討，並迎立獻帝，成爲雄霸北方的最大勢力，劉備有諸葛亮的〈隆中對〉而迅速發展，而孫權也因爲魯肅的〈吳中對〉，一步一步的稱霸南方，所以本章也著重荀彧的戰略觀與〈吳中對〉、〈隆中對〉的探討，依提出的順序先後論之，試探他們究竟是如何讓原先的弱小組織一躍成割據一方的大勢力呢？

﹝註1﹞ 爲東漢州名，轄郡、國八。縣八十，約轄今山東西南、河南東部，治所在昌邑（今山東金鄉）。

第一節　荀彧的戰略觀

在《三國演義》中，荀彧對曹操來說，總共有四件大功，第一是在曹操東征徐州〔註2〕而呂布趁機入侵時，成功守備鄄城（今山東鄄城）、東阿（今山東東阿）、范縣（今山東范縣），讓曹操不至於無家可歸，第二是說服曹操棄徐州，先攻打呂布以鞏固根據地，第三是建議曹操迎獻帝，第四就是官渡之戰時，為處於劣勢，心灰意冷的曹操分析了袁紹陣營的情況，讓曹操下定決心繼續與袁紹奮戰。

這四件大功中，一、二、四在第三章第二節「荀彧」部分已詳細說明，而最重要的，就屬第三點「建議曹操迎獻帝」了，東漢初平元年（190）二月，獻帝被董卓挾持至長安（今陝西西安），董卓死後，大權落入部將李傕、郭汜之手，李傕、郭汜其後又反目火拼，獻帝趁機出城東逃，直到李傕、郭汜和解後，兩人立刻追擊獻帝，獻帝好不容易才回到殘破不堪的洛陽（今河南洛陽），太尉〔註3〕楊彪向獻帝奏曰：「前蒙降詔，未曾發遣。今曹操在山東，兵強將盛，可宣入朝，以輔王室。〔註4〕」獻帝允諾，於是楊彪便派使者到曹操處，而曹操聽到獻帝回洛陽的消息後，也聚集謀士商議，此時荀彧說道：

> 昔晉文公納周襄王，而諸侯服從；漢高祖為義帝發喪，而天下歸心。
> 今天子蒙塵，將軍誠因此時首倡義兵，奉天子以從眾望，不世之略
> 也。若不早圖，人將先我而為之矣。（第十四回）〔註5〕

曹操欣然答應，於是出兵迎駕，並打敗追擊獻帝的李傕、郭汜部隊，此時正是建安元年（196），在此之前曹操剛剛打敗入侵兗州的呂布，平定山東，朝廷封他為建德將軍〔註6〕、費亭侯〔註7〕，建德將軍非常設將軍，位低權輕，費亭也是一個小地方，曹操轄下領地不過僅兗州一地，雖有精兵猛將，但實在稱不上是強大勢力，但在剛剛擁立獻帝時，立刻就被封為司隸校尉、假節鉞、錄尚書事。這三個頭銜有多重要，首先先來看司隸校尉，根據沈伯俊、

〔註2〕為東漢州名，轄郡、國五。縣六十二，約轄今江蘇的長江以北部分、安徽泗
　　　　縣、嘉山、天長等縣及山東南部，漢末治所在下邳（今江蘇邳縣）。
〔註3〕三公之一，全國最高軍事長官，執掌四方兵權，第一品。
〔註4〕見《三國演義·第十四回》。
〔註5〕見〔明〕羅貫中著、吳小林校注：《三國演義校注》（台北：里仁書局，2006
　　　　年3月），頁166。
〔註6〕東漢末年因人因事臨時設置的將軍名，權位在常設將軍之下。
〔註7〕封爵名。列侯中的亭侯，食邑費亭（今湖北光化北）。

譚良嘯《三國演義大辭典》「司隸校尉」一條所載：

> 官名。負責維護京師治安，糾察京師除三公外的百官違法者，並治理司隸州所轄各郡。統率一支一千二百石的武裝隊伍。秩爲比二千石，三國時爲第三品。屬官有從事、假佐等。按：漢末，司隸校尉一職在政權中樞裡有舉足輕重的作用，位尊權重，與御史中丞、尚書台並稱「三獨坐」。袁紹、曹操都曾任此職。〔註8〕

東漢國內分成各州，各州最高行政長官名稱爲「刺史〔註9〕」、「牧〔註10〕」，只有司隸州例外，司隸州簡稱「司州」，轄境約今河北山西南部、河南北部及陝西的渭河平原，它是東漢時的京畿重地所在，最高長官不稱「刺史」或是「牧」，而稱「司隸校尉」，因此司隸州又稱「司隸校尉部」，既然轄區內包含首都洛陽，自然也管得了在朝廷的百官，除了皇帝與三公〔註11〕外，均要受其節制，比起建德將軍一職，司隸校尉不知道重要多少倍？

至於「假節鉞」，「假」就是「借」，「節鉞」就是「符節」、「黃鉞」，這是皇帝加重將帥權力的標誌，持「假節鉞」的臣子，有資格殺犯軍令者及總統內外諸軍。最後「錄尚書事」，根據沈伯俊、譚良嘯《三國演義大辭典》關於「錄尚書事」一條所載：

> 又稱領尚書事、平尚書事，即總領尚書台事務之意，在東漢三國，
> 這是一種最高的文職稱號。〔註12〕

由此可知，曹操已經掌握了內外大權，包含文職與武職，並控制了京師，轄境更從原先的兗州擴展到司隸一帶，成爲中原地區的實質統治者。過了不久，曹操採納了董昭的建議，遷都至許（今河南許昌），此時獻帝懾於威勢不敢違背曹操，《三國演義》接下來寫道：

> （曹操）迎鑾駕到許都，蓋造宮室殿宇，立宗廟社稷、省臺司院衙

〔註8〕 見沈伯俊、譚良嘯：《三國演義大辭典》（北京：中華書局，2007年7月），頁323。

〔註9〕 東漢朝廷派到地方的監察官，每州設刺史一人，督察郡太守、諸王跟地方勢力。

〔註10〕 「牧」爲一州之長，掌一州軍政大權。

〔註11〕 朝廷中最尊貴的三個官職合稱，東漢以太尉、司徒、司空爲三公，太尉爲全國最高軍事長官：司徒掌管國家土地和人民；司空掌監察、執法，兼掌重要文書圖籍。

〔註12〕 見沈伯俊、譚良嘯：《三國演義大辭典》，頁307。

> 門，修城郭府庫；封董承等十三人爲列侯。賞功罰罪，並聽曹操處
> 置。操自封爲大將軍、武平侯，以荀彧爲侍中、尚書令，荀攸爲軍
> 師，郭嘉爲司馬祭酒，劉曄爲司空倉曹掾，毛玠、任峻爲典農中郎
> 將，催督錢糧，程昱爲東平相，范成、董昭爲洛陽令，滿寵爲許都
> 令，夏侯惇、夏侯淵、曹仁、曹洪皆爲將軍，呂虔、李典、樂進、
> 于禁、徐晃皆爲校尉，許褚、典韋皆爲都尉；其餘將士，各各封官。
> 自此大權皆歸於曹操：朝廷大務，先稟曹操，然後方奏天子。（第十
> 四回）〔註13〕

曹操從原本的司隸校尉、假節鉞、錄尙書事一下子自封爲大將軍，大將軍是
將軍的最高稱號，權勢極大，職掌統兵征伐，第一品。而武平侯則是列侯〔註
14〕中的「縣侯」，「縣侯」爲列侯爵位中享有食邑最大的等級。不只曹操，曹
操底下的部屬均位居要職，《三國演義》描寫曹操迎獻帝的事蹟，大抵符合史
實，《三國志·魏書·武帝紀》載道：

> 是歲，長安亂，天子東遷，敗于曹陽，渡河幸安邑。建安元年春正
> 月，太祖軍臨武平，袁術所置陳相袁嗣降。太祖將迎天子，諸將或
> 疑，荀彧、程昱勸之，乃遣曹洪將兵西迎……太祖遂至洛陽，衛京
> 都，暹遁走。天子假太祖節鉞，錄尚書事。洛陽殘破，董昭等勸太
> 祖都許。九月，車駕出轘轅而東，以太祖爲大將軍，封武平侯。自
> 天子西遷，朝廷日亂，至是宗廟社稷制度始立。〔註15〕

自董卓火燒洛陽，挾持獻帝到長安，到曹操遷獻帝至許，東漢朝廷才安頓下
來，這個「朝廷」雖然已經衰落，但仍然是名正言順的合法組織，曹操控制
了獻帝，控制了東漢朝廷，「挾天子以令諸侯」在政治上佔了極大優勢，不管
是什麼身份，誰違背曹操，就是違背東漢朝廷，曹操大可以「師出有名」的
加以征討，荀彧的這個「不世之略」，將曹操推往邁向權力顛峰的道路上。

　　荀彧並不是當時唯一想到擁立獻帝好處的人，袁紹謀士沮授曾經勸袁紹
擁立獻帝，《三國志·魏書·袁紹傳》引《獻帝傳》曰：

〔註13〕 見〔明〕羅貫中著、吳小林校注：《三國演義校注》，頁170。
〔註14〕 列侯的封國食邑大小不等，大者相當於一個縣，稱「侯國」，小者爲一鄉、一
　　　　亭，食邑由大至小分爲縣侯、鄉侯、亭侯三等。
〔註15〕 見〔西晉〕陳壽著、楊家駱主編：《三國志》（台北：鼎文書局，1995年6月），
　　　　頁13。

　　沮授說紹云：「將軍累葉輔弼，世濟忠義。今朝廷播越，宗廟毀壞，
觀諸州郡外託義兵，內圖相滅，未有存主恤民者。且今州城粗定，
宜迎大駕，安宮鄴都，挾天子而令諸侯，畜士馬以討不庭，誰能御
之！」紹悅，將從之。郭圖、淳于瓊曰：「漢室陵遲，爲日久矣，今
欲興之，不亦難乎！且今英雄據有州郡，眾動萬計，所謂秦失其鹿，
先得者王。若迎天子以自近，動輒表聞，從之則權輕，違之則拒命，
非計之善者也。」授曰：「今迎朝廷，至義也，又於時宜大計也，若
不早圖，必有先人者也。夫權不失機，功在速捷，將軍其圖之！」
紹弗能用。〔註16〕

在官渡之戰時，許攸也曾建議袁紹擁立獻帝〔註17〕，袁紹一直都不接受，等
到曹操接受荀彧的意見迎立獻帝後才後悔，除了沮授、許攸外，想擁立獻帝
的人還有孫策，《三國志・吳書・孫策傳》記載道：

　　建安五年，曹公與袁紹相拒於官渡，策陰欲襲許，迎漢帝，密治兵，
部署諸將。未發，會爲故吳郡太守許貢客所殺。〔註18〕

孫策甚至想趁曹操與袁紹僵持不下時襲擊許都迎立獻帝，可惜未出發前就意
外遭刺殺致死。沮授、許攸、孫策都看出迎立獻帝的好處，也難怪荀彧要說
「若不早圖，人將先我而爲之矣。」此可謂眞知灼見，而曹操也在這個政治
優勢下，逐漸統一華北，朝統一天下的路邁進。

第二節　魯肅的〈吳中對〉

　　說道《三國演義》中的魯肅，一般人都會想到那個誠實、憨厚、甚至可
以稱之爲「可愛」的長者，身處兩大天才周瑜與諸葛亮之間，有時互助，有
時又被利用，然而這個近乎「天眞」的角色，卻是一點也不糊塗，孫吳的立
國大戰略〈吳中對〉就是由他向孫權提出，讓孫權貫徹執行，建立一方基業，
可見忠厚並非無用。

〔註16〕見〔西晉〕陳壽著、楊家駱主編：《三國志》，頁195。

〔註17〕《三國志・魏書・武帝紀》引東晉習鑿齒《漢晉春秋》曰：「許攸說紹曰：『公
無與操相攻也。急分諸軍持之，而徑從他道迎天子，則事立濟矣。』紹不從，
曰：『吾要當先圍取之。』攸怒。」見〔西晉〕陳壽著、楊家駱主編：《三國
志》，頁20。

〔註18〕見〔西晉〕陳壽著、楊家駱主編：《三國志》，頁1109。

　　提到建立孫吳的人，常人都會想到孫權，然而孫權與曹操、劉備不同的地方在於他不是白手起家，而是繼承父兄孫堅、孫策的基業，建安五年（200）孫策遭刺殺而亡，孫權即位，那年他才18歲，轄地也僅有江東一帶的會稽（今浙江紹興）、吳郡（今江蘇蘇州）、丹楊（今安徽宣城）、豫章（今江西南昌）、廬陵（今江西吉安）等郡，江東正是內外交窘之時，此時周瑜向他推薦了魯肅，孫權對魯肅甚是尊敬，《三國演義》寫到魯肅仕孫權後的情形：

> 權甚敬之，與之談論，終日不倦。一日，眾官皆散，權留魯肅共飲，至晚同榻抵足而臥。夜半，權問肅曰：「方今漢室傾危，四方紛擾；孤承父兄餘業，思為桓、文之事，君將何以教我？」肅曰：「昔漢高祖欲尊事義帝而不獲者，以項羽為害也。今之曹操可比項羽，將軍何由得為桓、文乎？肅竊料漢室不可復興，曹操不可卒除。為將軍計，惟有鼎足江東以觀天下之釁。今乘北方多務，剿除黃祖，進伐劉表，竟長江所極而據守之；然後建號帝王，以圖天下：此高祖之業也。」權聞言大喜！披衣起謝。次日厚贈魯肅，并將衣服幃帳等物賜肅之母。（第二十九回）〔註19〕

這個就是鼎鼎有名的〈吳中對〉，《三國演義》跟《三國志》對〈吳中對〉的記載大抵相符，由於當時孫權跟魯肅「同榻抵足而臥」，所以〈吳中對〉又稱為〈榻上對〉，在孫權與魯肅的對談中，可知孫權立志要成為齊桓公與晉文公一樣的霸主，匡復王室，這個「王室」自然指的是東漢朝廷。而孫權為何要匡復漢室？這點矛盾至極，魯肅跟孫權說當年劉邦因為項羽的關係，無法擁戴義帝，而曹操就像項羽一樣，而孫權難道想效法齊桓公、晉文公嗎？所以孫權謙遜承讓也是沒用的，所以魯肅點醒孫權，漢室不可能復興，曹操也不可能短期內就解決，最好的方法是鼎足江東以觀天下之變，趁北方亂成一團時，攻打荊州，控制整個長江天險，再建立帝王之業，然後再圖謀天下！孫權聽了大喜，可見「思為桓、文之事」必是承讓之語，後來孫權果然按照〈吳中對〉規劃行事。

　　魯肅的〈吳中對〉跟諸葛亮的〈隆中對〉比起來也毫不遜色，〈吳中對〉的架構有從三步談起，第一步就是「了解他人」，第二步就是「了解自己」，第三步就是「針對自己與他人的現況，提出解決辦法」，什麼是「了解他人」？這裡指的有三方面，一是「漢室」，二是「曹操」，三是劉表與黃祖代表的「荊

〔註19〕見〔明〕羅貫中著、吳小林校注：《三國演義校注》，頁352。

州〔註20〕方」，筆者以爲這是〈吳中對〉勝過諸葛亮〈隆中對〉的地方，就天下大勢的分析與觀察而言，魯肅的眼光與諸葛亮更精準也更務實，魯肅一語道破「漢室不可復興」，而諸葛亮〈隆中對〉的終極目標卻是「復興漢室」，就事後的發展結果來斷定，蜀漢因爲諸葛亮及後來的姜維連年北伐，國力大衰而導致滅亡，證明魯肅比諸葛亮實際多了！

在分析魯肅對於曹操的見解以前，需要先說明一下魯肅是何時向孫權提出〈吳中對〉。根據《三國志・吳書・魯肅傳》所載：

> 時孫策已薨，權尚住吳，瑜謂肅曰：「昔馬援答光武云：『當今之世，非但君擇臣，臣亦擇君』。今主人親賢貴士，納奇錄異，且吾聞先哲秘論，承運代劉氏者，必興于東南，推步事勢，當其曆數，終構帝基，以協天符，是烈士攀龍附鳳馳騖之秋。吾方達此，足下不須以子揚之言介意也。」肅從其言。瑜因薦肅才宜佐時，當廣求其比，以成功業，不可令去也。權即見肅，與語甚悅之。眾賓罷退，肅亦辭出，乃獨引肅還，合榻對飲。〔註21〕

接著魯肅就跟孫權提出〈吳中對〉了，由上述引文可知，魯肅出仕孫權在孫策去世該年，對照《三國志・吳書・吳主傳》所載另一段引文：

> 五年，策薨，以事授權……張昭、周瑜等謂權可與共成大業，故委心而服事焉。曹公表權爲討虜將軍，領會稽太守，屯吳，使丞之郡行文書事。待張昭以師傅之禮，而周瑜、程普、呂範等爲將率。招延俊秀，聘求名士，魯肅、諸葛瑾等始爲賓客。分部諸將，鎮撫山越，討不從命。〔註22〕

孫策去世於建安五年，由兩段引文可以看出，魯肅應是建安五年出仕孫權，隨即就向孫權提出〈吳中對〉，由此可以看出魯肅過人之處，諸葛亮提出〈隆中對〉時，劉備正在荊州依附劉表，而曹操當時已經滅袁家統一華北，各地諸侯皆不能與之抗衡，而〈吳中對〉被提出時的建安五年，袁紹率軍攻擊曹操，而曹操雖擁立獻帝及掌握中原一帶廣大領土，但是仍然遠遜於坐擁河北四州，當時第一大勢力袁紹，此時正值官渡（今河南中牟東北）之戰的高峰

〔註20〕 荊州，東漢州名，約轄今日湖北、湖南，劉表任荊州牧時，治所在襄陽（今湖北襄樊）。

〔註21〕 見〔西晉〕陳壽著、楊家駱主編：《三國志》，頁 1268。

〔註22〕 見〔西晉〕陳壽著、楊家駱主編：《三國志》，頁 1115～1116。

期，曹軍處於兵少缺糧的嚴重劣勢，魯肅就已提出「曹操不可卒除」一語，他爲什麼不說袁紹而是說曹操呢？因爲他早已看出曹操目前雖處於下風，但終究會戰勝袁紹，繼而逐漸統一北方。

在〈吳中對〉與〈隆中對〉都提出不要正面對決曹操的建議，但是〈隆中對〉被提出之時，不能與曹操正面抗衡已是天下皆知，而〈吳中對〉被提出之時，曹操還處在被袁紹壓著打的劣勢，雖然說魯肅與諸葛亮英雄所見略同，但是還是不得不佩服魯肅的先見之明，至少他比諸葛亮早看出曹操的威脅，正是由於魯肅對曹操的充分了解，所以孫權的對外方針就比蜀漢有彈性得多，比起蜀漢跟曹魏的連年互相攻伐兩敗俱傷，孫吳在三國時代中，算是處於一個隔岸觀火的位子。也因此他的政權存續比曹魏、蜀漢還久。

第三步就是魯肅對劉表與黃祖代表的「荊州方」的分析，江東孫家跟荊州劉表的夙仇可以從孫權之父孫堅說起，根據《三國演義》的描述，東漢中平六年（189），董卓控制漢室，權傾朝野，曹操在刺殺董卓失敗後回到陳留（今河南開封）舉兵，與袁紹發出檄文召集各路諸侯討伐董卓，孫堅亦在其中，各諸侯推舉袁紹爲盟主，董卓懼於聯軍優勢，強行遷都長安，並焚燬洛陽，聯軍當中孫堅率先進入洛陽滅火，《三國演義》寫道：

> 傍有軍士指曰：「殿南有五色毫光起於井中。」堅喚軍士點起火把，下井打撈。撈起一婦人屍首，雖然日久，其屍不爛：宮樣裝束，項下帶一錦囊。取開看時，内有朱紅小匣，用金鎖鎖著。啓視之，乃一玉璽：方圓四寸，上鐫五龍交紐；傍缺一角，以黃金鑲之；上有篆文八字云：「受命於天，既壽永昌」。堅得璽，乃問程普。普曰：「此傳國玉璽也……近聞十常侍作亂，劫少帝出北邙，回宮失此寶。今天授主公，必有登九五之分。此處不可久留，宜速回江東，別圖大事。」堅曰：「汝言正合吾意。明日便當託疾辭歸。」商議已定，密諭軍士勿得泄漏。（第六回）〔註23〕

當孫堅進入洛陽城中救火時，意外發現了在十常侍之亂時就遺失的傳國玉璽，孫堅認爲這是他日後稱帝的預兆，所以打算脫離反董卓聯盟，回到江東去圖大事，但是孫堅軍中有人將此事報知袁紹，次日袁紹在孫堅辭行之際索要玉璽，雙方差點大打出手，於是孫堅依照原計畫離開聯軍，袁紹很生氣，

〔註23〕見〔明〕羅貫中著、吳小林校注：《三國演義校注》，頁77。

密令荊州劉表截擊孫堅一行人，而孫堅遭到劉表截擊損失慘重，好不容易回到江東，於是就跟荊州方結下樑子。

初平三年（192），袁術因向劉表借糧不成，寫信給孫堅讓他攻打荊州，孫堅接到信後立刻出兵，連戰皆捷，但是在圍攻劉表根據地襄陽（今湖北襄樊）時意外戰死，屍首被劉表軍所獲，此時孫堅部將黃蓋亦生擒了劉表部將黃祖，兩軍議和，以黃祖換孫堅屍首，後雙方雖然各自罷兵，但是彼此的仇恨已是不共戴天。

魯肅的〈吳中對〉與諸葛亮的〈隆中對〉最大的不同是〈吳中對〉的藍圖是曹操跟孫權二分天下，而〈隆中對〉卻是曹操、劉備、孫權三分天下，為什麼後來的歷史會演變成三分天下呢？難道是〈隆中對〉比〈吳中對〉高明嗎？其實不然，〈吳中對〉提出之時，魯肅已經預見曹操終將統一北方，能夠抵禦曹操入侵的，只有長江，但是對於位在江東西側的荊州，因為同在江南，長江天險是一點用也沒有，為了取得完整的長江防線，加上殺父之仇，孫權必須加以討伐劉表取得荊州之地，然後才能建號帝王與曹操爭天下，但是魯肅沒有辦法預料的是，在孫權攻打荊州以前，曹操已經搶先動手併吞荊州了，所以他跟諸葛亮兩人主導孫權與劉備結盟，而在打敗曹操之後，魯肅更始料未及的是荊州落入「盟友」劉備的手中，而撤退北返的曹操，也在等待時機南征再行復仇，所以魯肅知道孫權跟劉備雙方絕對不可以失和，以免讓曹操趁虛而入，這也就是為什麼在劉備統治荊州後，魯肅會一直反對攻打荊州的原因。

然而〈吳中對〉最後還是實現了，魯肅去世後到了建安二十四年（219），孫權派呂蒙打敗關羽，取得荊州，雖然這是孫權跟劉備鬧翻換來的，也是魯肅最不願意見到的結果，但是也實現了〈吳中對〉中「竟長江所極而據守之：然後建號帝王，以圖天下：此高祖之業也。」了。

第三節 諸葛亮〈隆中對〉

諸葛亮無疑是《三國演義》的主角，他的登場，讓顛沛流離，勢單力薄的劉備能夠與曹操及孫權抗衡，補齊三國中的最後一角，前一節提過魯肅的〈吳中對〉在見識上足以和諸葛亮的〈隆中對〉相媲美，但是有一點要注意的是，孫權勢力固然不及當時的袁紹、曹操，但是畢竟立足江東，擁有會稽、吳郡、丹楊、豫章、廬陵等郡，所以〈吳中對〉是魯肅要已經有基本實力孫權更上一

層樓，但是〈隆中對〉又不同了，諸葛亮向劉備提出〈隆中對〉時，劉備不知道已吃過多少敗仗，輾轉流徙，依託劉表後充其量只是客將，據點新野（今河南新野）也是劉表給的，《三國演義》寫到一段劉備在荊州與劉表相會的情形：

> （劉備）起身如廁。因見己身髀肉復生，亦不覺潸然流涕。少頃復入席。表見玄德有淚容，怪問之。玄德長嘆曰：「備往常身不離鞍，髀肉皆散；分久不騎，髀裏肉生。日月磋跎，老將至矣，而功業不建：是以悲耳！」（第三十四回）〔註24〕

由此可見劉備是胸懷大志，而且不甘心於現狀的，但曹操勢大，他無法與之對抗，屢戰屢敗後只能在荊州寄人籬下，劉表跟劉備同是漢室宗親，劉表已經願意收留自己，劉備也不好圖謀劉表，況且在《三國演義》中劉備也不是這種人，這種無可奈何的心情，直到劉備碰到諸葛亮才逐漸撥雲見日。

在荊州的日子，劉備意外捲入劉表的嗣子之爭而遭到蔡瑁追殺，隨後他先後遇見了司馬徽與徐庶，徐庶離開劉備時，跟他推薦了諸葛亮，《三國演義》寫道：

> 庶勒馬謂玄德曰：「某因心緒如麻，忘卻一語：此間有一奇士，只在襄陽城外二十里隆中。使君何不求之？」玄德曰：「敢煩元直爲備請來相見。」庶曰：「此人不可屈致，使君可親往求之。若得此人，無異周得呂望、漢得張良也。」玄德曰：「此人比先生才德何如？」庶曰：「以某比之，譬猶駑馬並麒麟、寒鴉配鸞鳳耳。此人每嘗自比管仲、樂毅；以吾觀之，管、樂殆不及此人。此人有經天緯地之才，蓋天下一人也！」玄德喜曰：「願聞此人姓名。」庶曰：「此人乃琅琊陽都人，覆姓諸葛，名亮，字孔明……」（第三十六回）〔註25〕

徐庶在新野輔佐劉備時，幫助劉備打敗來襲的呂曠、呂翔以及曹仁，讓劉備及讀者都爲徐庶的能力留下深刻印象，出於徐庶口中的「諸葛亮之能」，實已先聲奪人，劉備聽從徐庶的意見，經過了三顧茅廬，好不容易才遇見諸葛亮，在經過一番詳談後，諸葛亮向劉備提出了名垂千古的〈隆中對〉：

> 孔明曰：「自董卓造逆以來，天下豪傑並起。曹操勢不及袁紹，而竟能克紹者，非惟天時，抑亦人謀也。今操已擁百萬之眾，挾天子以

〔註24〕 見〔明〕羅貫中著、吳小林校注：《三國演義校注》，頁 406。
〔註25〕 見〔明〕羅貫中著、吳小林校注：《三國演義校注》，頁 428。

令諸侯，此誠不可與爭鋒。孫權據有江東，已歷三世，國險而民附，此可用爲援而不可圖也。荊州北據漢、沔，利盡南海，東連吳會，西通巴、蜀，此用武之地，非其主不能守：是殆天所以資將軍，將軍豈有意乎？益州險塞，沃野千里，天府之國。高祖因之以成帝業；今劉璋闇弱，民殷國富，而不知存恤，智能之士，思得明君。將軍既帝室之胄，信義著於四海，總攬英雄，思賢如渴。若跨有荊、益，保其巖阻，西和諸戎，南撫彝、越，外結孫權，內修政理；待天下有變，則命一上將將荊州之兵以向宛、洛，將軍身率益州之眾以出秦川，百姓有不簞食壺漿以迎將軍者乎？誠如是，則大業可成，漢室可興矣。此亮所以爲將軍謀者也。惟將軍圖之。」言罷，命童子取出畫一軸，挂於中堂，指謂玄德曰：「此西川五十四州之圖也。將軍欲成霸業，北讓曹操占天時，南讓孫權占地利，將軍可占人和。先取荊州爲家，後即取西川建基業，以成鼎足之勢。然後可圖中原也。」（第三十八回）〔註26〕

這一年是建安十二年（207），諸葛亮年僅27歲，他的〈隆中對〉是一個長遠的戰略計畫，給劉備打天下用的，這裡面要點有五項，分別是對曹操、對孫權、對劉表、對劉璋、以及對劉備自己，首先曹操佔盡優勢，擁眾百萬又挾天子統治華北，不可以跟曹操爭鋒；孫權據江東已歷三世，不但地盤險要，人民也支持，只能當幫手，不能圖謀，這是當時的兩大勢力，一個據華北，一個占江東，而全國未在這兩個勢力控制下的地區，僅剩下荊州、益州、交州與西北地區了，其中西北與交州太遠，劉備無法掌握，所以諸葛亮跟劉備提出的戰略可分兩步，第一步是聯合孫權，並控制荊州，再取益州，第二步是讓一上將從荊州出兵，攻打宛、洛，即曹魏的心臟地帶，劉備自己統領大軍奪取關中地區，這樣才大事可成。

　　諸葛亮此招乃是「避實擊虛」，曹操、孫權是「實」，需避之不可擊，但是孫權可聯曹操不可；劉表、劉璋是「虛」，必然要擊之。這對當時天下的局勢與劉備的情況來說，是最正確可行的計畫，能讓當時年僅27歲的諸葛亮做出這樣正確的戰略藍圖，諸葛亮必定有一種長期觀察且周密思考的個性，連西川地圖都準備好了，可見諸葛亮遲不出山，只是在選時、選地、選人，最

〔註26〕見〔明〕羅貫中著、吳小林校注：《三國演義校注》，頁447。

後他選擇了劉備。

也有人對〈隆中對〉提出了批評，《魏書・嚴稜傳》記載崔浩說道：

> 夫亮之相劉備，當九州鼎沸之會，英雄奮發之時，君臣相得，魚水
> 爲喻，而不能與曹氏爭天下，委棄荊州，退入巴蜀，誘奪劉璋，僞
> 連孫氏，守窮崎嶇之地，僭號邊夷之間。此策之下者。〔註27〕

但是劉備雖然得到了諸葛亮，以當時他僅擁有的數千軍馬，要怎麼跟「曹氏爭天下」？當時曹操、孫權根基均已穩固，唯劉備沒有地盤，所以首先要確保一個根據地，當時的劉備，連謀取荊州都舉棋不定，離開新野後，被曹軍一路追殺，逃至夏口（今湖北武漢漢口），劉備兵微將寡，資源極爲有限，好不容易才跟孫權聯手打敗曹操，藉此逐步掌握荊州全境，一直到此，劉備才算是有了地盤，但是個處在北面有曹操壓境，東面則有亦敵亦友的孫權，因此〈隆中對〉的規劃是很符合現實的，劉備唯一能發展的，只有向西去奪取益州〔註28〕，然後坐鎮益州養精蓄銳，利用益州的險峻，往西與諸外族保持和諧關係，往南安撫彝、越。

時機來臨時，令鎮守荊州的大將率軍攻擊南陽（今河南南陽）及洛陽一帶，劉備自己則是指揮兵出秦川直抵長安，當時洛陽跟長安是中國兩大城，由於長時間被當作首都，號稱「東、西京」，洛陽爲東漢首都，長安爲西漢首都，除了政治地位重要外，更有崇高的象徵意義，如果劉備能取得兩京，代表已經光復漢朝的首都，光復首都在傳統封建社會的觀點來說是很重要的，綜觀長安、洛陽、北京、南京等城市會在歷代中長時間的一再被當作首都，其中一個很重要的原因是新王朝要確立自己取代舊王朝的正統性與合法性，明末據點在西安（今陝西西安）的「闖王」李自成入寇河北，最後攻破北京（今北京市）滅明，但是隨後李自成慘敗於吳三桂和滿清的聯軍，不得不放棄北京撤退，但是離開北京的前夕，李自成仍不忘在武英殿稱帝後再走〔註

〔註27〕 見〔北齊〕魏收著、楊家駱主編：《魏書》（台北：鼎文書局，1993年10月），
　　　　 頁960～961。

〔註28〕 東漢州名，轄郡、國十二，縣一百一十八，約轄今四川、雲南、貴州大部分，
　　　　 及陝西、甘肅、湖北、越南的一小部分，漢末治所在成都（今四川成都）。

〔註29〕 據《明史・流賊傳》記載：「（李自成）二十九日丙戌僭帝號於武英殿，追尊
　　　　 七代皆爲帝后，立妻高氏爲皇后。自成被冠冕，列仗受朝。金星代行郊天禮。
　　　　 是夕焚宮殿及九門城樓。詰旦，挾太子、二王西走⋯⋯」見〔清〕張廷玉等
　　　　 著、楊家駱主編：《明史》（台北：鼎文書局，1982年11月），頁7967。

29），這是因爲北京做爲「統治全國」的「唯一合法政權」的明朝首都已 223 年，如果把元朝的大都（今北京市）也算進去，在當時北京做爲中國唯一的首都已逾 324 年，一般百姓早就習慣「稱帝於北京」等於「合法政權」了，因此滿清入關後，也是直接把首都從盛京（今遼寧瀋陽）遷到北京，在戰略與法統上均方便統治漢人。

桓溫在東晉永和十年（354）北伐，兵鋒直抵長安近郊，最後糧盡而返，永和十二年（356）桓溫收復洛陽，但是東晉隆和元年（362）洛陽又失陷於前燕，雖然兩次都以失敗收場，但是收復兩京的行動，在當時還是受人振奮的，《晉書·桓溫傳》就記載到桓溫部隊進逼長安近郊時的情形：

> 溫進至霸上，健以五千人深溝自固，居人皆安堵復業，持牛酒迎溫
> 於路者十八九，耆老感泣曰：「不圖今日復見官軍！」〔註30〕

拿上述桓溫的情形對照在〈隆中對〉中諸葛亮對劉備所言之語：

> 將軍身率益州之眾以出秦川，百姓有不簞食壺漿以迎將軍者乎？誠
> 如是，則大業可成，漢室可興矣。

實在是非常的相似，至於崔浩所言：「委棄荊州，退入巴蜀」那是因爲荊州跟益州兩地地理環境的不同，荊州是水陸交通要道，地勢平坦不利於防守，益州則不但是天府之國，更是民強國險，荊州就好像北宋首都東京（今河南開封）一樣位於平坦的地勢上，北宋的外患遼跟金，都可以長驅直入輕易打到東京，而益州就好像戰國時秦國首都咸陽（今陝西咸陽）一樣，綜觀戰國時代，只有秦軍東出函谷關（今河南靈寶北）征討東方六國，東方六國從來沒有進關直抵咸陽城下過，而且劉備入蜀後，荊州即交由第一號大將關羽來鎮守，根本談不上是「委棄荊州」。

先不以事後成敗來論〈隆中對〉的價值，光是諸葛亮從零開始，把流浪的劉備輔佐成君臨西南中國的皇帝，能不說這是〈隆中對〉受人讚嘆的地方嗎？

第四節 小 結

戰略需要戰術去成就，戰術也需要戰略來指引正確的道路，兩者相輔相成，缺一不可，但是戰略相較於戰術而言，是需要更細膩的思考，及更宏觀

〔註30〕見〔唐〕房玄齡等著、楊家駱主編：《晉書》（台北：鼎文書局，1995 年 6 月），頁 2571。

的眼光才能佈局，戰術往往著重的是一個點，而戰略則是考量到全盤，這就是戰略比戰術更重要的地方，以下試舉一個戰略跟戰術沒有協調好的例子。

周顯王十年（B.C.359），公孫鞅至秦變法，將秦國由西陲小國一躍爲強國，並開始威脅崤山以東諸國，但是秦國雖然國勢十分強大，並屢屢打敗東方諸國，實力卻終究僅限於函谷關以西，直到周赧王四十五年（B.C.270）秦昭襄王與范雎會面，范雎向秦昭襄王建議：

> 王不如遠交而近攻，得寸則王之寸也，得尺亦王之尺也。今釋此而遠攻，不亦繆乎！且昔日中山之國地方五百里，趙獨吞之，功成名立而利附焉，天下莫之能害也。今夫韓、魏，中國之處而天下之樞也，王其欲霸，必親中國以爲天下樞，以威楚、趙。楚彊則附趙，趙彊則附楚，楚、趙皆附，齊必懼矣。齊懼，必卑辭重幣以事秦。齊附而韓、魏因可虜也。〔註31〕

這就是歷史上著名的「遠交近攻」之計，簡單來說就是與遠方的國家交好，攻打鄰近的國家，這樣才能真的鯨吞蠶食鄰國，所謂「得寸則王之寸也，得尺亦王之尺也。」秦國在之前雖然兵勢強盛，戰術也很優異，但是始終發展有限，而在范雎提出「遠交近攻」之計後，確立了大戰略的方向，秦軍從此摧枯拉朽，逐一兼併東方諸國，這可以看出成功的戰略會帶給一個國家或集團莫大的幫助。普魯士克勞塞維茨（Karl von Clausewitz, 1781～1831）便言：

> 作戰計畫使一切軍事行動，化成一個有機體之單一動作。這整體行動有一最後目的，一切小目的或個別目的，都以達到最後大目的爲歸趨。〔註32〕

克勞塞維茨之言，「最後目的」即是戰略，「小目的或個別目的」則是指戰術，可見戰略是多麼重要！

回過頭來看《三國演義》，如果沒有荀彧的建議，曹操可能只是一個小小的建德將軍，哪有能力統一華北號令天下？如果沒有魯肅的〈吳中對〉，孫權可能永遠取得不了荊州，只能統治江東一帶，而曹操打來時，或許早就投降了，哪裡有後來建立吳國，成爲「大帝」呢？而劉備或許更慘，如果沒有諸

〔註31〕 見《史記・范雎蔡澤列傳》，轉引自〔西漢〕司馬遷著、楊家駱主編：《史記》（台北：鼎文書局，1995 年 10 月），頁 2409～2410。
〔註32〕 蕭天石：《世界名將治兵語錄》（台北：自由出版社，1973 年 7 月），頁 200。

葛亮向他提出〈隆中對〉，劉備可能永遠只是個失志的沒落皇族，好一點的話繼續流浪各地，壞一點的話在劉琮投降曹操時，可能就被曹操擒獲，從此被幽禁或是被殺，如此看來雖然曹操、孫權、劉備三人麾下都有不少聰明的謀士，但是放眼望去，有幾位能比得上荀彧、魯肅跟諸葛亮對整個三國歷史的影響呢？

第五章　《三國演義》中謀士的戰術智謀

　　在眾多章回小說中，《三國演義》中的謀略是獨樹一幟的，本書基本上取材自西晉陳壽的《三國志》，要生存在那個混亂的年代，謀略的使用往往占有很大的關鍵，因此可以說謀略貫穿整部《三國演義》，全書計謀迭出，基本上推動這些智謀的是「謀士」，謀士們各出奇招，智謀之深沉遠慮，明爭暗鬥，讀來令人拍案叫絕。

　　試舉一例，關羽在劉備即位漢中王後，隨即出兵攻打襄陽圍樊城（今湖北襄樊），敗曹仁、擒于禁、斬龐德，水淹七軍，曹操據報大驚，襄樊一旦陷落，作為曹操根據地許都（今河南許昌）的南邊屏障荊北地區也恐怕不保，關羽必定長驅直入，因此曹操「欲遷都以避之」，此時謀士司馬懿諫阻，並認真的跟曹操分析孫權跟劉備的矛盾，讓孫權截抄關羽後路，曹操聽從其言，一方面「遣使致書東吳」，另一方面派徐晃率兵五萬應援。孫權當即「欣然應允」，遣呂蒙、陸遜以計襲取荊州，關羽得報後立即撤軍，樊城之圍遂解。

　　關羽後來兵敗麥城（今湖北當陽東南）被殺，劉備跟孫權結下樑子，情勢遂對曹魏有利。三年後，劉備為了報關羽之仇並奪回荊州，與陸遜領軍的東吳爆發「夷陵之戰」，不料最後以慘敗收場，蜀漢從此由盛轉衰，雖說諸葛亮在劉備死後慘淡經營，並修好與東吳的關係，但因國勢一直一蹶不振，吳蜀聯合的戰略，對曹魏來說並無太大威脅。

　　即位漢中王是劉備事業的顛峰時期，關羽北伐，殺得曹操也膽戰心驚，不料司馬懿的一席話，不但解當下的樊城之圍，也基本破壞了孫、劉間合作的關係，給予曹魏高枕無憂的空間，可見一條計策，就能牽動範圍跟時間如此之廣，實屬精彩。

由於《三國演義》中計謀極多，實在無法一一列舉說明，因此僅取部分精彩，並有關於本篇論述人物之片段，若同一謀士精彩案例過多，如諸葛亮、周瑜等，也只能擇其更優者加以敘述之，有別於第四章如魯肅的〈吳中對〉、諸葛亮的〈隆中對〉等少數謀士提出的戰略建言，本章則是單純由臨場的「戰術」機智去論述。

第一節　兵不厭詐

《孫子兵法・計篇》說道：「兵者，詭道也〔註1〕」，「詭道」就是詐欺的方式，即對敵人使用詭詐手段。《韓非子・難一》也記載一則事蹟：晉楚城濮之戰時，晉文公召舅犯問退敵之策，舅犯回答文公曰：「臣聞之，繁禮君子，不厭忠信；戰陣之間，不厭詐偽，君其詐之而已。〔註2〕」文公採納了舅犯的意見，果然擊退了楚軍。

自古以來，戰場上的形勢向來是瞬息萬變，兩軍對陣與交鋒，容不得一點閃失，輕者戰敗，重者造成全軍潰滅，而且戰場上不講「仁義」，春秋時代宋襄公在泓水被楚軍打得大敗，是因為他不能審時度勢，不聽群臣勸諫，執意以「仁義之師」與楚軍一戰。因此交戰雙方無不想盡辦法讓對方「判斷錯誤」，所以說用兵之道貴在運用詐謀以取勝，「兵不厭詐」的重點在一個「詐」字，「詐」是戰場上出奇制勝的權謀，善於用兵者無不深諳此道，下舉三個《三國演義》中出現的兵不厭詐的例子。

一、諸葛孔明草船借曹箭

諸葛亮「草船借箭」的故事，出自《三國演義・第四十六回》。東漢建安十三年（208），曹操率軍南征，先佔荊州〔註3〕，繼而沿江而下，號稱百萬大軍，欲一舉吞併江東，劉備從新野（今河南新野）逃至江夏（今湖北武昌），使諸葛亮前往東吳，共謀抗曹。

此時東吳國內正因「主戰」跟「主降」的意見而爭執不下，直到周瑜從

〔註1〕見〔東周〕孫武著、〔東漢〕曹操註、〔清〕孫星衍校：《孫子集註》（台北：東大圖書公司，2006年4月），頁14。

〔註2〕見〔清〕王先慎：《韓非子集解》（台北：世界書局，1983年3月），頁263。

〔註3〕荊州，東漢州名，約轄今日湖北、湖南，劉表任荊州牧時，治所在襄陽（今湖北襄樊）。

鄱陽（今江西波陽）回來時參與議事，才使孫權揮劍斬案角決意破曹，但是諸葛亮首先看出孫權「心尚未穩，不可以決策也」，於是周瑜夜訪孫權，一問之下果然如此，周瑜為孫權釋疑後，暗忖曰：

> 孔明早已料著吳侯之心。其計畫又高我一頭，久必為江東之患，不如殺之。（第四十四回）〔註4〕

對此，毛宗崗評註曰：「周郎欲殺孔明，正是孔明知己。」因為周瑜知道諸葛亮所表現出來的遠見卓識和才智，自知不如又不為己用，從此時起，周瑜就想找機會除掉諸葛亮。

後來周瑜使「反間計」騙蔣幹，致使曹操誤殺蔡瑁、張允兩名水軍都督，雖然此計瞞過諸將，但瞞不過諸葛亮，因此周瑜大驚後「決意斬之」，於是派人請諸葛亮議事，諸葛亮欣然而至，《三國演義》描述這段議事：

> 坐定，瑜問孔明曰：「即日將與曹軍交戰，水路交兵，當以何兵器為先？」孔明曰：「大江之上，以弓箭為先。」瑜曰：「先生之言，甚合愚意。但今軍中正缺箭用，敢煩先生監造十萬枝箭，以為應敵之具。此係公事，先生幸勿推卻。」孔明曰：「都督見委，自當效勞。敢問十萬枝箭，何時要用？」瑜曰：「十日之內，可完辦否？」孔明曰：「操軍即日將至，若候十日，必誤大事。」瑜曰：「先生料幾日可完辦？」孔明曰：「只消三日，便可拜納十萬枝箭。」瑜曰：「軍中無戲言。」孔明曰：「怎敢戲都督！願納軍令狀：三日不辦，甘當重罰。」（第四十六回）〔註5〕

周瑜本來以對抗曹軍作戰為名，委任諸葛亮監造十萬枝箭，但周瑜身為大都督〔註6〕，吳軍人員物資具受其調度，他只要一方面吩咐軍匠人等拖延，以及造箭的需用物件，都不給諸葛亮齊備，如此一來諸葛亮必定完不了差，到時再以軍法審判他，就可以解除諸葛亮對他的威脅，只是諸葛亮卻嫌這個陷阱不夠大，非要挖更深再跳進去，如此一來連周瑜都覺得「他自送死，非我逼他」，並讓魯肅到諸葛亮處打探動靜，且看下文：

〔註4〕見〔明〕羅貫中著、吳小林校注：《三國演義校注》（台北：里仁書局，2006年3月），頁515。
〔註5〕見〔明〕羅貫中著、吳小林校注：《三國演義校注》，頁533～534。
〔註6〕高級軍職名，為「都督」之權加重者，總領內外軍事，第一品，而周瑜從未擔任過此職。

肅領命來見孔明。孔明曰：「吾曾告子敬，休對公瑾說，他必要害我。不想子敬不肯為我隱諱，今日果然又弄出事來。三日內如何造得十萬箭？子敬只得救我！」肅曰：「公自取其禍，我如何救得你？」孔明曰：「望子敬借我二十隻船，每船要軍士三十人，船上皆用青布為幔，各束草千餘個，分布兩邊。吾別有妙用。第三日包管有十萬枝箭。只不可又教公瑾得知。若彼知之，吾計敗矣。」肅允諾，却不解其意。回報周瑜，果然不提起借箭之事。只言：「孔明並不用箭竹、翎毛、膠漆等物，自有道理。」瑜大疑曰：「且看他三日後如何回覆我！」（第四十六回）〔註7〕

諸葛亮向魯肅借得船隻後，一連兩天都毫無動靜，到第三天夜裡四更時分，他才秘密將魯肅請到船上，並告知魯肅要去取箭，魯肅被弄得莫名其妙，諸葛亮將二十隻船，用長索相連，往長江北岸進發。

當晚，大霧瀰漫整個江上，對面不相見，到了五更時，船隊已經接近曹軍水寨，諸葛亮命士兵把船隻調整成頭西尾東，一帶擺開，在船上擂鼓吶喊。

而此時曹操已經得到吳軍進犯的報告，《三國演義》寫道：

操傳令曰：「重霧迷江，彼軍忽至，必有埋伏，切不可輕動。可撥水軍弓弩手亂箭射之。」又差人往旱寨內喚張遼、徐晃各帶弓弩軍三千，火速到江邊助射。比及號令到來，毛玠、于禁怕南軍搶入水寨，已差弓弩手在寨前放箭；少頃，旱寨內弓弩手亦到，約一萬餘人，盡皆向江中放箭：箭如雨發。孔明教把船弔回，頭東尾西，逼近水寨受箭，一面擂鼓吶喊。待至日高霧散，孔明令收船急回。二十隻船兩邊束草上，排滿箭枝。孔明令各船上軍士齊聲叫曰：「謝丞相箭！」比及曹軍寨內報知曹操時，這裡船輕水急，已放回二十餘里，追之不及。曹操懊悔不已。（第四十六回）〔註8〕

魯肅見諸葛亮不費江東半分之力，已得十萬餘箭，以為神人，佩服不已，並問其故，諸葛亮曰：

為將而不通天文，不識地利，不知奇門，不曉陰陽：不看陣圖，不明兵勢，是庸才也。亮於三日前已算定今日有大霧，因此敢任三日

〔註7〕 見〔明〕羅貫中著、吳小林校注：《三國演義校注》，頁534。
〔註8〕 見〔明〕羅貫中著、吳小林校注：《三國演義校注》，頁536。

之限。（第四十六回）〔註9〕

對於諸葛亮如此的神機妙算，周瑜也只能慨然嘆曰：「吾不如也！」

《孫子兵法·地形篇》說道：「知彼知己，勝乃不殆；知地知天，勝乃可全。〔註10〕」任何軍事行動都要在適宜的天候下才能順利，指揮官若是不懂氣象學，就不能夠靈活運動各種氣象條件來助陣，反而因爲不了解氣象來導致敗績，十九世紀的拿破崙（Napoléon Bonaparte, 1769～1821）跟二十世紀的希特勒（Adolf Hitler, 1889～1945），在最初進軍俄國時，軍勢是多麼摧枯拉朽，然而最後都因爲軍隊適應不了俄國的寒冬而導致失利，而此例中諸葛亮因爲通曉氣象，而敢在周瑜面前立下「軍令狀」。

除了通曉氣象學外，諸葛亮還知道曹操的心思，料定曹操必定因疑而不出戰，若曹軍統帥爲一魯莽者，見吳軍來就率軍迎擊，如此一來諸葛亮跟魯肅很難不被擒獲，此計也就難以實現，所以說除了通曉天文，知道敵軍統帥的個性也是極爲重要的，兩者缺一不可。

然而「草船借箭」畢竟是虛構故事，羅貫中在情節安排上難免有不盡美善的地方，此情節發生在五更時分，又蒙大霧，既然雙方你不見我，我不見你，曹軍如何僅憑吳軍擂鼓吶喊，就能準確向吳軍射箭，而且筆者認爲在霧夜裡，爲用火箭最佳時分，傷敵、照明兩相宜，諸葛亮又如何能夠料定曹操不會下令射火箭？因爲一旦曹軍使用火箭，赤壁之戰不等黃蓋火攻曹軍，諸葛亮、魯肅就已先命喪江上火海了。

「草船借箭」的故事在中國已是膾炙人口，婦孺接知，但是並未見於《三國志》與《資治通鑑》等正史記載，由此可知應是羅貫中在已流傳的民間故事上，加以改寫而成，然而史上確有「草船借箭」之事，只是當事者非諸葛亮，而是孫權，時間、地點也不在建安十三年與赤壁，而是在建安十八年（213）的「濡須口之戰」，《三國志·吳書·吳主傳》引《魏略》曰：

> 權乘大船來觀軍，（曹）公使弓弩亂發，箭著其船，船偏重將覆，權因迴船，復以一面受箭，箭均船平，乃還。〔註11〕

〔註9〕見〔明〕羅貫中著、吳小林校注：《三國演義校注》，頁536。

〔註10〕見〔東周〕孫武著、〔東漢〕曹操註、〔清〕孫星衍校：《孫子集註》，頁208～209。

〔註11〕見〔西晉〕陳壽著、楊家駱主編：《三國志》（台北：鼎文書局，1995年6月），頁1119。

這裡的孫權借箭，只是為了避免船隻翻覆，後來有沒有拔下來射回去給曹軍，並不得而知。到了元代《三國志平話》，借箭的人已經從「孫權」改為「周瑜」。〔註12〕既然在前書中有實例，那「借箭」之事就不完全虛構，羅貫中將其藝術加工後改為「諸葛亮」所借，以顯示諸葛亮鬼神不測之能。

二、荀攸聲東擊西破袁紹

「聲東擊西」此計之名出於唐代杜佑所撰的《通典・兵六》：「聲言擊東其實擊西〔註13〕」此計是製造假象來造成敵人的錯覺，當己方聲稱要攻打東邊，敵軍急忙調防時，再從西方進擊，是一個偽裝攻擊方向的計謀，「聲東擊西」在《三國演義・第三十回》就有一個很好的例子。

建安三年（198），袁紹擊敗公孫瓚，統一河北，曹操亦消滅呂布，統治華中一帶，於是兩強開始呈現對峙局面，建安五年（200），袁紹率軍南下攻打曹操，爆發「官渡之戰」，初期袁軍佔上風，但後來卻因屯放在烏巢（今河南延津南）的軍糧被燒，謀士許攸，武將張郃、高覽又先後降曹，而導致軍心惶惶，曹軍乘勢向袁軍發起反攻，謀士荀攸趁機獻計：

> 今可揚言調撥人馬，一路取酸棗，攻鄴郡；一路取黎陽，斷袁兵歸路。袁紹聞之，必然驚惶，分兵拒我；我乘其兵動時擊之，紹可破也。（第三十回）〔註14〕

曹操採納了荀攸的計謀，讓士兵到處揚言將分兵三路出擊，《三國演義》接下來寫袁紹的反應與這場戰事的最終結局：

> 紹大驚，急遣袁譚分兵五萬救鄴郡，辛明分兵五萬救黎陽，連夜起行。曹操探知袁紹兵動，便分大隊軍馬，八路齊出，直衝紹營。袁

〔註12〕《三國志平話》書中寫道：「卻說曹操知得周瑜為元帥，無五七日，曹公問言：『江南岸上千隻戰船，上有麾蓋，必是周瑜。』被曹操引十隻戰船，引蒯越、蔡瑁，江心打話。南有周瑜，北有曹操，兩家打話畢，周瑜船回，蒯越、蔡瑁後趕。周瑜卻回。周瑜一隻大船，十隻小船出，每隻船一千軍，射住曹軍。蒯越、蔡瑁令人數千放箭相射。卻說周瑜用帳幕船隻，曹操一發箭，周瑜船射了左面，令扮棹人回船，卻射右邊。移時，箭滿於船。周瑜回，約得數百萬隻箭。周瑜喜道：『丞相，謝箭！』曹公聽的大怒，傳令：『明日再戰。依周瑜船隻，卻索將箭來！』」見〔元〕佚名：《三國志平話》（台北：文化圖書公司，1997年3月），頁63～64。

〔註13〕見〔唐〕杜佑：《通典》（北京：中華書局，1988年12月），頁3914。

〔註14〕見〔明〕羅貫中著、吳小林校注：《三國演義校注》，365。

> 軍俱無鬥志，四散奔走，遂大潰。袁紹披甲不迭，單衣幅巾上馬；
> 幼子袁尚後隨。張遼、許褚、徐晃、于禁四員將，引軍追趕袁紹。
> 紹急渡河，盡棄圖書車仗金帛，止引隨行八百餘騎而去。操軍追之
> 不及，盡獲遺下之物。所殺八萬餘人，血流盈溝，溺水死者不計其
> 數。操獲全勝，將所得金寶緞匹，給賞軍士。（第三十回）〔註15〕

所謂「百足之蟲。至死不僵，扶之者眾也。〔註16〕」，袁紹雄據河北四州，實力強大，此時率七十萬軍隊南下，雖然軍糧被焚，但整體上來說，軍力依然不容小覷，若是與之正面交鋒，曹軍損失定然不小，若是放風聲說要分兵三路襲取酸棗（今河南延津）、鄴郡（今河北磁縣）與黎陽（今河南浚縣），袁紹必然驚疑不定，分兵相救。

曹軍只有七萬，交戰初期又處於下風，實力大打折扣，哪有多餘兵力再分兵行動？倘若曹軍真的攻擊酸棗、鄴郡與黎陽三地，只要聰明一點的指揮官就知道此時若是直取曹操本營，兵力分散的曹軍必然崩潰，只是袁紹向來優柔寡斷，又剛遭逢大敗，心煩意亂，統帥跟軍心都不穩，全軍上下都被荀攸這招「聲東擊西」的計謀牽著走，於是袁紹分兵抵抗曹軍，袁譚跟辛明共帶走十萬人，大大的削弱袁軍的實力，而且十萬人的調動，牽連極廣，袁紹本營一定混亂騷動，於是曹操兵分八路直衝袁紹本營，擊潰了袁軍，袁紹只帶八百餘騎渡過黃河逃走，曹操大獲全勝。

三、賈詡將計就計敗曹軍

「將計就計」並沒有很明確的定義，它只是順著敵人的計謀實行，靈活變通運用，通常是假裝中了敵人的計謀，當敵人滿心歡喜以為得逞時，殊不知我方挖了另一個更大的陷阱讓他跳，明代唐順之的《武編・戰》對此計的使用規則說的很明確：

> 苟敵人料我，當順其所料，伏兵待之，以詐示之，俟彼出師，則發
> 伏收之。〔註17〕

「將計就計」可以說是破百計之大法，真正的「以不變應萬變」，《三國演義》

〔註15〕見〔明〕羅貫中著、吳小林校注：《三國演義校注》，頁365。

〔註16〕出於〔曹魏〕曹同《六代論》，收於《昭明文選》，見〔梁〕蕭統著、〔唐〕李善注：《文選》（台北：五南圖書出版公司，2001年7月），頁1284。

〔註17〕見中國兵書集成編委會：《中國兵書集成（13）》（北京：解放軍出版社，1990年），頁198。

〈第十七回〉、〈第十八回〉就有一則賈詡將計就計破曹操的精彩例子。

建安二年（197），張繡依託劉表，據南陽（今河南南陽）反叛曹操，曹操親率部隊討伐，打敗張繡，張繡逃入城中，避不出戰，曹操攻打不下，親自騎馬繞城三日，找尋破綻，在心生一計後，下令軍士堆積柴薪準備，從西門角攻城，曹操不料自己真正的意圖，已經被城內的賈詡看破，《三國演義》寫道：

> 卻說賈詡料知曹操之意，便欲將計就計而行，乃謂張繡曰：「某在城上見曹操繞城而觀者三日。他見城東南角磚土之色，新舊不等，鹿角多半毀壞，意將從此處攻進；卻虛去西北上積草，詐為聲勢，欲哄我撤兵守西北，彼乘黑夜必爬東南角而進也。」繡曰：「然則奈何？」詡曰：「此易事耳。來日可令精壯之兵，飽食輕裝，盡藏於東南房屋內；卻教百姓假扮軍士，虛守西北。夜間任他在東南角上爬城。俟其爬進城時，一聲炮響，伏兵齊起，操可擒矣。」（第十八回）〔註18〕

曹操的意圖，其實就是對「聲東擊西」的一種運用，《孫子兵法‧虛實篇》說：「攻而必取者，攻其所不守也；守而必固者，守其所不攻也。〔註19〕」就是這個計謀的運用，曹操見到城東南角「磚土之色，新舊不等」，作為防禦用的「鹿角」也多半毀壞，從這裡攻城是再好不過了，但是曹操又擺出即將要進攻西北角的陣勢，讓張繡調東南守軍到西北角防守。張繡採納了賈詡的計謀，《三國演義》接下來寫道：

> 繡喜，從其計。早有探馬報曹操，說張繡盡撤兵在西北角上，吶喊守城，東南卻甚空虛。操曰：「中吾計矣！」遂命軍中密備鍬钁爬城器具。日間只引軍攻西北角。至二更時分，卻領精兵於東南角上爬入濠去，砍開鹿角。城中全無動靜，眾軍一齊擁入。只聽得一聲炮響，伏兵四起。曹軍急退，背後張繡親驅勇壯殺來。曹軍大敗，退出城外，奔走數十里。張繡直殺至天明方收軍入城。曹操計點敗軍，已折五萬餘人，失去輜重無數。呂虔、于禁俱各被傷。（第十八回）〔註20〕

曹操自以為「聲東擊西」之計得逞，沒想到賈詡來個「將計就計」，迎合曹操的想法，請君入甕，殺得曹軍措手不及，損失五萬人跟輜重無數，將領呂虔、

〔註18〕見〔明〕羅貫中著、吳小林校注：《三國演義校注》，頁219。
〔註19〕見〔東周〕孫武著、〔東漢〕曹操註、〔清〕孫星衍校：《孫子集註》，頁102～103。
〔註20〕見〔明〕羅貫中著、吳小林校注：《三國演義校注》，頁219。

于禁也負傷了，對此明代李漁評註道：「虛者實之，實者虛之，早被賈生看破〔註21〕」。

賈詡在《三國演義》中是一個極爲出色的謀士，有許多令人拍案叫絕的計謀，張繡也因爲他的出謀，而始終未被曹操所滅，而曹操在歷史上也是一個赫赫有名的謀略家，賈詡跟曹操，難免有一種「英雄所見略同」的感覺，曹操知道城的東南角最易攻打，身爲守方的賈詡當然也知道，而且賈詡深知曹操的謀略，怎麼可能採取「避虛擊實」硬碰硬這種笨方法，於是料知曹操將來「聲東擊西」之計，佯攻西北實取東南，於是順勢來個「將計就計」，來個「虛守西北，設伏東南」，其中「虛守西北」這點很重要，如果賈詡沒這樣做，曹操一定很快就知道「聲東擊西」之計被識破，而另做安排了。

史上確有曹操圍張繡之事，但發生地點在穰城（今河南鄧州）而非南陽，而賈詡跟曹操是否曾經鬥智鬥力？《三國志》、《資治通鑑》等正史均未記載，該故事應爲羅貫中虛構出來的，羅貫中以驚人的藝術手筆，刻劃了這場展現謀士賈詡高度智慧的情節。

第二節 以靜制動

《孫子兵法・火攻篇》說道：

> 夫戰勝攻取，而不修其攻者凶，命曰費留。故曰：明主慮之，良將修之。非利不動，非得不用，非危不戰。〔註22〕

意思是說，如果徒勞無益就不要採取行動；如果沒有取勝的把握，就不要輕易用兵；如果不到十分危急的情況，就不要作戰。明主跟良將都不要因爲一時的情緒而輕率開戰。

總而言之，戰爭是一國之大事，因爲國家亡了不能復存，士兵死了不能復生，因此在還不是最佳用兵的時間，就不要發動戰爭，這時就要採用「以靜制動」的方法，以不變應萬變，靜觀敵人的變化，等到機會到了，敵人自亂陣腳，對自己有利了，再行攻擊，方能收到最大效果，故《孫子兵法・軍

〔註21〕 見鐘宇：《三國演義：名家彙評本》（北京：北京圖書館出版社，2007 年 7 月），頁 109。

〔註22〕 見〔東周〕孫武著、〔東漢〕曹操註、〔清〕孫星衍校：《孫子集註》，頁 254～255。

爭篇》又說：

> 故善用兵者，避其銳氣，擊其惰歸，此治氣者也。以治待亂，以靜
> 待譁，此治心者也。以近待遠，以佚待勞，以飽待飢，此治力者也。
> 無要正正之旗，勿擊堂堂之陳，此治變者也。〔註23〕

這種計謀精髓在一個「等」字，要使敵人處在困難的處境，不是出兵攻打，
而是「等」，等到適合出兵的時機到來，自然可以輕鬆獲勝。

一、程昱調虎離山得關羽

　　老虎長期在深山中，不易擒獲，如果能讓老虎離開深山，那連狗都能欺
負老虎了，所以說「調虎離山」這是一種調開敵人的計謀，如果敵人先佔據
了有利的地形，已經設防完成，以逸待勞，這時千萬不能硬碰硬，要設法讓
敵人失去地緣優勢，再行消滅敵人。怎麼做呢？此計的關鍵在「調」字，碰
到強敵，先等待不行動，以計相誘，引動敵人離開據點，改變己方在地形上
的不利條件，再一舉擒獲敵人或達成某種目的，《三國演義》有一則程昱讓關
羽這頭「猛虎」離山的案例。

　　建安四年（199），劉備殺曹操指派的徐州〔註24〕刺史〔註25〕車冑，並令
關羽守下邳（今江蘇邳縣），自己則屯兵小沛（今江蘇沛縣），次年，曹操擊
敗劉備，劉備逃到袁紹處，關羽則被曹軍圍困在下邳，《三國演義》寫道：

> 且說曹操當夜取了小沛，隨即進兵攻徐州。糜竺、簡雍把守不住，
> 只得棄城而走。陳登獻了徐州。曹操大軍入城，安民已畢，隨喚眾
> 謀士議取下邳。荀彧曰：「雲長保護玄德妻小，死守此城。若不速取，
> 恐爲袁紹所竊。」操曰：「吾素愛雲長武藝人材，欲得之以爲己用。
> 不若令人說之使降。」郭嘉曰：「雲長義氣深重，必不肯降。若使人
> 說之，恐被其害。」帳下一人出曰：「某與關公有一面之交，願往說
> 之。」眾視之，乃張遼也。程昱曰：「文遠雖與雲長有舊，吾觀此人，
> 非可以言詞說也。某有一計，使此人進退無路，然後用文遠說之，

〔註23〕見〔東周〕孫武著、〔東漢〕曹操註、〔清〕孫星衍校：《孫子集註》，頁140
　　　　～142。

〔註24〕爲東漢州名，轄郡、國五。縣六十二，約轄今江蘇的長江以北部分、安徽泗
　　　　縣、嘉山、天長等縣及山東南部，漢末治所在下邳（今江蘇邳縣）。

〔註25〕東漢朝廷派到地方的監察官，每州設刺史一人，督察郡太守、諸王跟地方勢
　　　　力。

彼必歸丞相矣。」（第二十四回）〔註26〕

曹操曾經見過在虎牢關（今河南滎陽）時的「溫酒斬華雄」、「三英戰呂布」，因此對關羽留下深刻的印象，在《三國演義》中，羅貫中對曹操愛才形象，是下很大的工夫的描寫，曹操識才而後愛才，愛才而後用才，籠絡人才之心，令多少英雄心嚮往之，周瑜也說過：「得人者昌，失人者亡〔註27〕」，曹操對關羽的勇武很是欣賞，想辦法收爲己用，郭嘉跟程昱知道關羽「非可以言詞說也」，而且一時三刻要攻下下邳也著實不易，又恐傷及關羽，於是程昱想出一「調虎離山」之計，讓關羽能離開下邳城：

> 程昱獻計曰：「雲長有萬人之敵，非智謀不能取之。今可即差劉備手
> 下投降之兵，入下邳，見關公，只說是逃回的，伏於城中爲內應；
> 卻引關公出戰，詐敗佯輸，誘入他處，以精兵截其歸路。然後說之
> 可也。」操聽其謀，即令徐州降兵數十，徑投下邳來降關公。關公
> 以爲舊兵，留而不疑。次日，夏侯惇爲先鋒，領兵五千來搦戰。關
> 公不出，惇即使人於城下辱罵。關公大怒，引三千人馬出城，與夏
> 侯惇交戰。約戰十餘合，惇撥回馬走。關公趕來，惇且戰且走。關
> 公約趕二十里，恐下邳有失，提兵便回。只聽得一聲炮響，左有徐
> 晃，右有許褚，兩隊軍截住去路。（第二十五回）〔註28〕

關羽何以這麼容易就被「調」出來了？因爲關羽向來驕傲且自負，剛愎自用，陳壽在《三國志・蜀書・關羽傳》評其「剛而自矜〔註29〕」，雖義薄雲天，但情緒控制能力似乎不是很好，曹操以徐州降兵爲內應，關羽不察；夏侯惇於城下辱罵，關羽大怒，隨後就引軍出城與曹軍交戰，在夏侯惇詐敗後退時仍不知節制，追了二十里，等到怕下邳有失時，已經被徐晃、許褚截住去路了！

　　關羽是員虎將，下邳又是劉備長年經營的城池，曹軍若強行進攻，就算獲勝也會折損很多兵力，程昱以「調虎離山」之計引開關羽，再以降兵開城門，曹軍於是順利攻取下邳，關羽則被圍於土山之上，後因張遼「曉以大義」的勸說，並「約法三章」後才投降曹操〔註30〕，綜觀此計，曹軍取下邳，簡

〔註26〕見〔明〕羅貫中著、吳小林校注：《三國演義校注》，頁299～300。

〔註27〕見《三國演義・第二十九回》。

〔註28〕見〔明〕羅貫中著、吳小林校注：《三國演義校注》，頁303。

〔註29〕見〔西晉〕陳壽著、楊家駱主編：《三國志》，頁951。

〔註30〕關羽被圍於土山時，張遼前去說降，關羽表示寧死不降，張遼說如此關羽之

直是不費吹灰之力，這是避免與關羽正面交手的成果，而且曹操既獲徐州，又得關羽，是程昱此計最大贏家。

二、郭嘉隔岸觀火滅袁家

常言道「鷸蚌相爭，漁翁得利」，如果敵人內部有矛盾，那我方就要等到敵人的分化擴大，嚴重對立，開始在自相殘殺時發動攻擊，就能一舉掃平敵人，若是在敵人內部問題還不是很明朗時就採取行動，弄巧成拙的情形下，敵人反而會拋開彼此成見，共同合作來對付我方，到時我方取勝將變得很不容易。所以此時要袖手旁觀，耐心的「等」，隔岸觀火，火怎樣也燒不到自己身上，等到敵方內鬥雙方都嚴重消耗的時候，就是我方出擊之時，這跟「隔山觀虎鬥」是同一種道理，在《三國演義》中，曹操使用此計滅掉了袁家，分別見於〈第三十二回〉、〈第三十三回〉。

建安七年（202），袁紹於官渡之戰後不久病死，臨死前立幼子袁尚為繼承人，袁紹雖死，但袁家仍擁有河北四州，實力依然不可小覷，而此時曹操趁贏得官渡之戰的氣勢，一舉攻破黎陽，連破袁軍，兵臨冀州城（今河北臨漳）下，企圖一舉平定河北，冀州城在袁譚、袁尚、袁熙、高幹合力死守下，曹操連日攻打不下，因此謀士郭嘉獻計曰：

> 袁氏廢長立幼，而兄弟之間，權力相併，各自樹黨，急之則相救，緩之則相爭；不如舉兵南向荊州，征討劉表，以候袁氏兄弟之變；變成而後擊之，可一舉而定也。（第三十二回）〔註31〕

罪有三：「當初劉使君與兄結義之時，誓同生死。今使君方敗，而兄即戰死，倘使君復出，欲求兄相助，而不可復得，豈不負當年之盟誓乎？其罪一也。劉使君以家眷付託於兄，兄今戰死，二夫人無所倚賴，負卻使君依託之重。其罪二也。兄武藝超群，兼通經史，不思共使君匡扶漢室，徒欲赴湯蹈火，以成匹夫之勇，安得為義？其罪三也。」關羽被說動了，因此也開出三項投降條件：「一者，吾與皇叔設誓，共扶漢室，吾今只降漢帝，不降曹操。二者，二嫂處請給皇叔俸祿養贍，一應上下人等，皆不許到門。三者，但知劉皇叔去向，不管千里萬里，便當辭去。三者缺一，斷不肯降。」曹操答應了這三件事情，於是關羽便投降了曹操，這就是關羽有名的「降漢不降曹」的故事，事見《三國演義・第二十五回》，對此毛宗崗評註曰：「關公心存漢室，遼即以漢室二字動之。關公以死為義，乃張遼偏說不是義，妙。」李贄也評註道：「文遠亦善言語，即以忠義說之，自為忠義動矣，此說法也。」所以最後張遼能順利說服關羽投降。

〔註31〕 見〔明〕羅貫中著、吳小林校注：《三國演義校注》，頁381。

袁紹共有三個兒子，分別是長子袁譚，次子袁熙，幼子袁尚，其中他命袁譚
掌管青州〔註32〕，袁熙掌管幽州〔註33〕，死前卻立幼子袁尚爲繼承人，給予
長子兵權，又不立長子爲嗣，袁家會禍起蕭墻也不是沒有原因，當初袁紹在
有意立袁尚繼承人時，郭圖就勸諫道：

> 三子之中，譚爲長，今又居外；主公若廢長立幼，此亂萌也。今軍
> 威稍挫，敵兵壓境，豈可復使父子兄弟自相爭亂耶？主公且理會拒
> 敵之策，立嗣之事，毋容多議。（第三十一回）〔註34〕

袁紹死後，由其妻劉氏與謀士審配、逢紀操縱讓袁尚繼承，袁譚自是大爲不
滿，後來袁譚在黎陽受到曹操的攻擊，袁尚也不相救，袁譚於是想投降曹操，
袁尚擔心其兄與曹操一起來攻冀州〔註35〕，遂親率大軍救援袁譚，於是袁譚
打消了投降的念頭。

　　黎陽依然被曹軍攻破，袁譚、袁尚退守冀州，合力對抗曹操，曹操一時
三刻也打不下來，於是採用郭嘉的意見，把大軍轉向攻打荊州，解除對袁譚、
袁尚身上的壓力，然而事情果然如郭嘉所料，一旦外患解除，袁譚跟袁尚即
兵戎相見，大動干戈，袁譚打不過袁尚，向曹操求救，對曹操來說，這已經
是個可以「跨河滅火」的時機了，他率領軍隊增援袁譚，很快的打敗了袁尚，
攻破了冀州城，袁尚逃往幽州投靠袁熙。

　　但袁譚不是眞心投降曹操，在袁尚敗北後，他接收袁尚人馬，意圖恢復冀
州，曹操厭惡袁譚反復無常的個性，發兵攻打他，袁譚最後死在南皮（今河北
南皮），曹操隨後進攻幽州，袁熙、袁尚自知不敵，棄城逃往烏桓，并州〔註36〕
稍後也隨即淪陷，曹操緊接著征討烏桓，在「白狼山（今內蒙古喀喇沁旗）之
戰」打敗烏桓跟袁家兄弟聯軍，袁熙、袁尚再逃往遼東投靠公孫康。此時曹操
卻駐守在易州〔註37〕，按兵不動，夏侯惇請求攻打遼東，曹操笑著說：

〔註32〕青州，東漢州名，轄郡、國六，縣六十五。轄境約山東半島、濟南以東、黃
　　　　河以南、沂水莒縣以北，治所在臨淄（今山東臨淄）。
〔註33〕幽州，東漢州名，轄郡、國十一，縣九十。轄境約今北京市、天津市海河以
　　　　北、河北北部、遼寧南部、朝鮮半島西北，治所在薊縣（今北京大興）。
〔註34〕見〔明〕羅貫中著、吳小林校注：《三國演義校注》，頁370。
〔註35〕冀州，東漢州名，轄郡、國九，縣百，轄境約今河北中南、山東西北、河南
　　　　黃河以北地區，治所在鄴縣（今河北臨漳）。
〔註36〕并州，東漢州名，轄郡九，縣九十八，轄境約今山西、陝西北部以及內蒙古
　　　　和河北的一部份，治所在晉陽（今山西太原）。
〔註37〕「易州」是《三國演義》誤用的地名，爲隋代所置，曹操駐守處當爲「易縣」，

不煩諸公虎威。數日之後，公孫康自送二袁之首至矣。（第三十三回）

〔註38〕

曹軍將領的反應是「皆不肯信」，過了不久，公孫康殺了袁譚、袁尚，送其首級來到曹營，眾皆大驚，此時曹操才拿出郭嘉的信示之，信上這麼寫的：

> 今聞袁熙、袁尚往投遼東，明公切不可加兵。公孫康久畏袁氏吞併，二袁往投必疑。若以兵擊之，必併力迎敵，急不可下；若緩之，公孫康、袁氏必自相圖，其勢然也。（第三十三回）〔註39〕

郭嘉於曹操征伐烏桓時就已染病，曹操至易州時，郭嘉已死數日，左右將其信呈給曹操，曹操從之，於是隔山觀袁家與公孫家互鬥，不損一兵一卒即得到二袁首級，自此曹操統一華北地區，睥睨天下。

兩次使用「隔岸觀火」之計，第一次的確是郭嘉向曹操提出，第二次則是曹操自己的主張，羅貫中將兩次之計皆算在郭嘉頭上，可能是要凸顯郭嘉長於謀略的形象，《三國演義》寫到赤壁戰敗後，曹操在宴席上大哭說：

> 「吾哭郭奉孝耳！若奉孝在，決不使吾有此大失也！」遂搥胸大哭曰：「哀哉，奉孝！痛哉，奉孝！惜哉，奉孝！」眾謀士皆默然自慚。
> （第五十回）〔註40〕

郭嘉在曹操心目中的地位，由此可見一斑。

三、陸遜以逸待勞燒連營

建安二十四年（219），呂蒙、陸遜襲取荊州，關羽敗死在麥城，蜀漢章武元年（221），劉備率軍七十五萬殺奔江南，欲報關羽之仇，時值劉備稱帝，蜀漢建國，舉國士氣高昂，銳氣正盛，吳軍不能抵擋，名將甘寧等皆在此役中陣亡，蜀軍勢如破竹，兵鋒直抵猇亭（今湖北枝江西），東吳舉國震動，孫權聽從闞澤的推薦，起用陸遜為大都督，抵抗蜀軍。

陸遜一赴任即行堅守之策，下令各軍不許出戰，對於資淺的陸遜，韓當、周泰等一班老將盡皆不服，認為陸遜懦弱，對其堅守勿戰的命令也是愛理不理，對此陸遜升帳議事，手持孫權的配劍厲聲曰：

即今河北雄縣。

〔註38〕見〔明〕羅貫中著、吳小林校注：《三國演義校注》，頁397。
〔註39〕見〔明〕羅貫中著、吳小林校注：《三國演義校注》，頁398～399。
〔註40〕見〔明〕羅貫中著、吳小林校注：《三國演義校注》，頁580。

> 僕雖一介書生，今蒙主上託以重任者，以吾有尺寸可取，能忍辱負
> 重故也。汝等只各守隘口，牢把險要，不許妄動。如違令者皆斬！
> （第八十三回）〔註41〕

雖與東吳功臣宿將多有衝突，但陸遜此行只是要嚴格執行他的戰略退卻，以
靜制動的戰術，陸遜深知蜀軍來勢之凶猛，不亞於當年赤壁的曹操，若採取
正面交鋒，無異以卵擊石，徒添傷亡，韓當見蜀軍來，欲擊之，陸遜說道：

> 劉備舉兵東下，連勝十餘陣，銳氣正盛；今只乘高守險，不可輕出，
> 出則不利。但宜獎勵將士，廣布守禦之策，以觀其變。今彼馳騁於
> 平原曠野之間，正自得志；我堅守不出，彼求戰不得，必移屯於山
> 林樹木間。吾當以奇計勝之。（第八十三回）〔註42〕

陸遜此話已經道出自己的真正意圖「以逸待勞，後發制人」，劉備使人在吳軍寨
前辱罵百端，陸遜也只是下令塞耳休聽，不許出迎，並撫慰將士，皆令堅守，
劉備求戰不得，心中開始焦躁，倒是馬良先看出陸遜的企圖，提醒劉備注意，
不料不光是東吳將領，劉備也瞧不起陸遜，說陸遜：「彼有何謀？但怯敵耳。向
者數敗，今安敢再出！〔註43〕」輕視意味濃厚，此時將領馮習奏道：「即今天氣
炎熱，軍屯於赤火之中，取水深為不便。〔註44〕」於是劉備下令各營移防至陰
涼處，並設下伏兵，等待吳軍自投羅網。韓當、周泰見蜀軍移營大喜，亟欲出
戰，但陸遜識破了劉備伏兵之計，不肯出戰，過了三日，劉備見吳軍沒動靜，
於是跟一批精銳蜀軍從山谷出來，吳軍大驚，眾將方才嘆服。

　　蜀軍遠道而來深入吳境，時正值盛夏，於是劉備將部隊移到山林茂盛之
地，近溪傍澗，打算等到秋天，再進行攻擊。陸遜看到兩軍「自春歷夏」的
長期對峙，吳軍又堅不出戰，蜀軍求戰不得，兵疲意阻，鬥志鬆懈，已失去
戰爭初期的銳氣，況且蜀軍戰線綿亙數百里，又於山林處紮營，一旦火起，
勢必難以相救，遠在洛陽（今河南洛陽）的曹丕跟成都（今四川成都）的諸
葛亮都看出此一危機，不過此時已是危局難挽，陸遜即將反攻。

　　但陸遜並不急著出手，他先下令淳于丹襲擊傅彤的營寨，做一次佯攻，以
探蜀軍虛實，結果淳于丹被蜀軍殺得大敗，靠徐盛、丁奉解救才得以回營，這

〔註41〕見〔明〕羅貫中著、吳小林校注：《三國演義校注》，頁938。
〔註42〕見〔明〕羅貫中著、吳小林校注：《三國演義校注》，頁939。
〔註43〕見《三國演義‧第八十三回》。
〔註44〕見《三國演義‧第八十三回》。

是蜀吳對峙以來第一次正面交鋒，蜀軍把吳軍打得七零八落，此次勝利，令劉備更加輕視吳軍，防備也更鬆懈，到了次日，有人報告看見吳軍的行動，劉備也未加留意，當晚，吳軍潛入蜀寨中到處縱火，火乘風勢蔓延整個營寨，蜀軍大亂，陸遜率軍殺入，劉備靠關興、張苞死戰，傅彤斷後，趙雲從川中前來馳援才逃至白帝城（今重慶奉節東），次年即去世，蜀軍全面潰散，死傷無數，陸遜則因擔心魏軍趁虛而入乃引兵撤退，未再追擊，經此一役，蜀漢元氣大傷。

《孫子兵法・虛實篇》說道：

> 凡先處戰地而待敵者佚，後處戰地而趨戰者勞。故善戰者，致人而
> 不致於人。〔註45〕

陸遜能深刻了解「以逸待勞」的優點，以靜制動後發制人，而且謀略素養極好，對於部下的輕視，蜀軍的謾罵皆充耳不聞，因而打敗了蜀軍，不過值得注意的一點是，據《三國志・吳書・陸遜傳》記載：

> 黃武元年，劉備率大眾來向西界，權命遜為大都督、假節，督朱然、
> 潘璋、宋謙、韓當、徐盛、鮮于丹、孫桓等五萬人拒之。〔註46〕

可見陸遜在戰爭初期就被任命為大都督，奉命抵抗蜀軍，而非蜀軍已攻至猇亭，孫權舉止失措時才受闞澤的舉薦為統帥全軍，羅貫中這樣改寫，可能是要加深陸遜「臨危授命，力挽狂瀾」的形象，淳于丹的佯攻亦非事實，實為陸遜正面交鋒失敗，羅貫中將其改為「試敵」，於是陸遜「胸有成竹，運籌帷幄」的形象，就這麼深刻的烙印在讀者腦海中。

第三節　混水摸魚

如果水太清澈，是看不到也抓不到魚的，《漢書・東方朔傳》就說道：「水至清則無魚〔註47〕」，因此「混水摸魚」是說，只要把水弄得混濁，魚兒在裡面暈頭轉向，不著東西，無所適從，此時趁機下手，就可以抓到魚兒，西方的《伊索寓言》裡，也有類似「混水摸魚」的故事〔註48〕。

〔註45〕見〔東周〕孫武著、〔東漢〕曹操註、〔清〕孫星衍校：《孫子集註》，頁95
　　　　～96。
〔註46〕見〔西晉〕陳壽著、楊家駱主編：《三國志》，頁1346。
〔註47〕見〔東漢〕班固著、楊家駱主編：《漢書》（台北：鼎文書局，1995年1月），
　　　　頁2866。
〔註48〕《伊索寓言・混水摸魚》寫道：「有一位漁夫在河邊捕魚，他把漁網張開，從

「混水摸魚」用於軍事，主要就是趁敵人內部混亂之機，利用其力量虛弱無主見時，趁機攻擊，迫使敵人順從以取勝，是一種「亂中求勝計」，這種敵人內部的混亂，有時不能光靠等待，要主動去製造會讓敵人混亂的情形，把水攪得越混，己方的機會越大。《孫子兵法‧計篇》也說：「亂而取之〔註49〕」，《六韜‧龍韜》也說：

> 三軍數驚，士卒不齊，相恐以敵強，相語以不利，耳目相屬，祆言不止，眾口相惑，不畏法令，不重其將。此弱徵也。〔註50〕

由此可知這隻「魚」已經陷入嚴重混亂了，在這個時候還不撒網，更待何時？

一、賈文和以敗兵戰曹操

建安二年（197），曹操在南陽圍困張繡，後因中賈詡「將計就計」之計而敗走，當行至安眾（今河南鄧縣）時，曹軍打敗了張繡跟劉表的追兵，但是此時曹操接到荀彧的報告，說袁紹將要興兵侵犯許都，於是曹操立刻決定返回許都，張繡得到曹軍撤軍的報告，想要再一次追擊曹軍，賈詡表示反對，《三國演義》寫到此段：

> 賈詡曰：「不可追也，追之必敗。」劉表曰：「今日不追，坐失機會矣。」力勸繡引軍萬餘同往追之。約行十餘里，趕上曹軍後隊。曹軍奮力接戰，繡、表兩軍大敗而還。繡謂詡曰：「不用公言，果有此敗。」詡曰：「今可整兵再往追之。」繡與表俱曰：「今已敗，奈何復追？」詡曰：「今番追去，必獲大勝；如其不然，請斬吾首。」繡信之。劉表疑慮，不肯同往。繡乃自引一軍往追。操兵果然大敗，軍馬輜重，連路散棄而走。（第十八回）〔註51〕

這段事情如此發展，相信大家如墜五里霧中，先前曹軍圍困南陽，來勢洶洶，居然吃了敗仗，當曹軍敗退後，遭到剛剛獲勝士氣正高的張繡、劉表聯軍兩

河岸的這頭拉到另一頭，把河水從中攔斷。然後他在繩子的一端綁上石頭，用來拍打水面，要讓受到驚嚇的魚兒，看不清方向而跳進漁網裡去。一位住在附近的人瞧見了，責怪漁夫把他們乾淨的飲水給弄髒了。可是漁夫對那個人說：『如果不這麼做，我就要餓死了！』」見伊索（Aesop）著、李思譯：《伊索寓言》（台北：寂天文化，2003 年 8 月），頁 116。

〔註49〕見〔東周〕孫武著、〔東漢〕曹操註、〔清〕孫星衍校：《孫子集註》，頁 17。
〔註50〕見中國兵書集成編委會：《中國兵書集成‧1》，頁 464。
〔註51〕見〔明〕羅貫中著、吳小林校注：《三國演義校注》，頁 220～221。

次追擊，反而被曹軍打敗了兩次，再來張繡以剛吃敗仗的部隊，再次追擊剛戰勝的曹軍，居然又打敗了曹軍，情節發展如此詭譎，讓大家都摸不著頭緒，《三國演義》接下來寫道：

> 劉表問賈詡曰：「前以精兵追退兵，而公曰必敗；後以敗卒擊勝兵，而公曰必克：究竟悉如公言。何其事不同而皆驗也？願公明以教我。」
> 詡曰：「此易知耳。將軍雖善用兵，非曹操敵手。操軍雖敗，必有勁將爲後殿，以防追兵；我兵雖銳，不能敵之也：故知必敗。夫操之急於退兵者，必因許都有事；既破我追軍之後，必輕車速回，不復爲備：我乘其不備而更追之，故能勝也。」劉表、張繡俱服其高見。
> （第十八回）〔註52〕

張繡、劉表是很正常的直線式思考，你曹操攻我南陽不利而敗走，我方當然乘勝追擊，這就是所謂「打落水狗」，追擊方是主動，被追擊方是被動，但曹操知道化被動爲主動，也因此張繡、劉表甜頭沒嚐到反而吃苦頭，然後就龜縮起來，賈詡則是知己知彼，知道向來極富謀略的曹操就算是在撤退，也一定有相當程度的防備，貿然追擊只會吃虧，做出這樣的判斷是因爲賈詡非常了解曹操，若是換個對手，在敗北後慌亂撤退，賈詡可能就會贊成追擊敗軍，也難得張繡如此「得體」，失利後還會跟賈詡說「不用公言，果有此敗。」並再次接納賈詡的建議，若是君主換成袁紹，賈詡恐怕就落得跟田豐一樣的下場了。

二、程昱十面埋伏擊袁軍

將「十面埋伏」列入「混水摸魚」的範圍內，是因爲程昱利用了十面埋伏之計讓軍力不下於曹軍的袁軍陷入嚴重混亂，再予以致命一擊的緣故。

建安五年（200），袁紹於官渡之戰敗後，倉皇逃回河北，心煩意亂，不理政事，有感於外患未息，該立繼承人，欲廢長立幼立三子袁尚，因遭到郭圖反對，而容後再議，但爲袁紹諸子間的奪位鬥爭，卻埋下一顆不定時炸彈。次年，曹操進軍河北，軍抵倉亭（今山東陽谷），袁紹長子袁譚，次子袁熙，外甥高幹領軍前來救援，合得二三十萬人，兩軍混戰，不分勝負，各自鳴金收兵，曹操召眾將商議破袁，謀士程昱提出「十面埋伏」之計，勸曹操撤退到河岸，然後埋伏十隊人馬，再誘使袁軍來追，曹軍無退路，必將死戰，曹

〔註52〕見〔明〕羅貫中著、吳小林校注：《三國演義校注》，頁221。

操依計行事，分成左右兩軍，各分五隊：左邊第一隊夏侯惇、第二隊張遼、第三隊李典、第四隊樂進、第五隊夏侯淵；右邊第一隊曹洪、第二隊張郃、第三隊徐晃、第四隊于禁、第五隊高覽，然後以許褚爲中軍負責誘敵到河邊，《三國演義》寫道：

> （袁軍）趕至河上。曹軍無去路，操大呼曰：「前無去路，諸軍何不死戰？」眾軍回身奮力向前。許褚飛馬當先，力斬十數將。袁軍大亂。袁紹退軍急回，背後曹軍趕來。正行間，一聲鼓響，左邊夏侯淵，右邊高覽，兩軍衝出。袁紹聚三子一甥，死衝血路奔走。又行不到十里，左邊樂進，右邊于禁殺出，殺得袁軍屍橫遍野，血流成渠。又行不到數里，左邊李典，右邊徐晃，兩軍截殺一陣。袁紹父子膽喪心驚，奔入舊寨。令三軍造飯。方欲待食，左邊張遼，右邊張郃，逕來衝寨。紹慌上馬，前奔倉亭，人馬困乏，欲待歇息，後面曹操大軍趕來，袁紹捨命而走。正行之間，右邊曹洪，左邊夏侯惇，擋住去路。紹大呼曰：「若不決死戰，必爲所擒矣！」奮力衝突，得脫重圍。袁熙、高幹皆被箭傷。軍馬死亡殆盡。（第三十一回）〔註53〕

「倉亭之戰」是一次勢均力敵的戰爭，袁紹雖於官渡戰敗，但實力雄厚，聚集四州之兵仍有二三十萬之數，且亟欲報官渡之仇，可惜袁紹方人才凋零，重要將領、謀士大多死或叛於官渡之戰，反觀曹軍卻是精銳盡出。

程昱於此役使用「十面埋伏」，首先分兵拒之，曹軍雖少，但部署得當，所以能盡殺稍後戰敗逃亡的袁軍，其次則是要誘敵深入，許褚佯敗，袁軍則亟欲殺死許褚，一路盲目尾隨，等到許褚跑到河邊，再配合友軍部署發動反攻，就一舉擊潰袁軍，其三則是背水一戰〔註54〕，此計與「十面埋伏」一樣，皆爲韓信所創，許褚被袁軍一路追趕，如果埋伏地點不在河邊，許褚部隊就算到達指定地點，能立即參戰的可能性也不大，所以程昱把約定地點設在河邊，等到許褚部隊被逼到河邊，拼死一戰的求生意志會被激發出來，奮力回

〔註53〕見〔明〕羅貫中著、吳小林校注：《三國演義校注》，頁372。
〔註54〕《史記·淮陰侯列傳》記載漢王二年（B.C.204），漢軍和趙軍在井陘（今河北井陘）交戰：「信乃使萬人先行，出，背水陳。趙軍望見而大笑。平旦，信建大將之旗鼓，鼓行出井陘口，趙開壁擊之，大戰良久。於是信、張耳詳弃鼓旗，走水上軍。水上軍開入之，復疾戰。趙果空壁爭漢鼓旗，逐韓信、張耳。韓信、張耳已入水上軍，軍皆殊死戰，不可敗。」見〔西漢〕司馬遷著、楊家駱主編：《史記》（台北：鼎文書局，1995年10月），頁2616。

擊袁軍，將袁軍打退。

　　史書上並無記載倉亭之戰曹軍使用「十面埋伏」的情形，但是透過羅貫中的描寫，我們可以知道那時施行包圍作戰時的運用方式，並對程昱的才智，留下深刻的印象。

三、程昱巧設奇計誆徐庶

　　建安六年（201），曹操擊敗了聚眾汝南（今河南平輿）的劉備，劉備逃至荊州依附劉表，劉表使劉備屯兵新野（今河南新野）以拒曹操，劉備在新野得到新投靠的謀士單福幫助，厚積實力，從其謀襲殺來犯的呂曠、呂翔，並敗曹仁取樊城，曹仁逃回許都報告曹操，曹操詢問單福此人，《三國演義》寫道：

> 程昱笑曰：「此非單福也。此人幼好學擊劍；中平末年，嘗為人報仇殺人，披髮塗面而走，為吏所獲；問其姓名不答，吏乃縛於車上，擊鼓行於市，令市人識之，雖有識者不敢言，而同伴竊解救之。乃更姓名而逃。折節向學，遍訪名師，嘗與司馬徽談論。此人乃潁川徐庶，字元直。單福乃其託名耳。」操曰：「徐庶之才，比君何如？」昱曰：「十倍於昱。」操曰：「惜乎賢士歸於劉備！羽翼成矣！奈何？」昱曰：「徐庶雖在彼，丞相要用，召來不難。」操曰：「安得彼來歸？」昱曰：「徐庶為人至孝。幼喪其父，止有老母在堂。現今其弟徐康已亡，老母無人侍養。丞相可使人賺其母至許昌，令作書召其子，則徐庶必至矣。」（第三十六回）〔註55〕

以程昱之口說出單福即徐庶，並說明徐庶才智之高，明代李贄評註「曹君真知人，真愛才。〔註56〕」曹操向來以「愛才」聞名，聞有名士就想收為己用，程昱也展現不嫉妒的雅量，設計為君主招來賢才，在此程昱深知徐庶個性，徐庶已侍奉劉備，與曹操形成對抗局面，以曹操名義招募恐不易來，若是將徐母移至許都（今河南許昌），並讓徐母寫信給徐庶，那麼事母至孝的徐庶就會前來許都。

　　但事情不是那麼順利，曹操聽從程昱的計謀，將徐母請來許都厚待，不料徐母是一個忠義分明的老夫人，讚其子從劉備是「得其主矣」，反罵曹操託

〔註55〕見〔明〕羅貫中著、吳小林校注：《三國演義校注》，頁425。
〔註56〕見鐘宇：《三國演義：名家彙評本》，頁220。

名漢相實爲漢賊，不肯寫信讓徐庶背明投暗，曹操聽的大怒，要斬徐母，程昱連忙勸阻，因爲一旦殺了徐母，曹操將背上不義之名，而徐庶則更將死心塌地的跟隨劉備以報母仇，不如留之，徐庶心懸兩地，幫助劉備也不盡力，再設法招來，《三國演義》接下來寫道：

> 操然其言，遂不殺徐母，送於別室養之。程昱日往問候，詐言曾與徐庶結爲兄弟，待徐母如親母；時常餽送物件，必具手啓。徐母因亦作手啓答之。程昱賺得徐母筆跡，乃仿其字體，詐修家書一封，差一心腹人，持書逕奔新野縣，尋問「單福」行幕。軍士引見徐庶。庶知母有家書至，急喚入問之。來人曰：「某乃館下走卒，奉老夫人言語，有書附達。」庶拆封視之。書曰：「近汝弟康喪，舉目無親。正悲悽間，不期曹丞相賺至許昌，言汝背反，下我於縲絏，賴程昱等救免。若得汝降，能免我死。如書到日，可念劬勞之恩，星夜前來，以全孝道；然後徐圖歸耕故園，免遭大禍。吾今命若懸絲，岌望救援！更不多囑。（第三十六回）〔註57〕

程昱對徐母照顧有加，並騙徐母自己是徐庶的結拜兄弟，事徐母爲親母，並常送禮，久了徐母也回信答謝，程昱因而得到徐母的筆跡，而仿其字跡寫了封家書給徐庶，信中說明徐庶弟弟死了，自己舉目無親，又被曹操下獄，幸好蒙程昱所救，希望徐庶來救自己等等內容，在此程昱對徐庶母子的個性，可說是瞭若指掌，程昱知道徐母是個知書達禮之人，因此款待徐母，只說自己是徐庶兄弟，以此謙和態度取得徐母答謝手稿；而程昱也知道徐庶是個極爲孝順之人，徐庶在平時一定很了解自己這個母親深明大義的個性，但是一旦牽扯到母親下獄，狀況不明而來信乞援，聰明如徐庶也會亂了方寸，不知其信之僞，因而淚如泉湧持信去見劉備，表明緣由及辭意，劉備當然捨不得但不便強留，二人只好灑淚而別，等到徐庶到了許都後真相大白，徐母憤而自縊，徐庶因此終生不爲曹操出一計謀。

　　程昱成功騙徐庶離開劉備來到許都，完全是出自自己對徐庶母子個性的熟知，唯一美中不足處是徐庶爲曹操想要用之人才，程昱應該知道出此計策，徐庶終會知道真相而不爲曹操所用，但是，雖然曹操沒得到徐庶，但是將徐庶與劉備分開，嚴重削弱劉備方的能力，大體上來說算是成功的。

〔註57〕見〔明〕羅貫中著、吳小林校注：《三國演義校注》，頁426。

第四節　疑　兵

「疑兵」是一種利用敵方將領多疑的心理，或是我方故佈疑陣，造成其難以做出任何判斷，或是做出錯誤的判斷，再趁機達到我方的目的，運用空城計必須了解對手的內心世界，了解對手的思惟模式，才能以心術爲戰術，藉此迷惑敵人。

「疑兵」又可分五類，第一類爲「實而實之」，第二類爲「實而虛之」，第三類爲「虛而實之」，第四類爲「虛而虛之」，第五類爲「虛虛實實」。「實則實之」意思是說：當我方軍力強大，又擺壯盛軍容出來，多疑的敵方將領可能會做出「我方實已衰落，故示之強盛」等錯誤判斷，因而來攻我方，我方到時可以給予敵方致命一擊；「實而虛之」正好相反，我方隱藏強盛軍容，讓敵人以爲我方式老弱殘兵，輕視我方；「虛而實之」則是說我方實已衰落，無本錢誘使敵軍來攻，則故意裝的很壯盛的樣子，威嚇敵人；「虛而虛之」是四種疑兵計中最大膽的計謀，己方已無力，也示之無力，敵方反以爲我方故意示弱誘其來攻，故反而不敢行動；「虛虛實實」是綜合運用以上四種疑兵之計，達到更加疑惑敵人的目的〔註58〕。

明代揭暄的《兵經‧疑》提到：「兵詭必疑，虛疑必敗。〔註59〕」不管是哪一種「疑兵」，均是要己方將領充分了解敵方將領的個性，隨機應用，因爲一個不愼，可能導致我方重大損失，用兵不可無疑，但不能虛疑，以免被敵方玩弄於掌心。

一、司馬仲達詐病瞞曹爽

曹魏景初三年（239），魏明帝逝世，臨終時託孤曹爽與司馬懿，共同輔佐太子曹芳，曹爽爲曹家宗族，且爲大將軍〔註60〕，在朝廷中勢力很大，司馬懿則爲太尉〔註61〕，屢次領兵抗擊邊患，在朝中一樣聲勢很高，後來曹爽

〔註58〕 本段「虛實論」參考李謙《從三國演義看軍事謀略‧形謀》，見李謙：《從三國演義看軍事謀略》（台北：笙易有限公司，2002 年 9 月），頁 163～164。

〔註59〕 見〔明〕揭暄著、李炳彥、崔或臣評：《兵經釋評》（北京：解放軍出版社，1990 年），頁 42。

〔註60〕 「大將軍」是將軍中最高稱號，權勢極大，執掌統兵征伐，是朝廷中實際掌權者，三國時爲第一品。

〔註61〕 「太尉」是三公之一，在東漢時等於丞相，爲最高軍事長官，第一品，曹魏時已無實際職權，不參與朝政。

逐漸獨攬大權，讓司馬懿升爲太傅〔註 62〕，明升暗降架空司馬懿，此後曹爽權勢日盛，其弟曹羲、曹訓、曹彥各領御林軍〔註 63〕，親信何晏等也位居高職，司馬懿知道一時難以抗衡，因而稱病退職，與二子閒居在家，以待機會。

　　曹爽當權期間沉於游獵，曹羲與桓範屢勸不聽，曹魏正始九年（248），曹爽親信李勝被派往荊州爲刺史，曹爽專權已久，不知司馬懿虛實，趁此遣李勝去司馬懿府中，探聽虛實，《三國演義》寫道：

> （李）勝遙到太傅府中，早有門吏報入。司馬懿謂二子曰：「此乃曹爽使來探吾病之虛實也。」乃去冠散髮，上牀擁被而坐，又令二婢扶策，方請李勝入府。勝至牀前拜曰：「一向不見太傅，誰想如此病重。今天子命某爲荊州刺史，特來拜辭。」懿佯答曰：「并州近朔方，好爲之備。」勝曰：「除荊州刺史，非『并州』也。」懿笑曰：「你方從并州來？」勝曰：「漢上荊州耳。」懿大笑曰：「你從荊州來也！」勝曰：「太傅如何病得這等了？」左右曰：「太傅耳聾。」勝曰：「乞紙筆一用。」左右取紙筆與勝。勝寫畢，呈上，懿看之，笑曰：「吾病的耳聾了。此去保重。」言訖，以手指口。侍婢進湯，懿將口就之，湯流滿襟，乃作哽噎之聲曰：「吾今衰老病篤，死在旦夕矣。二子不肖，望君教之。君若見大將軍，千萬看覷二子！」言訖，倒在牀上，聲嘶氣喘。（第一〇六回）〔註 64〕

司馬懿城府之深，可以說是曹操之後的第一人，他躲過曹操的迫害，取得曹丕的信任，又受命於曹叡的託孤，這次則以詐病欺騙了李勝及曹爽，這也不是司馬懿第一次詐病，《晉書・宣帝紀》就記載道：

> 漢建安六年，郡舉上計掾。魏武帝爲司空，聞而辟之。帝知漢運方微，不欲屈節曹氏，辭以風痺，不能起居。魏武使人夜往密刺之，帝堅臥不動。〔註 65〕

謹慎多疑的曹操猶被司馬懿所騙，何況是天眞的紈綺子弟曹爽呢？李勝回報

〔註 62〕「太傅」的職責爲善導皇帝，僅爲優待大臣的一種榮典，位高祿厚但無具體實權，曹爽以此職架空司馬懿。
〔註 63〕直屬於皇帝的部隊，負責保衛首都及皇宮，保護皇帝。
〔註 64〕見〔明〕羅貫中著、吳小林校注：《三國演義校注》，頁 1208。
〔註 65〕見〔唐〕房玄齡等著、楊家駱主編：《晉書》（台北：鼎文書局，1995 年 6 月），頁 2。

後，曹爽信以爲眞，以爲司馬懿去日無多，於是放鬆了戒備，曹魏嘉平元年（249）正月，皇帝曹芳至高平陵〔註66〕祭祀明帝。曹爽及其三弟、心腹與大小官僚，皆隨駕出行。司馬懿見機會來了，帶著親信進入洛陽，先占據曹爽、曹羲營寨，並進宮挾持太后下詔數說曹爽罪狀，此時曹爽正在打獵，聞變大驚，心腹桓範勸曹爽挾皇帝曹芳前往許昌，調外地之兵討伐司馬懿，但軟弱的曹爽終究選擇投降，最後被司馬懿所殺。

司馬懿發動政變看似高明，其實是一步險棋，因爲司馬懿下野已久，雖發動兵變，影響力也僅首都洛陽一城，反觀曹爽握有皇帝曹芳在手，如果曹爽將曹芳移駕至舊都許昌，並藉天子之命號召各方勤王，兵圍洛陽，那司馬懿就很危險了，不過也是司馬懿知己知彼，知道自己握有曹爽家眷，而曹爽也不是能狠下心拋妻棄小而追求成功的人物，而算準曹爽一定歸降，因而重新抓回大權，掌握朝政，曹爽在沒有影響力後，也就被司馬懿夷族了。

這段司馬懿「假痴不癲」的故事中，李勝見司馬懿是一個關鍵，是司馬懿成功透過欺騙李勝而達到麻痺曹爽的目的，《三國演義》中司馬懿屢屢將李勝所言之「荊州」誤聽爲「并州」，而據劉宋時裴松之注《三國志・魏書・諸夏侯曹傳》引《魏末傳》講道：

> （李）勝曰：「當還忝本州，非并州也。」宣王乃復陽爲昏謬，曰：「君方到并州，努力自愛！」錯亂其辭，狀如荒語。勝復曰：「當忝荊州，非并州也。宣王乃微悟者……」〔註67〕

《魏末傳》中，司馬懿將「本州」誤聽爲「并州」，似乎比《三國演義》中將「荊州」誤聽爲「并州」好，因李勝是南陽人，南陽在三國時屬於荊州轄區，因此李勝說「還忝本州」即是前往荊州上任，且「本」與「并」音近，羅貫中將「本州」改爲「荊州」，似乎不如原來《魏末傳》來的合適。

二、諸葛亮空城退司馬懿

諸葛亮著名的「空城計」出現在《三國演義・第九十五回》。蜀漢建興六年（228），諸葛亮率軍初出祁山，但在聽到馬謖丟失街亭（今甘肅莊浪東南）的消息後，知道戰事對己不利，因而準備撤軍返回漢中（今陝西南鄭），在撤

〔註66〕《三國志・魏書・三少帝紀》裴松之引孫盛《魏世譜》註曰：「高平陵在洛水南大石山，去洛城九十里。」見〔西晉〕陳壽：《三國志》，頁123。
〔註67〕見〔西晉〕陳壽著、楊家駱主編：《三國志》，頁285。

退行動交代完畢後，諸葛亮帶五千軍到西城（今甘肅天水、禮縣之間）搬運糧草，而此時有消息來報，說是司馬懿率軍十五萬人蜂擁而來，此時蜀軍將領都不在西城，唯一的五千軍馬又有一半搬運糧草去了，諸葛亮見事情發展如此，便下令將旗子收起來，諸軍各守城舖不得自行出入及高聲語，並大開城門，每一城門命二十名士兵扮作百姓灑掃街道，諸葛亮自己則披鶴氅，戴綸巾，攜二童一琴，坐在城樓上焚香彈琴，《三國演義》寫道：

> 卻說司馬懿前軍哨到城下，見了如此模樣，皆不敢進，急報與司馬懿。懿笑而不信，遂止住三軍，自飛馬遠遠望之。果見孔明坐於城樓之上，笑容可掬，焚香操琴。左有一童子，手捧寶劍；右有一童子，手執塵尾。城門內外，有二十餘名百姓，低頭灑掃，旁若無人。懿看畢大疑，便到中軍，教後軍作前軍，前軍作後軍，望北山路而退。次子司馬昭曰：「莫非諸葛亮無軍，故作此態？父親何故便退兵？」懿曰：「亮平生謹慎，不曾弄險。今大開城門，必有埋伏。我軍若進，中其計也。汝輩豈知？宜速退。」於是兩路兵盡皆退去。（第九十五回）〔註68〕

司馬懿向來猜疑，手上又握有十五萬兵馬，就算西城防守嚴謹，強攻未必攻不下，更何況此時蜀軍只有二千五百人呢？因為諸葛亮在此處是一種「虛而虛之」的運用，本來已經很空虛了，還要擺一副很空虛的樣子給敵人看，諸葛亮與司馬懿相爭已久，諸葛亮知司馬懿多疑，司馬懿知諸葛亮謹慎，所以當司馬懿看到西城空虛不像話時，必然疑心大起，而且他知道諸葛亮必不弄險，在他看來眼前的西城是包著毒藥的糖果，諸葛亮正引誘自己去嚐，於是斷定必有埋伏而撤退，司馬懿自己也說：

> 諸葛亮平生謹慎，未敢造次行事。若是吾用兵，先從子午谷逕取長安，早得多時矣。他非無謀，但怕有失，不肯弄險。（第九十五回）
> 〔註69〕

一個用兵謹慎之人，突然這麼冒險，也難怪司馬懿不信，所以諸葛亮這個大膽的行動，是建立在自己充分了解司馬懿了解自己之上，隨後蜀軍全數撤回漢中，而司馬懿得知真相時，也只能長嘆「吾不如孔明也！」

〔註68〕見〔明〕羅貫中著、吳小林校注：《三國演義校注》，頁1077～1078。
〔註69〕見〔明〕羅貫中著、吳小林校注：《三國演義校注》，頁1071。

「空城計」此事史書上未曾記載，應爲羅貫中自行安排的情節，西晉郭沖的《三事》提到諸葛亮曾經屯兵陽平（今陝西勉縣）一事〔註70〕，或許就是羅貫中撰寫「空城計」的雛形，羅貫中將其安排在街亭戰敗後，雖然稱不上是勝利，諸葛亮只能說僥倖逃過一劫，但是已經讓讀者讀起來，覺得大大沖淡了蜀軍在街亭慘敗的陰影，雖是如此，在透過人物間的對話，顯示出諸葛亮的膽大心細，司馬懿的老謀深算，以及司馬昭的年輕氣盛等，以人物的性格交織出一篇膾炙人口的章節，數百年來不衰。

第五節　用　間

「間諜」的使用，往往在戰爭勝負中占了很關鍵的因素，間諜的作用往往是收集、傳送或泄漏關於國防的情報，然後交給政府部門或是雇用單位分析，然後做出決策，一旦透過間諜掌握了完整正確的軍政情報，幾乎會使己方立於不敗之地，《孫子兵法·用間》提到了間諜的使用：

> 故用間有五：有因間，有內間，有反間，有死間，有生間。五間俱起，莫知其道，是謂神紀，人君之寶也。因間者，因其鄉人而用之。內間者，因其官人而用之。反間者，因其敵間而用之。死間者，爲誑事於外，令吾間知之，而傳於敵也。生間者，反報也。〔註71〕

《孫子兵法》說道五種間諜的使用方式，所謂「因間」，是指利用敵境鄉里內的人做間諜；所謂「內間」，就是利用敵人的官員做間諜；所謂「反間」，就是使收買，或製造假情報給敵方間諜，讓其爲我所用；所謂「死間」，是指通過我方間諜將假情報傳給敵人，使敵人做出錯誤判斷；所謂「生間」，就是指

〔註70〕裴松之注《三國志·蜀書·諸葛亮傳》引郭沖《三事》：「亮屯于陽平，遣魏延諸軍并兵東下，亮惟留萬人守城。晉宣帝率二十萬眾拒亮，而與延軍錯道，徑至前，當亮六十里所，偵候白宣帝說亮在城中兵少力弱。亮亦知宣帝垂至，已與相偪，欲前赴延軍，相去又遠，回跡反追，勢不相及，將士失色，莫知其計。亮意氣自若，敕軍中皆臥旗息鼓，不得妄出菴幔，又令大開四城門，埽地卻洒。宣帝常謂亮持重，而猥見勢弱，疑其有伏兵，於是引軍北趣山。明日食時，亮謂參佐拊手大笑曰：『司馬懿必謂吾怯，將有彊伏，循山走矣。』候邏還白，如亮所言。宣帝後知，深以爲恨。」裴松之引了這段話後，進行考證，表示諸葛亮屯兵陽平時，司馬懿時任荊州都督，兩人沒有機會交手，因此沒有「空城計」一事。見〔西晉〕陳壽著、楊家駱主編：《三國志》，頁921。

〔註71〕見〔東周〕孫武著、〔東漢〕曹操註、〔清〕孫星衍校：《孫子集註》，頁259～265。

我方間諜偵察後能活著回來報告敵情，其中孫子特別重視「反間」，認爲其「知之必在於反間，故反間不可不厚也」，可見「反間」的重要性。

一、周公瑾作僞信欺蔣幹

建安十三年（208），赤壁之戰爆發前夕，曹軍與吳軍初次在三江口交兵，曹軍失利，曹操對此甚爲不悅，於是起用熟悉水戰的荊州降將蔡瑁、張允負責訓練水軍，準備來日再與吳軍交戰，於是蔡瑁、張允立刻建立水寨，訓練曹軍。一日，周瑜親自偷看曹軍水寨，見井然有序，佈局得法，知道是蔡瑁、張允所爲，心中認定如不除掉此二人，水戰吳軍未必佔到便宜。

此時曹操正苦於無破吳之計，帳下幕賓蔣幹自告奮勇願去說降周瑜，曹操大喜，於是派蔣幹前往南岸會見周瑜，周瑜此時也正苦於如何除掉蔡瑁、張允？聽聞蔣幹來了，計上心頭，一見面劈頭就問蔣幹：「子翼良苦。遠涉江湖，爲曹氏作說客耶？」還沒開口就被點破來意，蔣幹只好愕然否認，周瑜正是要蔣幹否認其說客身份，此舉正中下懷，於是在宴席上跟東吳諸將說：「此吾同窗契友也！雖從江北到此，却不是曹家說客。公等勿疑！」並交代太史慈在宴席談論軍旅之事者可斬之，對此毛宗崗評註曰：「前妙在說破他是說客，此又妙在說他並不是說客，使他開口不得。」於是蔣幹不敢多言。周瑜並帶蔣幹參觀吳軍的陣容、糧草、江東群英，述說自己的志向，蔣幹一點話都不敢插嘴，撤席後，周瑜佯作大醉，拉著蔣幹同寢，不久鼻息如雷，蔣幹如何能睡得著？見桌上堆著一疊文書，起於起床偷看，赫然發現一封署名「蔡瑁、張允」的投降信，《三國演義》寫道：

> （蔣幹）遂將書暗藏於衣內。再欲檢看他書時，牀上周瑜翻身，幹急滅燈就寢。瑜口內含糊曰：「子翼，我數日之內，教你看曹賊之首！」幹勉強應之。瑜又曰：「子翼，且住！……教你看操賊之首！……」及幹問之，瑜又睡著。幹伏於牀上，將及四更，只聽得有人入帳喚曰：「都督醒否？」周瑜夢中做忽覺之狀，故問那人曰：「牀上睡著何人？」答曰：「都督請子翼同寢，何故忘却？」瑜懊悔曰：「吾平日未嘗飲醉；昨日醉後失事，不知可曾說甚言語？」那人曰：「江北有人到此。」瑜喝：「低聲！」便喚：「子翼。」蔣幹只裝睡著。瑜潛出帳。幹竊聽之，只聞有人在外曰：「張、蔡二都督道：『急切不得下手，……』」後面言語頗低，聽不眞實。少頃，瑜入帳，

又喚：「子翼。」蔣幹只是不應，蒙頭假睡。瑜亦解衣就寢。幹尋思：
「周瑜是個精細人。天明尋書不見，必然害我。」睡至五更，幹起
喚周瑜；瑜却睡著。幹戴上巾帽，潛步出帳，喚了小童，逕出轅門。
軍士問：「先生那裏去？」幹曰：「吾在此恐誤都督事，權且告別。」
軍士亦不阻當。（第四十五回）〔註72〕

　　蔣幹在出發前信誓旦旦的跟曹操說，一定能勸周瑜投降，不料自從進了吳寨，在任何可以勸降的時機都被周瑜堵死，蔣幹是啞巴吃黃蓮，不知道如何回去交差？心急如焚不可能睡得著，趁周瑜睡著，翻閱其公文時發現的投降信，對他來說猶如天上掉下來的寶物，因為如果勸降不了周瑜，揭穿蔡瑁、張允的投降企圖，仍然是大功一件，這是周瑜斷定蔣幹必然盜書的原因，此時周瑜又順水推舟，透過假說夢話，懊悔酒後失言，以及安排好的帳外對話，讓蔣幹認為真有其事，而周瑜在演完戲後就就寢了，蔣幹見機會來了，連忙溜回江北，將投降信獻給曹操，當然，守門軍士如此輕易的讓蔣幹離去，也是周瑜一手安排。

　　大凡人都有這種個性，不相信官方公開的訊息，卻相信小道謠傳的消息，而這種心理，卻使得反間計屢屢成功，曹操生性愛才卻多疑，對於欲籠絡的人才可以禮賢下士，卻不相信主動投降之人，蔡瑁、張允都是荊州降將，而蔡瑁更是一手策劃劉琮降曹，這種人曹操是瞧不起也不相信的，只因曹軍不善水戰，不得以起用熟悉水戰的蔡瑁、張允以對抗吳軍，當他看到投降信時，也不詳加細問就把二人殺了，後雖醒悟，已是來不及。

　　毛宗崗在〈第四十五回〉回評說道：「周瑜假做極疎，卻步步是密；蔣幹自道極乖，卻步步是呆。」誠然，史上並無「蔣幹盜書」此一事情發生，曹操與蔡瑁關係甚好〔註73〕，蔣幹則才智優卓，且富有涵養，跟周瑜也非故舊同窗〔註74〕，直到《三國志平話》中蔣幹才被寫成一個蠢才。羅貫中透過藝

〔註72〕 見〔明〕羅貫中著、吳小林校注：《三國演義校注》，頁528～529。
〔註73〕 根據〔東晉〕習鑿齒《襄陽耆舊記》記載：「（蔡瑁）少為魏武所親。劉琮之
　　　　敗，武帝造其家，入瑁私室，〔呼〕見其妻、子，〔瑁〕曰：『德珪，故憶往
　　　　昔共見梁孟星，孟星不見人時否？聞今在此，那得〔面〕目見卿耶！』是時，
　　　　瑁家在蔡洲上，屋宇甚好，四牆皆以青石結角。婢妾數百人，別業四五十處。」
　　　　可見曹操跟蔡瑁關係是很良好的。見〔東晉〕習鑿齒著、舒焚、張林川校注：
　　　　《襄陽耆舊記校注》（武漢：荊楚書社，1986年12月），頁72～73。
〔註74〕 裴松之注《三國志‧吳書‧周瑜傳》引《江表傳》道：「初曹公聞瑜年少有美
　　　　才，謂可游說動也，乃密下揚州，遣九江蔣幹往見瑜。幹有儀容，以才辯見

術描寫加工，加深曹操、周瑜、蔣幹鮮明的個性，曹操猜忌，周瑜洞察全局，機警過人，蔣幹則是傻理傻氣，完全按照周瑜設下的圈套跟著走，自以為得了便宜，實則讓曹操吃了大虧，羅貫中在情節上安排緊湊、合理，因此「蔣幹盜書」能給讀者留下深刻的印象，然而蔣幹地下有知，只怕是哭笑不得。

二、賈詡抹信間馬超韓遂

　　《三國演義》中，馬騰與黃奎共同謀曹操不成，反被曹操殺害，馬騰長子馬超聯合韓遂盡起西涼之兵報仇，不刻即下長安（今陝西西安），並殺的曹操割鬚棄袍，後來曹軍反攻，一部份部隊渡過黃河進駐渭水南岸，反把西涼軍圍困在潼關（今陝西潼關東南），於是韓遂遣楊秋至曹營議和，曹操聽罷後讓楊秋先回去，並詢問賈詡意見，此時賈詡提出以反間計讓馬超、韓遂翻臉，曹操大喜，於是一方面回信同意求和，另一方面做出即將退兵的舉動。次日，曹操利用馬超移調防守徐晃的時候，約韓遂出來陣前對話，韓遂見曹操輕服匹馬，自己也無著衣甲，二人馬頭相交，按轡對語，曹操故意與韓遂閒話家常，並不提起軍務，相談有一個時辰才各自回寨，馬超知道後質問韓遂，韓遂也只能跟馬超說「只訴京師舊事耳。」馬超因此起了疑心。曹操回寨後，賈詡再獻一策，《三國演義》寫道：

> 賈詡曰：「馬超乃一勇之夫，不識機密。丞相親筆作一書，單與韓遂，中間朦朧字樣，於要害處，自行塗抹改易，然後封送與韓遂，故意使馬超知之。超必索書來看。若看見上面要緊去處，盡皆改抹，只猜是韓遂恐超知其機密事，自行改抹，正合著單騎會語之疑；疑則必生亂。我更暗結韓遂部下諸將，使互相離間，超可圖矣。」操曰：「此計甚妙。」隨寫書一封，將緊要處盡皆改抹，然後實封，故意

稱，獨步江、淮之間，莫與為對。乃布衣葛巾，自託私行詣瑜。瑜出迎之，立謂幹曰：『子翼良苦，遠涉江湖為曹氏作說客邪？』幹曰：『吾與足下州里，中間別隔，遙聞芳烈，故來敘闊，并觀雅規，而云說客，無乃逆詐乎？』瑜曰：『吾雖不及夔、曠，聞弦賞音，足知雅曲也。』因延幹入，為設酒食。畢，遣之曰：『適吾有密事，且出就館，事了，別自相請。』後三日，瑜請幹與周觀營中，行視倉庫軍資器仗訖，還宴飲，示之侍者服飾珍玩之物，因謂幹曰：『丈夫處世，遇知己之主，外託君臣之義，內結骨肉之恩，言行計從，禍福共之，假使蘇張更生，酈叟復出，猶撫其背而折其辭，豈足下幼生所能移乎？』幹但笑，終無所言。幹還，稱瑜雅量高致，非言辭所間。中州之士，亦以此多之。」見〔西晉〕陳壽著、楊家駱主編：《三國志》，頁 1265。

多遣從人送過寨去，下了書自回。果然有人報知馬超。超心愈疑，

逕來韓遂處索書看。（第五十九回）〔註75〕

賈詡知道馬超是一介武夫，不懂機密，所以提出這個「抹信計」，故意將一封信塗塗抹抹，還大張旗鼓的送去給韓遂，怕馬超不知道此事，馬超是個粗線條的人，見到一封塗塗改改的信，加上之前韓遂與曹操陣前密語，於是疑心更起，種下對韓遂不信任的種子，次日出陣，曹洪在陣前跟韓遂說：「夜來丞相拜意將軍之言，切莫有誤。」馬超大怒，要刺韓遂，幸好眾將攔住，馬超憤恨而去，馬超種種不信任的舉動，使韓遂及部將大為不滿，即商議降曹，馬超知道此事後，直入韓遂營帳砍韓遂，西涼軍於是自相殘殺，曹軍隨後大舉攻至，馬超最後只剩三十餘騎，與龐德、馬岱往隴西臨洮逃走。

韓遂為馬騰結拜兄弟，起兵後便盡心盡力的幫助馬超，如此大義凜然之人，又是馬超的義叔，馬超也無法信任，原因不外乎馬超與韓遂並無主從關係，雙方平起平坐，互相幫助，但是也造成雙指揮系統，若是軍權全歸馬超，馬超若是懷疑韓遂，把韓遂下獄就好了，或控制其行動，不會鬧的西涼軍自殺殘殺，但是其中最關鍵的原因是在於，賈詡此計雖歹毒，然而破綻多不甚高明，能成功大半是馬超自己疑心太重所促成，另一方面來看，或許是因為賈詡已深刻了解馬超的個性了吧！

第六節　苦肉計

「苦肉計」是一種透過自我傷害來取信敵人，再繼而達到自己目的的手段，因為一般人不會自我傷害，所以一定是受到別人傷害的真實情況，所以用這種心理，去取得敵人的信任，用自我假傷害真受傷，換取敵人真信任，造成敵人真受傷，就是「苦肉計」的要髓。最早關於「苦肉計」使用的記載，見於《吳越春秋‧闔閭內傳》中要離刺慶忌之事〔註76〕，而要說中國流傳最

〔註75〕見〔明〕羅貫中著、吳小林校注：《三國演義校注》，頁672～673。

〔註76〕春秋時，吳公子光殺吳王僚坐上王位，是為吳王闔閭，闔閭擔心僚的兒子慶忌逃亡在外，對己不利，於是伍子胥帶要離晉見闔閭，《吳越春秋》記載道：「要離即進曰：『大王患慶忌乎？臣能殺之。』王曰：『慶忌之勇，世所聞也……今子之力不如也。』要離曰：『王有意焉，臣能殺之。』王曰：『慶忌明智之人，歸窮於諸侯，不下諸侯之士。』要離曰：『臣聞安其妻子之樂，不盡事君之義，非忠也。懷家室之愛，而不除君之患者，非義也。臣詐以負罪出奔，願王戮臣妻子，斷臣右手，慶忌必信臣矣。』王曰：『諾』。要離乃詐得罪出

廣的，恐怕就是《三國演義‧第四十六回》的「周瑜打黃蓋」了。

赤壁之戰前夕，曹操中了「反間計」誤殺蔡瑁、張允，又平白無故送了十餘萬枝箭給吳軍，心中著實惱怒，於是派遣蔡和、蔡中詐降東吳，蔡和、蔡中爲蔡瑁之弟，曹操心中的算盤是「兄長無故被殺」此事可以讓蔡和、蔡中取得周瑜信任，然而周瑜一眼就看出兩人乃是詐降，但不說破，蔡和、蔡中自以爲得逞，不料周瑜是索性將計就計利用兩人通報消息。

此時兩軍隔江對峙已久，某日夜裡，東吳將領黃蓋入帳見周瑜，提出火攻曹軍的方案，周瑜表示已有此意，苦無詐降之人，黃蓋當即表示受孫家之恩，願意受苦詐降，於是兩人合演一齣苦肉計，《三國演義》寫道：

> 次日。周瑜鳴鼓大會諸將於帳下。孔明亦在座。周瑜曰：「操引百萬之眾，連絡三百餘里，非一日可破。今令諸將各領三個月糧草，準備禦敵。」言未訖，黃蓋進曰：「莫說三個月，便支三十個月糧草，也不濟事！若是這個月破的，便破；若是這個月破不的，只可依張子布之言，棄甲倒戈，北面而降之耳！」周瑜勃然變色，大怒曰：「吾奉主公之命，督兵破曹。敢有再言降者必斬。今兩軍相敵之際，汝敢出此言，慢我軍心，不斬汝首，難以服眾！」喝左右將黃蓋斬訖報來。黃蓋亦怒曰：「吾自隨破虜將軍，縱橫東南，已歷三世，那有你來？」瑜大怒，喝令速斬。甘寧進前相告曰：「公覆乃東吳舊臣，望寬恕之。」瑜喝曰：「汝何敢多言，亂吾法度！」先叱左右將甘寧亂棒打出。眾官皆跪告曰：「黃蓋罪固當誅，但於軍不利。望都督寬恕，權且記罪。破曹之後，斬亦未遲。」瑜怒未息。眾官苦苦告求。瑜曰：「若不看眾官面皮，決須斬首！今且免死！」命左右：「拖翻打一百脊杖，以正其罪！」眾官又告免。瑜推翻案桌，叱退眾官，

奔。吳王乃取其妻子，焚棄於市。要離乃奔諸侯而行怨言，以無罪聞於天下。遂如衛，求見慶忌。見曰：『闔閭無道，王子所知。今戮吾妻子，焚之於市，無罪見誅。吳國之事，吾知其情。願因王子之勇，闔閭可得也。何不與我東之於吳？』慶忌信其謀。後三月，揀練士卒，遂之吳。將渡江於中流，要離力微，坐與上風，因風勢以矛鈎其冠，順風而刺慶忌。慶忌顧而揮之三，捽其頭於水中，乃加於膝上：『嘻嘻哉！天下之勇士也，乃敢加兵刃於我。』左右欲殺之，慶忌止之曰：『此是天下勇士，豈可一日而殺天下勇士二人哉！』乃誡左右曰：『可令還吳，以旌其忠。』於是慶忌死。」見〔東漢〕趙曄著、劉玉才譯注：《吳越春秋》(台中：暢談國際文化事業，2003年12月)，頁48～49。

喝教行杖。將黃蓋剝了衣服，拖翻在地，打了五十脊杖。眾官又復苦苦求免。瑜躍起指蓋曰：「汝敢小覷我耶！且寄下五十棍！再有怠慢，二罪俱罰！」恨聲不絕而入帳中。（第四十六回）〔註77〕

根據《三國志・吳書・黃蓋傳》所記載，黃蓋在孫堅舉兵時就已跟隨，孫堅死後繼而效命孫策、孫權，歷經三代，在東吳中，恐怕沒有人比黃蓋年資更高，而周瑜雖受到孫策跟孫權的重用，畢竟仍是年輕統帥，威望不足，就官場中，黃蓋會不服氣周瑜是很正常的現象，而周瑜因為年輕，威望不足，以高壓手段來維持統治權也是極有可能，孫武就有一個以高壓方式來訓練宮女的例子〔註78〕。在東吳這場議事中，黃蓋高唱反調，倚老賣老，而周瑜則是一副小人得志的嘴臉，因缺乏自信而採取下令斬首的手段，兩人間合演雙簧，過程合情合理，連在場諸將都瞞了過去，甘寧更因此被「亂棒打出」，黃蓋也挨了五十大仗，打得皮開肉綻，鮮血迸流，扶歸本寨後昏絕了幾次。

「周瑜打黃蓋」發生在大庭廣眾之下，當然連詐降的蔡和、蔡中也清楚的看到了，夜裡，闞澤來探望黃蓋，闞澤為黃蓋極信任之人，當下和盤托出，並要闞澤代己前去詐降，闞澤至曹營後，曹操本來還懷疑黃蓋投降的真實性，好在闞澤反應機警應答自如，加上蔡和、蔡中的報告適時送到，如此一來天衣無縫，連老奸巨猾的曹操也相信了，認定黃蓋是真心投降，而之後曹操就為此付出慘重的代價。

事實上曹操派蔡和、蔡中前去詐降，也是運用「苦肉計」，但是為什麼沒

〔註77〕見〔明〕羅貫中著、吳小林校注：《三國演義校注》，頁 539～540。
〔註78〕《史記・孫子吳起列傳》記載：「（孫子）以兵法見於吳王闔廬。闔廬曰：『子之十三篇，吾盡觀之矣，可以小試勒兵乎？』對曰：『可。』闔廬曰：『可試以婦人乎？』曰：『可。』於是許之，出宮中美女，得百八十人。孫子分為二隊，以王之寵姬二人各為隊長，皆令持戟。令之曰：『汝知而心與左右手背乎？』婦人曰：『知之。』孫子曰：『前，則視心；左，視左手；右，視右手；後，即視背。』婦人曰：『諾。』約束既布，乃設鈇鉞，即三令五申之。於是鼓之右，婦人大笑。孫子曰：『約束不明，申令不熟，將之罪也。』復三令五申而鼓之左，婦人復大笑。孫子曰：『約束不明，申令不熟，將之罪也；既已明而不如法者，吏士之罪也。』乃欲斬左右隊長。吳王從臺上觀，見且斬愛姬，大駭。趣使使下令曰：『寡人已知將軍能用兵矣。寡人非此二姬，食不甘味，願勿斬也。』孫子曰：『臣既已受命為將，將在軍，君命有所不受。』遂斬隊長二人以徇。用其次為隊長。于是復鼓之。婦人左右前後跪起皆中規矩繩墨，無敢出聲。於是孫子使使報王曰：『兵既整齊，王可試下觀之，唯王所欲用之，雖赴水火猶可也。』」見〔西漢〕司馬遷著、楊家駱主編：《史記》，頁 2161～2162。

成功呢？原因有二，其一是於時勢不符，曹軍勢大，併吞荊州後沿江而下威脅東吳，東吳雖未與曹軍交戰過，但相較下兵力極少，曹軍勝利的機率大得多，蔡和、蔡中雖然很有可能因兄長被殺而起異心，但可以在戰勝東吳後，伺機找機會除掉曹操，也比投靠一個即將要滅亡的政權來打敗曹操好；其二則是兩人孤身前往，剛進吳寨時周瑜就已看出，那就是兩人「不帶家小，非真投降」，曹操扣住了兩人家屬是怕兩人真的投降，沒想到弄巧成拙，演出一幕極粗糙的「苦肉計」，不但沒騙到周瑜，反被周瑜利用。

然使用「苦肉計」是很危險的，周瑜也是碰到如黃蓋這種忠義之士才敢委用，因為如果黃蓋稍有異心，東吳將斷送在他手裡，而「苦肉計」是要越少人知情越好，但是怕就怕在騙過敵人，也騙了自己人，周瑜與黃蓋此舉如果引發其他不知情的東吳將領過大的反應，而做出激烈的事，那結果將難以評估。

史書上確有「黃蓋詐降〔註79〕」一事，但並無「周瑜打黃蓋」的詳細記載，此應為羅貫中自行創作，然而這段自行杜撰的這段情節卻十分精彩，周瑜跟黃蓋間的傾心信任，周瑜的才智，黃蓋的忠義，曹操的多疑，闞澤的機智，層層疊疊，讓這段故事流傳於民間而歷久不衰。

第七節　連環計

「連環計」的意思是，計中有計，多計並用，環環相扣，所以稱「連環」也，一計讓敵自顧不暇，另一計攻敵，如此一環一環使用下去，智奪巧取，再強大的敵人也能打敗，「連環計」最重要的是佈局，要完整周密，因為各計環環相扣的原因，若有一環失誤，連環計就全盤皆輸，揭暄的《兵經·疊》提道：

> 大凡用計者，非一計之可孤行，必有數計以勷之也。以數計勷一計，
> 由千百計煉數計，數計熟則法法生。若間中者偶也；適勝者遇也。
> 故善用兵者，行計務實施，運巧必防損，立謀慮中變，命將杜違制。

〔註79〕裴松之注《三國志·吳書·周瑜傳》引《江表傳》道：「江表傳載蓋書曰：『蓋受孫氏厚恩，常為將帥，見遇不薄。然顧天下事有大勢，用江東六郡山越之人，以當中國百萬之眾，眾寡不敵，海內所共見也。東方將吏，無有愚智，皆知其不可，惟周瑜、魯肅偏懷淺戇，意未解耳。今日歸命，是其實計。瑜所督領，自易摧破。交鋒之日，蓋為前部，當因事變化，效命在近。』曹公特見行人，密問之，口敕曰：『但恐汝詐耳。蓋若信實，當授爵賞，超於前後也。』」見〔西晉〕陳壽著、楊家駱主編：《三國志》，頁1263。

> 此策阻而彼策生，一端致而數端起，前未行而後復具，百計疊出，
> 算無遺策，雖智將強敵，可立制也。〔註80〕

這可以說已經講到連環計的精髓。王允在《三國演義・第八回》有使用過連環計的紀錄，王允先將貂蟬獻給呂布，再將貂蟬送給董卓，然後伺機挑起呂布跟董卓的不合，最後慫恿呂布除掉董卓。而在《三國演義・第四十七回》有一個使用連環計更精彩的例子。

闞澤向曹操呈上黃蓋降書後即回東吳，並和甘寧一起演出第二齣詐降戲碼，蔡和、蔡中不知是計，和盤托出自己詐降的身份，並向曹操報告，雖然有蔡和、蔡中的報告佐證，但是曹操對黃蓋、甘寧及闞澤投降的真實性，依然疑惑不定，於是蔣幹自願再度前往東吳探聽消息。在此之前，龐統曾經向周瑜提議，說要打敗曹操，最好的方法是讓曹操把船連起來，然後用火攻，方能一次燒盡，周瑜一方面佩服龐統高論，但另一方面苦於無人能向曹操提議鎖船，聽到蔣幹又來了，於是計上心頭。

先前蔣幹曾經偷取周瑜文書，以致蔡瑁、張允被斬，這次蔣幹二度前來，兩人一見面，周瑜就責怪蔣幹「欺吾太甚」，不由蔣幹分說就將其送往西山背後小庵歇息，蔣幹此來是要探聽消息，被監禁於此，是夜覺得煩悶，獨步出庵後走走，依稀聽到讀書之聲。於是信步尋去，見到了草屋數椽，內射燈光，有一人掛劍誦讀孫子、吳起的兵書，蔣幹覺得這一定是異人，於是求見，《三國演義》描述這段蔣幹與龐統相見的事：

> 其人開門出迎，儀表非俗。幹問姓名，答曰：「姓龐，名統，字士元。」
> 幹曰：「莫非鳳雛先生否？」統曰：「然也。」幹喜曰：「久聞大名，
> 今何僻居此地？」答曰：「周瑜自恃才高，不能容物，吾故隱居於此，
> 公乃何人？」幹曰：「吾蔣幹也。」統乃邀入草庵，共坐談心。幹曰：
> 「以公之才，何往不利？如肯歸曹，幹當引進。」統曰：「吾亦欲離
> 江東久矣。公既有引進之心，即今便當一行。如遲則周瑜聞之，必
> 將見害。」於是與幹連夜下山，至江邊尋著原來船隻，飛棹投江北。
> （第四十七回）〔註81〕

周瑜心中早已計畫送龐統去向曹操獻「連船計」，但苦於無人可行，龐統若是

〔註80〕見〔明〕揭暄著、李炳彥、崔彧臣評：《兵經釋評》，頁52～53。
〔註81〕見〔明〕羅貫中著、吳小林校注：《三國演義校注》，頁549。

自行前往江北晉見曹操，多疑謹慎的曹操會相信龐統嗎？正巧蔣幹來了，由蔣幹擔任推手，讓曹操卸下心防會容易的多，周瑜安排龐統在草屋讀書，讓蔣幹產生一種「這是異人」的想法，蔣幹本來要來東吳探聽消息，不料被周瑜冷落，祈求轉機，周瑜和龐統在蔣幹最希望看到轉機時，給他一個轉機，蔣幹認為龐統跟自己一樣，都是受到周瑜冷落的人，在這樣心態引導下，於是蔣幹很容易就上當了，因為龐統是與諸葛亮齊名之人，蔣幹以為如獲珍寶，飛快帶著龐統去見曹操，這場看似「巧遇」的情節，其實是周瑜跟龐統的刻意安排。

　　曹操聽說龐統來了，親自出帳迎接，並與龐統一起閱兵，在宴席上龐統高談雄辯，應答如流，曹操深為佩服，《三國演義》接下來寫道：

> 統佯醉曰：「敢問軍中有良醫否？」操問何用。統曰：「水軍多疾，須用良醫治之。」時操軍因不服水土，俱生嘔吐之疾，多有死者，操正慮此事；忽聞統言，如何不問？統曰：「丞相教練水軍之法甚妙，但可惜不全。」操再三請問。統曰：「某有一策，使大小水軍，並無疾病，安穩成功。」操大喜，請問妙策。統曰：「大江之中，潮生潮落，風浪不息；北兵不慣乘舟，受此顛播，便生疾病。若以大船小船各皆配搭，或三十為一排，或五十為一排，首尾用鐵環連鎖，上舖闊板，休言人可渡，馬亦可走矣；乘此而行，任他風浪潮水上下，復何懼哉？」曹操下席而謝曰：「非先生良謀，安能破東吳耶！」統曰：「愚淺之見，丞相自裁之。」操即時傳令，喚軍中鐵匠，連夜打造連環大釘，鎖住船隻。諸軍聞之，俱各喜悅。（第四十七回）〔註82〕

龐統的一句話說中了曹操的心病，曹軍多為北方之人，不慣乘船，暈船嘔吐的現象非常嚴重，不少士兵因此丟了性命，曹操為此也非常擔心，龐統既提起，曹操就像落水之人見到浮板，迫不及待請求良策，龐統於此妙就妙在未一語道破，他知道曹操憂慮所在，卻先以「敢問軍中有良醫否？」引起曹操好奇心，明明知道自從蔡瑁、張允被斬以後，曹操對操練水軍是一竅不通，所以先給曹操戴高帽說「丞相教練水軍之法甚妙，但可惜不全。」由於曹操急切想要請問良策，自然不會在意，此時龐統才緩緩說出以鐵鍊連船的方法，曹操一聽大喜從之，而曹軍自從連船後，諸軍各喜悅，而當龐統以願招降東

〔註82〕見〔明〕羅貫中著、吳小林校注：《三國演義校注》，頁550。

吳將領爲由脫身時，曹操已對龐統甚爲信服，不加懷疑了。

曹操本不善水戰，也不知道龐統值不值得信任，但是在龐統拿出眞才實料，又是對中曹操最憂慮的事，所以曹操馬上對龐統心悅臣服，言聽計從。解決此問題後，從此破東吳已是勝券在握，心中喜悅，連程昱、荀攸提醒需防火攻，曹操也聽不下去了，在自滿自驕的情緒推動下，過了不久，諸葛亮借東風，黃蓋乘風放火燒曹船，把曹操從天堂打下地獄，等曹操逃到南郡時，八十三萬軍隊只剩二十七騎。

總結來說「連環計」也不是龐統一人完成的，其實從周瑜對蔡和、蔡中採用「反間計」，然後打黃蓋實行「苦肉計」，直到赤壁大戰前龐統詐降，向曹操獻「連船計」，巧鎖戰船，讓曹軍戰船成靶子，這一系列計謀的使用構成了一個完整的謀略鏈條，就是完整的「連環計」。

史上確有曹操「連船」遭到東吳火攻而大敗的事實〔註83〕，但是「連船計」是否龐統對曹操所獻之？史書沒有記載，想來應是羅貫中在民間傳說上，自行創作的一段故事，羅貫中在史實與藝術及軍事謀略三者間，取得一個完美的平衡。

第八節　小　結

《三國演義》中隨處可見很多關於謀略的描寫、使用，其他如荀彧「二虎競食」、「驅虎吞狼」；諸葛亮「智借東風」、「安居平五路」、「七擒七縱」，呂蒙「白衣渡江襲荊州」等，無一不是令人拍案叫絕，有些是歷史上本來就已經有的，羅貫中僅是修飾、加工，有些則是虛構的，史上無此事。是羅貫中自行杜撰改寫的，讀來卻又合情合理，可見羅貫中本人一定也是善於謀略，才能將許多謀略藝術側寫的如此豐富而流傳下來，《三國演義》是一本歷史小說，既然是「歷史小說」，作者在處理上不能隨意顛倒史實，或信手拈來，而史實跟虛構本來是對立關係，但是在《三國演義》中卻契合的如此完美，這

〔註83〕 《三國志・吳書・周瑜傳》記載：「瑜部將黃蓋曰：『今寇眾我寡，難與持久。然觀操軍船艦首尾相接，可燒而走也。』乃取蒙衝鬪艦數十艘，實以薪草，膏油灌其中。裹以帷幕，上建牙旗，先書報曹公，欺以欲降。又豫備走舸，各繫大船後，因引次俱前。曹公軍吏士皆延頸觀望，指言蓋降。蓋放諸船，同時發火。時風盛猛，悉延燒岸上營落。頃之。煙炎張天，人馬燒溺死者甚眾，軍遂敗退，還保南郡。」見〔西晉〕陳壽著、楊家駱主編：《三國志》，頁 1262～1263。

不能不說是羅貫中高明及成功之處，清代張德堅在提到描述太平天國之事的
《賊情彙纂‧僞軍制下‧詭計》時說道：

> 賊之詭計，果何所依據？蓋由二三點賊，採裨官野史中軍情，倣而
> 行之，往往有效，遂寶爲不傳之祕訣。其裁取《三國演義》、《水滸
> 傳》爲尤多。〔註84〕

可知羅貫中的藝術之筆，讓《三國演義》成了一本謀略大全，不再只是一本
歷史小說，就算是虛構的部分，還是能受到後人的運用，影響之大可見一斑。

〔註84〕見〔清〕張德堅：《賊情彙纂》。轉引自朱一玄、劉毓忱：《三國演義資料彙編》
　　　　（天津：南開大學出版社，2005年2月），頁615。

第六章　《三國演義》中謀士的形象描寫

　　「人物」是小說故事情節安排最重要的一個因素，沒有人物自然沒有故事，廖瓊媛在《三國演義的美學世界》說道：

> 小說寫的是人，描述的是人的世界。人物的長相、言語、性格、生活、內心活動是小說刻劃的主要對象。作者如何塑造人物，如何決定形貌、性情、氣質、神態、服飾穿戴、胸襟氣度，都會影響人物的性格與內心得幽微。小說就是創造典型，表現人物的性格，以描述人性為職志。〔註1〕

《三國演義》一書共寫了 1200 多個人物，其中有姓名者約占 1000 人〔註2〕，是中國古代登場人數最多的長篇章回小說，這些本來在歷史上威赫一時的風流名士，經由作者的巧手加工雕塑，靈活靈現的躍然紙上，各人相貌、人格形象，甚至慣使之物皆不相同，影響後世甚鉅，以《三國演義》的眾多謀士來說，又以以下七位的性格、形象更加鮮明，並深植在每一個讀者的心中。

第一節　智慧的化身——諸葛亮

　　諸葛亮，他是賢相、名臣、謀士，集智、勇、忠、誠於一身的傳奇人物，幾乎是中國歷史上唯一的「完人」，清人毛宗崗在〈讀三國志法〉中說道：

> 吾以為三國有三奇，可稱三絕：諸葛孔明一絕也，關雲長一絕也，曹操亦一絕也。歷稽載籍，賢相林立，而名高萬古者莫如孔明。其

〔註1〕　見廖瓊媛：《三國演義的美學世界》（台北：里仁書局，2003 年 9 月），頁 80。
〔註2〕　此數目依據沈伯俊：《賞味三國》（台北：遠流出版公司，2006 年 8 月），頁 7。

> 處而彈琴抱膝，居然隱士風流，出而羽扇綸巾，不改雅人深致。在
> 草廬之中，而識三分天下，則達乎天時，承顧命之重，而至六出祁
> 山，則盡乎人事。七擒八陣，木牛流馬，既已疑神疑鬼之不測，鞠
> 躬盡瘁，志決身殲，仍是爲臣爲子之用心。比管、樂則過之，比伊、
> 呂則兼之，是古今來賢相中第一奇人。〔註3〕

「三絕」中諸葛亮乃「智絕」也。整部《三國演義》可以說是環繞著諸葛亮
爲核心的，在劉備三顧茅廬以前的所有情節發展，都是爲了諸葛亮的登場而
鋪陳，前期的劉備顛沛流離，頻受袁術、呂布、曹操等追擊，後至荊州〔註4〕
依靠劉表，在席上遭蔡瑁陷害出逃，遇見了司馬徽，司馬徽才點出：

> 關、張、趙雲皆萬人敵，惜無善用之之人。若孫乾、糜竺輩，乃白
> 面書生，非經綸濟世之才也。（第三十五回）〔註5〕

後來劉備得到徐庶，自以爲已得人也，直至曹操用程昱之計騙走徐庶，徐庶
走馬薦諸葛，劉備三顧茅廬，諸葛亮這才出現，一出場便是不同凡響。雖然
諸葛亮在以「智慧」著稱，但是在《三國演義》中，諸葛亮的個性及形象是
多元的，以下分列說明：

一、智慧

　　《三國演義》自諸葛亮登場後，對於其智慧的展現之描寫是不勝枚舉的，
作爲一個賣智慧的「謀士」，諸葛亮可說是淋漓盡致，諸葛亮初遇劉備時所提
的〈隆中對〉，是劉備一生事業的轉折點，爲他指引了明路，從此劉備扶搖直
上，最終建立蜀漢，成爲三國之一，而諸葛亮居隆中十年，何以知曉天下大
事？並對時局做出精確、客觀的分析？當是活用書本，非死讀書，並結交崔
州平、石韜、孟建與徐庶等名士以了解時局發展。

　　諸葛亮本身博學多聞，智多識廣，他自己也說道：

> 爲將而不通天文，不識地利，不知奇門，不曉陰陽，不看陣圖，不

〔註3〕〔清〕毛宗崗：〈讀三國志法〉。轉引自〔明〕羅貫中著、〔明〕金聖嘆鑑定、
　　　〔清〕毛宗崗批：《精印三國演義》（台北：老古文化事業公司，2006 年 5 月），
　　　頁 1～2。

〔註4〕荊州，東漢州名，約轄今日湖北、湖南，劉表任荊州牧時，治所在襄陽（今
　　　湖北襄樊）。

〔註5〕見〔明〕羅貫中著、吳小林校注：《三國演義校注》（台北：里仁書局，2006
　　　年 3 月），頁 415。

明兵勢，是庸才也。(第四十六回) 〔註6〕

反之，則是諸葛亮認為自己面面俱到，從他出山以後，一次次的戰略、戰術展示，多表現了他對這句話最切實的應用。諸葛亮在赤壁之戰時算準濃霧的出現，因而騙得曹操十萬枝箭；在博望坡（今河南方城）時善用地形，引夏侯惇孤軍深入至「南道路狹，山川相逼，樹木叢雜〔註7〕」處始放火攻曹軍，殺得夏侯惇十萬部隊幾近覆滅，由此可知諸葛亮通曉天文地利，這些計謀讀者唸起來，都會覺得是神乎其計的。另外，諸葛亮對人的了解也很透徹，知道曹操多疑、孫權可激、周瑜量小等，針對不同的人的個性，施以不同的計謀，乃是真正做到了《孫子兵法・地形篇》中所說的：「知彼知己，勝乃不殆；知地知天，勝乃可全。〔註8〕」

諸葛亮的外交手腕也是令人印象深刻，終其一生諸葛亮都遵守「聯吳抗曹」的大戰略，「聯吳抗曹」為諸葛亮與魯肅所促成，後雖有矛盾，但在夷陵之戰後他迅速修補與東吳的關係，與吳重新結盟，並結合西羌與南蠻，蜀漢本來國小民貧，在夷陵之戰中又遭遇滅頂之災，但如此一來化劣勢為優勢，以眾力卸強力，是諸葛亮一直有能力北伐曹魏的原因。

史實中的諸葛亮其實並不善長出奇制勝，但是經過羅貫中的巧手塑造，諸葛亮智慧的形象也就長存在世人心中了。

二、感念與忠誠

諸葛亮除了以「智」聞名於世外，再來就是那令人敬佩的「忠誠」，諸葛亮對於蜀漢的忠誠是無庸置疑的，《三國演義》載有諸葛亮自撰之〈出師表〉，其中有云：

> 臣本布衣，躬耕南陽，苟全性命於亂世，不求聞達於諸侯。先帝不以臣卑鄙，猥自枉屈，三顧臣於草廬之中，諮臣以當世之事，由是感激，遂許先帝以驅馳。後值傾覆，受任於敗軍之際，奉命於危難之間：爾來二十有一年矣。(第九十一回) 〔註9〕

〔註6〕 見〔明〕羅貫中著、吳小林校注：《三國演義校注》，頁536。
〔註7〕 見《三國演義・第三十九回》。
〔註8〕 見〔東周〕孫武著、〔東漢〕曹操註、〔清〕孫星衍校：《孫子集註》（台北：東大圖書公司，2006年4月），頁208～209。
〔註9〕 〈出師表〉，又稱〈前出師表〉，為諸葛亮於蜀漢建興五年（227）北伐前所作，《三國演義・第九十一回》實錄原文。見〔明〕羅貫中著、吳小林校注：《三

這裡說明了諸葛亮的信念，劉備對諸葛亮無限信任，諸葛亮自然對劉備無限忠誠，這是一個因果關係，諸葛亮感念劉備三顧茅廬的知遇之恩，投入所有心力在蜀漢的基業建立上，以致「鞠躬盡瘁，死而後已」，《三國演義》寫道：

> 先主泣曰：「君才十倍曹丕，必能安邦定國，終定大事。若嗣子可輔，則輔之；如其不才，君可自爲成都之主。」孔明聽畢，汗流遍體，手足失措，泣拜於地曰：「臣安敢不竭股肱之力，盡忠貞之節，繼之以死乎！」言訖，叩頭流血。（第八十五回）〔註10〕

這一段君臣互信至今仍傳爲美談，其實早在出山以前，諸葛亮就已看出東漢已無復興的可能，但爲了劉備，他仍然訂定了〈隆中對〉，輔佐劉備至取漢中（今陝西南鄭）的事業顛峰，後來關羽丟失荊州，劉備也違背了「聯吳抗曹」的戰略方針，使得蜀漢國勢急轉直下，但諸葛亮仍力挽狂瀾，東和孫權，南征南蠻，北伐曹魏，常言：「老臣受先帝厚恩，誓以死報。〔註11〕」、「吾受先帝託孤之重，當竭力討賊，豈可以虛妄之災氛，而廢國家大事耶！〔註12〕」、「受先帝託孤之重，惟恐他人不似我盡心也！〔註13〕」這種明知「不可爲而爲之」的悲劇性格正是諸葛亮的寫照，最後累死在五丈原（今陝西岐山南），明代蔣大器在〈三國志通俗演義序〉說道：「孔明之忠，昭如日星，古今仰之。〔註14〕」令人不勝欷噓。

　　羅貫中以史事入《三國演義》，既不違背正史，也突出了諸葛亮「感念」與「忠誠」的鮮明形象。

三、性格

　　在羅貫中的筆下，諸葛亮是「智慧」的化身，但是《三國演義》畢竟是文學而非正史，但是所謂歷史小說又不能違背史實太大，在「文學」與「正史」之間取得一個適度的平衡，怎麼拿捏方寸？是一個重要的課題，中國傳

國演義校注》，頁 1031。

〔註10〕 《三國志‧諸葛亮傳》亦載有此段，《三國演義》基本上實錄。見〔明〕羅貫中著、吳小林校注：《三國演義校注》，頁 958。

〔註11〕 見《三國演義‧第一〇一回》。

〔註12〕 見《三國演義‧第一〇二回》。

〔註13〕 見《三國演義‧第一〇三回》。

〔註14〕 〔明〕蔣大器〈三國志通俗演義序〉。轉引自朱一玄、劉毓忱：《三國演義資料彙編》（天津：南開大學出版社，2005 年 2 月），頁 232。

統小說的四大「謀士」代表人物，諸葛亮爲其一〔註15〕，這得歸功羅貫中在尊重史實外進行創作，增加作品、人物的藝術張力與臨場感，於是歷史人物諸葛亮，化身爲今日我們熟悉的諸葛亮。

（一）謹慎

《三國演義》寫到在諸葛亮第一次北伐時提出了穿越子午谷〔註16〕之計，而諸葛亮不答應，原文如下：

> 魏延上帳獻策曰：「夏侯楙乃膏粱子弟，懦弱無謀。延願得精兵五千，取路出褒中，循秦嶺以東，當子午谷而投北，不過十日，可到長安。夏侯楙若聞某驟至，必然棄城望橫門邸閣而走。某却從東方而來，丞相可大驅士馬，自斜谷而進。如此行之，則咸陽以西，一舉可定也。」孔明笑曰：「此非萬全之計也。汝欺中原無好人物，倘有人進言，於山僻中以兵截殺，非惟五千人受害，亦大傷銳氣。決不可用。」魏延又曰：「丞相兵從大路進發，彼必盡起關中之兵，於路迎敵：則曠日持久，何時而得中原？」孔明曰：「吾從隴右取平坦大路，依法進兵，何憂不勝！」遂不用魏延之計。魏延怏怏不悅。（第九十二回）〔註17〕

魏延提出的「子午谷」計畫，是於史有據〔註18〕，《魏略》所載跟《三國演義》相去不遠，歷來討論這個計畫可行性的文章不勝枚舉，同意者認爲這是突襲長安（今陝西西安）的妙招，給曹魏來個出奇致勝，反對者認爲魏延孤軍深入，根據清代顧祖禹《讀史方輿紀要》所記載，子午谷全長六百六十里〔註19〕，

〔註15〕　其他三位乃是輔佐周文王的姜子牙，輔佐漢高祖的張良，以及輔佐明太祖的劉伯溫。

〔註16〕　又稱「子午道」，於西漢末年開鑿，爲穿越秦嶺的谷道，北口在今陝西西安，南口在今陝西洋縣。

〔註17〕　見〔明〕羅貫中著、吳小林校注：《三國演義校注》，頁1041。

〔註18〕　裴松之注《三國志・蜀書・魏延傳》引《魏略》註曰：「夏侯楙爲安西將軍，鎮長安，亮於南鄭與群下計議，延曰：『聞夏侯楙少，主壻也，怯而無謀。今假延精兵五千，負糧五千，直從褒中出，循秦嶺而東，當子午而北，不過十日可到長安。楙聞延奄至，必乘船逃走。長安中惟有御史、京兆太守耳，橫門邸閣與散民之穀足周食也。比東方相合聚，尚二十許日，而公從斜谷來，必足以達。如此，則一舉而咸陽以西可定矣。』亮以爲此縣危，不如安從坦道，可以平取隴右，十全必克而無虞，故不用延計。」見〔西晉〕陳壽著、楊家駱主編：《三國志》（台北：鼎文書局，1995年6月），頁1003。

〔註19〕　清人顧祖禹在其著《讀史方輿紀要》記載道：「子午道今新開，南口曰午，在洋縣東百六十里；北口曰子，在西安府南百里，谷長六百六十里。」見〔清〕

沿途又是窮山僻野，魏延想在十日之內走完是個問題，而且出山後蜀軍還有力氣奇襲長安嗎？而且夏侯楙會乖乖的配合演出棄城而走嗎？

不管怎樣，「子午谷計畫」的可行與否？歷來爭論不休，但是生平謹慎的諸葛亮並不會採納魏延的意見，因為風險太大，後來連司馬懿都說：

> 諸葛亮平生謹慎，未敢造次行事。若是吾用兵，先從子午谷逕取長安，早得多時矣。他非無謀，但怕有失，不肯弄險。（第九十五回）〔註20〕

作為最了解諸葛亮的人，司馬懿此語可為諸葛亮謹慎的個性下了註腳。而司馬懿後來也因為太了解諸葛亮而吃虧，《三國演義・第九十五回》「空城計」中諸葛亮來個逆向操作，讓司馬懿以為有伏兵而撤軍，失去了俘虜諸葛亮的大好機會。

（二）憂國憂民

諸葛亮之所以出山，本來就是受到劉備的感召，《三國演義・第三十八回》劉備一句「先生不出，如蒼生何！」感動了諸葛亮，願意竭誠輔佐劉備，在當時曹操跟孫權都比劉備強大的多，但曹操挾天子以令諸侯，孫權則是徹徹底底的軍閥，他選擇劉備，是因為劉備為天下蒼生請命的志向與自己相同使然，在出山後，諸葛亮不管治理政事，或是行軍打仗，皆寬仁愛民，南征南蠻，不濫殺而攻其心，於是「蠻方皆感孔明恩德，乃為孔明立生祠，四時享祭。皆呼之為『慈父』〔註21〕」諸葛亮死後，遺體返回成都，《三國演義》寫道：

> 後主引文武官僚，盡皆挂孝，出城二十里迎接。後主放聲大哭，上至公卿大夫，下及山林百姓，男女老幼，無不痛哭，哀聲震地。（第一○五回）〔註22〕

明代李漁評道：「凡為人臣者，能令天子扶柩痛哭如此者，古今能有幾人？〔註23〕」羅貫中以驚人的藝術之筆，將諸葛亮「憂國憂民」，使得人民感念的形象

顧祖禹：《讀史方輿紀要・卷五十六・陝西五》（台北：老古文化事業公司，1981年8月），頁5。

〔註20〕 見〔明〕羅貫中著、吳小林校注：《三國演義校注》，頁1071。

〔註21〕 見《三國演義・第九十回》。

〔註22〕 見〔明〕羅貫中著、吳小林校注：《三國演義校注》，頁1191。

〔註23〕 見鐘宇：《三國演義：名家彙評本》（北京：北京圖書館出版社，2007年7月），頁648。

較之史實更加強烈。

（三）廉正

做爲蜀漢丞相〔註 24〕，諸葛亮爲官是「廉」而「正」的，初出茅廬時，他跟其弟諸葛均說道：

> 吾受劉皇叔三顧之恩，不容不出。汝可躬耕於此，勿得荒蕪田畝。
> 待我功成之日，即當歸隱。（第三十八回）〔註 25〕

可見他輔佐劉備絕不是爲己謀私，在他自撰的〈出師表〉就說道：

> ……誠宜開張聖聽，以光先帝遺德，恢弘志士之氣；不宜妄自菲薄，
> 引喻失義，以塞忠諫之路也。宮中府中，俱爲一體；陟罰臧否，不宜
> 異同：若有作奸犯科，及爲忠善者，宜付有司，論其刑賞，以昭陛下
> 平明之治；不宜偏私，使內外異法也。……（第九十一回）〔註 26〕

這裡諸葛亮說明了自己秉公執法的信念，在劉備初入蜀地時，讓諸葛亮制訂治國條例，刑法頗重，所以法正以劉邦約法三章〔註 27〕事來諫阻，希望諸葛亮寬刑省法，諸葛亮說：

> 「君知其一，未知其二：秦用法暴虐，萬民皆怨，故高祖以寬仁得
> 之。今劉璋闇弱，德政不舉，威刑不肅；君臣之道，漸以陵替。寵
> 之以位，位極則殘；順之以恩，恩竭則慢。所以致弊，實由於此。
> 吾今威之以法，法行則知恩；限之以爵，爵加則知榮。恩榮並濟，
> 上下有節。爲治之道，於斯著矣。」法正拜服。自此軍民安堵。四
> 十一州地面，分兵鎮撫，並皆平定。（第六十五回）〔註 28〕

法正只知其一不知其二，他只看到蜀國方遭兵革之禍，就認定眼下就重要的

〔註 24〕朝廷中最高政務長官，輔佐皇帝治理國家，無所不統，第一品。

〔註 25〕見〔明〕羅貫中著、吳小林校注：《三國演義校注》，頁 448。

〔註 26〕見〔明〕羅貫中著、吳小林校注：《三國演義校注》，頁 1030。

〔註 27〕《史記・高祖本紀》記載漢王元年十月（B.C.206），劉邦入關中滅秦，召集諸縣父老豪傑說道：「『父老苦秦苛法久矣，誹謗者族，偶語者棄市。吾與諸侯約，先入關者王之，吾當王關中。與父老約，法三章耳：殺人者死，傷人及盜抵罪。餘悉除去秦法。諸吏人皆案堵如故。凡吾所以來，爲父老除害，非有所侵暴，無恐！且吾所以還軍霸上，待諸侯至而定約束耳。』乃使人與秦吏行縣鄉邑，告諭之。秦人大喜，爭持牛羊酒食獻饗軍士。」見〔西漢〕司馬遷著、楊家駱主編：《史記》（台北：鼎文書局，1995 年 10 月），頁 362。

〔註 28〕見〔明〕羅貫中著、吳小林校注：《三國演義校注》，頁 749。

是與民休息，盡量減少刑法，不要擾民，但是諸葛亮看的更深了一點，劉備入蜀前，劉焉、劉璋父子治理益州〔註29〕達二十餘年，刑法廢弛，所以才要加重法治，蜀國因而大治。

諸葛亮爲官「清貧儉樸」，在《三國演義》諸葛亮寫給後主的遺書中就提道：

> 臣在外任，別無調度，隨身衣食，悉仰於官，不別治生，臣死之日，以長尺寸。臣死之日，不使內有餘帛，外有贏財，以負陛下也。（第一〇四回）〔註30〕」

可此可知，諸葛亮爲官除了公正外，也是十分清廉的。

（四）事必躬親

「事必躬親」這點，對於諸葛亮來說，是優點，也是缺點，在《三國演義》寫到諸葛亮「事無大小，皆親自從公決斷。〔註31〕」諸葛亮出山後，誰都要聽他的，就連劉備也要聽他的，只相信他自己，不放心別人代勞，《三國演義》有一段諸葛亮「事必躬親」的描述：

> 主簿楊顒諫曰：「某見丞相常自校簿書，竊以爲不必。夫爲治有體，上下不可相侵。譬之治家之道，必使僕執耕，婢典爨，私業無曠，所求皆足，其家主從容自在，高枕飲食而已。若皆身親其事，將形疲神困，終無一成。豈其智之不如婢僕哉？失爲家主之道也。是故古人稱：坐而論道，謂之三公；作而行之，謂之士大夫。昔丙吉憂牛喘，而不問橫道死人；陳平不知錢穀之數，曰：『自有主者。』今丞相親理細事，汗流終日，豈不勞乎？」（第一〇三回）〔註32〕

楊顒一席話至情至理，諸葛亮也只好說：「吾非不知。但受先帝託孤之重，惟恐他人不似我盡心也！〔註33〕」由此看來，諸葛亮「事必躬親」有他的無奈，他感念劉備之恩，於是盡心盡力的回饋，但又恐別人做的沒自己好，辜負了劉備，所以凡事親自處理，致使憂勞成疾，不久之後就把自己累死在五丈原（今陝西岐山南）了。

〔註29〕益州，東漢州名，約轄今四川、雲南、貴州，漢末治所在成都（今四川成都）。
〔註30〕見〔明〕羅貫中著、吳小林校注：《三國演義校注》，頁1178～1179。
〔註31〕見《三國演義·第八十七回》。
〔註32〕見〔明〕羅貫中著、吳小林校注：《三國演義校注》，頁1171。
〔註33〕見《三國演義·第一〇三回》。

四、作者賦予的理想化

西晉陳壽在《三國志‧諸葛亮傳》中評論諸葛亮「於治戎爲長，奇謀爲短，理民之幹，優於將略。〔註34〕」又說他「應變將略，非其所長歟！〔註35〕」歷史上的諸葛亮，的確是一位出色的政治家，不過說道施展計謀，他並非十分在行，現在大家對於諸葛亮「多智」的典型印象，大半是受到《三國演義》的影響。

羅貫中爲什麼要賦予諸葛亮這麼「理想化」呢？要知道《三國演義》並不是一部很純粹的「文學」作品，它是基於某種目的而被創造出來的，時值元末明初，羅貫中特意在書中「揚蜀漢，抑魏吳」就是針對元廷腐朽的統治表達諷刺，然而它畢竟還是一部小說，服務於廣大民眾，羅貫中在描寫書中人物時，只要大部分忠於史實，其他沒有太大關於藝術方面的所謂得失問題的考慮，依照自己的需要，去雕塑書中歷史人物的另一種形象，羅貫中賦予諸葛亮「完美人格」，將歷史人物重新雕塑成小說中的諸葛亮，於是後世讀者讀畢，腦中自然有個令人心往神馳，無所不能的諸葛亮了。

第二節　忌刻的大才——周瑜

一談起周瑜，大家會想到的除了蘇軾〈念奴嬌‧赤壁懷古〉的那句「羽扇綸巾，談笑間、強虜灰飛煙滅。〔註36〕」之外，就是在不論在舞台戲曲上，或是《三國演義》中那個氣量狹小，又處處想要陷害諸葛亮的東吳周大都督〔註37〕，最卻落個被諸葛亮氣死的下場，在《三國演義》中的周瑜是個怎麼樣的人呢？請看以下：

一、嫉妒心態

在周瑜了解到諸葛亮超凡的才智後，他就對諸葛亮就屢屢加害，頻生事端，眞的是因爲周瑜嫉妒自己不如諸葛亮嗎？其實不然，《三國演義》寫到魯肅知道周瑜想殺諸葛後勸阻到：「『諸葛瑾乃其親兄，可令招此人同事東吳。

〔註34〕見〔西晉〕陳壽著、楊家駱主編：《三國志》，頁930。

〔註35〕見〔西晉〕陳壽著、楊家駱主編：《三國志》，頁934。

〔註36〕見〔北宋〕蘇軾：《東坡樂府》（台北：學海出版社，1993年10月），頁9。

〔註37〕高級軍職名，爲「都督」之權加重者，總領內外軍事，第一品，而周瑜從未擔任過此職。

豈不妙哉？」瑜善其言。〔註38〕」毛宗崗於此評道：「可見周郎非忌勝己者，特忌勝己者之爲敵用耳。〔註39〕」所以我們在了解周瑜如何加害諸葛亮之前，這一點先要弄清楚，周瑜畢竟是東吳之臣，凡事以東吳國家利益爲優先考量，他也知道擊敗曹操後，劉備就是爭奪荊州的敵人了，有諸葛亮相助必定難以對付，所以他想藉機除掉諸葛亮，就此點而論，周瑜這種心態不算是單純嫉妒賢才，而是另一種「忠心」的表現。

在《三國演義》周瑜共有三次精心策劃加害諸葛亮的行動，第一次出現在《三國演義·第四十五回》：

> 周瑜分撥已定。使人請孔明議事。孔明至中軍帳，敘禮畢，瑜曰：「昔曹操兵少，袁紹兵多，而操反勝紹者，因用許攸之謀，先斷烏巢之糧也。今操兵八十三萬，我兵只五六萬，安能拒之？亦必須先斷操之糧，然後可破。我已探知操軍糧草，俱屯於聚鐵山。先生久居漢上，熟知地理。敢煩先生與關、張、子龍輩——吾亦助兵千人——星夜往聚鐵山斷操糧道。彼此各爲主人之事，幸勿推調。」孔明暗思：「此因說我不動，設計害我。我若推調，必爲所笑。不如應之，別有計議。」乃欣然領諾。瑜大喜。孔明辭出，魯肅密謂瑜曰：「公使孔明劫糧，是何意見？」瑜曰：「吾欲殺孔明，恐惹人笑。故借曹操之手殺之，以絕後患耳。」（第四十五回）〔註40〕

曹操生平最喜歡劫敵糧草，或是故意把自己糧草讓敵軍搶劫，再趁機襲擊敵軍，官渡之戰中袁紹大將文醜就是這樣被關羽斬殺的，所以曹軍糧倉及糧道，必有重兵保護，否則就是曹操在「請君入甕」，這點周瑜知道，諸葛亮當然也知道，劫曹軍糧草是死路一條，但是諸葛亮見機行事，幸好魯肅宅心仁厚以言語挑之，讓諸葛亮有機會反譏周瑜「但堪水戰，不能陸戰耳。」最後才讓周瑜作罷。

第二次發生在群英會後，蔣幹中了離間計，讓周瑜假曹操之手殺掉蔡瑁、張允，從此曹軍無人能水戰，相對的吳軍優勢提高，周瑜想要知道諸葛亮知內情否？後由魯肅口中得知諸葛亮瞭若指掌，於是更加深周瑜想要除掉諸葛

〔註38〕 見《三國演義·第四十四回》。
〔註39〕 見〔明〕羅貫中著、〔明〕金聖嘆鑑定、〔清〕毛宗崗批：《精印三國演義》，頁632。
〔註40〕 見〔明〕羅貫中著、吳小林校注：《三國演義校注》，頁521。

亮的決心，於是委任諸葛亮造箭，並打算拖延工匠料物，十日後以「公道斬之」，不料諸葛亮早已算出長江大霧，三日後於曹軍處騙得十萬枝箭，周瑜只好嘆道：「孔明神機妙算，吾不如也！〔註41〕」

　　第三次發生在「草船借箭」之後，周瑜為了對付曹軍已預計採用火攻，並以成功策劃黃蓋的假投降取信曹操，又唯恐燒不乾淨，而安排第二次中計的蔣幹領龐統去曹軍處進言「連船計」，讓曹軍鎖船，當一切都準備完畢時，周瑜才驚覺「萬事俱備，只欠東風。〔註42〕」曹軍布陣於吳軍西北，在冬令時分，西北風大作，若採取火攻只會燒到自己，周瑜因而憂慮成疾，此時諸葛亮說道可為之借到東風，並於南屏山作法，周瑜最初也半信半疑，直到東南風起，《三國演義》寫道：

> 瑜駭然曰：「此人有奪天地造化之法、鬼神不測之術！若留此人，乃東吳禍根也。及早殺卻，免生他日之憂。」急喚帳前護軍校尉丁奉、徐盛二將：「各帶一百人。徐盛從江內去，丁奉從旱路去，都到南屏山七星壇前，休問長短，拏住諸葛亮便行斬首，將首級來請功。」二將領命。徐盛下船，一百刀斧手蕩開棹槳，丁奉上馬，一百弓弩手各跨征駒：往南屏山來。於路正迎著東南風起。〔註43〕（第四十九回）

周瑜此時應該要在意的，是趁東南風起，大舉進攻曹操，否則時間拖久了，難保曹操知道處於下風而做出防備，丁奉、徐盛也是東吳名將，此二人此時不待命攻曹，反而被派去追殺諸葛亮，說明周瑜對諸葛亮的忌憚之大。毛宗崗評道：

> 未調各路破曹操之兵，先調兩路殺孔明之兵。周郎之視孔明，重於曹操，重於八十三萬大兵也。〔註44〕

諸葛亮在《將苑・將弊》寫道：

> 夫為將之道，有八弊焉：一曰貪而無厭，二曰妒賢嫉能，三曰信讒好佞，四曰料彼不自料，五曰猶豫不自決，六曰荒淫於酒色，七曰

〔註41〕見《三國演義・第四十六回》。
〔註42〕見《三國演義・第四十九回》。
〔註43〕見〔明〕羅貫中著、吳小林校注：《三國演義校注》，頁566。
〔註44〕見〔明〕羅貫中著、〔明〕金聖嘆鑑定、〔清〕毛宗崗批：《精印三國演義》，頁700。

奸詐而自怯，八曰狡言而不以禮。〔註45〕

諸葛亮把「嫉賢妒能」排在第二位，可見這是一件多嚴重的事情，「嫉賢妒能」會把人才排擠在外，就算周瑜本意是諸葛亮不為我用，才要謀害他，但是其他有才能的人看到，也會心生警惕，最後的結果除了周瑜自己時常處在高壓緊張的狀態，人才也因此對東吳敬而遠之。

二、氣量狹小

赤壁之戰後，在爭奪荊州中，周瑜被諸葛亮氣了三次，最後氣死了，第一次在周瑜親自領兵攻打南郡〔註46〕，一方面曹操在回許都前，曾經面授南郡守將曹仁機宜，另一方面周瑜因曹軍在赤壁新敗，也有點輕敵，在攻城受了箭傷，但是周瑜畢竟才智超群，以自己傷重不治的假消息賺曹仁出城，再伏擊曹軍，曹仁敗退後也不敢回南郡，逃往襄陽去了，本來以來南郡唾手可得的周瑜來到城下，驚覺劉備軍已經奪城，並趁機襲取襄陽、荊州〔註47〕兩城，周瑜不禁有「幾郡城池無我分，一場辛苦為誰忙！〔註48〕」的想法，於是周瑜「如何不氣？氣傷箭瘡〔註49〕」。

第二次發生在周瑜欲以「美人計」，讓孫權之妹孫夫人續絃劉備，誘使劉備前來東吳，趁機索要荊州，沒想到諸葛亮已看破周瑜之計，因而弄假成真，在劉備與孫夫人返回荊州時，周瑜親自率軍追趕，但諸葛亮使關羽、黃忠、魏延襲擊周瑜，周瑜不料此著，慌忙逃命，此時諸葛亮使士兵齊喊：「周郎妙計安天下，陪了夫人又折兵！〔註50〕」向來自負的周瑜怎堪如此丟臉，因而舊傷復發，再次暈倒。

第三次發生在周瑜屢次使計索討荊州不成，因而使出「假途滅虢」之計，想在劉備軍出成勞軍時趁勢攻擊，奪得荊州，此計依然被諸葛亮識破，他假裝答應周瑜，於是周瑜即刻進兵，在荊州城下為趙雲揭破，然後關羽、張飛、

〔註45〕見袁闓琨：《中國兵書十大名典》（瀋陽：遼寧人民出版社，2001 年 1 月），頁702。

〔註46〕南郡為東漢荊州轄下七個郡之一，治所在江陵（今湖北江陵），文中曹仁駐守於南郡何處？羅貫中並未交代清楚。

〔註47〕此處荊州為「城」，即當時的荊州治所，非整個荊州也，赤壁戰後的荊州治所為江陵（今湖北江陵）。

〔註48〕見《三國演義‧第五十一回》。

〔註49〕見《三國演義‧第五十二回》。

〔註50〕見《三國演義‧第五十五回》。

黃忠、魏延四處軍馬一起殺來，周瑜見計敗，氣到暈倒，爲了挽回面子，他醒來後誓取西川〔註51〕，於是諸葛亮修書一封，寫道：

> ……自柴桑一別，至今戀戀不忘。聞足下欲取西川，亮竊以爲不可。益州民強地險，劉璋雖闇弱，足以自守。今勞師遠征，轉運萬里，欲收全功，雖吳起不能定其規，孫武不能善其後也。曹操失利於赤壁，志豈須臾忘報仇哉？今足下興兵遠征，倘操乘虛而至，江南齏粉矣！亮不忍坐視，特此告知。幸垂照鑒！（第五十七回）〔註52〕

周瑜三番兩次被諸葛亮玩弄於股掌之上，到最後連「假途滅虢」之計都使出來了，當這一切都無濟於事時，好強的他，生命也就完結了，長嘆「既生瑜，何生亮！〔註53〕」，死前還怪罪到諸葛亮身上。

綜觀《三國演義》中周瑜，平步青雲又沒招受過失敗，自身能力又好，這種條件下容易養成「習慣第一名」的性格，這種性格對失敗太敏感，也往往承受不起，既不能容忍別人比他強，又不能遇到挫折能泰然處之，周瑜之死，自身因素大於諸葛亮之氣。

第三節　憨厚的長者——魯肅

在《三國演義》周瑜跟諸葛亮的對手戲中，夾著一位「憨」的可愛的魯肅，素來人們認爲他是一個憨厚的長者，在書中總是以眞心待人，在周瑜跟諸葛亮這兩個才智超群的人之間，老是被挖苦、作弄，十足是個陪襯人物，但是其純眞、善良的本質，依然給讀者留下深刻的印象。

一、忠厚長者的形象

魯肅在《三國演義》中大量出場的地方，要算是赤壁之戰前後了，然而在赤壁之戰中，魯肅除了當傳話員，好像也沒有什麼表現的機會，總是在事情已經結束了，才極力稱讚，如此看起來，魯肅似乎缺少了敏捷的反應，爲此給讀者一種呆頭呆腦的感覺，以下舉三例：

〔註51〕「西川」爲唐代才有的行政區域名稱，羅貫中在此乃是誤植，轄地約今四川西部。

〔註52〕見〔明〕羅貫中著、吳小林校注：《三國演義校注》，頁645。

〔註53〕見《三國演義・第五十七回》。

（一）不察

《三國演義・第四十四回》寫到赤壁戰前，周瑜返回柴桑（今江西九江），在東吳主和跟主戰兩派都接見完後，魯肅始引諸葛亮會見周瑜：

> 肅先問瑜曰：「今曹操驅眾南侵，和與戰二策，主公不能決，一聽於將軍。將軍之意若何？」瑜曰：「曹操以天子爲名，其師不可拒。且其勢大，未可輕敵。戰則必敗，降則易安。吾意已決。來日見主公，便當遣使納降。」魯肅愕然曰：「君言差矣！江東基業，已歷三世，豈可一旦棄於他人？伯符遺言，外事付託將軍。今正欲仗將軍保全國家，爲泰山之靠，奈何亦從懦夫之議耶？」瑜曰：「江東六郡，生靈無限；若罹兵革之禍，必有歸怨於我，故決計請降耳。」肅曰：「不然。以將軍之英雄，東吳之險固，操未必便能得志也。」二人互相爭辯，孔明只袖手冷笑。瑜曰：「先生何故哂笑？」孔明曰：「亮不笑別人，笑子敬不識時務耳。」肅曰：「先生如何反笑我不識時務？」孔明曰：「公瑾主意欲降操，甚爲合理。」瑜曰：「孔明乃識時務之士，必與吾有同心。」肅曰：「孔明，你也如何說此？」孔明曰：「操極善用兵，天下莫敢當。向只有呂布、袁紹、袁術、劉表敢與對敵，今數人皆被操滅，天下無人矣。獨有劉豫州不識時務，強與爭衡；今孤身江夏，存亡未保。將軍決計降曹，可以保妻子，可以全富貴。——國祚遷移，付之天命，何足惜哉！」魯肅大怒曰：「汝教吾主屈膝受辱於國賊乎！」（第四十四回）〔註54〕

時值曹操統一華北，意氣風發的南征，劉表次子劉琮不戰而降，曹操兵不血刃的取得了荊州，並圖謀江東，這時魯肅意識到情勢的險峻，於是代表孫權前往江夏（今湖北武昌）與劉備、諸葛亮商討同盟，可以說從這時開始，他就積極的奔走，促成劉備、孫權兩方的同盟，在諸葛亮隨魯肅前往江東初見周瑜時，周瑜以假話試探諸葛亮，主張投降，而魯肅跟周瑜認識已久，理應不會不清楚周瑜的個性，竟「愕然相信」，而諸葛亮也以假話試探周瑜，表示對投降一事表示贊成，此時魯肅還轉不過來，啞口對諸葛亮說「你也如何說此？」，覺得非常匪夷所思，諸葛亮不是自己請來共商抗曹的嗎？難道諸葛亮在耍他嗎？

其實劉備方跟孫權方大方向是對立的，雙方都是欲得荊州，只因曹操南

〔註54〕見〔明〕羅貫中著、吳小林校注：《三國演義校注》，頁510～511。

征，他們不得不聯合在一起，所以在這個聯盟下，充滿著矛盾與鬥爭，而雙方的軍事首腦諸葛亮跟周瑜又都是聰明絕頂之人，自然要鬥一鬥，所以作為這個聯盟的中間人，魯肅往往是處在丈二金剛摸不著頭腦的情形，他又忠於東吳，聽到諸葛亮如此回答，自然大為光火，最後諸葛亮以計激周瑜，逼得周瑜表態抗曹，魯肅才明白是怎麼一回事。

（二）不忍

「劉、孫聯盟」是魯肅一手促成，而忠厚老實的魯肅覺得諸葛亮是自己去請回來的，所以周瑜想要加害諸葛亮時，魯肅總是勸阻，礙於周瑜面子，魯肅對於諸葛亮又不能明說周瑜要害他，但又於心不忍，笨拙的想要從旁點醒諸葛亮，《三國演義·第四十五回》即有一例，當魯肅從周瑜處知道周瑜想要謀害諸葛亮時：

> 肅聞言，乃往見孔明，看他知也不知。只見孔明略無難色，整點軍馬要行。肅不忍，以言挑之曰：「先生此去可成功否？」孔明笑曰：「吾水戰、步戰、馬戰、車戰，各盡其妙，何愁功績不成，非比江東公與周郎輩止一能也。」肅曰：「吾與公瑾何謂一能？」孔明曰：「吾聞江南小兒謠言云：『伏路把關饒子敬，臨江水戰有周郎。』公等於陸地但能伏路把關；周公瑾但堪水戰，不能陸戰耳。」肅乃以此言告知周瑜。瑜怒曰：「何欺我不能陸戰耶！不用他去！我自引一萬馬軍，往聚鐵山斷操糧道。」（第四十五回）〔註55〕

周瑜氣量狹小，容不下諸葛亮，也知道大敵當前斬己方人員恐惹人笑，所以欲借曹操之手除掉諸葛亮，於是以官渡曹軍奇襲袁軍屯糧處之事說服諸葛亮答應，諸葛亮雖看出周瑜意圖，卻也不點破，佯裝應允，要知道曹操非袁紹之流，曹軍屯糧處，必有重兵猛將把守，諸葛亮此行萬分兇險，而周瑜跟魯肅畢竟深交，魯肅問此為舉何意？周瑜倒也回答的很乾脆：「借曹操之手殺之」，但老實人魯肅一聽就不忍心了，但事關重大，也不好明說，只好以言語挑之：「先生此去可成功否？」正好給諸葛亮一個台階下，於是諸葛亮借江南小兒童謠，譏周瑜只會水戰，言下之意是「你們東吳都不會陸戰，我只好代勞了」，魯肅回報周瑜，周瑜氣得要親自領兵截糧，諸葛亮因而化解一次危機。此段「不忍」雖只有兩字，但也道出了魯肅的性格。

〔註55〕見〔明〕羅貫中著、吳小林校注：《三國演義校注》，頁521～522。

（三）暗助

「草船借箭」之事已詳述於第五章第一節，此偏重於魯肅的性格描述。周瑜要諸葛亮十日內造出十萬枝箭，諸葛亮卻好像嫌這個陷阱不夠大，把日期訂為三日，還立了軍令狀，而周瑜跟諸葛亮兩人各自有盤算，周瑜想藉此除掉諸葛亮，而諸葛亮也想藉此展現自己的本領，在兩位聰明人之間，魯肅這個老實人自然為諸葛亮而擔心，這次諸葛亮直接告訴魯肅，是周瑜有意加害，並要求魯肅幫忙，狀況外的魯肅還說：「公自取其禍，我如何救得你？〔註56〕」但是生性忠厚的魯肅，還是答應幫諸葛亮的忙，《三國演義》寫道：

> 孔明曰：「望子敬借我二十隻船，每船要軍士三十人，船上皆用青布為幔，各束草千餘個，分布兩邊。吾別有妙用。第三日包管有十萬枝箭。只不可又教公瑾得知，若彼知之，吾計敗矣。」（第四十六回）
> 〔註57〕

魯肅答應了諸葛亮這次不跟周瑜報告，因為自始至終，魯肅都不願意周瑜加害諸葛亮，所以這次魯肅並未告知周瑜，而且諸葛亮屢次展現神奇計謀，魯肅也覺得一定會成功，待十萬枝箭皆取回，他才放下心中的大石，替諸葛亮化解這場危機。

二、糊塗中的不糊塗

別看《三國演義》中的魯肅個性憨厚，其實他一點也不糊塗，魯肅能綜觀全面時局，只是對於小枝小節，似乎缺少了隨機應變的能力，他的〈吳中對〉在當時的重要性不亞於諸葛亮的〈隆中對〉，為東吳的立國提出大戰略方向，而終其一生，魯肅始終不願意劉、孫交惡，因為他認識到當時曹操的力量比較強大，就算赤壁以後依然如此，必須聯合劉備，才能共同抵禦曹操，而他也一直貫徹執行，在赤壁戰後的荊州問題上，看來他似乎一直被諸葛亮戲弄，這也是無可奈何之事，是因為他始終不願意雙方關係變質，讓曹操有機可乘，所以說就大方向來說，魯肅聰明的很，一點也不憨，忠厚只是他的個性，周瑜也說：「子敬乃誠實人也。劉備梟雄之輩，諸葛亮奸猾之徒，恐不似先生心地。〔註58〕」

在三國那個你爭我奪的時代，人人爾虞我詐，而魯肅每每總是「以君子

〔註56〕見《三國演義・第四十六回》。
〔註57〕見〔明〕羅貫中著、吳小林校注：《三國演義校注》，頁534。
〔註58〕見《三國演義・第五十四回》。

之心度他人之腹」讀至此，讀者也對魯肅眞心待人、誠實坦蕩的行爲悠然神往，算是大時代下僅存的一點人性的光輝吧！

第四節 忠心的漢臣——荀彧

「正漢統」是羅貫中在撰寫《三國演義》時，所要大力倡導的一種觀念，臣事君忠心，人與人間忠誠以待，而《三國演義》注重的乃是前者，特別是忠於東漢朝廷以致於後來的蜀漢，遵守著爲忠義之士，反之則爲奸臣惡賊，由於書中存在著一條「揚蜀漢，抑魏吳」的中心軸線，所以只要是忠於東漢、蜀漢政權的人，在《三國演義》中羅貫中都大力讚揚。

在這些「忠漢」的謀士當中，最特殊的無疑要算是荀彧了，曹操之所以能夠建功立業，首席謀士荀彧居功至偉，荀彧有才、有智、有德，但麻煩的是，他的心是忠於東漢朝廷的，他也認定曹操也是心向漢室，但曹操越來越背離荀彧的中心信念時，荀彧也只能悲慘的結束自己的一生。

一、棄袁投曹王佐才

《三國演義·第十回》寫到荀彧初會曹操的情形：

> 操在兗州，招賢納士。有叔侄二人來投操：乃潁川潁陰人，姓荀，名彧，字文若，荀緄之子也；舊事袁紹，今棄紹投操；操與語大悅，曰：「此吾之子房也！」遂以爲行軍司馬。（第十回）〔註59〕

荀彧是潁川（今河南禹縣）人，最初爲什麼會投靠袁紹呢？因爲他知道潁川是四戰之地，又無險可守，大禍隨時會來臨，在力勸鄉民遷走不成時，正好冀州〔註60〕牧〔註61〕韓馥派人來請荀彧，於是他帶領家人前往冀州，但是不久之後冀州爲袁紹所奪取，袁紹待荀彧上賓之禮，但他看透袁紹空有名門家世，卻難成大事，而此時曹操率兵進入東郡（今河南濮陽），在山東一帶剿平黃巾餘黨，威名日重，朝廷封曹操爲鎮東將軍〔註62〕，在當時的群雄之中，曹操是屬於比較有遠見的人物，對朝廷的腐敗與平民的痛苦都有很深的認

〔註59〕見〔明〕羅貫中著、吳小林校注：《三國演義校注》，頁122。
〔註60〕東漢州名，約轄今河北中、南部地區，治所在鄴（今河北臨漳）。
〔註61〕「牧」爲一州之長，掌一州軍政大權，「荊州牧」即荊州的長官。
〔註62〕東漢末年「四鎮」將軍之一，執掌征戰討伐，此時曹操身份應是「奮武將軍」，六年後才升任「鎮東將軍」，此處乃《三國演義》誤植。

識，荀彧看出此人不凡，能成大事，於是離開袁紹投靠曹操，此時曹操在荀彧的心中，必是一個能匡復漢室的人物。

東漢建安元年（196），漢獻帝逃出李傕、郭汜控制的長安，抵達舊都洛陽（今河南洛陽），洛陽因董卓之亂顯得破敗，曹操聽聞獻帝身在洛陽，召集各謀士商議對策，此時荀彧力主迎立獻帝，曹操立即採用荀彧意見，把獻帝迎去許（今河南許昌）。荀彧當初力主曹操迎立獻帝，第一點是因為他看出手中若有天子，在政治、策略的推行上都是可行及必要的，而從此曹操因挾天子以令諸侯，占盡了政治優勢，誰跟曹操過不去，就是跟漢室過不去，理當討伐！

第二點，荀彧心向漢室，他不願意見到獻帝東流西徙，或是棲息在殘破的洛陽，至少當時的曹操，還是「向蒙國恩，刻思圖報。〔註63〕」對荀彧來說，把獻帝迎來忠心漢室的將領庇護之下，對獻帝的安全及漢室的復興，一定有莫大的幫助。

二、護漢室抑鬱而終

建安十七年（212），董昭等人上表進奏曹操為魏公，荀彧立刻表示拒絕，《三國演義·第六十一回》寫道：

> 荀彧曰：「不可。丞相本興義兵，匡扶漢室，當秉忠貞之志，守謙退之節。君子愛人以德，不宜如此。」曹操聞言，勃然變色。董昭曰：「豈可以一人而阻眾望？」遂上表請尊操為魏公，加九錫。荀彧嘆曰：「吾不想今日見此事！」操聞，深恨之，以為不助己也。建安十七年冬十月。曹操興兵下江南，就命荀彧同行。彧已知操有殺己之心，託病止於壽春。忽曹操使人送飲食一盒至。盒上有操親筆封記。開盒視之，並無一物〔註64〕。荀彧會其意，遂服毒而亡。年五十歲。
>
> （第六十一回）〔註65〕

此時距離迎立獻帝至許，已17年，早在「許田射獵」後的建安五年（200），曹操就殺受獻帝衣帶詔的董承、吉平，以及已懷孕五個月的董貴妃等，充分展現了「不臣之心」，直到此時，曹操的威權已經如日中天，對一心一意匡復漢室的荀彧來說，除了心痛外，更是同時身為漢、曹兩家的臣子矛盾身份，

〔註63〕見《三國演義·第十四回》。
〔註64〕李漁評：「無物者，絕食之意。」見鐘宇：《三國演義：名家彙評本》，頁378。
〔註65〕見〔明〕羅貫中著、吳小林校注：《三國演義校注》，頁700。

於是他公然跳出來反對曹操，而此時君臨大半個中國的曹操，似乎也不再需要荀彧了，暗示荀彧自殺，而荀彧知道此時漢室已不可能復興，而自己「階段性任務」也已經完成，於是黯然的服毒而死。

第五節　擇主的才士——賈詡

前一節提到忠心漢室的荀彧，然而漢末三國時天下大亂，除了威信漸失的東漢朝廷，也出現許多軍閥，由於皇權不彰，這些軍閥是地方上實際統治者，效命於這些軍閥的人士，軍閥首腦自然是他們的主子，比起皇帝，忠心於這些地方上的統治者對他們來說更為重要。而這些人當中的一部份，最初在擇主時，可能出於判斷錯誤，或是別無選擇，他們對現在的主子並不滿意，因此他們有一種「騎驢找馬」心態，當他們真正碰到心目中理想的名君，也是義無反顧的效忠到底。

賈詡在投靠曹操前，他效力的幾乎都是惡棍型軍閥，雖是如此，他還是竭心竭力的輔佐這些主子，也維護過漢室。綜觀其行事，並非視人不明，或許這只是他發揮自己才華的手段之一吧。

董卓被王允、呂布合謀殺死後，董卓部將李傕、郭汜、張濟、樊稠逃了出去，四人上表王允請求赦免不成，正想放棄軍隊逃跑，被賈詡諫阻，於是四人重組部隊，成功反攻長安，殺死了王允，逐出了呂布，重新挾持獻帝，以李傕、郭汜為首，掌控了朝政，但此二人無道不下於董卓，並引兵在長安城內各自廝殺，途中李傕挾持了獻帝至郿塢（今陝西郿縣東北），此時《三國演義·第十三回》寫道：

> 侍中楊琦密奏帝曰：「臣觀賈詡雖為李傕腹心，然實未嘗忘君，陛下當與謀之。」正說之間，賈詡來到。帝乃屏退左右，泣諭詡曰：「卿能憐漢朝，救朕命乎？」詡拜伏於地曰：「固臣所願也。陛下且勿言，臣自圖之。」（第十三回）〔註66〕

賈詡為幫助獻帝，在筆者看來不完全是擁戴漢室，他當時仍為李傕部下，但是他目睹李傕的暴行，對李傕失望了，本身也想阻止李傕，但是李傕對手郭汜跟李傕一樣半斤八兩，所以這個順水人情就交給了獻帝，李傕向來聽信左

〔註66〕見〔明〕羅貫中著、吳小林校注：《三國演義校注》，頁155。

道妖邪之術，於是賈詡請獻帝下詔封李傕爲大司馬〔註67〕，李傕卻以爲是女巫之功，引起手下部將不滿倒戈，自此李傕軍勢漸衰，不論如何，在保護漢室這點上，賈詡也算盡了一份心力。

後來獻帝歷經千辛萬苦才逃至洛陽，此時已和解的李傕、郭汜亦前往洛陽欲再次挾持獻帝，獻帝於是請曹操請來護駕，《三國演義・第十四回》寫道：

> 却說李傕、郭汜知操遠來，議欲速戰。賈詡諫曰：「不可。操兵精將勇，不如降之，求免本身之罪。」傕怒曰：「爾敢滅吾銳氣！」拔劍欲斬詡。眾將勸免。是夜，賈詡單馬走回鄉里去了。（第十四回）〔註68〕

在此之前，賈詡已幫李傕策劃不少計策，每每有用，賈詡知道己方打不過曹操，而曹操終將擁戴獻帝，到時李傕、郭汜會被當作亂臣賊子而遭到討伐，於是他提出投降曹操的意見，這本來是保全李傕、郭汜以及自己的萬全方法，但他還是李傕部下，對李傕來說，此時的賈詡才是「亂臣賊子」，賈詡大可逕至離去，但一朝天子一朝臣，他還是選擇在最後這個時刻拉李傕一把，無奈李傕不領情，於是賈詡回到鄉里去了。

賈詡再次登場是《三國演義・第十六回》，當時他是張濟的姪兒張繡的謀士，張繡當時屯兵宛城（今河南南陽），欲進犯許都搶奪獻帝，曹操乃親自討伐，賈詡於是勸張繡：「操兵勢大，不可與敵。不如舉眾投降。〔註69〕」張繡答應了，派賈詡至曹營，這是曹操跟賈詡第一次會面，曹操很欣賞他，想要他當自己的謀士，賈詡說：「某昔從李傕，得罪天下；今從張繡，言聽計從，不忍棄之。〔註70〕」李傕殘暴不亞於董卓，賈詡怎麼勸諫都沒有用，現在賈詡跟隨了張繡，張繡很信任賈詡，所以就算他知道曹操是明主，也不忍離棄張繡，後來張繡跟曹操重新鬧翻，賈詡爲張繡出謀畫策，讓曹操吃了很大的虧，愛將典偉跟長子曹昂均因保護曹操而戰死。

後來袁紹與曹操對峙，爲了戰略上的便利，雙方都欲與張繡聯合，對張繡來說，他曾使曹操吃過很多虧，而袁紹是當時第一大勢力，所以想跟袁紹

〔註67〕大司馬，協助皇帝總理全國軍事，第一品。
〔註68〕見〔明〕羅貫中著、吳小林校注：《三國演義校注》，頁167。
〔註69〕見《三國演義・第十六回》。
〔註70〕見《三國演義・第十六回》。

同盟，但是賈詡表示反對，《三國演義》寫道：

> 張繡曰：「方今袁強曹弱；今毀書叱使，袁紹若至，當如之何？」詡
> 曰：「不如去從曹操。」繡曰：「吾先與操有仇，安得相容？」詡曰：
> 「從操其便有三：夫曹公奉天子明詔，征伐天下。其宜從一也；紹
> 強盛，我以少從之，必不以我爲重，操雖弱，得我必喜，其宜從二
> 也；曹公王霸之志，必釋私怨，以明德於四海，其宜從三也。願將
> 軍無疑焉。」繡從其言……（第二十三回）〔註71〕

張繡在歷來賈詡的主子中，對賈詡是最信任的，賈詡有感其恩，想藉此爲張
繡找一條明路。當時袁紹是大勢力，相較之下曹操雖然弱勢一些，但是賈詡
看出曹操終將打敗袁紹，到時張繡處境就危險了，因爲到時再降曹操，曹操
也會不理不睬，趁現在對曹操來個雪中送炭，曹操一定不計前嫌，而張繡對
賈詡也眞的是十分信任，事實證明賈詡是對的，因爲不論張繡還是賈詡，投
靠曹操後，在曹營都有很好的發展。

第六節　韜晦的權臣——司馬懿

在《三國演義》中，司馬懿是一個很特殊的人物，他讓書中無所不成的諸
葛亮吃虧了，他服侍過曹操、曹丕、曹叡、曹芳四代君主，當中只有曹丕信任
他，而他能一直免禍，主要原因是他內斂、深沉、韜晦，又善於忍耐的個性。

一、罷官而韜晦

曹叡即位時，司馬懿爲驃騎大將軍〔註72〕，兼督雍州、涼州〔註73〕兵馬，
知仲達者孔明也，爲了除掉司馬懿這個眼中釘，諸葛亮從馬謖之建議：

> ……遣人往洛陽、鄴郡等處，布散流言，道此人欲反；更作司馬懿
> 告示天下榜文，遍貼諸處：使曹叡心疑……（第九十一回）〔註74〕

曹叡素來疑忌司馬懿，見了榜文自然大驚失色，曹眞建議曹叡前往安邑（今
山西夏縣），觀其動靜，而司馬懿不知其故，率軍十餘萬出迎，曹休即質問其：

〔註71〕見〔明〕羅貫中著、吳小林校注：《三國演義校注》，頁281。
〔註72〕曹魏所置高級將軍名，僅次於大將軍。
〔註73〕皆爲東漢州名，雍州約轄今陝西中部、甘肅東南，曹魏時治所在長安（今陝
　　　　西西安）。涼州約轄今甘肅，曹魏時治所在姑臧（今甘肅武威）。
〔註74〕見〔明〕羅貫中著、吳小林校注：《三國演義校注》，頁1028。

「受先帝託孤之重，何故反耶？〔註75〕」此時司馬懿的反應是「大驚失色，汗流遍體，乃問其故。〔註76〕」，立即表明忠心，並急退軍馬，至曹叡車前伏泣，而曹叡終究削了其兵權，令其返鄉，司馬懿也沒有太激烈的反抗，因爲他知道此時羽翼未成，又遭致皇帝、朝中大臣猜忌，他只能忍，忍到朝廷有人出來替他平反，或是非常時期，朝廷不得不重新啓用他那一刻，直到曹眞兵敗如山倒，曹叡才下詔恢復司馬懿官職。

二、避戰拖孔明

綜觀《三國演義》其書，司馬懿並不是太惹人厭之人，但是爲何名聲總是不怎麼好，因爲他拖死了諸葛亮，諸葛亮是讀者喜愛的人物，跟諸葛亮對抗，自然不討喜。

司馬懿復官後，至隴西對抗諸葛亮，只是幾場大戰下來，司馬懿被諸葛亮弄得人仰馬翻，不時說出：「孔明眞神人也！不如且退。〔註77〕」、「孔明必有大謀，不可輕動。〔註78〕」、「此乃孔明之計也，不可追趕。〔註79〕」、「孔明詭計極多，倘有差失，喪我軍之銳氣。不可輕進。〔註80〕」、「吾料孔明有計，汝等不信，勉強追來，却誤了大事！〔註81〕」……等語，而在上方谷差點被燒死後，更加深了司馬懿堅守不出的信念，主要有兩點，第一點是諸葛亮率領之蜀軍，向來缺糧，所求乃「速戰」耳！而反觀魏軍，糧草充足，可拖延至蜀軍糧盡自退；第二點，在與蜀軍交鋒幾次後，司馬懿屢屢吃虧，損兵折將，因此他充分了解到自己不如諸葛亮，因此不出戰是最好的決定，清人毛宗崗在《三國演義·第九十五回》回評說道：

> 孔明利在戰，司馬懿利在不戰——夏侯楙、曹眞皆以戰而敗，司馬懿則欲以不戰而勝。〔註82〕

而諸葛亮見司馬懿堅守不出，於是取巾幗並婦人縞素之服贈與司馬懿，並修

〔註75〕見《三國演義·第九十一回》。
〔註76〕見《三國演義·第九十一回》。
〔註77〕見《三國演義·第九十九回》。
〔註78〕見《三國演義·第九十九回》。
〔註79〕見《三國演義·第九十九回》。
〔註80〕見《三國演義·第九十九回》。
〔註81〕見《三國演義·第九十九回》。
〔註82〕見〔明〕羅貫中著、〔明〕金聖嘆鑑定、〔清〕毛宗崗批：《精印三國演義》，頁1394。

書一封譏諷他，司馬懿大爲光火，但是他還是忍下來了，作爲統兵大將，有如此堅忍不拔的個性，不爲對手招式所動搖，實屬難得，而過了不久，諸葛亮也就病死五丈原了。

三、示弱欺曹爽

「司馬懿詐病賺曹爽」事已於第五章第四節詳述，此著重於司馬懿的性格描寫。魏明帝曹叡臨死前，將兒子曹芳託付給曹爽、司馬懿，剛開始曹爽對司馬懿很是恭敬，直到有一天其下門客何晏跟曹爽說：「主公大權，不可委託他人，恐生後患。〔註83〕」曹爽於是一改先前態度，奪司馬懿兵權，而深沉老練的司馬懿豈是易與之輩，他裝瘋賣傻，演出一齣「老糊塗」的戲碼，讓曹爽失去戒心，然後藉由曹爽陪曹芳謁陵時發動政變，一舉將兵權奪回來，並剪除曹爽三族，消滅了政治上的對手，從此以後，曹魏大權旁落至司馬家之手，司馬懿韜光養晦，又堅忍不拔的性格，使他贏得了最後的勝利。

第七節　孤傲的智者──龐統

在《三國演義・第三十五回》中，司馬徽跟劉備說道「伏龍、鳳雛，兩人得一，可安天下。〔註84〕」，伏龍爲諸葛亮，鳳雛爲龐統，可此可知，當時兩人齊名於天下，不過相對於諸葛亮的登場，羅貫中從劉備與司馬徽晤談寫起，經過徐庶「走馬薦諸葛」、劉備「三顧茅廬」並言辭懇切的請求諸葛亮輔佐，而龐統就顯得簡單多了，也較不爲時人所重視，而龐統是怎麼沉潛後讓劉備大爲驚豔，一改先前的態度而重用他呢？

赤壁之戰，龐統獻「連環計」居功至偉，東吳本當重用他，但周瑜逝世後，諸葛亮料孫權必定不用龐統，於是寫了封推薦信推薦他到荊州，共扶劉備，而稍後魯肅即將龐統推薦給孫權，果然孫權見龐統「濃眉掀鼻，黑面短髯，形容古怪……〔註85〕」又言不投機，所以不是很喜歡他，魯肅對龐統也很不好意思，於是也寫了一封推薦信推薦龐統到劉備那裡去。龐統到達荊州時，諸葛亮按察四郡未回，劉備見龐統相貌醜陋也不是很喜歡，而龐統也不

〔註83〕見《三國演義・第一〇六回》。

〔註84〕見《三國演義・第三十五回》。

〔註85〕見《三國演義・第五十七回》。

拿出兩封推薦信，最後劉備委以耒陽（今湖南耒陽）縣宰〔註86〕這個小官，比起諸葛亮，龐統可以說是倍受冷落。

爲什麼兩個齊名於天下的人受到的待遇差別這麼大，大凡一個有才之人，別人對他的第一印象也是看外貌，外貌跟才能是分開的，外貌一眼便知，而才能需要展現，龐統自然是有才之人，但是因爲他的孤傲，使他的兩次自薦都不是很順遂，先來看第一次，《三國演義‧第五十七回》寫道：

> （孫權）乃問曰：「公平生所學，以何爲主？」統曰：「不必拘執，隨機應變。」權曰：「公之才學，比公瑾如何？」統笑曰：「某之所學，與公瑾大不相同。」權平生最喜周瑜，見統輕之，心中愈不樂，乃謂統曰：「公且退。待有用公之時，却來相請。」統長嘆一聲而出。
> （第五十七回）〔註87〕

龐統才識天下無雙，性格又孤僻自負，在以上對話中，龐統想讓孫權知道自己「無所不能」、「無人能及」，本來這是想要引起孫權的重視，只是周瑜新喪，而孫權見龐統輕視周瑜，自然大爲反感。其實龐統只要稍微替自己打廣告一下，像魯肅對孫權一樣，老老實實的應答，慢慢展現自己的才華，孫權自然會委以重任，只是自負加上有點炫耀的個性，使得效果適得其反，孫權僅視其爲「狂士」耳。

龐統第二次自薦，其在後他投奔荊州，面對劉備時，一改在孫權面前鋒芒畢露的作風，轉而極爲內斂，而向來禮賢下士的劉備對龐統的第一印象也不是很好，派給他縣宰之這個小官，龐統知道劉備待他薄涼，又不了解他的才能，所以一到耒陽，他就鬧脾氣了，「不理政事，終日飲酒爲樂；一應錢糧詞訟，並不理會。〔註88〕」，果然引起劉備的震怒，派張飛跟孫乾去耒陽調查龐統所作所爲，《三國演義‧第五十七回》寫道：

> 飛乃入縣，正廳上坐定，教縣令來見。統衣冠不整，扶醉而出。飛怒曰：「吾兄以汝爲人，令作縣宰，汝焉敢盡廢縣事！」統笑曰：「將軍以吾廢了縣中何事？」飛曰：「汝到任百餘日，終日在醉鄉，安得不廢政事？」統曰：「量百里小縣，些小公事，何難決斷！將軍少坐，待我發落。」隨即喚公吏，將百餘日所積公務，都取來剖斷。吏皆

〔註86〕縣宰，即縣令、縣長，滿萬戶縣的長官爲縣令，不滿萬戶縣的長官爲縣長。
〔註87〕見〔明〕羅貫中著、吳小林校注：《三國演義校注》，頁648～649。
〔註88〕見《三國演義‧第五十七回》。

> 紛然賫抱案卷上廳，訴詞被告人等，環跪階下。統手中批判，口中
> 發落，耳內聽詞，曲直分明，並無分毫差錯。民皆叩首拜伏。不到
> 半日，將百餘日之事，盡斷畢了。投筆於地而對張飛曰：「所廢之事
> 何在？曹操、孫權，吾視之若掌上觀文，量此小縣，何足介意！」
> 飛大驚……（第五十七回）〔註89〕

赤壁之戰時，曹操曾經許諾龐統三公〔註90〕之列，而戰後在孫權處不得用，
在劉備處淪爲縣宰，這叫自負的龐統如何受得了？在面對劉備時，不將兩封
推薦書拿出來，是因爲龐統認爲「若便將出，似乎專藉荐書來干謁矣。〔註91〕」
他需要一個機會來展現才能，如果他一到耒陽就安安穩穩的做事，恐怕一輩
子在劉備眼中只是個稱職的縣宰，所以他刻意荒廢政事，等到劉備怒派張飛、
孫乾來查明，龐統才將才能一股腦的展現，讓身爲劉備結拜三弟的張飛對劉
備述說龐統之才能，劉備才大驚曰：「屈待大賢，吾之過也！」進而委以重任，
稍後諸葛亮也說道：「大賢若處小任，往往以酒糊塗，倦於視事。〔註92〕」而
龐統也達到了目的，其實龐統此舉是危險的，陳壽在《三國志‧張飛傳》曾
評關羽跟張飛道：「羽善待卒伍而驕於士大夫，飛愛敬君子而不恤小人。〔註
93〕」還好張飛素來是個尊敬士大夫的人，如果今天劉備派來調查的人是關羽，
那恐怕龐統要被關羽砍成兩半了！

　　由這兩次自薦，可以很明顯看出龐統的性格，孤傲、自負、又拉不下臉
來，雖然身上有魯肅跟諸葛亮的推薦信，但是他想憑自己的本事謀得好職務，
而不是靠關說，走後門，其實這種性格是值得稱許的，但是要斟酌一下實際
面對到的情境，因爲不一定每個人都是伯樂啊！

第八節　小　結

　　大凡是人，都會有性格，而小說是以「人」爲主體，因爲有人才有故事

〔註89〕見〔明〕羅貫中著、吳小林校注：《三國演義校注》，頁650。
〔註90〕朝廷中最尊貴的三個官職合稱，東漢以太尉、司徒、司空爲三公，太尉爲全
　　　　國最高軍事長官；司徒掌管國家土地和人民；司空掌監察、執法，兼掌重要
　　　　文書圖籍。
〔註91〕見《三國演義‧第五十七回》。
〔註92〕見《三國演義‧第五十七回》。
〔註93〕見〔西晉〕陳壽著、楊家駱主編：《三國志》，頁944。

情節，但是小說中的人，不一定每一位都要詳細描述他的性格，有人登場很久，但是讀者還是不清楚他的個性，因為對故事情節來說不重要，有人只出場一下子，但是即讓人留下深刻的性格印象，因為在情節安排上有其必要，例如《三國演義・第一○○回》所登場的都尉〔註 94〕苟安，他本來負責解送軍糧，但因好酒，誤了日期，諸葛亮本要殺他，後改杖責八十後放之，他心中怨恨，勾結司馬懿，司馬懿讓他回成都散佈諸葛亮要篡位的謠言，於是後主下詔諸葛亮班師，等到諸葛亮查明是苟安搞的鬼，他早已投奔曹魏了，此後在《三國演義》中不知所蹤，雖然他只有登場一下下，但是其好酒、怠慢、記恨的性格，已讓讀者留下深刻印象，而羅貫中著重描寫苟安，也是襯托後主之昏庸，聽信而讒言而隨便召回前線大臣。

　　而本文所主要論者乃「謀士」。作為能在當時隻手遮天的謀士，他們每個人一定都有不同的性格跟相貌，只是羅貫中為了情節安排的需要，刻意加強某幾位，為了刻意減弱某幾位的性格及形象描寫，

　　綜觀書中謀士，羅貫中對此七位，是特別加強他們的性格形象的描寫的，以諸葛亮來說，他在《三國演義》中可以說是主角，因此羅貫中刻意把他描寫成智慧的化身，通天文地理，無所不能，又因為歷史小說不能違背史實太遠，因此歷史上真正諸葛亮的性格：忠誠、謹慎、事必躬親也被保留下來，但是因為史實中諸葛亮畢竟失敗了。《三國演義》也不能改寫成諸葛亮北伐成功，因此他在隴西的對手司馬懿，也被塑造成一位能忍，不為敵所動的性格，與諸葛亮棋逢敵手，對於諸葛亮的挑戰不為所動，最後拖死諸葛亮。

　　歷史上的周瑜是很風流倜儻的，裴松之注《三國志・吳書・周瑜傳》引《江表傳》提到程普曾如此評過周瑜：「與周公瑾交，若飲醇醪，不覺自醉。〔註 95〕」但是為了襯托諸葛亮是多麼機智，周瑜被塑造成心胸狹窄，容不得諸葛亮的小人嘴臉，對周瑜來說可謂千古之冤！因為周瑜屢屢欲加害諸葛亮，因此在他倆之中安插一個忠厚的魯肅，以周瑜之奸險，諸葛亮之機智來跟魯肅的老實成為明顯對比，迸出精彩交錯的對手戲，這也是《三國演義》獨到之處。

　　龐統跟諸葛亮是齊名的，但是他的登仕之途較之於諸葛亮，可謂黯淡許多，諸葛亮未登場前一堆人幫他做足了廣告，使劉備願意三顧茅廬請之；而

〔註 94〕都尉，多為領兵武官，也有部分其他專職，第五品。
〔註 95〕見〔西晉〕陳壽著、楊家駱主編：《三國志》，頁 1265。

龐統二次自薦均碰得一鼻子灰，是因爲羅貫中特意突出龐統自傲、自負又敢於做正確的事，對於羅貫中來說，扶助劉備就是正確的事，因此曹操對龐統許以三公之諾，龐統沒有被打動，在東吳處惹孫權不高興，至荊州劉備也不喜歡他，但是始終都不想以推薦信來謀職，想憑自己的能力，最後才抓緊機會，讓張飛大爲驚豔，也讓自己贏得劉備的尊敬！

　　荀彧跟賈詡都是很忠心自己的主子，荀彧較之賈詡不同之處，是他認爲自己是漢臣，曹操身爲漢丞相，服侍曹操跟服侍東漢沒什麼不同，但是當他發現曹操跟自己理念越走越遠時，他還是堅持心中那個核心價值，選擇自殺；賈詡服侍過很多主子，有惡棍、庸才跟英主，每一個主子他都盡心盡力，直到己方勢力面臨危急存亡之秋，他還不忘給主子想條退路，不論主子接受於否，他都對主子仁至義盡。

第七章　結　論

　　《三國演義》基本是取材於陳壽的《三國志》。《三國演義》與《三國志》有密切的血緣關係。但是，如果把《三國演義》和《三國志》兩部書的輪廓、面貌加以對照，就可以看出前者決不是一個簡單的通俗演述，羅貫中根據《三國志》中的歷史事件，並吸收了大量的民間傳說，進行了巧妙的藝術誇張和綜合加工，《三國演義》共 120 回，在描寫軍閥兼併的戰爭過程中，自始至終貫穿著「上兵伐謀」的觀念，成功地寫出了謀士們如何運籌帷幄、隻手遮天、談笑用兵，除了謀士們的「戰略」、「戰術」的討論外，對於他們的性格及形象，還有在緊急情況下做出怎樣的決策以致影響整個大時代都很重要。

　　《三國演義》的資料是十分充沛的，對於其中謀略的使用及領袖、武將們的研究更是不勝枚舉，但謀士的「個人形象」研究往往被忽略，他們的計策往往決定領袖們的成敗以及武將們的生死，《三國演義》在謀略的描寫上，取得很大的成就，《三國演義》實際上是一本歷史通俗演義小說，但是後世往往有人將其視爲「兵書」來使用，也有著不錯的成效，在人物塑造方面，《三國演義》的影響力甚至超過了正史，在今日，若不是特別研究三國歷史之人，一提到三國人物，一般人往往浮現的就是在《三國演義》中爲這些角色所賦予的形象，雖然對於眞正的歷史人物來說，不見得客觀公平，但是在文學價值上，這些人物躍然紙上，影響著後世文學作品塑造人物形象時的法則。

　　誠然曹操、劉備、孫權是公認的一代英主，關羽、張飛、趙雲也是令人歌頌至今的名將，然而在周瑜、諸葛亮的光環下，三國時代其他謀士的形象似乎較同時期的英主、名將相比是黯淡了些，對於將來如何更重視三國謀士的研究，實有深究的必要。

第一節　地域與時代

　　由於三國謀士為數不少，因此在此仍以第三章所提的 19 位指標謀士為主要討論與總結對象，依「地域性」與「時代性」兩方面談起：

一、地域性

　　在這 19 位謀士中，絕大部分都可以確定是北方人，李儒雖說是籍貫不詳，但是根據《曹全碑》，他可能是陝西人〔註1〕，陝西也是華北的一部份，僅有龐統、周瑜、魯肅、陸遜、張昭為南方人，由此點可以看出，此時的中國在人才方面是北方明顯優於南方，因為自古以來大規模的人才及人口遷移原因不外乎自發性的避禍，或非自願性的遭到某個政權或是組織脅迫遷移兩點，以華北來說，黃巾之亂發生在東漢光和七年〔註2〕（184），由於平定的很快，雖然此後仍有餘黨滋事，但並沒有造成華北的移民潮，直到東漢初平元年（190），董卓為避關東諸軍的討伐「盡徙洛陽人數百萬口於長安〔註3〕」，這是東漢末年第一次的大規模移民，然而卻不是自發性，而是遭到脅迫，而長安（今陝西西安）仍是華北一部份，然而董卓死後，又經過李傕、郭汜之亂「長安城空四十餘日，強者四散，羸者相食，二三年間，關中無復人跡。〔註4〕」關中的「強者」散到哪裡去了？根據《三國志・魏書・衛覬傳》載到：「關中膏腴之地，頃遭荒亂，人民流入荊州者十萬餘家……〔註5〕」這「十萬餘家」可能後來都成為劉表立足荊州〔註6〕的本錢。

　　這裡指的只是一般平民自發性的遷移，至於士人方面，《三國志・魏書・王粲傳》載道：

　　　劉表雍容荊楚，坐觀時變，自以為西伯可規。士之避亂荊州者，皆

〔註1〕見本論文第三章第一節。
〔註2〕該年十二月漢靈帝才改元「中平」，而黃巾之亂爆發於該年二月，所以亂事起時仍是光和七年。
〔註3〕見《後漢書・董卓列傳》，轉引自〔劉宋〕范曄著、楊家駱主編：《後漢書》（台北：鼎文書局，1994 年 3 月），頁 2327。
〔註4〕見《後漢書・董卓列傳》，轉引自〔劉宋〕范曄著、楊家駱主編：《後漢書》，頁 2341。
〔註5〕見〔西晉〕陳壽著、楊家駱主編：《三國志》（台北：鼎文書局，1995 年 6 月），頁 610。
〔註6〕荊州，東漢州名，約轄今日湖北、湖南，劉表任荊州牧時，治所在襄陽（今湖北襄樊）。

海內之儁傑也。〔註7〕

在曹操佔領荊州後，荊州的民眾一部份回歸到關中，一部份追隨劉備入蜀，
另一部份則在呂蒙襲取荊州後歸孫權統治，在荊州士人方面，李明峰認為曹
操跟劉備在吸收荊州人才這一步上乃是兩大贏家，荊州雖最終歸於孫權，但
孫權僅得其土地、資源、人民，卻失其人才〔註8〕，在對於荊州人才的吸收這
一點上，可以看出曹操、劉備、孫權麾下的謀士其「地域性」，士人中如王粲、
蒯越……等隨曹操北返，王粲本是山東人，而蒯越則是湖北人，亦即荊州當
地人士，可以知道曹操在使用人才時，是沒有地域、門戶、派系……之分的，
然而因為曹操發跡於北方，所以其下人才雖最多，但是還是以北方人士為主，
第三章「曹魏的謀士」中全部都是北方人，其中除了賈詡是甘肅人外，其餘
都是河南人，另外曾經跟隨曹操一小段時間的陳宮也是河南人，而曹操本身
雖是安徽人，但是卻在河南發跡跟立足，所以部下多河南人也就至為合理，
從另一方面來看，河南真不愧為中原之地、首善之區，無怪乎人才輩出。

　　與統一華北之後才染指荊州的曹操不同，劉備是在荊州發跡的，荊州是
劉備的第一個根據地，於是他盡心盡力的運用荊州人才，徐庶跟諸葛亮均為
北方人，但是他們因為避禍而來到了荊州，成為劉備草創時期最重要的兩大
謀士，而龐統亦是荊州當地人士，輔佐劉備入蜀，可以說劉備一生的事業都
是成就於荊州人才的幫助，而劉備入蜀後，重用的益州〔註9〕謀士僅有法正一
人，事實上劉備雖然將治理中心由荊州移往益州，但是協助他治蜀的重要官
員幾乎是荊州人，不管是中央還是地方官員均是如此，這個情形在關羽丟失
荊州後亦然，由此可見劉備在注重手下的謀士是很注重地域性的，這點跟曹
操有很大的不同。

　　至於孫權，孫權在取得荊州後並沒有得到多少人才，而協助孫權建立吳
國的，絕大部分是南方人士，周瑜、魯肅都是安徽人，而陸遜、張昭則是江
蘇人，跟曹操、劉備又不同的是，孫權雖然在江蘇南部一帶發跡，並自孫堅
以來，很早就進攻荊州，但是他們一直沒有成功，中途雖有短暫的攻佔江夏
（今湖北武昌），但不久後就棄守，而北進則受阻於曹操，所以孫權在使用謀

〔註7〕　見〔西晉〕陳壽著、楊家駱主編：《三國志》，頁598。

〔註8〕　見李明峰：〈漢末三國的荊州人才〉，（台北：《史苑》第59卷，1999年1月），
　　　　頁39。

〔註9〕　東漢州名，轄郡、國十二，縣一百一十八，約轄今四川、雲南、貴州大部分，
　　　　及陝西、甘肅、湖北、越南的一小部分，漢末治所在成都（今四川成都）。

士方面，跟劉備一樣是注重地域性的，孫吳的重要官員清一色是江東人士，這是由於孫家在很長的一段期間北進西征皆受限，不得以只好運用當地人士，然而孫權跟劉備不太一樣的，是劉備是以荊州人治理益州，而孫權是以江東人治理當地，所以孫吳沒有跟蜀漢後期一樣，陷入「本土」跟「外來」之爭，這是因為蜀漢至後期，益州人士已能逐漸與荊州人士抗衡，而孫吳就沒有這個問題，然而因為孫吳長期重用當地人，或多或少讓當地人士的勢力高漲，到了東晉南渡以至於南朝時期，江東世家大族多把持中央政府，以陸遜代表的陸家即是一例，有時世家勢力之大，連皇帝也不得不與之妥協。

此外，田豐跟沮授均是河北人士，可以看出袁紹使用人才，跟孫權的模式是一樣的，即是重用當地人士，而綜觀來看，漢末諸雄中，似乎只有曹操能真正打破地域的藩籬限制。

二、時代性

不論是三國史實還是《三國演義》，一個好的謀士何時登場及退場，都會攸關該政權、組織的發展，政權、組織之於謀士，有時為因，有時為果，有時則是一種相輔相成的關係。

以東漢末年來說，李儒是最先登場的謀士，而董卓也是這個亂世中第一個成形的大軍閥，董卓的成功雖不一定全歸功於李儒，但是他也一定居功至偉，也因此這種互依互存一旦被董卓打破，也就是董卓開始不採納李儒建議的時候，董卓也就走向敗亡了，同樣的情形也可見於田豐、沮授的身上，他們因為袁紹的強大而逐漸步上舞台，最後卻因不被重用而雙雙退場，在他倆死後不久，袁紹一族也就徹底敗亡了。

陳宮的情形與以上三位不太一樣，呂布能在被趕離長安後依然發展茁壯，是因為陳宮的原因，是陳宮造就了呂布，然而陳宮的結局，跟李儒、田豐、沮授三人卻是相差不了多少的，這四位謀士及三個政權、組織都僅限於《三國演義》的早期，可知君主不用謀士的建議，是他們為何只能存在於早期不能維持下來繼續爭霸的原因。早期的賈詡跟陳宮情形有點像，陳宮造就了呂布，而賈詡造就了李傕、郭汜，而賈詡若不是及早離開他們，可能也落得跟陳宮一樣的下場。

曹操在《三國演義·第十回》時，同時得到程昱、郭嘉、荀彧、荀攸，也因此從這一回開始，曹操慢慢的由小軍閥躍為當時的主要勢力之一，這些

謀士如果再晚一點登場，曹操的發展肯定是會比較慢的，等到獻帝逃出長安時，曹操有沒有能力去救駕是一個很大的問題，一旦沒有獻帝在手，那曹操爭雄天下的路，會難走的多。

　　司馬懿雖然登場於〈第三十九回〉，但是一直潛伏到〈第六十七回〉才開始大放異彩，也因此成為曹魏中期以後的中流砥柱，鍾會登場的更晚，他登場時司馬家已控制曹魏大權，因此他在《三國演義》較沒有大展鴻圖的機會，就算後來造反成功，他應該也很難抵擋司馬師的來犯，筆者認為鍾會就像日本戰國時期的伊達政宗（1567～1636）一樣，才能是一定有的，可惜出場太晚，當時的日本，織田信長（1534～1582）跟稍後的豐臣秀吉（1537～1598）大致上已經統一日本，故他沒有一展長才的機會。

　　徐庶、諸葛亮、龐統的登場跟劉備勢力的發展是息息相關的，雖然劉備在赤壁戰後才逐漸飛躍，但是早期的劉備由於缺乏謀士，所以一直發展不起來，直到新野（今河南新野）時期，徐庶、諸葛亮先後效力劉備，劉備才逐漸在曹操強大攻勢下覓得一席之地，徐庶、諸葛亮出場較慢，所以注定劉備在早期的顛沛流離，而稍後劉備得到龐統、法正，於是取得蜀地。

　　在孫權方面，周瑜、魯肅、陸遜可以視為一個延續的傳承，周瑜魯肅為早期，陸遜為中期，周瑜與魯肅輔佐新登基的孫權渡過早期如赤壁……等傾國之禍，而陸遜則是打贏了夷陵之戰來犯的劉備，可以看做是孫權中期以前稱雄的原因，而晚期的孫權為何逐漸昏庸？一個很大的原因就是敢於直言犯諫的張昭已死，孫權沒有忌憚，這也是晚期的孫權之所以荒唐的原因，由此可知，謀士在時代的出退場，跟政權、組織的發展是有莫大的關係的。

第二節　未來的展望

　　現今專門關於「謀士」的研究仍然不能稱之為多，筆者試想可能的原因是因為謀士並不是一種很確切的官職，他只是一種類似建言性質的參謀幕僚，所以意思就是說戰略、戰術該如何拍板？最後決定權仍在君主手上，而能夠辨別一個謀士的才能跟建議優劣的君主，也稱得上是「英主」了，英主通常會把謀士的光環蓋住，像曹操其實也是一個謀略家，在他麾下的謀士就不免淪於綠葉角色，只能像諸葛亮之於劉備，或是周瑜之於孫權的重要性謀士，才能被人所重視，也因此一般關於「三國謀士」的研究，大多以此二人

爲主，因此若是將來有志要研究其他「三國謀士」之人，勢必要試著卸下曹操……等英主的光環。

其次，對於謀士中資料文獻不足者，也可以採王國維所倡導之「二重證據法」：

> 吾輩生於今日，幸於紙上之材料外，更得地下之新材料。由此種材料，我輩固得據以補正紙上之材料，亦得證明古書之某部分全爲實例，即百家不雅訓之言，亦不無表示一面之事實。此二重證據法，惟在今日始得爲之。〔註10〕

以本論文爲例，「李儒」此人就是一個問號，資料少的可憐，若不是明萬曆年間出土的《曹全碑》，我們可能連他的字都不清楚，然而期待地下有新文物的出土難免要靠運氣，因此在已經流傳於世的文獻資料中尋找那遺失的一角，才是首先需要去做的。

〔註10〕見王國維：《古史新證》（北京：清華大學出版社，1994年），頁2。

附　錄

附錄一　《三國演義》中謀士登場列表

回數	登場謀士	重要事件	實際登場數／總登場數	所仕君主
1	無	無	0	無
2	無	無	0	無
3	李儒（首次）	說服呂布弒丁原投降	1	董卓
4	李儒	爲董卓效力	2	董卓
	陳宮（首次）	爲中牟縣令，棄官追隨曹操		無
5	陳宮	呂伯奢事件後，棄曹操而去	2	無
	李儒	爲董卓效力		董卓
6	李儒	爲董卓效力	3	董卓
	蒯良（首次）	爲劉表效力		劉表
	蒯越（首次）			
7	逢紀（首次）	爲袁紹效力	6	袁紹
	田豐（首次）			
	沮授（首次）			

7	許攸 （首次）		6	
	李儒	爲董卓效力		董卓
	蒯良	爲劉表效力		劉表
8	蒯良	勸劉表棄黃祖取江東	2	劉表
	李儒	勸諫董卓不追究呂布		董卓
9	李儒 （死亡）	爲董卓效力，後爲王允所殺	2	董卓
	賈詡 （首次）	向李傕、郭汜進言反攻長安		李傕 郭汜
10	賈詡	爲李傕、郭汜效力	7	李傕 郭汜
	荀彧 （首次）	與其姪荀攸棄袁紹投奔曹操		曹操
	荀攸 （首次）	與其叔荀彧棄袁紹投奔曹操		
	程昱 （首次）	荀彧所推薦出仕曹操		
	郭嘉 （首次）	程昱所推薦出仕曹操		
	劉曄 （首次）	郭嘉所推薦出仕曹操		
	陳宮	任東郡從事，後投張邈		張邈
11	郭嘉	爲曹操效力	4	曹操
	陳宮	爲張邈、呂布效力		張邈 呂布
	荀彧	爲曹操效力		曹操
	程昱			
12	陳宮	爲呂布效力	4	呂布
	劉曄	爲曹操效力		曹操
	郭嘉			
	荀彧			
13	陳宮	爲呂布效力	3	呂布
	審配 （首次）	爲袁紹效力		袁紹
	賈詡	爲李傕效力，亦維護漢室		李傕

	荀彧	勸曹操擁立獻帝，後任侍中尙書令，獻「二虎競食」與「驅虎吞狼」之計		曹操
	賈詡	對李傕失望，離開李傕返回鄉里		李傕
14	董昭（首次）	爲獻帝使者，初遇曹操，後任洛陽令，爲曹操效力	8	曹操
	荀攸	擔任軍師，爲曹操效力		
	郭嘉	擔任司馬祭酒，爲曹操效力		
	劉曄	擔任司空曹掾，爲曹操效力		
	程昱	擔任東平相，爲曹操效力		
	陳宮	爲呂布效力		呂布
15	周瑜（首次）	孫策義弟，爲孫策效力	3	孫策
	張昭（首次）	周瑜所推薦出仕孫策		
	張紘（首次）			
16	陳宮	勸呂布與袁術聯姻，除劉備	5	呂布
	荀彧	勸曹操殺劉備		曹操
	郭嘉	阻曹操殺劉備，操從之		
	程昱	勸曹操殺劉備		
	賈詡	爲張繡效力，初遇曹操，操甚喜愛，但終不忍棄張繡改仕曹操，後張繡復叛，其助張繡敗曹操		張繡
17	陳宮	爲呂布效力	5	呂布
	張昭	建議孫策聯合曹操夾擊袁術		孫策
	荀彧	曹操討伐張繡，留荀彧留守許都		曹操
	郭嘉	爲曹操效力		
	賈詡	爲張繡效力		張繡
18	賈詡	助張繡守南陽，以「將計就計」與「敗軍戰曹軍」兩次打敗曹軍	6	張繡
	蒯良	建議劉表乘勢攻擊曹操敗軍		劉表
	荀彧	爲曹操效力		曹操
	郭嘉	向曹操提出「十勝十敗」之說		
	陳宮	爲呂布效力		呂布
	荀攸	爲曹操效力		曹操
19	陳宮	爲呂布效力，呂布一向不聽其言，於	5	呂布

	（死亡）	是最後與呂布一起敗死於下邳		呂布
19	程昱	建議曹操截斷呂布與袁術的聯絡	5	曹操
	荀攸	建議曹操不撤軍，加緊攻打呂布		
	郭嘉	建議決沂、泗兩河水淹下邳		
	荀彧			
20	荀彧	為曹操效力	2	曹操
	程昱			
21	郭嘉	建議曹操提防劉備	3	曹操
	程昱			
	荀彧			
22	田豐	諫袁紹勿伐曹	8	袁紹
	審配	勸袁紹伐曹		
	沮授	諫袁紹勿伐曹		
	郭圖（首次）	勸袁紹伐曹		
	許攸			
	逢紀	為袁紹效力		
	荀彧	分析袁軍各人內憂		曹操
	程昱	為曹操效力		
23	劉曄	負責招安張繡	5/7	曹操
	賈詡	說服張繡降曹		張繡
	荀攸	為曹操效力		曹操
	荀彧			
	郭嘉	未實際登場，僅被禰衡揶揄		
	程昱			
	蒯良	為劉表效力		劉表
24	程昱	董承事件後，規勸曹操勿廢帝	4	曹操
	郭嘉	建議曹操勿憂袁紹，先討劉備		
	田豐	勸袁紹趁曹操征劉備時襲擊許昌，袁紹以幼子有疾為由不聽		袁紹
	荀彧	隨曹操征劉備時，占出張飛欲劫寨事		曹操
25	程昱	獻「調虎離山」之計引關羽出城	4	曹操
	荀彧	為曹操效力		
	田豐	冒犯袁紹，遭致下獄		袁紹
	沮授	為袁紹效力		

26	沮授	為袁紹獻計，袁紹始終不從	5	袁紹
	荀攸	為曹操效力		曹操
	郭圖	向袁紹報告關羽斬殺文醜之事		袁紹
	審配			
	荀彧	為曹操效力		曹操
27	程昱	為曹操效力	1/5	曹操
	田豐	未實際登場，僅在孫乾口中出現，說明河北各人不合		袁紹
	沮授			
	審配			
	郭圖			
28	郭圖	提醒袁紹，劉備出使荊州必不復返	1	袁紹
29	張紘	為孫策效力，出使曹操，後仕孫權	4/5	孫策 孫權
	郭嘉 郭嘉	未實際登場，僅在張紘使者口中出現，說明郭嘉批評孫策一事		曹操 曹操
	張昭	孫策臨終時的託付大臣，後仕孫權		孫策 孫權
	周瑜	聞孫策有疾而回，策死後，向孫權推薦魯肅，亦是孫策臨終時的託付大臣		
	魯肅（首次）	向孫權提出〈吳中對〉，確定東吳立國大戰略方向		孫權
30	荀彧	留守許都籌措糧草，並為前線的曹操釋疑，使曹操下定決心迎戰袁紹	10	曹操
	田豐	從獄中上書勸諫袁紹，袁紹終不聽		袁紹
	逢紀	誣陷田豐		
	沮授（死亡）	勸袁紹緩守，遭致下獄，袁紹兵敗後後為曹操所殺		
	荀攸	獻「聲東擊西」之計，大破袁軍		曹操
	審配	為袁紹效力		袁紹
	劉曄	造發石車敗袁軍弓弩手，並獻計掘長塹以禦袁軍		曹操
	許攸	原為袁紹效力，被審配逼走投靠曹操，向操建議襲擊烏巢，為官渡之戰的關鍵		袁紹 曹操
	賈詡	為曹操效力		曹操
	郭圖	進讒言逼反張郃、高覽		袁紹
31	田豐（死亡）	為逢紀所譖，在獄中被袁紹逼迫自盡	6	袁紹

31	逢紀	對袁紹譖田豐	6	袁紹
	審配	爲袁紹效力		
	郭圖	勸袁紹勿廢長立幼		
	程昱	獻「十面埋伏」之計，於倉亭破袁軍		曹操
	荀彧	爲曹操效力，留守許都		
32	審配 （死亡）	與逢紀在袁紹死後立袁尚爲主，守冀州，曹操攻破冀州後爲曹操所殺	8	袁紹 袁尚
	逢紀 （死亡）	與審配在袁紹死後立袁尚爲主，後爲袁譚所殺		
	郭圖	袁紹死後輔佐袁譚		袁紹 袁譚
	郭嘉	建議曹操隔岸觀火，讓袁家內鬥		曹操
	賈詡	爲曹操效力，守黎陽		
	程昱	爲曹操效力		
	荀攸	爲曹操效力		
	許攸	建議決漳河之水淹冀州		
33	許攸 （死亡）	以烏巢及決漳河二事自衿其功，爲許褚所殺	5	曹操
	郭圖 （死亡）	與袁譚在戰場上陣亡		袁譚
	郭嘉 （死亡）	行軍中水土不服患病去世，遺書中勸曹操坐觀公孫康與袁熙、袁尚的鬥爭，後公孫康果真殺二袁		曹操
	程昱	爲曹操效力		
	荀攸			
34	荀攸	曹操從其言，建銅雀台	3/5	曹操
	郭嘉 （死亡）	已於第33回死亡，未實際登場，曹操追封爲「貞侯」		
	荀彧	爲曹操效力		
	蒯越	相「的盧」，爲蔡瑁所欺而獻計害劉備		劉表
	蒯良 （死亡）	未實際登場，《三國演義》未交代死於何時，僅出現在其弟蒯越口中		
35	龐統	未實際登場，僅由牧童及司馬徽口中說出	1/3	無
	諸葛亮	未實際登場，僅由司馬徽口中說出		無
	徐庶/單福 （首次）	化名「單福」，出仕劉備，打敗來襲的呂曠、呂翔		劉備

36	徐庶/單福	助劉備敗曹仁，後中程昱之計，離開劉備	3/4	劉備
	程昱	仿徐母筆跡賺徐庶前來		曹操
	諸葛亮（首次）	徐庶前來勸諸葛亮輔佐劉備，諸葛亮不從		無
	龐統	未實際登場，僅由徐庶口中說出		
37	徐庶	至許昌，徐母知子來，自盡。徐庶於許昌之南居喪守墓	3/4	曹操
	荀彧	爲曹操效力		
	程昱			
	諸葛亮	未實際登場，劉備二次拜訪均出遊		無
38	諸葛亮	爲劉備三顧茅廬所感動，出仕劉備，獻劉備立國大戰略——〈隆中對〉	5	劉備
	張紘	爲孫權效力		孫權
	陸遜（首次）	因孫權廣納賢士，出仕孫權		
	周瑜	勸孫權勿遣子質給曹操		
	張昭	勸孫權應遣子質給曹操		
39	張昭	甘寧襲殺黃祖，勸孫權棄守江夏	5	孫權
	諸葛亮	爲劉備效力，於博望坡打敗夏侯惇		劉備
	司馬懿（首次）	出仕曹操，任文學掾		曹操
	荀彧	勸夏侯惇不要輕視諸葛亮		
	徐庶			
40	諸葛亮	於新野打敗曹仁	3	劉備
	荀彧	勸曹操勿殺脂習，後曹操南征，荀彧留守許昌		曹操
	蒯越	劉表死後仕劉琮，勸劉琮降曹		劉琮
41	諸葛亮	助劉備從新野撤退至江陵	5	劉備
	劉曄	爲曹操效力，處處愛民		曹操
	徐庶	爲曹操勸降劉備使者，至劉備處反告知劉備棄樊城爲佳，不進行勸降		
	蒯越	投降曹操後，爲曹操所喜，被封爲江陵太守		劉琮曹操
	荀攸	諫曹操勿用蔡瑁、張允		曹操
42	諸葛亮	應魯肅邀約，至柴桑商議劉備、孫權雙方聯盟事宜	3	劉備

42	荀攸	建議曹操威嚇孫權共圖劉備	3	曹操
	魯肅	至江夏邀諸葛亮商議劉備、孫權雙方聯盟事宜		孫權
43	魯肅	為孫權效力，力主對抗曹操	3	孫權
	諸葛亮	舌戰東吳群儒		劉備
	張昭	力主孫權投降曹操		孫權
44	張昭	力主孫權投降曹操	6	孫權
	周瑜	壓倒主和派，力主孫權對抗曹操，後有殺諸葛亮之意		
	魯肅	力主對抗曹操		
	諸葛亮	用計激周瑜表態抗曹		劉備
	張紘	力主孫權投降曹操		孫權
	陸遜	為孫權效力		
45	周瑜周瑜	使諸葛亮斷曹糧道、欲害劉備、詐蔣幹除蔡瑁、張允	3/4	孫權孫權
	魯肅	為孫權、周瑜效力		
	諸葛亮	為劉備效力，亦助周瑜		劉備
	許攸（早歿）	已於第33回死亡，未實際登場，周瑜以官渡時許攸諫襲烏巢事說服諸葛亮		曹操
46	魯肅	助諸葛亮草船借箭	4/5	孫權
	周瑜	欲以造箭事害諸葛亮、決定火攻曹軍、與黃蓋合演「苦肉計」		
	諸葛亮	草船借箭		劉備
	荀攸	建議曹操以蔡中、蔡和詐降東吳		曹操
	張昭	未實際登場，「苦肉計」時，黃蓋叫嚷依張昭之見降曹		孫權
47	周瑜	使蔣幹見龐統，讓蔣幹帶龐統赴曹營	4	孫權
	魯肅	為孫權、周瑜效力		
	龐統（首次）	因蔣幹得見曹操，獻「連環計」，曹操甚服之		無
	徐庶	於江邊揭破東吳連串計謀		曹操
48	龐統	使計使徐庶避開戰區	5/7	無
	徐庶	散播馬騰、韓遂造反流言，並自請領軍把守散關		曹操
48	周瑜	曹吳二次交鋒敗曹，於觀戰時昏倒	5/7	孫權
	魯肅	未實際登場，僅出現在曹操輕敵的言語間		

48	荀攸	提醒曹操連船需防火攻	5/7	曹操
	諸葛亮	未實際登場，僅出現在曹操輕敵的言語間		劉備
	程昱	提醒曹操連船需防火攻		曹操
49	周瑜	借東風後欲殺諸葛亮不果，準備攻曹	4/5	孫權
	魯肅	為孫權、周瑜效力		
	諸葛亮	借東風，回夏口後指揮各將準備攻曹		劉備
	陸遜	未實際登場，出現在孫權派來的使者口中，說明陸遜已為先鋒		孫權
	程昱	提醒曹操需防火攻，並識破黃蓋詐降		曹操
50	周瑜	赤壁之戰率軍攻擊曹軍	4/5	孫權
	陸遜			
	諸葛亮	欲斬在華容道縱曹操的關羽		劉備
	程昱	在華容道時分析了關羽的個性		曹操曹操
	郭嘉（早歿）	已於第33回死亡，曹操脫險後，想起郭嘉必能阻止自己失敗，十分哀痛		
51	諸葛亮諸葛亮	饒恕關羽之罪，以計襲取南郡、荊州、襄陽，第一次氣煞周瑜	3	劉備
	周瑜	擊敗曹仁，南郡反為諸葛亮所得，氣得金瘡迸裂		孫權
	魯肅	為孫權、周瑜效力		
52	周瑜	孫權使人來令其調防合淝，周瑜只得班師，回柴桑養病	3	孫權
	諸葛亮	周瑜班師後，隨劉備襲取零陵、桂陽		劉備
	魯肅	因劉表之子劉琦尚在人世，首次索討荊州不成		孫權
53	諸葛亮	助劉備取武陵、長沙	6	劉備
	周瑜	於柴桑養病		
	魯肅	至合淝，孫權待之甚禮遇		
	張紘	諫孫權勿輕敵，勿親臨前線		孫權
	陸遜	合淝之戰中，與董襲救出身中數箭的太史慈		
	張昭	建議孫權撤軍		
54	諸葛亮	勸劉備赴江東迎親	3	劉備
54	魯肅	第二次索討荊州不成	3	孫權
	周瑜	使「美人計」，欲以劉備換荊州		
55	周瑜	追殺返回荊州的劉備一行人不成，又為諸	3	孫權

55	周瑜	葛亮所氣，金瘡再次迸裂而暈倒	3	孫權
	張昭	贊同周瑜「溫柔鄉」的提議		
	諸葛亮	接應欲返荊州的劉備一行人，並二氣周瑜		劉備
56	周瑜	「假途滅虢」之計被識破，箭瘡再次迸裂而暈倒	5	孫權
	諸葛亮	識破「假途滅虢」之計，三氣周瑜		劉備
	張昭	勸孫權不宜對荊州大動干戈		孫權
	程昱	使「二虎爭食」之計，欲周瑜、劉備相爭		曹操
	魯肅	第三次索討荊州不成		孫權
57	周瑜（死亡）	被諸葛亮氣死，遺書薦魯肅接替自己	5	孫權
	諸葛亮	弔喪周瑜、推薦龐統至荊州		劉備
	魯肅	接替周瑜職務、推薦龐統予孫權不成，又推薦他至荊州求仕		孫權
	龐統	在孫權與劉備面前均不討喜，後以半日內將百餘日累積公務均處理完成，讓張飛驚豔，劉備拜爲副軍師中郎將		劉備
	荀攸	建議曹操以招降之名誘殺馬騰		曹操
58	張昭	因曹軍南征，建議請魯肅至荊州商議對策	3	孫權
	魯肅	至荊州商議抵禦曹軍的對策		
	諸葛亮	請劉備會盟馬超，攻擊曹軍，使曹軍無暇南征		劉備
59	荀攸	隨曹操抵禦馬超率領的西涼軍	2	曹操
	賈詡	以「離間計」離間馬超、韓遂，助曹軍打敗西涼軍		
60	荀彧	諫曹操赦免張松	4	曹操
	諸葛亮	助劉備結交張松、法正，以爲入侵益州之內應		劉備
	龐統			
	法正（首次）	原仕劉璋，因不慣璋之爲人，改仕劉備，與張松相助劉備入蜀		劉璋 劉備
61	龐統	欲以魏延席上殺劉璋，爲劉備所阻止	7	劉備
	法正			
	張昭	欲將孫夫人與劉禪騙回江東，以要脅劉備還荊州		孫權
	諸葛亮	接應奪回劉禪的趙雲、張飛		劉備
	張紘（死亡）	因疾去世，遺書勸孫權遷都秣陵，孫權從之，更秣陵名爲建業		孫權

61	荀彧 （死亡）	勸阻曹操稱魏公不成，遭曹操猜忌，於是自殺	7	曹操
	程昱	勸曹操從濡須口撤兵		
	董昭	上書獻帝表曹操爲魏公		
62	張昭	欲使劉備、劉璋、張魯三方爭鬥	3/4	孫權
	諸葛亮	未實際登場，僅致書劉備說明孫夫人已回東吳		劉備
	龐統	助劉備攻擊劉璋		
	法正			
63	法正	助劉備攻擊劉璋	3	劉備
	龐統 （死亡）	行軍至雒城途中，在落鳳坡遇伏擊而陣亡		
	諸葛亮	龐統死後，留關羽守荊州，率軍援助劉備		
64	諸葛亮	與劉備會合、擒殺張任	2	劉備
	法正	助劉備攻擊劉璋		
65	法正	助劉備攻擊劉璋，劉璋投降後，被封爲蜀郡太守	3/4	劉備
	諸葛亮	使計收服馬超，劉璋投降後，任軍師，治理益州		
	龐統 （早歿）	已於第63回死亡，未實際登場，僅出現在諸葛亮欲報其仇的言語間		
	張昭	爲孫權效力		孫權
66	張昭	建議孫權扣住諸葛亮之兄諸葛瑾的家小，使諸葛瑾向其弟諸葛亮求情，藉以討回荊州	5/6	孫權
	諸葛亮	破解張昭之計		劉備
	魯肅	欲謀關羽以索荊州		孫權
	荀攸 （死亡）	勸諫曹操勿登魏王之位不成，憂憤而死		曹操
	荀彧 （早歿）	已於第61回死亡，未實際登場，僅存在於曹操謂荀攸欲效荀彧之事乎？		
	賈詡	爲曹操效力		
67	賈詡	助曹操平定漢中張魯	6	曹操
	司馬懿	平定漢中後，勸曹操趁劉備未成氣候時儘速攻打蜀地		
	劉曄			
	諸葛亮	建議劉備歸還荊州三郡給東吳，讓東吳起兵攻擊合淝，牽制曹軍		劉備

67	張昭	為孫權效力	6	孫權
	魯肅	負責接收劉備所歸還的荊州三郡		
68	張昭	建議孫權與曹操議和，從濡須口撤軍	3/4	孫權
	陸遜	參與濡須口之戰		
	荀彧（早歿）	已於第61回死亡，未實際登場，僅存在於眾官謂王琰不見荀彧之事乎？		曹操
	賈詡	暗助曹丕成為曹操繼承人		
69	魯肅（死亡）	未實際登場，乃曹操得到合淝方面的情報，說明魯肅已死	1/2	孫權
	司馬懿	為曹操效力		曹操
70	諸葛亮	激黃忠奪天蕩山	2	劉備
	法正	建議劉備取得天蕩山後宜速攻擊漢中		
71	諸葛亮	協助劉備軍在漢中與曹軍交戰	3	劉備
	法正	助黃忠斬殺夏侯淵		
	劉曄	勸曹操守住漢中，並明言夏侯淵個性太剛		曹操
72	諸葛亮	助劉備取得漢中	1	劉備
73	諸葛亮	勸諫劉備自行登基為漢中王，後封為軍師	4	劉備
	法正	勸諫劉備自行登基為漢中王，後封為尚書令		
	司馬懿	建議曹操挑撥吳、蜀相爭		曹操
	張昭	建議孫權與曹操和解		孫權
74	賈詡	憂慮龐德出戰會不利	1	曹操
75	司馬懿	建議曹操，令孫權起兵襲擊關羽軍隊之後解樊城之危	2/4	曹操
	陸遜	協助呂蒙成功襲取荊州		孫權
	周瑜（早歿）	已於第57回死亡，未實際登場，僅出現在孫權與呂蒙的對話中		
	魯肅（早歿）	已於第69回死亡，未實際登場，僅出現在孫權與呂蒙的對話中		
76	董昭	為曹操效力	1/3	曹操
	陸遜	未實際登場，僅在關羽欲穩定軍心的口中帶出		孫權
	諸葛亮	未實際登場，在劉封與孟達討論是否營救關羽時，孟達提及之		劉備
77	周瑜（早歿）	已於第57回死亡，未實際登場，僅出現在孫權與呂蒙的對話中	4/6	孫權

77	魯肅（早歿）	已於第69回死亡，未實際登場，僅出現在孫權與呂蒙的對話中	4/6	孫權
	張昭	建議孫權將關羽首級送給曹操，讓劉備轉恨曹操，使東吳無慮		
	諸葛亮	為劉備效力		劉備
	司馬懿	識破張昭移禍之計		曹操
	法正	奏請劉備續弦吳氏		劉備
78	諸葛亮	規勸劉備勿伐吳	3	劉備
	賈詡	規勸曹操勿殺華佗，亦是曹操臨終時的託付大臣之一		曹操曹丕
	司馬懿	曹操臨終時的託付大臣之一		
79	賈詡	曹丕繼任魏王後，被封為太尉，亦是請獻帝禪讓帝位予曹丕的臣子之一	3/4	曹丕
	諸葛亮	建議劉備處死彭羕		劉備
	法正（死亡）	未實際登場，《三國演義》未交代死於何時，僅出現在孟達口中		
	劉曄	請獻帝禪讓帝位予曹丕的臣子之一		曹丕
80	賈詡	助曹丕登上皇位，建立曹魏政權	3	曹丕
	司馬懿			
	諸葛亮	勸劉備登上皇位，建立蜀漢政權，被封為丞相		劉備
81	諸葛亮	規勸劉備勿伐吳，備不從	1/2	劉備
	法正（死亡）	已死亡，僅由諸葛亮口中敘述出其與劉備的交情		
82	諸葛亮	未實際登場，僅出現於諸葛瑾與孫權之口	3/6	劉備
	張昭	譖諸葛瑾、罵邢貞無禮		孫權
	賈詡	為曹丕效力		曹丕
	劉曄	建議曹丕趁吳、蜀交兵時，與蜀漢聯手擊吳		
	周瑜（早歿）	已於第57回死亡，未實際登場，僅出現在孫權的言談中		孫權
	魯肅（早歿）	已於第69回死亡，未實際登場，僅出現在孫權的言談中		
83	周瑜（早歿）	已於第57回死亡，未實際登場，僅出現在孫權的言談中	1/4	孫權
	魯肅（早歿）	已於第69回死亡，未實際登場，僅出現在孫權的言談中		

83	陸遜	被孫權拜為大都督，以禦蜀軍	1/4	孫權
	諸葛亮	未實際登場，僅出現在馬良與劉備的對話中		劉備
84	陸遜	於猇亭擊敗劉備，因諸葛亮的八陣圖，與憂慮魏軍趁勢伐吳而班師	2	孫權
	諸葛亮	看了劉備在猇亭的布陣圖後大驚，使馬良趕緊勸告劉備移防重新布陣		劉備
85	諸葛亮	劉備臨終時的託付大臣、安居平五路	4/5	劉備 劉禪
	賈詡	勸曹丕勿急圖吳、蜀，靜待兩國之變		曹丕
	陸遜	未實際出現，僅出現於賈詡與探馬的口中		孫權
	劉曄	勸曹丕勿伐吳		曹丕
	司馬懿	建議曹丕趁劉備新喪，以五路軍隊伐蜀，使諸葛亮首尾不能救		
86	陸遜	被孫權拜為輔國將軍、江陵侯、領荊州牧	5/6	孫權
	張昭	為孫權效力，建議孫權威嚇鄧芝		孫權
	諸葛亮	為劉禪效力		劉禪
	賈詡（死亡）	未實際登場，《三國演義》於此回交代他與曹仁已死亡		曹丕
	司馬懿	為曹丕伐吳獻計		
	劉曄	隨曹丕征討東吳		
87	諸葛亮	起兵征討南中叛亂	1/2	劉禪
	陸遜	未實際登場，僅出現於諸葛亮起兵前與劉禪的交談		孫權
88	諸葛亮	於南中征討孟獲	1	劉禪
89	諸葛亮	於南中征討孟獲	1	劉禪
90	諸葛亮	七擒七縱使孟獲臣服，平定南中	1	劉禪
91	諸葛亮	從馬謖的建議，以反間計使司馬懿遭免職，隨即上〈出師表〉準備北伐	2	劉禪
	司馬懿	為曹丕臨終時的託付大臣之一，因蜀漢施以反間計，遭致免職		曹丕 曹叡
92	諸葛亮	首次北伐，取得安定、南安，擒夏侯楙	1	劉禪
93	諸葛亮	取得冀城、天水、上邽，收服姜維，罵死王朗	1	劉禪
94	諸葛亮	乘雪破羌兵	2	劉禪
	司馬懿	曹叡復其職以抵禦蜀軍，隨即平定欲歸蜀漢的孟達		曹叡

95	司馬懿	於街亭敗馬謖，在西城爲諸葛亮所騙而撤軍	2	曹叡
	諸葛亮	因馬謖兵敗街亭而撤退，以「空城計」智退司馬懿		劉禪
96	司馬懿	與賈逵助曹休伐吳	3	曹叡
	諸葛亮	因街亭兵敗，自請貶職		劉禪
	陸遜	受命抵禦曹休		孫權
97	陸遜	未實際登場，僅於回初交代擊破曹休之事	2/3	孫權
	司馬懿	唯恐蜀軍進犯，速回洛陽		曹叡
	諸葛亮	第二次北伐，圍攻陳倉不利		劉禪
98	司馬懿	預言孫權必稱帝，後取得曹真兵權以對抗諸葛亮	4	曹叡
	諸葛亮	令魏延斬王雙，第三次北伐取得陳倉、建威、散關		劉禪
	張昭	勸孫權登上皇位，建立東吳政權，位列三公之上		孫權
	陸遜	建議孫權虛應諸葛亮的起兵要求		
99	司馬懿	在隴西屢敗於諸葛亮，於諸葛亮撤軍後亦班師，後與曹真、劉曄領軍四十萬進犯漢中	3	曹叡
	諸葛亮	取得武都、陰平，屢敗司馬懿，復丞相職。聽聞張苞死訊而染疾，班師回漢中，後因四十萬魏軍進犯，乃出漢中第四次北伐抵禦魏軍		劉禪
	劉曄	勸曹叡伐蜀，曹叡令其爲軍師，隨曹真、司馬懿同行		曹叡
100	諸葛亮	氣死與司馬懿打賭賭輸的曹真，屢敗魏軍，後因劉禪聽信苟安至成都散佈的流言，令諸葛亮班師，諸葛亮以「增灶計」安全撤退	2	劉禪
	司馬懿	雖賭贏曹真，但鬥陣鬥輸諸葛亮，令苟安回成都散佈流言，令蜀軍撤退		曹叡
101	諸葛亮	第五次北伐，信守換班的諾言，使蜀軍感激奮進打敗魏國的雍、涼軍，並擊死張部，後因李嚴的僞書而班師	2	劉禪
	司馬懿	追擊撤退的蜀軍而損失張部		曹叡
102	諸葛亮	第六次北伐，於北原、渭南折損萬餘人，使費禕聯絡孫權起兵三十萬伐魏，並造木牛流馬運糧	3	劉禪
	司馬懿	於渭南擊敗蜀軍，但在北原遭廖化、張翼伏擊		曹叡

102	陸遜	奉孫權令屯兵江夏準備北伐	3	孫權
103	司馬懿 司馬懿	「金蟬脫殼」逃過廖化追殺，又差點被燒死在上方谷，從此堅守不戰，諸葛亮為使其出戰而送予其婦人縞素之服羞辱，依然沉得住氣	3	曹叡 曹叡
	諸葛亮	上方谷讓司馬懿逃脫，於是司馬懿堅守，其求戰不得，又聞吳軍兵敗，憂勞成疾，於是祈禳增壽		劉禪
	陸遜	因諸葛瑾屢敗，領軍安全撤退		孫權
104	諸葛亮 （死亡）	祈禳之燈意外遭魏延踏滅，料之必死，安排後事後逝世	2	劉禪
	司馬懿	聞諸葛亮死而追擊蜀軍，遭木人嚇回		曹叡
105	諸葛亮 （早殁）	已於第104回死亡，未實際登場，交代諸葛亮遺計斬魏延，及劉禪對其後事的處理	1/2	劉禪
	司馬懿	為曹叡效力，被封為太尉		曹叡
106	司馬懿	討平遼東公孫淵、為曹叡臨終時的託付大臣之一、詐病賺曹爽	1/2	曹叡 曹芳
	諸葛亮 （早殁）	已於第104回死亡，未實際登場，遼東臣子以諸葛亮之能尚不能勝來攻的司馬懿，來比喻自己的勝算更小。曹叡臨終時，以劉備託孤於諸葛亮事來託付其子曹芳		劉禪
107	司馬懿	發動高平陵之變，誅滅曹爽一族，從此控制曹魏大權	2/3	曹芳
	鍾會	未實際登場，由夏侯霸提醒姜維小心此人之能		
	諸葛亮 （早殁）	已於第104回死亡，未實際登場，為姜維與費褘交談時提及		劉禪
108	諸葛亮 （早殁）	已於第104回死亡，未實際登場，姜維用其連弩法上陣	1/3	劉禪
	司馬懿 （死亡）	喚其子司馬師、司馬昭交代後事後即去世		曹芳
	陸遜 （死亡）	未實際登場，此為追述其與諸葛瑾時皆已死		孫權
109	司馬懿 （早殁）	已於第108回死亡，未實際登場，由姜維口中追述其與諸葛亮相鬥之事	0/2	曹芳
	諸葛亮 （早殁）	已於第104回死亡，未實際登場，由姜維口中追述其與司馬懿相鬥之事		劉禪
110	鍾會 （首次）	建議司馬師親征淮南叛亂	1/2	司馬師

110	司馬懿（早歿）	已於第 108 回死亡，未實際登場，由尹大目之事引出昔司馬懿誅曹爽事	1/2	曹芳
111	諸葛亮（早歿）	已於第 104 回死亡，未實際登場，由姜維事引出昔日諸葛亮之事	0/1	劉禪
112	鍾會	助司馬昭平定壽春叛亂	1	司馬昭
113	諸葛亮（早歿）	已於第 104 回死亡，未實際登場，由孫休與鄧艾言談間提及	0/1	劉禪
114	諸葛亮（死亡）	已於第 104 回死亡，未實際登場，鄧艾以姜維得諸葛亮眞傳而讚嘆	0/1	劉禪
115	諸葛亮（早歿）	已於第 104 回死亡，未實際登場，由郤正與姜維言談間提及	1/2	劉禪
	鍾會	司馬昭令其伐蜀，會造船佯裝伐吳，使東吳不敢出兵救蜀		司馬昭
116	鍾會	大舉伐蜀，奪陽平關與漢中	2	司馬昭
	諸葛亮（早歿）	已於第 104 回死亡，此處顯聖勸鍾會以蜀民爲念勿妄殺		劉禪
117	鍾會	與姜維於劍閣對峙	1/2	司馬昭
	諸葛亮（早歿）	已於第 104 回死亡，未實際登場，其子諸葛瞻登場與鄧艾偷渡陰平時提及		劉禪
118	諸葛亮（早歿）	已於第 104 回死亡，未實際登場，出現在姜維與鍾會對話的言談間	1/2	劉禪
	鍾會	與姜維商量欲除鄧艾		司馬昭
119	鍾會（死亡）	計除鄧艾，與姜維合謀造反事敗身死	1/3	司馬昭
	陸遜（早歿）	已於第 108 回交代其死亡，未實際登場，其子陸抗登場時提及		孫權
	司馬懿（早歿）	已於第 108 回死亡，未實際登場，追封爲宣王，其孫司馬炎篡魏後，再次追封爲宣帝		曹芳
120	無	無	0	無

〔註 1〕

〔註 1〕謀士排列以其在該回中出場先後爲序。實際登場數乃是指該名謀士在該回中
　　　　眞的有實際「登場」，包含「死後顯聖」的方式，而非僅見其名不見其人，而
　　　　總登場數則是將該回「僅見其名不見其人」的謀士一併列入計算。

附錄二　漢末三國形勢略圖

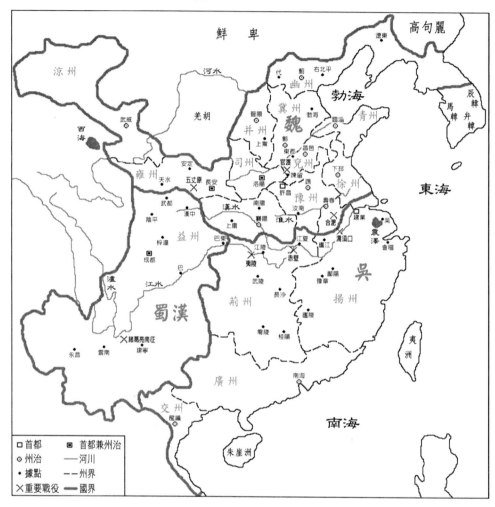

〔註2〕

〔註 2〕本圖乃是筆者依據譚其驤主編的《簡明中國歷史地圖集》中之「三國時期全
　　　圖」重新繪製而成，見譚其驤主編：《簡明中國歷史地圖集》（北京：中國地
　　　圖出版社，1996 年 6 月），頁 21～22。

附錄三　《曹全碑》（局部）

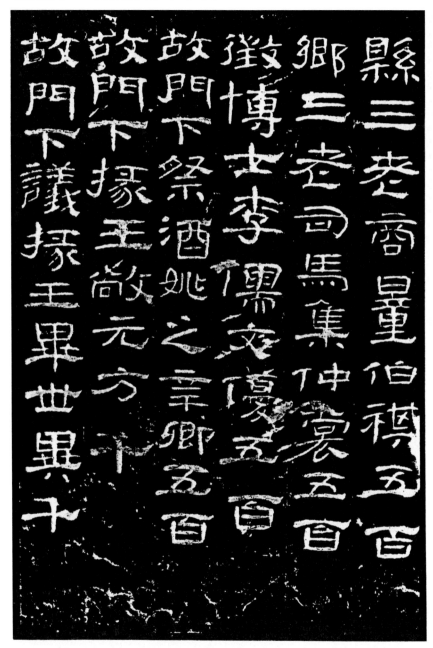

〔註 3〕

〔註 3〕見西川寧、神田喜一郎監修：《書跡名品叢刊・4》（東京：二玄社株式會社，2001 年 1 月），頁 485。

參考書目

一、三國演義文獻（按朝代先後排序，同朝代則按作者姓氏筆畫數排序）

1. 〔明〕羅本編次、〔明〕周曰校刊行:《三國志通俗演義（萬卷樓本）》，收錄於《古本小說集成》套書，上海：上海古籍出版社據日本內閣文庫藏本影印，不註出版年。

2. 〔明〕羅貫中:《新刻考訂按鑑通俗演義全像三國志傳》，北京：北京圖書館出版社，2004 年 7 月。

3. 〔明〕羅貫中著、〔明〕李贄評、沈伯俊整理:《李卓吾先生批評三國志整理本》，成都：巴蜀書社，1993 年 11 月。

4. 〔明〕羅貫中著、〔明〕金聖歎鑑定、〔清〕毛宗崗批:《精印三國演義》，台北：老古文化事業公司，2006 年 5 月。

5. 〔明〕羅貫中著、〔清〕毛宗崗評改:《三國演義》，上海：上海古籍出版社，1989 年 2 月。

6. 〔明〕羅貫中著、吳小林校注:《三國演義校注》，台北：里仁書局，2006 年 3 月。

7. 〔明〕羅貫中著、沈伯俊整理:《嘉靖元年本三國志通俗演義整理本》，石家莊：花山文藝出版社，1993 年 5 月。

8. 〔明〕羅貫中著、張志和校注:《三國演義（黃正甫刊本 20 卷）》，北京：中國人民大學出版社，2001 年。

9. 〔明〕羅貫中著、盛巽昌補證:《三國演義補證本》，上海：上海人民出版社，2007 年 6 月。

二、古典文獻（按朝代先後排序，同朝代則按作者姓氏筆畫數排序）

1. 〔東周〕孫武著、〔東漢〕曹操註、〔清〕孫星衍校:《孫子集註》，台

北：東大圖書公司，2006 年 4 月。

2. 〔西漢〕司馬遷著、楊家駱主編：《史記》，台北：鼎文書局，1995 年 10 月。

3. 〔西漢〕劉向編、〔東漢〕高誘注：《戰國策》，台北：老古文化事業公司，1987 年 4 月。

4. 〔東漢〕班固著、楊家駱主編：《漢書》，台北：鼎文書局，1995 年 1 月。

5. 〔東漢〕趙曄著、劉玉才譯注：《吳越春秋》，台中：暢談國際文化事業，2003 年 12 月。

6. 〔西晉〕杜預著：《春秋經傳集解》，台北：七略出版社，1988 年 9 月。

7. 〔西晉〕陳壽著、〔清〕盧弼集解：《三國志集解》，台北：漢京文化公司，2004 年 3 月。

8. 〔西晉〕陳壽著、〔劉宋〕裴松之注、楊家駱主編：《三國志》，台北：鼎文書局，1995 年 6 月。

9. 〔東晉〕干寶：《搜神記》，台北：里仁書局，1981 年 12 月。

10. 〔東晉〕常璩著、顧廣圻校：《華陽國志》，台北：臺灣商務印書館，1976 年 4 月。

11. 〔東晉〕習鑿齒著、舒焚、張林川校注：《襄陽耆舊記校注》，武漢：荊楚書社，1986 年 12 月。

12. 〔東晉〕裴啟著、周楞伽輯注：《裴啟語林》，北京：文化藝術出版社，1988 年 12 月。

13. 〔劉宋〕范曄著、楊家駱主編：《後漢書》，台北：鼎文書局，1994 年 3 月。

14. 〔劉宋〕劉義慶著、鄭晚晴輯注：《幽明錄》，北京：文化藝術出版社，1988 年 12 月。

15. 〔劉宋〕劉義慶編、楊勇校箋：《世說新語校箋》，台北：正文書局，1992 年 10 月。

16. 〔梁〕沈約著、楊家駱主編：《宋書》，台北：鼎文書局，1993 年 10 月。

17. 〔梁〕劉勰著、陳拱本義：《文心雕龍本義》，台北：臺灣商務印書館，1999 年 9 月。

18. 〔梁〕蕭子顯著、楊家駱主編：《南齊書》，台北：鼎文書局，1996 年 11 月。

19. 〔梁〕蕭統著、〔唐〕李善注：《文選》，台北：五南圖書公司，2001 年 7 月。

20. 〔北齊〕魏收著、楊家駱主編：《魏書》，台北：鼎文書局，1993 年 10 月。

21. 〔隋〕姚察、謝炅、〔唐〕魏徵、姚思廉著、楊家駱主編:《梁書》,台北:鼎文書局,1996 年 5 月。

22. 〔唐〕李百藥著、楊家駱主編:《北齊書》,台北:鼎文書局,1993 年 7 月。

23. 〔唐〕李延壽著、楊家駱主編:《北史》,台北:鼎文書局,1994 年 9 月。

24. 〔唐〕李延壽著、楊家駱主編:《南史》,台北:鼎文書局,1994 年 9 月。

25. 〔唐〕杜佑:《通典》,北京:中華書局,1988 年 12 月。

26. 〔唐〕房玄齡等著、楊家駱主編:《晉書》,台北:鼎文書局,1995 年 6 月。

27. 〔唐〕道宣律祖:《四分律刪繁補闕行事鈔》,台北:福智之聲出版社,2006 年 11 月。

28. 〔唐〕劉知幾著、〔清〕浦起龍釋、呂思勉評:《史通釋評》,台北:華世出版社,1981 年 11 月。

29. 〔唐〕顏師古:《大業拾遺記》,收錄於王德毅等編:《叢書集成續編·史地類·273 冊》,台北:新文豐出版公司,1989 年 7 月。

30. 〔唐〕魏徵等著、楊家駱主編:《隋書》,台北:鼎文書局,1993 年 10 月。

31. 〔北宋〕司馬光:《資治通鑑考異》,北京:北京國家圖書館出版社,2003 年 6 月。

32. 〔北宋〕司馬光編、〔元〕胡三省註:《資治通鑑》,台北:宏業書局,1978 年。

33. 〔北宋〕高承:《事物紀原集類》,台北:新興書局,1969 年 11 月。

34. 〔北宋〕蘇軾:《東坡樂府》,台北:學海出版社,1993 年 10 月。

35. 〔北宋〕蘇軾著、王松齡點校:《東坡志林》,北京:中華書局,1997 年 12 月。

36. 〔南宋〕朱熹:《資治通鑑綱目》(國家圖書館藏明建安劉寬裕刊本)。

37. 〔南宋〕孟元老著、鄧之誠注:《東京夢華錄注》,台北:漢京文化公司,1984 年 3 月。

38. 〔南宋〕洪邁《容齋隨筆》,長春:吉林文史出版社,1996 年 3 月。

39. 〔元〕佚名、黎烈文點校:《大宋宣和遺事》,台北:臺灣商務印書館,1967 年 10 月。

40. 〔元〕佚名:《三分事略》,奈良:天理大學出版部,1980 年 9 月。

41. 〔元〕佚名:《三國志平話》,台北:文化圖書公司,1997 年 3 月。

42. 〔元〕佚名:《新編五代史平話》,台北:河洛圖書出版社,1977 年 4 月。

43. 〔元〕脫脫等著、楊家駱主編:《宋史》,台北:鼎文書局,1994 年 6 月。

44. 〔元〕鍾嗣成等:《錄鬼簿》,台北:洪氏出版社,1982年1月。

45. 〔明〕王圻:《稗史彙編》,台北:新興書局,1969年2月。

46. 〔明〕王圻:《續文獻通考》,台北:文海出版社,1979年2月。

47. 〔明〕田汝成:《浙江省西湖遊覽志餘》,台北:成文出版社,1983年3月。

48. 〔明〕胡應麟著、楊家駱主編:《少室山房筆叢》,台北:世界書局,1963年4月。

49. 〔明〕郎瑛著、楊家駱主編:《七修類稿》,台北:世界書局,1963年4月。

50. 〔明〕高儒:《百川書志》,上海:古典文學出版社,1957年6月。

51. 〔明〕許仲琳:《封神演義》,台北:河洛圖書出版社,1977年9月。

52. 〔明〕郭勳:《大明英烈傳》,台北:國家出版社,1982年1月。

53. 〔明〕揭暄著、李炳彥、崔彧臣評:《兵經釋評》,北京:解放軍出版社,1990。

54. 〔明〕羅貫中:《說唐演義》,台北:文化圖書公司,1983年6月。

55. 〔清〕王夫之:《讀通鑑論》,台北:里仁書局,1982年3月。

56. 〔清〕王先慎:《韓非子集解》,台北:世界書局,1983年3月。

57. 〔清〕紀昀等:《四庫全書總目》,台北:藝文出版社,1964年10月。

58. 〔清〕張廷玉等著、楊家駱主編:《明史》,台北:鼎文書局,1982年11月。

59. 〔清〕清高宗敕撰:《大清太宗文皇帝實錄》,台北:新文豐出版公司,1978年7月。

60. 〔清〕楊晨:《三國會要》,台北:世界書局,1960年。

61. 〔清〕趙翼:《廿二史劄記》,台北:鼎文書局,1975年3月。

62. 〔清〕劉鑾:《五石瓠》,收錄於王德毅等編:《叢書集成續編・文學類・215冊》(台北:新文豐出版公司,1989年7月。

63. 〔清〕顧祖禹:《讀史方輿紀要》,台北:老古文化事業公司,1981年8月。

三、近人著作(以下皆按作者姓氏筆畫數排序)

1. 《社會科學研究叢刊》編輯部、四川省社會科學院文學研究所編:《三國演義研究集》,成都:四川省社會科學院出版社,1983年12月。

2. 于學彬:《三國啓示錄》,台北:遠流出版公司,2005年2月。

3. 中國兵書集成編委會:《中國兵書集成》,北京:解放軍出版社,1990年。

4. 天行健：《正品三國》，石家莊：花山文藝出版社，2006 年 8 月。

5. 孔另境：《中國小說史料》，台北：中華書局，1957 年 11 月。

6. 文物出版社編輯部：《中國歷史年代簡表》，香港：三聯書店，2002 年 9 月。

7. 王少農、先成：《三國幕僚爭勝術》，香港：中華書局，2006 年 6 月。

8. 王少農：《列國謀士攻守計》，香港：中華書局，2006 年 6 月。

9. 王定璋：《白話小說：從群體流傳到作家創造的社會圖卷》，桂林：廣西師範大學出版社，1997 年 7 月。

10. 王振忠：《應對人生的大謀略》，台北：典藏閣出版事業部，2003 年。

11. 王國維：《古史新證》，北京：清華大學出版社，1994 年。

12. 王國纓：《中國文學史新講》，台北：聯經出版公司，2006 年 9 月。

13. 王麗娟：《三國故事演變中的文人敘事與民間敘事》，濟南：齊魯書社，2007 年 9 月。

14. 伊索（Aesop）著、李思譯：《伊索寓言》，台北：寂天文化，2003 年 8 月。

15. 守屋洋：《三國英雄足智多謀的智慧》，台北：台灣實業文化，2003 年 4 月。

16. 朱一玄、劉毓忱：《三國演義資料彙編》，天津：南開大學出版社，2005 年 2 月。

17. 西川寧、神田喜一郎監修：《書跡名品叢刊》，東京：二玄社株式會社，2001 年 1 月。

18. 余明俠：《諸葛亮評傳》，南京：南京大學出版社，2006 年 6 月。

19. 余振邦：《三國人物叢談》，台北：臺灣商務印書館，1995 年 12 月。

20. 余嘉錫：《四庫提要辨證》，北京：中華書局，2007 年 11 月。

21. 克勞塞維茨（Karl von Clausewitz）著、楊南芳等譯校：《戰爭論》，台北：左岸文化，2006 年 10 月。

22. 吳功正：《古文鑑賞集成》，台北：文史哲出版社，1991 年 3 月。

23. 吳志達：《中國文言小說史》，濟南：齊魯書社，2005 年 6 月。

24. 呂思勉：《呂思勉講三國》，北京：九州出版社，2008 年 7 月。

25. 李安石：《三國奇士與國士》，台北：商周出版，2006 年 8 月。

26. 李安石：《三國群英》，台北：商周出版，2007 年 2 月。

27. 李安石：《三國戰役》，台北：商周出版，2006 年 8 月。

28. 李盾：《讀三國領悟人生》，台北：台灣先智出版公司，2003 年 11 月。

29. 李崇智：《中國歷代年號考》，北京：中華書局，2006 年 9 月。

30. 李殿元、李紹先：《關羽紅臉之謎》，台北：翌耕圖書公司，1995 年 4 月。

31. 李慕如：《戰國策及其謀士研究》，高雄：復文圖書出版社，1990 年 6 月。

32. 李橫眉、趙康生：《三國計謀》，台北：廣達文化公司，2003 年 3 月。

33. 李燕捷：《三國演義與三國史實：談虛說實八十題》，北京：中國文史出版社，2000 年 3 月。

34. 李謙：《從三國演義看軍事謀略》，台北：笙易有限公司，2002 年 9 月。

35. 李謙：《從三國演義看統御謀略》，台北：笙易有限公司，2002 年 9 月。

36. 李謙：《從三國演義看處世謀略》，台北：笙易有限公司，2002 年 8 月。

37. 沈伯俊、譚良嘯：《三國演義大辭典》，北京：中華書局，2007 年 7 月。

38. 沈伯俊：《神遊三國》，台北：遠流出版公司，2006 年 12 月。

39. 沈伯俊：《賞味三國》，台北：遠流出版公司，2006 年 8 月。

40. 沈伯俊：《羅貫中與三國演義》，台北：遠流出版公司，2007 年 11 月。

41. 周思源：《周思源品賞三國人物》，北京：中華書局，2006 年 8 月。

42. 周澤雄：《三國英雄基因——從曹操到孔明的性格密碼》，台北：實學社出版公司，2003 年 3 月。

43. 孟瑤：《中國小說史》，台北：傳記文學出版社，2002 年 12 月。

44. 林保淳：《古典小說中的類型人物》，台北：里仁書局，2003 年 10 月。

45. 欣光：《十大謀士》，海口：南海出版公司，2003 年 1 月。

46. 河南省社會科學院文學研究所編：《三國演義研究論文集》，北京：中華書局，1991 年 8 月。

47. 金性堯：《三國談心錄》，台北：實學社出版公司，2002 年 12 月。

48. 胡適：《中國章回小說考證》，台北：雲風書局，1976 年 2 月。

49. 范清松：《論三國笑看人生》，台北：水瓶文化公司，2001 年 3 月。

50. 孫永都、孟昭星：《中國歷代職官知識手冊》，天津：百花文藝出版社，2006 年 8 月。

51. 孫遜、孫菊園：《中國古典小說美學資料滙粹》，台北：大安出版社，1991 年 1 月。

52. 晁中辰：《歷代謀士傳》，台北：薪傳出版社，2001 年 4 月。

53. 桑榆：《雄才大略的謀略家》，台南：勝景文化公司，2002 年 7 月。

54. 祝秀俠：《三國人物新論》，台北：中外圖書公司，1979 年 4 月。

55. 秦漢唐：《泡茶品三國》，台北：廣達文化公司，2006 年 11 月。

56. 袁行沛：《中國文學史》，台北：五南圖書出版公司，2003 年 1 月。

57. 袁闓琨：《中國兵書十大名典》，瀋陽：遼寧人民出版社，2000 年 1 月。

58. 張火慶：《古典小說的人物形象》，台北：里仁書局，2006 年 9 月。

59. 張秀楓：《應對人生的大謀略》，台北：沛來出版社，2001 年 4 月。

60. 張純一：《墨子集解》，台北：文史哲出版社，1982 年 2 月。

61. 張義明：《厚黑人生兵法》，台北：百善書房，2007 年 3 月。

62. 惜秋：《蜀漢風雲人物》，台北：三民書局，2004 年 11 月。

63. 莫嘯：《三國用人藝術》，台北：智慧大學，1996 年 4 月。

64. 郭瑞林：《三國演義的文化解讀》，上海：上海古籍出版社，2006 年 8 月。

65. 陳文德：《諸葛亮大傳》，台北：遠流出版公司，2004 年 3 月。

66. 陳捷先：《皇太極寫真》，台北：遠流出版公司，2004 年 10 月。

67. 陳翔華：《三國志演義縱論》，台北：文津出版社，2006 年 9 月。

68. 陳華勝：《三國奇談》，台北：實學社出版公司，2003 年 2 月。

69. 陳華勝：《主酒論英雄──風雲記憶之三國》，杭州：浙江人民出版社，2007 年 4 月。

70. 陶元珍：《三國食貨志》，台北：臺灣商務印書館，1989 年 11 月。

71. 鹿諝慧等：《中國歷代官制》，濟南：齊魯書社，2005 年 3 月。

72. 傅隆基：《解讀三國演義》，台北：額爾古納，2007 年 4 月。

73. 勞矜：《三國說林》，南昌：江西教育出版社，1999 年 1 月。

74. 曾良：《明清小說研究》，成都：四川大學出版社，2005 年 12 月。

75. 湯約生編：《百子全書》，台北：古今文化出版社，1969 年 1 月。

76. 馮立鰲：《三國風雲人物正解》，西安：陝西人民出版社，2005 年 9 月。

77. 黃仲文：《三國戰爭史略》，台北：信明出版社，1973 年。

78. 黃新亞：《三國人才對話錄》，高雄：宏文館圖書公司，1997 年 12 月。

79. 楊天宇：《中華十大謀士》，上海：上海大學出版社，2008 年 8 月。

80. 楊天宇：《謀士傳》，鄭州：河南人民出版社，1992 年。

81. 楊義：《中國古典小說史論》，北京：中國社會科學出版社，1995 年 12 月。

82. 楊義：《中國敘事學》，北京：人民出版社，2004 年 2 月。

83. 楊龢之：《三國隨身智慧》，台北：圓神出版社，2006 年 10 月。

84. 葉朗：《中國小說美學》，台北：里仁書局，1994 年 11 月。

85. 葉維四、冒炘：《三國演義創作論》，南京：江蘇人民出版社，1984 年 9 月。

86. 葉慶炳：《中國文學史》，台北：台灣學生書局，1997 年 6 月。

87. 葛楚英：《三國演義與人才學》，台北：遠流出版公司，1993 年 9 月。

88. 廖瓊媛：《三國演義的美學世界》，台北：里仁書局，2003 年 9 月。

89. 管曙光、姚麗：《玩・三國～70 個你所不知道的三國演義之謎》，台北：雅書堂文化公司，2005 年 6 月。

90. 劉大杰：《中國文學發展史》，台北：華正書局，2003 年 9 月。

91. 劉綏虎：《三國魏晉頂級名將》，石家莊：花山文藝出版社，2007 年 7 月。

92. 劉學鍇、余恕誠：《李商隱詩歌集解》，北京：中華書局，2004 年 11 月。

93. 潘慧生：《閑品三國》，北京：九州出版社，2006 年 9 月。

94. 蔡東藩：《前漢演義》，台北：文化圖書公司，1991 年 3 月。

95. 魯迅：《古小說鉤沉》，濟南：齊魯書社，1997 年 11 月。

96. 魯迅：《魯迅中國小說史論文集——中國小說史略及其他》，台北：里仁書局，2003 年 2 月。

97. 襲夢庵：《三國人物論集》，台北：臺灣商務印書館，2005 年 8 月。

98. 蕭天石：《世界名將治兵語錄》，台北：自由出版社，1973 年 7 月。

99. 錢穆：《中國歷代政治得失》，台北：東大圖書公司，2006 年 6 月。

100. 霍雨佳：《三國謀略學——商用中國式計策智慧》，台北：遠流出版公司，1995 年 3 月。

101. 羅吉甫：《臥虎藏龍三國智》，台北：遠流出版公司，2004 年 11 月。

102. 譚邦和：《明清小說史》，上海：上海古籍出版社，2006 年 12 月。

103. 譚其驤主編：《簡明中國歷史地圖集》，北京：中國地圖出版社，1996 年 6 月。

104. 鐘宇：《三國演義：名家彙評本》，北京：北京圖書館出版社，2007 年 7 月。

四、期刊論文

1. 吳漢松：〈瑜亮情節辨證〉，台北：《歷史月刊》，2003 年 4 月。

2. 李志宏：〈《三國志演義》作為歷史通俗演義範式的文類意義及其話語表現〉，台北：《台北教育大學語文集刊》第 10 期，2005 年 11 月。

3. 李明峰：〈漢末三國的荊州人才〉，台北：《文苑》第 59 期，1999 年 1 月。

4. 李明裕：〈《三國演義》與《三國志》之比較研究〉，台北：《大同學報》第 10 卷，1980 年 11 月。

5. 李福清：〈《三國演義》與民間傳說〉，台北：《歷史月刊》第 95 期，1995 年 12 月。

6. 周建渝：〈《三國演義》的平行式敘述結構〉，香港：《中國文化研究所學報》第 46 期，2006 年。

7. 洪武雄：〈後漢三國間的參軍〉，台北：《東吳歷史學報》第 9 期，2003 年 3 月。

8. 洪武雄：〈蜀漢的都督〉，台中：《中國醫藥大學通識教育學報》第 8 期，2005 年 12 月。

9. 洪武雄：〈蜀漢郡守考〉，台中：《中國醫藥大學通識教育年刊》第 1 期，1999 年 4 月。

10. 胡志佳：〈三國外交使節之研究〉，台中：《逢甲人文社會學報》第 2 期，2001 年 5 月。

11. 胡師楚生：〈略論《三國演義》與裴松之《三國志注》的關係〉，台北：《古典文學》第 3 卷，1981 年 12 月。

12. 容若：〈三國的國號、人稱和詩體〉，香港：《明報周刊》，2004 年 1 月。

13. 徐朔方：〈論《三國演義》的成書〉，台北：《中國書目季刊》第 28 卷第 1 期，1994 年 6 月。

14. 馬顯慈：〈從修辭格的運用看《三國》《水滸》之文藝特色〉，香港：《新亞學報》第 25 期，2007 年 1 月。

15. 張火慶：〈兩朝開濟老臣心——《三國演義》中的諸葛亮〉，台北：《鵝湖月刊》第 3 卷第 4 期，1977 年 10 月。

16. 張錯：〈缺憾的完成——《三國演義》的悲劇架構〉，台北：《當代》第 169 期，2001 年 9 月。

17. 陳美玲：〈從性格刻畫的角度比較《三國演義》中的兩大奸雄曹操和司馬懿〉，台中：《中國文化月刊》第 284 期，2004 年 8 月。

18. 陳壽恆：〈重溫三國人物論〉，台北：《憲政論壇》第 1 卷第 1 期，1953 年 7 月。

19. 黃文榮：〈三國版本知多少〉，台北：《國文天地》第 20 卷 5 期，2004 年 10 月。

20. 黃文榮：〈曹操的軍事幕僚研究——以軍師、參軍與軍掾為例〉，台北：《輔仁歷史學報》第 16 期，2005 年 7 月。

21. 楊自平：〈三國人物綜論〉，新竹：《國立新竹師範學院語文學報》第 9 期，2002 年 12 月。

22. 詹士模：〈東漢末三國時期的人口移動〉，嘉義：《嘉義大學學報》第 71 期，2000 年 8 月。

23. 鄒紀萬：〈三國人才現象與人物類型〉，台北：《輔仁歷史學報》第 8 期，1996 年 12 月。

24. 鄒紀萬：〈曹操的統御術〉，台北：《輔仁歷史學報》第 9 期，1998 年 6 月。

25. 劉鑑平：〈讀《三國演義》雜記〉，台中：《明道文藝》259 期，1997 年
10 月。

26. 錢國盈：〈三國時期的天命思想〉，台南：《嘉南學報》第 27 期，2001 年
11 月。

五、學位論文

1. 李采鈺：《鬼谷子說服學說之運用——以三國演義爲分析文本》，台北：
輔仁大學大傳所，碩士論文，2003 年 5 月。

2. 林素吟：《傳統小說中軍師類型之研究——以三國演義中的諸葛亮爲代
表》，台中：逢甲大學中文所，碩士論文，1993 年 5 月。

3. 金正起：《三國演義修辭藝術探究》，台北：東吳大學中文所，碩士論文，
1992 年 5 月。

4. 洪淳孝：《三國演義研究》，台北：台灣師範大學國文所，博士論文，1983
年 6 月。

5. 倪振金：《諸葛亮聯吳制魏戰略之研究》，台北：政治作戰學校政治所，
碩士論文，1985 年 6 月。

6. 徐明政：《三國演義張飛、趙雲形象之研究》，桃園：銘傳大學應用語文
所，碩士論文，2005 年 1 月。

7. 袁盛森：《三國演義戰爭描寫研究》，高雄：高雄師範大學中文所，碩士
論文，1986 年 2 月。

8. 張谷良：《諸葛亮民間造型之研究》，花蓮：東華大學中文系，博士論文，
2006 年 6 月。

9. 廖文麗：《古典小說虛實論研究——以三國演義爲例》，台北：台灣師範
大學國文所，碩士論文，1995 年 7 月。

10. 劉雅惠：《戰國策策士研究》，嘉義：中正大學中文所，碩士論文，2001
年 1 月。

11. 蔣聖安：《三國演義的敘事認知與文本結構》，台北：政治大學中文所，
碩士論文，2003 年 7 月。

12. 賴慧玲：《儒家文藝觀中的象徵理論及其運用——以三國演義爲例》，台
中：東海大學中文所，碩士論文，1991 年 4 月。

13. 羅永裕：《三國演義人物形象研究》，台北：中國文化大學中文所，博士
論文，2003 年 6 月。